Ren Dhark

Botschaft aus dem Gestern

Roman von
MANFRED WEINLAND

Mit einem Beitrag von
WERNER KURT GIESA

Die große SF-Saga von Kurt Brand

Band 6

Bereits erschienen:

Band 1: Sternendschungel Galaxis
Band 2: Das Rätsel des Ringraumers
Band 3: Zielpunkt Terra
Band 4: Todeszone T-XXX
Band 5: Die Hüter des Alls

1. Auflage

Hansjoachim Bernt Verlag
Postfach 22 01 22
56544 Neuwied

Herausgeber: Manfred Weinland
Beratung: Heinz Mohlberg
Cover: Ralph Voltz
Illustrationen: Olaf Schwarz

ISBN 3-930515-16-4

Vorwort

Mit diesem Buch geht die REN-DHARK-Saga erstmals Wege, die von der Original-Heftserie abzweigen, um sich voraussichtlich nach zwei Bänden wieder mit ihr zu treffen.

Dies geschieht nicht willkürlich, sondern – wie bereits im Vorwort des letzten Buchs angedeutet – aus der erklärten Absicht heraus, dem Handlungskosmos ein facettenreicheres Bild zu verleihen.

In diesen ›zwischengeschobenen‹ Abenteuern werden also neue Völker – neue Feinde, aber auch Freunde – das Milchstraßenparkett betreten.

Die POINT OF wird zum Flug in einen Sektor aufbrechen, den sie, wie sich herausstellt, gar nicht erreichen *kann*. Die dort herrschenden Verhältnisse unterscheiden sich zu kraß von dem, was sich offenbar selbst die genialen Ringraumer-Erbauer, die Mysterious, unter einem ›normalen‹ Weltall vorstellen konnten oder wollten.

Bevor es aber in diese bislang unerforschten Regionen der Galaxis geht, müssen die Menschen der Post-Giants-Ära auf Terra feststellen, daß sich etwas unter ihnen befindet, das unermeßliche Gefahr bedeutet. Etwas, das ohne erkennbares Motiv mordet und mit Geschehnissen zusammenhängt, die noch in die Tage *vor* der Giant-Invasion zurückreichen.

Etwas Entsetzliches ist wiedererwacht – schrecklicher noch als die Truppen des CAL.

Und es darf die Erde nie mehr verlassen, will man nicht alles aufs Spiel setzen, was seit der Überwindung der geistigen Versklavung durch die Giants mühsam wiederaufgebaut und geleistet wurde...!

Ebenfalls Thema der neuen Bände wird die Tragödie der Robonen sein, die in Buch 5 nur angerissen werden konnte.

Schon in dieser Ausgabe wird das bisher im dunkeln gebliebene Schicksal der Urbevölkerung Hopes aufgehellt.

Der bekannte deutsche SF- und Fantasy-Autor Werner Kurt Giesa gewährt in einem längeren Kapitel originellen Einblick in diese längst vergangene Epoche und ihre Kultur, die im Atombrand versank.

Zweibrücken, im Herbst 1996
Manfred Weinland

Prolog

Bedrohliche Veränderungen des galaktischen Magnetfeldes lassen die Milchstraße unter nie erlebten Orkanen aus dem Hyperraum erbeben. Noch ist der Sektor, in dem die Erde ihr Muttergestirn umkreist, nicht betroffen – aber niemand wagt eine Prognose, wie lange diese Schonung noch andauern wird.

Ren Dharks Vorpreschen in die Höhle des Löwen im Giant-System zeitigt Folgen, mit denen auch er nicht gerechnet hat: In einem unterirdischen Raumhafenkomplex nahe der Stadt Stardust auf Robon gelingt es ihm fast im Alleingang, dem CAL – der Führung der Invasoren, die Terra erobert haben – die Daten für das sogenannte ›Commutator-Enzephalo‹ zu entlocken, mit dem die versklavte Menschheit aus ihrer Agonie befreit werden kann.

Zeitgleich mit dem Erhalt dieser Konstruktionsdaten ortet die auf Mounts, dem zweiten Sauerstoffplaneten des Giant-Systems, befindliche POINT OF etwas, was in kein Erfahrungsmuster paßt.

Bei dem nicht identifizierbaren Objekt handelt es sich aber offenbar um ein Raumschiff, das Robon anfliegt. Minuten später beginnen sich sämtliche Giants rückstandlos aufzulösen.

Das Phantomschiff verschwindet unerkannt, und mit Ren Dharks Rückkehr zur POINT OF erfährt die Besatzung des Ringraumers vom spurlosen Verschwinden des CAL.

Erstaunlicherweise erinnert sich Dhark nur an wenige Einzelheiten seines Aufenthalts auf Robon. Ungeklärt bleibt deshalb, ob der parabegabte CAL zunächst den Befehl zur Auflösung seiner Giants gab, um sich im Anschluß daran selbst umzubringen – oder ob sein Verschwinden mit dem georteten Phantomraumschiff zusammenhängt.

Unter dem Druck der Situation auf Terra, wo Milliarden Menschen im Elend dahinvegetieren, kann sich die Besatzung der POINT OF zunächst nicht um die Klärung der noch offenen Fragen kümmern.

Auf Hope, dem Siedlerplaneten im fernen Col-System, wird mit Hilfe des Mysterious-Erbes in Windeseile ein Prototyp des Commu-tator-Enzephalos entwickelt, mit dem die Menschen ›zurückgeschaltet‹ werden sollen.

Die POINT OF nimmt Kurs auf die Erde und setzt das C-E erfolgreich ein.

Auch die nach Robon umgesiedelten Menschen werden behandelt, um ihnen die verlorenen Erinnerungen wiederzugeben.

Und diese Robonen, die im Gegensatz zum Rest der Menschheit von den Giants ›gehegt und gepflegt‹ wurden, unterstützen den Wiederaufbau Terras mit schier übermenschlichem Einsatz.

Schon bald aber gelangt man zur Erkenntnis, daß die Robonen von den Giants offenbar nicht nur ihrer Erinnerungen an ihr Leben auf Terra beraubt und verschleppt wurden, sondern daß man sie darüber hinaus manipuliert hat.

Diese unvorhersehbare Manipulation durch den C-E-Einsatz scheint zu Komplikationen zu führen.

Jedenfalls macht der Arzt und Hyperfunkspezialist Manu Tschobe eine bestürzende Entdeckung, mit der sich auch die bis dahin rätselhafte ›Hyperaktivität‹ der Robonen erklären ließe: Offenbar leben Robonen ›schneller‹ als ihre auf Terra verbliebenen Mitmenschen.

Tschobe prognostiziert, daß sie mittelfristig dem Tod geweiht sind, und daß selbst robonische Kinder keine höhere Lebenserwartung mehr haben als zwei bis drei Jahre – es sei denn, es würde gelingen, ein Mittel zu finden, das den unheimlichen Prozeß wieder stoppt...

Nachdem Norman Dewitt versucht hat sich durch geschicktes Taktieren und Intrigenspiel zum Herrscher über das neue Terra aufzuschwingen und erst in letzter Minute gescheitert ist, steht nun der Weg offen für wirklich demokratische Neuwahlen.

Trotz immer noch vorhandener Versorgungsschwierigkeiten und einer weltweit nur langsam zurückkehrenden Ordnung ist das Klima überwiegend optimistisch.

Solange zumindest, bis sich ein vergessener Gegner aus der Vergangenheit grausam in Erinnerung ruft – und das Phantom von Robon erneut von sich reden macht...

1.
VERGANGENHEIT

16. Mai 2051, Sol-System

»... unbekannte Objekte haben auf annähernd Licht beschleunigt. Kurs unverändert. Zerstörerverband A-17 auf Zielkurs...!«

Die Stimme des Sprechers klang gehetzt.

Atemlos.

»Was, zur Hölle, geht da draußen vor?« fluchte Scott Tremaine und bemühte sich, die Störungen herauszufiltern, die ein Abhören der Flottenfrequenz beeinträchtigten.

Es gelang ihm nicht. Die diffusen Staubströme, die zwischen den Eis- und Gesteinskörpern des Kuiper-Gürtels allgegenwärtig waren, machten einen klaren Funkempfang unmöglich.

»Was meinen die mit ›unbekannte Objekte‹? Bei den Kometen – vielleicht sagst du auch mal was dazu!«

Sein Vorwurf galt Lyell Cortis, der seinen Materiescan eines achtzig Kilometer durchmessenden Planetoiden fortsetzte, als wäre nichts geschehen. Cortis war ein schwer zugänglicher Mensch, aber auf seinem Wissensgebiet eine unumstrittene Kapazität. Niemand wußte mehr über die Gesetzmäßigkeiten innerhalb dieses Rings kalter Materie, der die Sonne seit Urzeiten hinter den Bahnen von Neptun und Pluto umkreiste.

Ein erneuter Fluch Tremaines ließ Cortis endlich von seinen Instrumenten aufblicken.

Fragend schaute er zu seinem Partner, mit dem er die Enge der ONCE WE WERE TWICE seit Wochen teilte.

»Komm endlich her«, keuchte Tremaine, »und hör dir das an!«

Cortis duckte sich, obwohl er einen Kopf größer war als Tremaine und mindestens so breit gebaut wie dieser. »Was denn? Schlechte Nachrichten von der Erde? Damit lockst du keinen...«

Tremaine unterbrach ihn kopfschüttelnd. »Mit der Erde hat das nichts zu tun – noch nicht. Das war die Radarstation auf Pluto. Sie behauptet, daß sich dem Sonnensystem etwas nähert, und offenbar handelt es sich dabei um etwas, worüber unsere Leute nicht informiert sind...!«

Tremaines Tonfall ließ Cortis erbleichen. Dennoch tat er zunächst, als gäbe es keinerlei Grund zur Beunruhigung. »Etwas, das sich aus der Oortschen Wolke gelöst hat und nun in den Bann der Sonnengravitation geraten ist?«

»Solche Brocken würden wohl kaum, wie hier geschehen, auf annähernd Lichtgeschwindigkeit beschleunigen, oder?« unterbrach ihn Tremaine.

»Das haben sie?«

»Würde ich es sonst sagen?«

»Aber dann...«

»... handelt es sich voraussichtlich um etwas von *jenseits* der Oortschen Wolke!«

Tremaine machte sich wieder am Empfang des Hyperfunks zu schaffen, und nach einer Weile, in der nur Knistern und Rauschen zu vernehmen war, ertönte eine hörbar angespannte Stimme: »... Funkstille auf allen Frequenzen. Zuwiderhandlungen nur in Notfällen...!«

»Wer war das jetzt?« fragte Cortis. »Wieder Pluto?«

»Nein, dem ID-Signal zufolge war es das Flaggschiff unserer Flotte, die SOL-3.«

»Dann ist es ernst. Dann könnten es wirklich...«

Der Mann, in dessen Augenbrauen Naforkristalle glitzerten, drehte Cortis das fleischige Gesicht zu. Tremaine vollendete den von seinem Partner begonnenen Satz und grinste dabei in einer düsteren Weise, die Cortis noch nie bei ihm gesehen hatte: »Dann könnten es wirklich *UFOs* sein, ja! Dieser beschissene Spuk, nach dem wir schon seit mehr als hundert Jahren fahnden...«

Vor zwei Wochen war die ONCE WE WERE TWICE von einem zwischen Alpha Centauri und dem Sol-System verkehrenden zivilen Frachter in Höhe der Schnittstelle von Neptun- und Pluto-Bahn ausgeschleust worden. Der Vereinbarung zufolge sollte sich das Kleinraumschiff, das selbst nur über einen leistungsschwachen Impulsantrieb verfügte, nach dreiwöchigen Messungen innerhalb des Materierings, der die Grenze des Sonnensystems umgab, zum Rendezvous-Punkt zurückbegeben.

Die vom sechsten Centauri-Planeten Harpyie zurückkehrende STARS AND STRIPES wollte Cortis und Tremaine wieder aufnehmen und nach Terra zurückbringen, wo man die Fülle der gespeicherten Daten in Ruhe auswerten konnte.

Doch nun machte sich Sorge in der Abgeschiedenheit der kosmischen Trümmerwüste breit. Der direkte Kontakt zur Erde war vom Inneren der staubdurchströmten Region nicht möglich. Deshalb faßten sie den Entschluß, den Gürtel kurzzeitig zu verlassen.

Für das Manöver benötigten sie drei schweißtreibende Stunden, denn die Navigation, umgeben von schwach das Sonnenlicht reflektierenden Planetoiden, inaktiven Kometen und Zentauren, war nicht nur riskant, sondern auch äußerst schwierig. Solange man in diesem Strom ›mitschwamm‹, war die Gefahr einer Kollision relativ gering. Doch ein Verlassen des Gürtels erforderte das Durchqueren der Bahnbewegung selbst kleinster Objekte, und die ONCE WE WERE TWICE verfügte über keine elektromagnetischen Schilde, um solche kosmischen Geschosse abzulenken. Für relative Sicherheit sorgte nur die ausgeklügelte Doppelschalenzelle, die kleinere Lecks halbautomatisch wieder abzudichten vermochte.

»Was für ein historischer Moment«, seufzte Lyell Cortis immer wieder, während er das Boot durch die Partikelfluktuationen navigierte. »Und wir sind nicht auf Terra...«

Zu diesem Zeitpunkt ahnte noch keiner von ihnen, daß der Kuiper-Gürtel der vielleicht sicherste Ort im ganzen Sonnensystem war – sicherer noch als der blaue Planet, dem die Menschen entsprungen waren, und der von ihrer gegenwärtigen Position rund dreißig Astronomische Einheiten entfernt lag.

Pluto, Neptun und dessen Mond Triton befanden sich sehr viel näher, und das erste, was Tremaine tat, als sie den Materiering unbeschadet durchstoßen hatten, war, Kontakt mit einer der beiden Raumradar-Stationen aufzunehmen, die an den Polen des äußersten Planeten errichtet worden waren.

Die Verbindung kam sofort zustande.

»Identifizieren Sie sich näher! Wir führen hier kein Schiff ihres Namens in der Ankunftsliste!« verlangte eine Stimme, aus der soviel Argwohn zu entnehmen war, daß Tremaine entgegen seiner ersten Absicht auf jeden Scherzversuch verzichtete.

»Wir befinden uns ganz in Ihrer Nähe – was immer man hier draußen als nah ansehen mag«, erwiderte er. »Scott Tremaine und Lyell Cortis hier. Wir kartographieren den Kuiper-Gürtel im Auftrag eines Privatiers, der sich Gedanken über eine künftige Nutzung der in den Plutinos gebundenen Rohstoffe macht. Eigentlich müßte unser Auftrag angemeldet sein. Schauen Sie unter Kirk Enterprises nach. Die Firma hat ihren Sitz in...«

»... Phyillis County, Massachusetts«, vollendete der unsichtbare Gesprächspartner. »In Ordnung, Sie sind hier eingetragen, und offenbar haben Sie wirklich keinen Schimmer davon, daß unser Sonnensystem gerade Besuch von etwas bekam, was sich nicht gerade höflich vorstellte...«

»Von *etwas*?« stöhnte Lyell Cortis im Hintergrund und knetete nervös seine Hände.

Tremaine fügte hinzu: »Unser einziges Wissen besteht aus einem knappen Funkspruch, in dem von unbekannten Objekten die Rede war, die sich dem System nähern. Und diese Meldung konnten wir auch nur empfangen, weil sie von *Ihnen* aus nächster Nähe abgestrahlt wurde. Wir waren *im* Kuiper-Gürtel. Jetzt sind wir es nicht mehr. Sagen Sie uns, um Himmels willen, was genau passiert ist! Es kann doch nicht sein, daß nach so vielen Jahren ein Kontakt mit Außerirdischen zustande kommt, und daß dann...«

»Eine Sonde des Flottenflaggschiffs wurde beim Versuch einer Kontaktaufnahme mit den Fremden vernichtet«, erfuhren Tremaine und Cortis über die Audioverbindung. Die Bildübertragung streikte. Entweder gab es immer noch unbekannte Störfaktoren, oder die Pluto-Station sendete absichtlich nur im Akustik-Modus.

»Vernichtet«, echote Cortis. Dann faßte er sich und stieß hervor: »Was geschah danach? Wie geht es weiter? Wieviele Schiffe der anderen sind es – was beabsichtigen sie, und wie sehen sie aus?«

»Die Form ihrer Schiffe ist zylindrisch. Es handelt sich um zwei rund vierhundert Meter lange und siebzig Meter durchmessende Raumer. Antrieb und Bewaffnung sind unbekannt, aber höchst effektiv... Aber die Admiralität hat uns untersagt...«

»Ich pfeife auf die Admiralität!« knurrte Tremaine. »Können Sie sich vorstellen, wie wir uns fühlen? Wir schaukeln hier in einer Nußschale herum, während zwischen den Planeten der Ausnahmezustand ausgerufen wurde! Wir haben ein Recht auf –«

»Wie gesagt«, unterbrach ihn die Stimme von Pluto, »nicht einmal das, was Sie gerade erfahren haben, dürfte ich Ihnen sagen, wenn diese Fakten nicht zum Medienereignis auf Terra ausgeschlachtet worden wären. Wie Sie rechnete auch dort niemand ernsthaft mit einer Aggression. Man sah den lange ersehnten Zeitpunkt eines friedlichen *Kontakts* gekommen... Aber wir alle hoffen immer noch auf ein Mißverständnis. Vielleicht fühlten sich die Fremden irrtümlich von der Sonde attackiert. Bewahren Sie Ruhe. Wenn Sie wollen, können Sie bis zur weiteren Klärung der Situation auf unsere Station kommen. Hier sind Sie bestimmt sicherer als dort, wo Sie sich jetzt aufhalten.«

Das, dachte Tremaine, *bliebe abzuwarten.* Er sah Cortis tief in die Augen und spürte dessen tiefgreifende Verunsicherung, obwohl weder er noch Tremaine engere familiäre Bande zur Erde besaßen. Beide waren sie ledig, mit bescheidenem Freundeskreis, und soweit Tremaine wußte, lebten auch Cortis' Eltern nicht mehr...

»Danke für das großzügige Angebot«, hörte er sich sagen. »Aber ich denke, wir pfeifen darauf und führen lieber unsere Aufgabe hier zu ihrem geplanten Ende. Vielleicht nehmen wir sporadisch Verbindung zu Ihnen auf, um uns über den Fortgang der Ereignisse zu informieren.«

Er achtete nur beiläufig darauf, daß Cortis neben ihm tief Luft holte, denn erwartungsgemäß kam kein wirklicher Protest von seinem entscheidungsträgen Partner.

»In ein paar Tagen«, fuhr er fort, »werden wir von der STARS AND STRIPES hier wieder aufgegabelt. Bis dahin hat sich vielleicht schon alles beruhigt. Es ist nicht anzunehmen, daß sich *zwei* Schiffe eine Schlacht mit unserer massierten Flotte liefern werden – Mißverständnis hin oder her...«

»Ihr Wort in Gottes Ohr«, antwortete der Mann vom Pluto.

»Ach«, spöttelte der Atheist Tremaine, ehe er abschaltete, »gibt es denn neuere Erkenntnisse über die Existenz dieser Entität? Und meinen Sie, die Fremden huldigen ihr *auch*...?«

Tremaine erwachte durch ein Geräusch, wie er es noch nie während eines der Arbeits- oder Schlafzyklen an Bord der ONCE WE WERE TWICE gehört hatte. Zunächst glaubte er, der Annäherungsalarm sei ausgelöst worden, weil einer der Plutinos dem Boot zu nahe gekommen war. Aber dann erkannte er seinen Irrtum.

Die Scanner spielten verrückt. Sie maßen eine Kette von Erschütterungen des Raumzeitgefüges an, und diese Effekte schienen sich in nächster Nähe ihres Standortes abzuspielen.

Er brauchte Sekunden, um einen Wachheitsgrad zu erreichen, der ihm eine mindestens ebenso plausible Erklärung einfallen ließ.

Waren die Fremden mit ihrem unbekannten Sternenantrieb zurückgekehrt?

Er weckte Cortis, der in seinem zurückgekippten Sitz zusammengerollt wie ein kleiner Junge schlief. Das Kalendarium – nach Terra-Standardzeit programmiert – zeigte 0.15 Uhr an diesem 18. Mai des Jahres 2051 an.

Seit dem letzten Kontakt mit Pluto waren anderthalb Tage verstrichen.

»Da draußen geht wieder etwas vor«, sagte Tremaine und zeigte Cortis die gespeicherten Aufzeichnungen, die keinem der ihnen vertrauten Muster entsprachen. »Die Erschütterungen sind diesmal so stark, daß sie mühelos den Dämpfungseffekt des Kuiper-Gürtels überwinden. Entweder sie geschehen verdammt nahe – oder es handelt sich möglicherweise nicht um dieselben Schiffe wie zuletzt...«

Cortis vertiefte sich kurz in die Werte. Dann wischte er sich über die Augen und sagte: »Es ist schwer vorstellbar, daß wir nach so langer Abstinenz urplötzlich und binnen Stunden in die Aufmerksamkeit gleich *zweier* Fremdintelligenzen rücken.«

Tremaine nickte. »Davon habe ich auch nichts gesagt. Wir könnten es einfach mit einem anderen Schiffstyp derselben Rasse zu tun haben...«

Der Gesichtsausdruck seines Partners spiegelte unverhohlene Skepsis wider. »Und wenn es sich um ein natürliches Phänomen handelt? Es gibt Gerüchte, daß in Alamo Gordo geheime Forschungen über eine festgestellte Instabilität des galaktischen Magnetfeldes laufen. Wenn hier –«

»Schon gut«, unterbrach ihn Tremaine. »Wenn wir in Erfahrung bringen wollen, ob da draußen erneut etwas geschieht, was mit einem außerirdischen Besuch zu tun hat, müssen wir uns noch einmal hinaustasten«, sagte Tremaine. »Wie tief befinden wir uns momentan im Ring?«

»Die Partikelgrenze befindet sich in dreitausend Kilometer Entfernung. Einfacher haben wir es, wenn wir senkrecht zur Ekliptik nach oben oder unten stoßen und uns dann einen Überblick verschaffen.«

»In Ordnung. Tun wir das.« Tremaine zeigte mit dem Daumen nach oben und setzte sich vor die Manuellsteuerung.

Im Verbund mit dem Radarsystem steuerte er die ONCE WE WERE TWICE aus dem Staubhalo des Kuiper-Gürtels heraus. Bis sie es endlich geschafft hatten, war der neuerliche ›Spuk‹ aber bereits wieder vorbei.

Pluto erklärte lapidar: »Zwei Verbände aus zylinder- und *spindel*förmigen Raumschiffen drangen getrennt voneinander ins System ein. Beide agierten unabhängig voneinander. Die Spindeln flogen direkt die Erde an und scannten sie mit Ortungsstrahlen, die zunächst als Angriff gedeutet wurden. Glücklicherweise entpuppte sich dies als Trugschluß. Inzwischen haben sich beide Verbände bereits wieder aus dem System abgesetzt – wenn unsere Daten nicht täuschen – mit Kurs auf die Sonne Achenar...«

»Achenar? Das liegt weit außerhalb der erforschten Gebiete«, rief Tremaine. »Und Sie sind sicher, daß es zwei unterschiedliche Verbände waren?«

»Das gehört zu dem wenigen, was wir überhaupt verläßlich sagen können.«

»Warum ist die Flotte diesmal nicht eingeschritten?«

»Alles ging ziemlich schnell...«

»Wie schnell?«

»Von der ersten Ortung bis zum Erreichen der Erde und dem Wiederverlassen des Systems verging nur eine knappe Stunde. Die Flotte flog den Spindeln entgegen, wollte aber keine erneute Aggression provozieren. Kontaktversuche scheiterten wie beim erstenmal... Und dann waren sie schon wieder fort.«

»Das klingt«, sagte Tremaine bitter, »als wären wir nicht mehr Herr im eigenen Haus.«

Ohne darauf einzugehen, sagte die Stimme vom Pluto kühl: »Sie kennen unser Angebot: Wenn Sie wollen, können Sie sich hier in unsere Obhut begeben. Niemand weiß, wie es weitergehen wird.«

Erstaunlicherweise war es diesmal Lyell Cortis, der an Tremaine vorbei ins Mikrofon der Funkanlage sagte: »Wenn Sie wollen, dürfen Sie sich auch jederzeit mit ihren Leuten *hierher* in die Obhut des Rings begeben. Irgendwie kann ich mich des Gefühls nicht entledigen, daß dies der gegenwärtig vielleicht sicherste Ort im ganzen Sonnensystem ist. Sicherer jedenfalls als Pluto...«

Cortis räusperte sich errötend und zog sich wieder in den Hintergrund zurück.

»Sie haben gerade nicht nur die Ansicht meines Partners gehört«, beendete Tremaine das Gespräch.

Er drehte sich um.

Fassungslos, weil er *diesen* Lyell Cortis noch nicht gekannt hatte.

Er sparte sich seine sonst so launigen Kommentare, stand auf und klopfte seinem Partner nur anerkennend auf die Schulter.

Dann bereiteten sie die erneute Passage in den Mahlstrom aus Eis, Staub und Gestein vor.

»Die Fremden müssen eine vom ›Time‹-Antrieb völlig abweichende Art des interkontinualen Raumflugs beherrschen«, sagte Lyell Cortis während einer Essenspause an Bord ihres Forschungsboots. »Unsere eigenen Schiffe würden sich, wenn sie es riskierten, den Sprungimpuls auszulösen, innerhalb der Schwerkraftfelder eines Planetensystems selbst vernichten. Solche Katastrophen sind aus den Anfängen der Interstellarraumfahrt in hoher Zahl belegt. Es dauerte lange, bis man die Probleme einigermaßen in den Griff bekam...«

»Einigermaßen«, nickte Scott Tremaine, immer noch verwundert darüber, wie sehr sich sein Partner verändert hatte. Cortis war seit dem Auftauchen der Extraterrestrier regelrecht aufgetaut. Eine logische Erklärung gab es dafür nicht. Offenbar reagierte jeder Mensch in Ausnahmesituationen anders und nicht vorhersehbar.

Aber Tremaine genoß die neue Redseligkeit durchaus, denn sie gestaltete den Aufenthalt in der Einsamkeit und das Gefühl des Eingeschlossenseins für sie beide wesentlich erträglicher.

»Trotzdem«, fuhr er fort, »gibt es immer noch Fälle, in denen auch Schiffe, die weit außerhalb der Systemgrenzen in den ›Time‹-Effekt gingen, nie wieder gesichtet wurden.«

Cortis zuckte die Achseln. »So lange Menschen technisches oder naturwissenschaftliches Neuland betreten, wird es nie ganz ohne Katastrophen gehen. Was wir hier tun, bildet keine Ausnahme. Wir analysieren und vermessen Urgestein, das zum selben Zeitpunkt entstand, als auch die heutigen Planeten geboren wurden. Aus demselben Material. Und nur, weil wir uns davon wieder ein tiefgreifenderes Verständnis der Schöpfung erhoffen, begeben wir uns freiwillig in die Gefahr, zwischen Plutinos, die mitunter mehrere hundert Kilometer groß sind, zerrieben zu werden... Wir müssen verrückt sein! Und ich weiß nicht, wie es dir ergeht, aber ich *genieße* diesen Irrsinn...«

Tremaine beendete seine Mahlzeit, die – wie vieles andere ebenfalls – in der Schwerelosigkeit einiges Geschick erforderte.

»Möglicherweise«, sagte er für Cortis etwas unzusammenhängend, »haben die Fremden auch das Problem künstlicher Schwerkraft gelöst. Schon allein, um eines Tages ebenfalls in den Genuß einer solchen Bequemlichkeit zu kommen, hätte ich nichts dagegen, wenn sich das Säbelgerassel als unbegründet erweisen würde. Vielleicht einigen wir uns ja doch noch mit ihnen...«

»Um der künstlichen Schwerkraft willen...« Cortis hob seine Tube mit Nahrungspaste, als wollte er Tremaine zuprosten. »Darauf nehme ich noch einen Happen!«

Der Bissen blieb ihm im Halse stecken.

Die Fröhlichkeit auch.

Innerhalb der ONCE WE WERE TWICE schlossen sämtliche suprasensorgesteuerten Systeme kurz. Auch die zwischengeschalteten Sicherungen brannten in einem einzigen Moment durch.

Das Boot von Cortis und Tremaine trieb nicht länger nur taub, sondern nun auch blind und nahezu manövrierunfähig innerhalb eines Flusses aus urtümlicher Materie vom Anfang der Zeit.

Eine Art Dominoeffekt hatte die Programme, auch die lebenserhaltenden, zum Absturz gebracht...

»Wie kann so etwas passieren?« fragte Tremaine, während sich Cortis bereits um einen Neustart der Systeme bemühte.

»Ich weiß es nicht«, gestand sein Partner freimütig ein. »Normalerweise gibt es Regelmechanismen, die Totalversager ausschließen... Aber wir sollten uns lieber fragen, was diesen Blackout *ausgelöst* hat. Immerhin haben die sensiblen Tastereinrichtungen schon bei der verhältnismäßig geringen Zahl von Fremdschiffen vor drei Tagen schwer zu schlucken gehabt...«

Auch ohne daß dieser deutlicher werden mußte, wußte Tremaine, worauf Cortis hinauswollte.

»Kümmere du dich darum, daß uns die Luft zum Atmen bleibt«, rann es über seine blaß gewordenen Lippen. »Ich versuche inzwischen, einen Notruf zum Pluto abzusetzen. Der Hyperfunk arbeitet autark, und es sieht so aus, als müßten wir doch noch auf das freundliche Angebot zurückkommen...«

»Unsere Sendeleistung ist viel zu schwach, um den uns umgebenden Materieschlauch zu durchdringen«, malte Cortis das schwärzeste Schwarz seines Lebens. »Für ein paar Empfangsfetzen mag es reichen, aber um selbst ein S.O.S. durchzubringen...«

»Hör auf, wertvollen Sauerstoff mit unnützem Reden zu vergeuden«, unterbrach Tremaine ihn grob. »*Tu* etwas!«

Das gute Klima der vorangegangenen Tage schien vergessen.

Die Drohung, einen qualvollen Erstickungstod zu sterben, schwebte wie ein Damoklesschwert über ihren Köpfen, denn in weniger als einer Stunde konnte auch das letzte Sauerstoffmolekül an Bord des winzigen Bootes verbraucht und von Kohlendioxid ersetzt worden sein!

Die ONCE WE WERE TWICE trieb synchron zu einem hundert Kilometer durchmessenden Asteroiden, der sich wie ein Gebirge vor ihr auftürmte. Objekte dieser Größe gab es zu Zehntausenden im Kuiper-Gürtel, der an manchen Stellen – von der Sonne aus betrachtet – *hinter* Pluto und an anderen *davor* verlief, weil die Bahn des äußersten Planeten stark gegen die Ekliptik geneigt und so exzentrisch war, daß sie die Neptun-Bahn kreuzte.

Nur die sogenannte 3:2-Resonanz verhinderte einen Zusammenstoß. Pluto kreiste in der Zeit, die Neptun für drei Umläufe brauchte, exakt zweimal um die Sonne. Allgemein wurde davon ausgegangen, daß die Plutinos – wie man die Kuiper-Objekte getauft hatte – die Überreste einer einst viel größeren Gruppe planetengroßer Himmelskörper waren, zu der in der Gegenwart lediglich noch Pluto, Neptun und sein Mond Triton gezählt werden konnten.

Wie Cortis es prophezeit hatte, reagierte Pluto auf keinen ihrer Mayday-Rufe. Unaufhaltsam verrannen die Minuten.

Der Starterchip, mit dem Cortis ein ums andere Mal versuchte, dem Bordnetz wieder Leben einzuhauchen, schaffte es immer nur bis zu einem bestimmten Level.

Dann brach die Chose erneut zusammen.

»Ich kriege es einfach nicht hin!« keuchte der Kartograph. »Es ist wie verhext!«

»Bei mir auch«, stimmte Tremaine in das düstere Credo ein. »Ich kann nicht einmal ausschließen, daß wir nicht doch gehört werden – aber *bei uns* kommt keine Reaktion an. Entweder wurde absolute Funksperre über die nahen Stationen verhängt, oder...«

»Oder?«

»Es gibt sie nicht mehr...«

Cortis fluchte vor sich hin. Er hielt in der Arbeit inne und wischte sich über das verzerrte Gesicht. »Mir ist schwindelig.«

Das Uhrenimplantat an seinem linken Handgelenk bestätigte ihm, daß sie schon eine halbe Stunde erfolglos verloren hatten.

»Ziehen wir die Raumanzüge an«, sagte Tremaine. »Ich hätte nicht gedacht, daß wir darauf zurückgreifen müssen...«

Cortis fluchte erneut.

Aus lauter Ohnmacht.

»Wenn ich den Anzug trage«, sagte er, »kann ich die Feinsensorik nicht bedienen, wie ich es muß, um überhaupt etwas zu erreichen! Was nützen uns zwei, drei Stunden mehr, wenn wir sie in plumpen Rüstungen verbringen?«

»Zieh das Ding an!« blaffte Tremaine. »Wir müssen klaren Kopf bewahren – und dafür brauchen wir klare *Luft!* Wir wollen schließlich keinen Weltraumspaziergang unternehmen. Niemand hindert uns, die Handschuhe abzutrennen und die Bünde provisorisch abzudichten! Keine Angst, du wirst dein Fingerspitzengefühl behalten... Hoffentlich machst auch etwas daraus!«

Scott Tremaine schloß die Augen.

Das stetig anschwellende Gefühl der Unwirklichkeit drohte ihn zu verschlingen. Er hatte nie mit dem Gedanken gespielt, einen Menschen zu töten. Nun dachte er daran.

Nicht, daß er konkrete Pläne über die Beseitigung von Lyell Cortis geschmiedet hätte. Er gab auch keine Haßgefühle gegen ihn. Das einzige, was Tremaine an dem Mann in seiner Gesellschaft störte, war... dessen Atem.

Der ihm soviel stahl.

Der Tod des anderen Kartographen hätte sein eigenes Leben um eine kurze Spanne verlängert, und so unmoralisch diese Gedanken auch sein mochten, sie waren *menschlich*.

Tremaine fühlte sich in eine ähnliche Lage versetzt wie zwei Menschen, die in einem lebensfeindlichen Bereich Terras mit ihrem Flugzeug abgestürzt waren und sich nun, von Hunger geplagt, vorstellten, wie es wäre, den anderen umzubringen, nur um sich von ihm so lange ernähren zu können, bis vielleicht doch noch eine Rettungsmannschaft einträfe.

Ihn schauderte. Zumal es bei ihnen nicht vorrangig um Hunger, sondern schlicht um Luft und Wärme ging.

Als er wieder die Augen öffnete, fühlte er sich der bloßen Gedanken wegen wie ein Verbrecher.

Durch die Helmscheibe wirkte die Kanzel der ONCE WE WERE TWICE noch kleiner, noch beengter als sonst. Tremaine kam sich vor wie in einem Käfig.

Das Wissen um das, was hinter der Schale ihres Bootes lauerte – ein Abgrund unvorstellbaren Ausmaßes –, trug dazu bei, ihn restlos fertig zu machen, und er begriff, daß er sich und anderen die längste Zeit seines Lebens etwas vorgegaukelt hatte. Er war nicht halb so selbstbewußt, nicht halb so unerschütterlich, wie er es so gerne gewesen wäre. Er wurde immer schläfriger und hörte automatisch auf, in abstrakter Weise über das Töten zu philosophieren. Seine Gedanken gerieten ins Stocken wie außerhalb einer Wunde erstarrendes Blut.

Erst als ihn ein harter Schlag gegen den Helm aus dem rauschhaften Schwebezustand riß, wurde ihm überhaupt bewußt, daß er weggenickt gewesen war.

Vor ihm schwebte ein nacktes Gesicht.

»Na, wie habe ich das gemacht?« fragte Lyell Cortis voller Euphorie. Aber es dauerte noch etliche Sekunden, bis Tremaine die Veränderung seiner Umgebung soweit erfaßte, um zu merken, daß sämtliche Kontrollfelder und Aggregate innerhalb des Leitstands wieder zum Leben erwacht waren.

So wie er...

Acht Stunden später weckte sie der Suprasensor mit einem ultrahohen Signalton aus dem medikamentös eingeleiteten Regenerationsschlaf.

Weder Cortis noch Tremaine hatten sich ohne Erholung in der Lage gefühlt, die ONCE WE WERE TWICE unbeschadet durch den Mahlstrom zu steuern, und sich in diesem Hexenkessel allein auf den Autopiloten zu verlassen, wäre ein zu großes Wagnis gewesen.

Nun, da sie ausgeruht waren, hielt sie jedoch nichts mehr davon zurück, der Ursache des kompletten Systemausfalls nachzuspüren.

Obwohl keiner von ihnen die Bereitschaft zeigte, über die Quelle der ungeheuerlichen Raumzeitgefüge-Erschütterung zu spekulieren, dachten sie doch beide das Gleiche.

Die *Fremden* steckten dahinter.

Die Besucher...

Tremaine blickte auf das wieder aktualisierte Kalendarium, das den 22. Mai 2051 anzeigte.

5:23 Uhr.

»Ich starte jetzt«, sagte Cortis, der die Navigation übernahm.

Tremaine nickte. Seine Stirn lag in Falten.

Was würde sie erwarten? Was war in den letzten Stunden im Sonnensystem geschehen?

Wenn die Außerirdischen tatsächlich zurückgekommen waren und deren Aggression nicht auf einem Mißverständnis beruhte, mußte mit allem gerechnet werden. Waren sie den Menschen nicht nur in puncto ihres Sternenantriebs überlegen, sondern auch waffentechnologisch?

Würden sie...?

»Verdammt! Was ist das nun schon wieder?«

Die Stimme von Cortis holte Tremaine auf den Boden der Tatsachen zurück.

»Was hast du?« fragte er. Er erinnerte sich ungern an die Gedanken, die er sich während der Phase völliger Verzweiflung über Cortis gemacht hatte.

»Ich weiß es nicht. Das Boot... Es gehorcht mir nicht!«

»Gehorcht dir nicht?« echote er. »Kippt das System schon wieder...?«

»Nein... Nein, das glaube ich nicht. Unsere Maschinen funktionieren, auch der Suprasensor. Aber meine Versuche, senkrecht zur Ekliptik vorzustoßen, werden von einer externen Kraft vereitelt!«

»Was meinst du mit externer Kraft?«

»Eine Art... Sog.«

»So etwas wurde noch nie beobachtet!«

Cortis lachte heiser, während seine Finger über die Steuerfelder huschten. »Meinst du, das wüßte ich nicht? Trotzdem *ist* da etwas! Sieh doch selbst!« Er wies auf die Monitorwiedergabe des Weltraums.

Die Partikel dämpften die Sicht infolge der Ausschnittsvergrößerung wie ein Schleier oder Nebel, der langsam am Boot vorbeitrieb.

»Warum kämpfst du nicht dagegen an?« fragte Tremaine, ohne die Behauptung von Cortis länger anzuzweifeln.

»Das *tue* ich ja – schon die ganze Zeit! Sieh doch auf die Schubanzeige! Aber es hilft nichts – das andere ist stärker.«

Das andere... Tremaine fühlte eine Gänsehaut. Dann gab er sich einen Ruck und drängte Cortis aus dem Sitz vor der Steuerung. »Laß es mich mal versuchen!«

Cortis leistete keinen Widerstand.

Seine Miene war leichenbitter und verriet nichts mehr von der vorübergehenden Zuversicht, die ihn noch wenige Stunden zuvor erfüllt hatte.

Tremaine benötigte nur etwa eine halbe Minute, bis ihm klar wurde, daß *Sog* der treffende Ausdruck für das war, was nach der ONCE WE WERE TWICE gegriffen hatte.

Die bordeigenen Systeme versagten nicht.

Die Aggregate waren einfach zu *schwach*, sich dem äußeren Einfluß zu widersetzen.

»Unsere Strähne hört offenbar nicht mehr auf«, seufzte Tremaine, während er sich nach hinten sinken ließ. Die Magnethalterungen fesselten ihn an den Sitz.

Cortis hatte sich an die Ortungseinrichtungen begeben und hielt Ausschau nach dem Ursprung der Kraft, die sie eingefangen hatte.

»Da ist etwas!« keuchte er plötzlich. »Diese Werte... Nein, das kann nicht sein! Für diese *Masse* ist der Brocken viel zu klein...«

»Wie klein?« Tremaine richtete sich wieder auf. »Schalte auf visuellen Kontakt!«

»Ich versuche es...« Cortis leitete die Ortungsresultate auf den Sichtmonitor.

In geringer Entfernung trieb ein zweihundert Meter durchmessender Planetoid von rötlicher Färbung.

Offenbar bestand er aus stark mit Kohlenstoff angereichertem Gestein.

»Meintest du diesen Koloß mit ›zu klein‹?« fragte Tremaine.

»Natürlich nicht«, antwortete Cortis. »Warte, gleich... *jetzt*. Da! Da vorn, links unten – davon rede ich!«

Und dann sah es auch Tremaine, und sein Herz begann ihm bis in den Hals hinein zu klopfen...

Das *Ding* driftete einen knappen Kilometer von der ONCE WE WERE TWICE entfernt durch das Gewimmel des Kuiper-Gürtels. Nichts daran wirkte auch nur annähernd vertraut, alles war unsagbar fremd.

Cortis und Tremaine starrten fassungslos auf die Monitorwiedergabe eines Objekts, das die Instrumente als Ausgangspunkt des Sogs erkannt haben wollten.

»Kneif mich – los!« ächzte Tremaine. »Sag mir, daß ich träume! Daß dieses Ding nicht das ist, wofür ich es halte...«

Bereits während er sprach, wußte er, daß er von Cortis kein Dementi hören würde.

Dort draußen, fast mit der Unterseite des riesigen Planetoiden verschmolzen, trieb zweifellos ein *Raumschiff,* aber nichts auch nur annähernd Vergleichbares hatte die Erde jemals verlassen.

»An was erinnert dich diese Form?« fragte er, als Cortis weiterhin beharrlich schwieg.

Diesmal antwortete sein Kartographen-Kollege, in dessen Pupillen sich das in seiner Fremdartigkeit Abstoßende, das ihnen aus dem Monitor entgegen grinste, ebenso verfing wie in Tremaines.

»Eine Spindel...« Cortis' Lippen zitterten. »Sie muß von unseren SOL-Einheiten vernichtet worden sein! Krieg... Offenbar befinden wir uns wirklich *im Krieg* mit den Fremden...!«

Urteilte man nach dem Grad sichtbarer Zerstörungen an der Außenhülle der Spindel, war es kaum vorstellbar, daß etwas oder jemand an Bord überlebt haben konnte. Die Scanner wiesen auch keine energetischen Aktivitäten aus – und doch gab es dort drüben eine unerbittliche Kraft, die die ONCE WE WERE TWICE immer näher auf das Wrack zuzog.

»Materialanalyse!« verlangte Tremaine. »Woraus *besteht* dieses Ding?«

Cortis erwachte wie aus einer Todesstarre.

»Ich versuche, es herauszufinden. Bemühe du dich inzwischen um eine Verständigung mit denen. Sag ihnen, sie sollen uns – freigeben...« In seinem Redefluß entstand eine Pause, und dann kippte seine Stimme ins Hysterische ab. »Aber das werden sie nicht! Das werden sie bestimmt nicht tun! Wenn es wirklich zu einer Schlacht mit der Flotte gekommen ist, haben wir in dieser Nußschale keine Chance...«

Cortis verfiel in so lautes und stoßweises Atmen, daß er sich wie eine hyperventilierende, in den Wehen liegende Frau anhörte.

»Wir werden sterben!« stieß er, nach Luft schnappend, hervor. Nichts erinnerte mehr an den Mann, der sie erst Stunden vorher fast kaltblütig vor dem Erstickungs- und Erfrierungstod bewahrt hatte.

»Scanne dieses verdammte Ding!« fauchte Tremaine, während er die Grußbotschaft aus der Antenne schickte, die seit Jahrzehnten zum Standardrepertoire aller Raumfahrer gehörte – genau solange wie man zwischen den Sternen unterwegs war und auf die Begegnung mit einer anderen Intelligenz gehofft hatte.

Gehofft!

Tremaine schoß das Blut in den Kopf.

Er konnte sich immer noch nicht erklären, was schiefgegangen war. Warum eine fremde, hochentwickelte Spezies nichts Besseres zu tun hatte, als beim ersten Kontakt die Waffen sprechen zu lassen...

»Materie-Scan negativ«, meldete Cortis in diesem Augenblick. »Unbekannte Metallegierung! Gravitations-Scan eindeutig: Das Wrack zieht uns auf sich zu...! Was ist bei dir?«

»Negativ«, antwortete Tremaine. »Sie reagieren nicht!«

»Vielleicht sind wir in die Fänge einer Automatik geraten... Vielleicht ist das ganze Ding nur ein kybernetischer Komplex, so wie wir vor langer Zeit unsere ersten Sonden losschickten – nur sehr viel ausgefeilter...«, sagte Cortis und schüttelte sich wie ein nasser Hund.

»Entfernung?« fragte Tremaine.

»Dreihundert Meter.«

»Geschwindigkeit?«

»Etwa ein Meter pro Sekunde.«

»Und die Größe des UFOs?«

»Hör auf, es UFO zu nennen! Das klingt wie die totale Verniedlichung! Wenn man das Ding sieht... wenn man darauf *zu* schwebt... kann man nicht –«

»Die Größe!«

»Rund zweihundert Meter lang, an der dicksten Stelle siebzig Meter Durchmesser, die Enden der Spindel durchmessen jeweils nur etwa zwanzig Meter... Keine Hinweise auf Antriebssysteme...«

»Die Zylinderschiffe, von denen die Plutostation sprach, waren größer.«

»Größe hat nichts mit Durchschlagskraft zu tun.«

»Das ist mir klar.«

Je näher sie dem Wrack rückten, in dessen Hülle Strahlwaffen überall Treffer hinterlassen hatten, desto mehr erinnerte es Tremaine nicht an ein Ding, sondern an ein gewaltsam ums Leben gebrachtes *Wesen.*

Was Cortis als Metall unbekannter Legierung bezeichnet hatte, erschien ihm wie eine vielfach verletzte, narbenübersäte *Haut.*

Ohne dagegen ankämpfen zu können, überkam ihn ein Gefühl gefrierender Angst.

»Noch hundertzwanzig Meter«, sagte Cortis.

Die rautenförmige ONCE WE WERE TWICE maß selbst nur zwanzig Meter Kantenlänge und war ein Zwerg gegen das Objekt, auf das sie zutrieben.

»Wir sollten noch einmal versuchen, uns aus dem Sog zu befreien!« keuchte Cortis. »Vielleicht ist es unsere letzte Chance! Vollschub und...«

Seine Stimme brach ab.

Der Grund war eine Veränderung bei dem Wrack, wo sich eine Öffnung gebildet hatte, die eine Sekunde vorher noch nicht da gewesen war und die sich völlig von den durch Beschuß entstandenen Lecks unterschied.

»Eine Hangarschleuse«, sagte Tremaine dumpf. »Damit dürfte endgültig klar sein, was sie wollen.«

Cortis schürzte die blutleeren Lippen und nickte. »Uns.«

In dem Moment, als sie in die Schwärze der Öffnung eintauchten, setzte die Monitorwiedergabe der Bootsumgebung aus. Alle Versuche, den Defekt zu beheben, scheiterten. Nach und nach erstarben auch andere Funktionen.

Die Kabinenbeleuchtung flackerte kurz, blieb aber vorläufig intakt.

Das erste, was Cortis und Tremaine an Veränderungen an sich selbst spürten, war die Rückkehr ihres Gewichts.

Innerhalb des Körpers, in den sie unfreiwillig aufgenommen worden waren, herrschte eine Schwerkraft, die etwas höher als auf der Erde zu sein schien.

Die beiden Kartographen sahen einander an. Die ONCE WE WERE TWICE verfügte über keinerlei Bewaffnung. Es gab nicht einmal einen simplen Paraschocker, den sie hätten in die Hand nehmen können, um wenigstens die Illusion zu haben, nicht völlig wehrlos zu sein...

»Was werden sie mit uns tun?« flüsterte Cortis, als könnte zu lautes Reden sie verraten. »Töten?«

»Das hätten sie leichter haben können – vermute ich. Nein, wahrscheinlich wollen sie uns studieren, um etwas über die Schwächen ihrer Gegner in Erfahrung zu bringen.«

»Du meinst, man wird... Experimente an uns durchführen?«

»Ich weiß es nicht.«

In diesem Augenblick erbebte das Boot unter dem Donner einer Explosion.

Das Geräusch kam aus den unteren Regionen des Raumfahrzeugs, wo sich die Maschinen und der einzige Weg nach draußen befanden.

»Was war das?« Cortis stand auf ebenso wackligen Beinen wie Tremaine. Ihre Muskulatur mußte sich erst wieder an die plötzliche Rückkehr des Gewichts gewöhnen.

»Sie kommen«, erwiderte Tremaine. »Sie kommen, um uns zu holen...«

Als sich das Handrad der Bodenluke zu drehen begann, ohne daß einer von ihnen es berührte, rückten sie enger zusammen. Tremaine roch den Angstschweiß von Cortis – und vielleicht war es umgekehrt nicht anders.

»Können wir gar nichts tun?« flüsterte Cortis.

»Von mir aus kannst du beten«, preßte Tremaine durch die Zähne. »Keiner von uns will sterben. Aber darauf kommt es nicht mehr an. Es zählt nur noch, was *sie* wollen.« Er zeigte nach unten, wo sich der Zugang zum Ausstiegsschacht befand.

Sekunden später klappte die Luke nach oben. Tremaine und Cortis warteten angespannt auf das, was sich ihnen zeigen würde.

Eine fremde Lebensform.

Wie sah sie aus?

Menschenähnlich – oder so vollkommen fremd, daß der bloße Anblick sie um den Verstand bringen würde...?

Es blieb totenstill.

Nichts rührte sich.

Nach zwei Minuten faßte Cortis allen Mut zusammen. Er öffnete den Mund und röchelte: »Da... ist keiner...«

Idiot, dachte Tremaine. *Wenn du das wirklich glaubst, bist du noch bescheuerter, als ich je angenommen habe.*

Neben ihm flimmerte die Luft.

Er blinzelte.

Und dann begriff er.

Begriff es im selben Moment, als etwas wie ein Pfeil aus geronnener Schwärze auf Cortis zuschoß, an seinem Körper zerplatzte und ihn zu umwabern begann.

Schreiend und zuckend ging Cortis zu Boden. Seine Stimme klang gespenstisch verändert durch die Schatten, die ihn umtanzten und langsam...

... zeitlupenhaft langsam...

.... verzehrten!

Tremaine taumelte rückwärts, bis eines der Instrumentenpulte seinen sinnlosen Fluchtversuch stoppte.

Unmöglich, dachte er. *Sie haben uns doch nicht nur zu sich geholt, um uns auf solche Weise sterben zu lassen!*

Cortis brüllte immer noch, als hätte ihn jemand mit siedendem Öl übergossen.

Der Tod ließ sich Zeit.

Tremaines Blick irrte dorthin, wo sich die Luft wie unter Hitze zu krümmen begann.

Dies und die an Cortis fressenden Schatten blieben die einzigen Beweise, daß sich das Außerirdische bereits im Leitstand der ONCE WE WERE TWICE befand.

Und spätestens als eine zweite Schattenlanze auch auf Tremaine zustieß, wurde diesem klar, wie sehr sie sich geirrt hatten.

Wie wenig es um sie persönlich ging.

Es ging allein um...

An diesem Punkt hörte er auf zu denken.

Der gefräßige Schatten brachte auch *sein* Fleisch, *sein* Herz, *seinen* zersplitternden Verstand zum Aufbrüllen...

2.
GEGENWART

»Der CAL grüßt den Verdammten! Er erwartet dich...«

(... erwartet dich... dich...)

Ich sehe das Kind an, das, obwohl zweifelsfrei ein Mädchen, mit tiefer maskuliner Stimme zu mir gesprochen hat. Es kann nicht älter als elf oder zwölf Jahre sein. Sein Haar ist kastanienbraun, es glänzt seidig und fällt glatt auf die Schultern. Die Kleidung ist zweckmäßig, ohne jeden Hauch von Individualität.

Das Mädchen tritt mir nicht allein entgegen. Zwei Jungen sind bei ihm.

Der eine ist jünger und von schmächtiger Statur, der andere etwas älter. Um seinen Mund liegt ein störrischer Zug.

Ich halte mich an das Mädchen. »Wer seid ihr?«

Die Antwort kommt ohne Zögern. »Ich bin Pia«, sagt das Mädchen, nun in hellem, freundlichem Ton. Vorhin hat etwas anderes seine Stimme verfremdet, jetzt nicht mehr.

Das andere war der CAL. Ich weiß es. Denn ich habe ihn gesucht – und offenbar gefunden.

»Edgar«, stellt sich der Jüngste vor.

»Tyler...« Es klingt widerwillig.

»Wie kommt ihr hierher? Was macht ihr hier?«

»Ich komme aus Starlight«, sagt Pia.

»Ich aus Stardust.« Edgar lächelt scheu.

»Starmoon.« Tylers Augen blitzen.

»Dann heißt die Stadt hier Stardust?« frage ich.

Edgar nickt.

»Wer hat euch hierher gebracht – und warum?«

»Wir sind die ersten Level-zehn-Qualifikanten«, antwortet mir Pia.

Über dem, was mich aus den Augen der Kinder ansieht, liegt ein Schleier. Sie sind nicht frei in ihrem Tun und Denken. Wann wird die Paramacht des CAL auch nach mir greifen und mich übernehmen?

»Was bedeutet das?« will ich wissen.

Tylers Stimme ist so verändert wie die von Pia, als sie mich einen ›Verdammten‹ nannte. »Komm zu mir!« sagt das Fremde aus ihm. Laß dich führen! Du wolltest mich kennenlernen – du wolltest mich besiegen. Dann versuche es, Verdammter! Und danach lasse ich dein Raumschiff von dem Planeten starten, den ihr Mounts genannt habt, und in die Sonne fliegen...«

Ich erschauere. Mit dem Schiff kann der CAL nur die POINT OF meinen... In diesem Moment wird mir klar, daß mein Plan scheitern muß. Daß ich keine Chance habe, die fünfköpfige Führung der Giants auszuschalten, die die Menschheit versklavt hat!

Sie wird vielmehr mich ausschalten. Anschließend die POINT OF. Und danach...

Was für ein Narr war ich, allein hierher zu kommen? Vielleicht kann ich Dan und die anderen an Bord des Ringraumers noch warnen. Vielleicht bringt sie ein Alarmstart noch aus dem Gefahrenbereich. Auf die Synties ist kein Verlaß. Seit den orkanartigen Hyperraum-Instabilitäten, deren Ursprung offenbar in den Veränderungen des galaktischen Magnetfelds liegt, haben sie sich zurückgezogen. Und mit ihnen ist der psionische Ortungsschutz verschwunden, das Tarnkappenfeld, unter dem sie uns der Wahrnehmung unserer Feinde entzogen hatten.

Die Synties und der CAL verfügen beide über paranormale Möglichkeiten, sich gegen die Strahlenbelastungen der Hyperstürme zu schützen. Aber beide werden durch diese Naturgewalten auch geschwächt.

Soviel haben wir herausgefunden, und irgendwo in mir sagt eine Stimme, daß ich es nur deshalb gewagt habe, hierher zu kommen, weil ich hoffte, der CAL sei nach dem jüngsten Sturm nur noch ein

Schatten seiner selbst. Ein zum David geschrumpfter Goliath.

Aber offenbar habe ich vergessen, daß David über Goliath siegte...

»Über diesem Ort liegt ein Dämpfungsfeld«, sagt Tyler – *sagt das skrupellose Fremde*, das für das Leid von Milliarden Menschen verantwortlich ist, auch wenn es sich hier, auf diesem Planeten, wie ihr Wohltäter aufspielt. »Es ist, wie du sagen würdest, psionischer Natur. Kein Funkimpuls vermag es zu durchdringen.«

Damit würde die Besatzung der POINT OF ahnungslos bleiben. Vermutlich würde sie nicht einmal merken, wenn der CAL ihre Gedanken manipulierte, und vielleicht würde sie ohne einen Funken Angst in die gelbe Riesensonne dieses Systems steuern...

Die Waffe, die ich in meiner Hand halte, der Mysterious-Blaster, kommt mir plötzlich so sinnlos vor, als wollte ich mit einem Spielzeugschwert gegen einen feuerspeienden Drachen antreten.

Der CAL, von dem nicht einmal die Giants zu wissen scheinen, wie er aussieht, ist hier irgendwo in der Nähe. Möglicherweise schon hinter der nächsten Tür. Und er liest in meinen Gedanken wie in einem aufgeschlagenen Buch!

Plötzlich kehren mir die Kinder den Rücken. Sie schreiten auf ein Schott zu, das sich automatisch vor ihnen öffnet.

Ich folge ihnen. Was sollte ich sonst tun?

Jede Sekunde erwarte ich die Klinge, die meinen Geist zerteilen, zerstückeln und ausweiden wird.

Durch einen kurzen Korridor erreichen wir ein weiteres Schott. Auch dieses gleitet auf, und die Kinder gestikulieren, ich solle als erster hindurchgehen.

Ich tue es, ohne zu zögern. Aus den Augenwinkeln sehe ich, wie sie sich mir anschließen. Hinter uns fällt die Tür zu, während ich in die Knie gehe. Während meine Augen auf das Schreckliche starren, das hier auf mich gewartet hat. Und das jetzt ausholt, um den Narren zu zermalmen, der es gewagt hat...

Aaaaargghhhhh!

Mein Schädel birst.

Meine Augen zerplatzen. Oder verdorren. Oder –

Die bioneurale Energie meines Gehirns... schließt kurz... flakkert... und droht zu verlöschen...

Ich – sterbe!

Nein – ich... Auf-hör-ren...!

Es hörte auf.

Ren Dhark fuhr schweißgebadet aus dem Schlaf.

Wieder einmal...

10. Dezember 2052, Raumhafen Cent Field

»Du solltest dich wegen deiner Alpträume an Manu Tschobe wenden«, sagte Dan Riker und maß seinen Freund mit sorgenvollen Blicken. »Ich könnte dir sagen, was für ein Bild du seit Tagen abgibst... Aber ich lasse es, weil es dich bestimmt nicht aufmuntern würde!«

»Bestimmt nicht.«

Ren Dhark wanderte ruhelos durch Dan Rikers Kabine an Bord der POINT OF. Der Ringraumer parkte abseits einiger Kugelschiffe.

Der Ringraumer... Kopfschüttelnd blieb Dhark stehen.

»Was hast du?« fragte Riker.

Gemeinsam hatten sie die Raumfahrtakademie besucht und waren die mit Abstand jüngsten Offiziere an Bord der GALAXIS gewesen – was keineswegs daran lag, wie manche Neider zu wissen meinten, daß Rens Vater das Kommando auf dem Kolonistenraumer innegehabt hatte.

Schon lange vor dem gemeinsamen Aufbruch ins Ungewisse waren sie die besten Freunde gewesen, Freunde, die bedingungslos füreinander einstanden. Riker war etwas kleiner von Statur. Unter buschigen Brauen funkelten wache blaue Augen. Der Mund wirkte eine Idee zu breit, die Nase etwas zu unscheinbar geraten.

»Probleme«, sagte Dhark.

»Darüber sprachen wir gerade...«

»Ich rede nicht von meinen unruhigen Nächten.«

»Sondern?«

»Davon, wie *selbstverständlich* vieles geworden ist.«

Riker stand auf und ging auf ihn zu. »Was ist selbstverständlich geworden?«

»Unser Umgang mit einer Technik, die gar nicht unserer eigenen Kultur entsprungen ist, unseren eigenen Anstrengungen auf dem Gebiet der Raumfahrt – und die wir trotzdem angenommen haben.«

Riker lächelte. Er nahm sein Glas, das er kurz vorher abgestellt hatte, wieder vom Tisch auf und nippte an dem Whiskey. Ein grandioser Tropfen, den er von einem Ausflug zur irischen Insel mitgebracht hatte. Jahrgang '27. Ein Schatz, der seiner Ansicht nach gehoben werden mußte. Schluck für Schluck.

»Wäre es dir lieber gewesen«, fragte er, »unser Verstand hätte das in ihn verpflanzte Mentcap-Wissen *abgestoßen*, sich ihm verweigert?«

»Im Grunde hat er das ja«, sagte Dhark leise. »Du weißt, daß die Mentcaps ihre Tücken haben. Man vergißt das durch sie erlangte Wissen, wenn das Gehirn nicht in der Lage ist, durch Eigenstudien dauerhafte Verknüpfungen herzustellen. Und offen gestanden frage ich mich, ob wir es uns nicht etwas zu einfach machen, wenn wir davon ausgehen, daß das von den Mysterious so gewollt war. – Wäre es nicht auch denkbar, daß der Wissensschwund ein spezifisch menschliches Phänomen ist? Daß die Mysterious damit nichts am Hut hatten, weil es *ihr* Wissen war. Ihre Errungenschaften, die in kleine, weiße Pillen gepreßt wurden...?«

»Worauf willst du hinaus?«

»Nur darauf, daß wir eben nicht alles als selbstverständlich hinnehmen, sondern uns weiter täglich mit dem Erbe der Fremden auseinandersetzen sollten!«

»Wir wissen nichts über sie. Wir kennen nur ihre Hinterlassenschaft...«

»Weil wir regelrecht vernarrt in die Möglichkeiten ihrer Technik sind. Dabei vergessen wir, daß es überlebenswichtig sein könnte, etwas über die Erbauer dieser High-Tech zu wissen, wenn sie eines Tages vor uns stehen.«

Riker blinzelte. Über den Rand seines rauchfarbenen Glases hinweg schaute er auf seinen Freund. »Darüber haben wir oft diskutiert. Du kennst meinen Standpunkt. Tausend Jahre... Sie sind seit tausend Jahren verschwunden. Die wenigsten Hochkulturen auf der Erde haben einen solchen Zeitraum überdauert. In einem Jahrtausend entstehen und zerfallen Reiche. Der Zenit einer Zivilisation ist nach kosmischen Maßstäben schnell erreicht und überschritten...«

»Eben nicht«, entgegnete Ren Dhark. Er war vor einer Vitrine stehengeblieben, in der Dan Riker außerirdische Artefakte aufbewahrte. Die meisten stammten von Hope, aus einer Stadt, die – anders als das später auf Deluge entdeckte Höhlensystem und die dortige, dem Gebirge vorgelagerte Siedlung – nichts mit den Mysterious zu schaffen hatte, sondern mit den Ureinwohnern Hopes.

Den Messungen zufolge hatten diese sich vor langer Zeit in einem nuklear geführten Krieg gegenseitig ausgelöscht.

Erstaunlicherweise gab es auch von ihnen keine Malereien, Skulpturen oder irgend etwas anderes, was Rückschlüsse auf ihr Äußeres gestattet hätte.

Es konnte nicht ausgeschlossen werden, daß die Mysterious, die Hope erst nach dem Untergang dieser Zivilisation betreten hatten, bewußt alle damals noch vorhandenen Spuren vernichtet hatten.

Im Verwischen von Fährten waren sie wahre Meister...

»Was heißt ›eben nicht‹?« Riker stellte sich neben Dhark und folgte dem Blick seines Freundes, der auf einem Gefäß ruhte, das Riker von Hobbyarchäologen erworben hatte, die in den uralten Ruinen gruben, welche man auf der Cattan abgewandten Gebirgsseite Main Islands entdeckt hatte.

»Es ist wunderschön«, sagte Dhark abwesend.

Riker ließ sich nicht beirren und wiederholte seine Frage.

Dhark drehte ihm das Gesicht zu. »Ich denke, Hope ist ein gutes schlechtes Beispiel – und Terra wäre es vor einem Jahrhundert, nein: noch vor einem *halben*, beinahe geworden.«

»Ein gutes schlechtes Beispiel«, echote Riker kopfschüttelnd.

»Worauf ich hinaus will, ist: Übersteht eine Zivilisation – und ich rede von High-Tech-Zivilisationen, nicht von Kulturen auf der Stufe der irdischen Antike oder des Mittelalters, völlig technologie*freien* Zeitaltern also – übersteht aber eine solche Zivilisation den kritischen Moment, der mit der Entdeckung der Atomspaltung und ähnlichen massenvernichtungstauglichen Dingen zusammenfällt, lange genug, daß sich das Bewußtsein dieser Spezies damit auseinandersetzen kann und positive Konsequenzen daraus ableitet, dann hat diese Zivilisation meines Erachtens beste Chancen, auch sehr, sehr lange Zeiträume zu überdauern.«

»Ich beneide dich um deinen Optimismus.«

»Es ist kein reiner Optimismus. Ich versuche nur, aus unseren Begegnungen mit extraterrestrischen Intelligenzen zu lernen.«

»Bedauerlicherweise geben uns die wenigsten Gelegenheit, in einen Lernprozeß einzutreten – oder gar Erfahrungen auszutauschen.«

Riker spielte darauf an, daß die meisten Begegnungen im All bislang von kriegerischen Elementen bestimmt gewesen waren. Wo immer die POINT OF auftauchte, schien sie sofort die Aggression auf sich zu ziehen. Nach solchen Zusammenstößen wußten die Menschen in den seltensten Fällen, wie ihre Angreifer überhaupt aussahen. Kampfschiffe unterschiedlichster Bauart betrieben eine regelrechte Hatz auf den Ringraumer, und der Gedanke lag nahe, daß die Jagd nicht den Menschen in der POINT OF galt, sondern der ursprünglichen raumfahrenden Rasse, die einst – bis vor tausend Jahren? – mit ihren ringförmigen Schiffen das All durchkreuzt hatte.

Berücksichtigte man solche Indizien, mußte man eigentlich davon auszugehen, daß die Mysterious alles andere als friedliebende Geschöpfe gewesen waren. Allerdings gab es immer noch die vage Möglichkeit einer Verwechslung. Die Bauart der POINT OF konnte einfach große *Ähnlichkeit* mit einem Feindbild aufweisen, das über die Jahrhunderte, vielleicht auch nur sehr verschwommen, in den Hirnen anderer galaktischer Völker überdauert hatte...

»Einige schon«, widersprach Dhark. »Die Nogk zum Beispiel. Trotz der Ausführungen von Charaua und Huxley wissen wir immer noch wenig über dieses faszinierende Volk – aber das wenige genügt, um sagen zu können, daß es die Nogk als hochtechnisiertes

Volk schon seit Jahrtausenden geben muß.«

»Ausnahmen bestätigen die Regel.«

»Und die Synties?«

»Die Synties sind keine Lebensform im herkömmlichen Sinn – und auch nicht technikabhängig.«

»Das stimmt. Sie besitzen eine halbenergetische Struktur und bereisen die Galaxis allein kraft ihres Geistes. Trotzdem führe ich sie an. Denn sie sind die nächste Stufe, und ich bin überzeugt, daß ihr Alter als Spezies das der Nogk noch einmal um ein Vielfaches übertrifft!«

»Die nächste Stufe?«

»Der Evolution. Sie haben nicht nur jenes kritische Zeitalter hinter sich gelassen, in dem einer Spezies die Vernichtung durch sich selbst droht – sie könnten auch die Technik hinter sich gelassen haben...«

Riker sah ihn kopfschüttelnd an. »Du meinst, sie waren einmal körperlich wie die Nogk oder wir und besaßen auch entsprechende Technologien – aber irgendwann haben sie die nächste Sprosse der Evolutionsleiter erklommen?«

»Erscheint dir das so abwegig?«

»Offengestanden: ja.«

»Warum?«

»Weil ich an Grenzen der Evolution glaube. Mensch oder Nogk lernen dazu, je länger sie als Gesamtspezies existieren. Ihre Einblicke in kosmische Gesetze und Zusammenhänge nehmen – hoffentlich – zu. Aber irgendwo ist eine Grenze erreicht, und ich neige eher dazu, daß ab dem Erreichen dieses Punkts eine Devolution einsetzt, ein langsamer Rückschritt. Daß man seine Körperlichkeit abstreifen kann wie Kleidung oder eine alte Haut, daran glaube ich einfach nicht! Die Synties unterscheiden sich grundlegend von einer stofflichen Spezies wie Nogk oder Terraner. Sie waren *schon immer* halbenergetisch...«

Dhark lächelte. »Ich respektiere deine Meinung, gebe aber zu bedenken, daß man zu allen Zeiten an unüberschreitbare *Grenzen* geglaubt hat. Lange galt die Geschwindigkeit des Lichts als nicht zu übertreffen – und wie sieht es heute aus?«

Riker legte seine Hand auf Dharks Schulter. »Schon gut. Alles ist möglich. Daß wir unterschiedliche Auffassungen und Standpunkte haben, ist ja nicht schlimm. Im Gegenteil. – Aber kommen wir noch einmal auf *dich* zu sprechen. Auf die Träume, die dich plagen. Wie lange geht das schon?«

Dhark zögerte.

Dann gab er sich einen Ruck und sagte: »Seit ich dem CAL gegenüberstand.«

»Solange schon? Warum hast du nicht früher darüber gesprochen?«

»Ich träume ja nicht jede Nacht davon. In der ersten Zeit, vermutlich bedingt durch die enorme Anspannung, war es mehr ein unterschwelliges, ungutes Gefühl. Erst seit die Sache mit Dewitt erledigt ist und wir bei der Versorgung der Menschen einen Silberstreif am Horizont sehen – seit der Druck ein wenig nachläßt, fange ich an, im Schlaf immer wieder die Geschehnisse auf Robon durchzuspielen. Immer wieder – aber stets nur bis zu einem bestimmten Moment. Auch im Traum gelingt es mir nicht, Details aus der Vergessenheit zu reißen... Es ist doch verrückt: Ich war unter der Robonoberfläche. Ich stand dem CAL gegenüber. Weiß noch, daß es sich zu meiner Verblüffung nicht um fünf parabegabte *Giants* handelte, sondern um die Gehirne anders strukturierter Lebewesen, die überhaupt keine Ähnlichkeit mit den Schlangenorganen hatten, wie wir sie in den Körpermasken der Giants fanden! Aber darüber, was weiter geschah, *habe ich kaum eine Erinnerung!* Selbst daran nicht, wie ich in den Besitz des Datenchips gelangte, mit dem es uns gelang, das Commutator-Enzephalo zur Befreiung der Menschen zu bauen...«

»Du hast den CAL mit dem Gerät bestrahlt, das die Interferenzen während eines Magnetfeldsturms simulierte. Wir hofften, daß er darauf anspricht – und offenbar war dies auch der Fall. Unter dem Einfluß der ihn marternden Strahlen gab er dir die C-E-Daten. Du hast sie ihm abgepreßt. Ich kenne dich, und ich weiß, in welcher Stimmung du nach Robon geflogen bist. Du hättest alles getan, um den verbrecherischen CAL zu besiegen und den Menschen auf Terra eine Chance zum Überleben zu verschaffen!«

»Ja, ja. Das hätte ich. Aber wie ist es mir *gelungen?* Im nachhinein kommt es mir unglaublich naiv vor, daß ich damals überhaupt an einen Erfolg glaubte.«

»Zum Glück für uns alle erst im nachhinein.«

Ren Dharks Blick traf sich mit dem seines Freundes.

Riker schluckte. Vielleicht begriff er erst in dieser Sekunde, wie sehr das verschüttete Wissen über die Geschehnisse von damals seinen Freund belastete.

»Du solltest mit Tschobe reden«, wiederholte er noch einmal seinen Rat, den er eingangs gegeben hatte. »Ich bin sicher, er kann dir helfen. Er...«

Dhark nickte bitter. »Ich wollte es allein schaffen. Aber vielleicht hast du recht. Tschobe wäre der richtige Mann. Immerhin hat er damals auch den Psychoblock in mir aufgebaut, bevor ich nach Robon startete. Ohne diesen Block hätte der CAL frühzeitig von dem Magnetfeldsimulator erfahren. Manu beherrscht sein Handwerk. Aber momentan ist er stark eingespannt. Ich habe ihn seit Wochen nicht mehr gesehen...«

»Sprich mit ihm«, sagte Riker. »Wenn du es nicht machst, tu ich es!«

Dhark lächelte ironisch. »Willst du mich entmündigen? Nur weil ich ein Held bin, der sich seiner Heldentat nicht mehr erinnern kann...?«

Ein Tag später, Paracelsus-Klinikum, Alamo Gordo

Reuven Maitskill wußte nicht, was es war – aber irgend etwas an dem rötlichen Geflecht auf seinem Schreibtisch beunruhigte ihn zutiefst, wann immer er die Zeit dazu fand, es aus dem Schrank zu holen und zu betrachten. Er hatte eine Lampe darauf gerichtet, und es lag an der Eigenart der verwendeten Kunststoffmasse, daß der Betrachter den Eindruck gewann, als würden die Fäden des länglichen Knäuels von Blut durchflossen.

Als es klopfte, schrak Maitskill zusammen und blickte auf.

Er erwartete niemanden. Die meisten seiner Mitarbeiter waren schon nach Hause gegangen oder halfen in den Lazaretten aus, die dem völlig überfüllten Klinikum angegliedert waren. Wenn es um akute Notfälle ging, mußten die ohnehin stagnierenden Forschungen zurückstehen.

Maitskill bedauerte dies, aber er akzeptierte Prioritäten.

»Herein!«

Die Tür ging auf, und Maitskill unternahm gar nicht erst den Versuch, seine Überraschung zu verhehlen. Er hatte Ren Dhark lange nicht mehr gesehen.

Maitskill stand auf und reichte dem weißblonden Besucher über den Tisch hinweg die Hand. »Wie geht es Ihnen?«

»Danke. Und Ihnen? Wie ich höre, hält Tschobe Sie hübsch auf Trab?«

Maitskill lächelte still. »Kein Zweifel. Mittlerweile vermisse ich regelrecht die Zeiten, als er meine Kollegen und mich noch allein mit seinen haarsträubenden Theorien in Aufregung versetzte...«

Dhark nickte. Er wußte, worauf Maitskill anspielte. »Dann frißt Sie also auch das Tagesgeschäft auf?«

»So könnte man sagen. Aber die Lage wird nun mal von Tag zu Tag hoffnungsloser. Alles kommt genau, wie Tschobe es voraussagte.«

»Die Robonen?«

Maitskill fuhr sich nickend über das schmale Gesicht. Zunächst unbewußt schenkte er den Falten, die sich in den letzten Wochen hineingeprägt hatten, mehr Beachtung, als sie es verdienten.

Dann fiel es ihm auf, und er kam sich kläglich vor, weil dies *nichts* war im Vergleich zu dem, was sich weltweit an Tragödien abspielte; überall dort, wo Robonen die furchtbare Wahrheit erfahren hatten und verdammt waren, mit dem Todesurteil zu leben.

Verdammt *schnell* zu leben...

»Was stellt das dar?«

Dharks Arm wies auf das Gespinst vor ihnen.

Maitskill war dankbar für den Themawechsel. »Ich kann Ihnen

sagen, was es *war.*«

»Und?«

»Ein *Gehirn.* Eines, mit dem ich mich momentan viel lieber beschäftigen würde als mit zeitrafferschnell alternden Robonen. Ich weiß, das ist unentschuldbarer Egoismus...«

»Ein Gehirn?« Dhark nahm auf dem ihm angebotenen Besucherstuhl Platz und studierte das Geflecht genauer. Es sah aus wie ein vielverästeltes Kunstwerk. Aber ein Gehirn... Dann brachte ihn die grobe Form auf einen Verdacht. »Das Gehirn eines...«

»Giants«, nickte Maitskill. »Tschobe hat es mir überlassen. Offengestanden weiß ich nicht, warum, denn wir sezieren fast nur noch Robonengehirne. Vielleicht tat er es nur, weil ich ihm gegenüber öfter bedauere, daß wir, was die Giants angeht, überhaupt nicht mehr nach Antworten suchen. Aber...« Er hob die Schultern und ließ sie wieder sinken.

»Verstehe.« Ren Dhark rückte mit seinem Stuhl etwas näher. Das Geflecht schien ihn zu faszinieren. »Wie wurde das... gemacht?«

»Vor einiger Zeit haben wir die Adern des Gehirns eines der verstorbenen Giants, die sich noch in den Kühlkammern der POINT OF befanden und die sich nicht auflösten, mit einem speziellen Kunststoff gefüllt, das Gemisch erstarren lassen und anschließend das organische Gewebe drum herum aufgelöst. Dabei kam das hier zustande: Ein Modell, das viel Licht ins Dunkel giantischer Neurophysiologie gebracht hat. Aber Antworten auf die wirklich bedeutsamen Fragen haben wir dadurch auch nicht erhalten.«

»Welche Fragen?«

»Wie die Bewußtseinsstruktur der Giants aussieht. Wie Sinneseindrücke von *ihnen* empfunden werden – das, was wir *Sehen, Riechen, Schmecken, Hören* oder *Tasten* nennen. Wo ihr telepathischer Sektor angesiedelt ist... Und, und, und...«

»Sind Sie dabei nicht ein sehr hohes Risiko eingegangen? Meines Wissens befindet sich doch in *jedem* Giant-Hirn ein nuklearer Sprengsatz. Der Zündmechanismus schon einmal fast zur Katastrophe geführt...«

»Bei unserem Verfahren, das aber schon aus ethischen Gründen nur an einem toten Versuchsobjekt angewendet werden kann, war es möglich, diesen Sprengsatz sofort nach der Desintegrierung des organischen Gewebes zu isolieren und sicherzustellen. Soweit ich weiß, hat ihn Arc Doorn untersucht. Aber Doorn hat mit einem ähnlichen Dilemma zu kämpfen wie wir: Niemand interessiert sich mehr sonderlich für Hintergründe, die sich mit den Invasoren beschäftigen. Sie sind verschwunden. Daß sie dabei ihre Raumschiffe zurückgelassen haben, wertet die Mehrheit der Bevölkerung als sicheren Beweis, daß sie auch nie mehr zurückkehren.«

»Und Sie?«

»Im Grunde teile ich diese Einschätzung – schließe aber nicht aus, daß es noch irgendwo anders überlebende Giants gibt. Es muß ja nicht in diesem Milchstraßensektor sein, weder im Sol- noch im Giant-System. Die Galaxis ist groß. Irgendwo liegt ihre wirkliche Heimat. Daß das Giant-System seinen Namen zu Unrecht trägt, dürfte mittlerweile kaum noch in Frage stehen, oder?«

»Kaum.« Dhark erhob sich. »Eigentlich bin ich auf der Suche nach Tschobe. Wenn Sie mir sagen könnten...«

Das Lächeln um Maitskills Mund erstarb. »Ich sehe ihn selbst kaum noch. Aber normalerweise kümmert er sich Tag und Nacht um seine Patienten.«

»Und wo wäre das?«

Maitskill machte eine Geste, als wollte er den ganzen Planeten einschließen.

»Es kann überall sein«, sagte er. »Manu Tschobe fühlt sich für *jeden einzelnen* verantwortlich. Er gibt die Hoffnung nicht auf, doch noch ein Mittel, eine wirksame Therapie, zu finden, um den Stoffwechsel der Robonen wieder auf ein Normalmaß zu regulieren.«

»Dafür«, sagte Dhark, »genießt er meine Bewunderung.«

Ren Dhark fand den Afrikaner schließlich in einem Nebentrakt des Paracelsus-Klinikums, wo er sich um Robonen im fortgeschrittenen Stadium kümmerte.

Robonen, die schon in relativ hohem Alter von der Erde entführt worden waren. Seit ihrer ›Zurückschaltung‹ alterten sie in so furchterregendem Tempo, daß Manu Tschobe schließlich bei der Übergangsregierung durchgesetzt hatte, sie mit ihrer ›Krankheit‹ konfrontieren zu dürfen.

Tschobe hatte sich diese Entscheidung, wie Dhark wußte, nicht leicht gemacht. Und um auszuschließen, daß Robonen nach dem offiziellen *Outing* in die Isolation getrieben wurden, war eigens eine Kampagne entworfen worden, die in den nächsten Tagen überall starten und um Verständnis für die Betroffenen werben sollte.

Über das wieder in Betrieb befindliche *Stellar Web*, das vor der Invasion nicht nur Terra, sondern das ganze Sonnensystem vernetzt hatte, sollte das bislang gesicherte Wissen über das Alterungssyndrom publik gemacht werden.

Besonderes Gewicht würde auf die Klarstellung gelegt werden, daß es sich um keine ansteckende Krankheit handelte und auch um nichts, von dem die Betroffenen schuldhaft befallen worden waren.

Die Geschichte hielt leider genügend Beispiele bereit, daß man mit Veröffentlichungen dieser Art nicht vorsichtig genug umgehen konnte. Aus dem als *Seuchen-Jahrhundert* in die Annalen eingegangenen 20. Jahrhundert waren etliche Fälle bekannt, wie es wegen zögerlicher, unwahrer oder einfach nur ungeschickter Informationspolitik zur Gettobildung gekommen war.

Auch wenn das Zeitraffersyndrom der Robonen hundertprozentig als *nicht* auf andere Menschen übertragbar eingestuft werden konnte, mußte man dies der Bevölkerung erst einmal glaubhaft nahebringen...

»Commander, was führt Sie zu mir?« fragte Manu Tschobe. Er arbeitete in einem der Klinik-Laboratorien an einem Raster-Elektronenmikroskop, dessen Impulse ein Suprasensor in gestochen scharfe Bilder umwandelte und auf einen Wandmonitor projizierte.

Dhark spürte sofort, daß es kein glücklicher Zeitpunkt war, um Tschobe sein mehr persönliches Anliegen zu unterbreiten. Diplomatisch fragte er: »Wann machen sie Feierabend? Ich würde mich gern mit Ihnen über etwas unterhalten...«

Erst jetzt drehte sich Tschobe überhaupt zu ihm um. »Feierabend? Wissen Sie überhaupt, was hier passiert!«

Der Ton des Afrikaners klang ungewohnt barsch.

Ungewohnt war auch, daß er Ren Dhark direkt ins Gesicht sah und dessen Blick nicht auswich.

»Ich habe gerade mit Maitskill gesprochen und gehört –«

»Gehört? So?« Tschobe winkte ihn zu sich. »Kommen Sie her zu mir.« Er wartete, bis Dhark neben ihm stand, und fragte dann, während er auf die Rastervergrößerung zeigte: »Sie wissen, was das ist?«

»Eine Körperzelle.«

»Zellprotoplasma. *Verändertes* Protoplasma. Es führt dazu, daß die biologischen und biochemischen Prozesse bei den Betroffenen extrem verlangsamt werden. Ja, verlangsamt. Was wie ein Widerspruch zum beschleunigten Altern klingt, ist keiner. Im Alter verlangsamen sich solche Prozesse automatisch. Damit einher geht ein Um- und Abbau der Hormone und Organe.« Tschobe knirschte hörbar mit den Zähnen. »Das ist die aktuelle Zellprobe eines meiner Patienten, der vermutlich die kommende Woche nicht mehr erleben wird!«

Dhark räusperte sich. »Das ist furchtbar. Trotzdem wäre ich Ihnen verbunden, wenn Sie ein paar Minuten Ihrer kostbaren Zeit abzweigen könnten, um...«

»Um?« Tschobe hielt inne. Plötzlich entspannten sich seine Gesichtszüge. »Es tut mir leid. Es ist alles ein bißchen viel in letzter Zeit. Ich verrenne mich da in etwas, von dem ich glaube, es lösen zu *müssen*. Der Menschen willen. Aber ich stoße täglich neu an meine Grenzen...«

»Ich verstehe Sie gut.«

»Ja«, Tschobe schaltete die Wandprojektion ab, »Ihnen glaube ich das sogar. Trotzdem möchte ich Ihnen noch etwas zeigen. Kommen Sie, gehen wir ein paar Schritte...«

Der Mann sah aus wie ein Hundertjähriger. Dennoch lag er nicht in seinem Bett, das ein gutes Drittel des Zimmers einnahm, sondern stand daneben und absolvierte mit verkniffener Miene gymnastische Übungen. Eine Hand hielt während der Kniebeugen das eiserne Ende der Liege umklammert. Das Haar des Mannes war schütter und die sichtbare Kopfhaut mit Altersflecken übersät.

»Wer ist das?« fragte Ren Dhark. »Ein Robone?«

Er reagierte verhalten, weil er nicht wußte, ob Tschobe ihm den Greis nur zeigte, um seine Unabkömmlichkeit zu unterstreichen.

Am Ende eines langen Korridors waren sie stehengeblieben, und Tschobe hatte ihn aufgefordert, durch das einseitig transparente Fenster in eines der Zimmer zu schauen.

»Ja«, bestätigte Tschobe jetzt. »Eigentlich ein *typischer* Robone.«

»Inwieweit typisch?« Dhark legte Vorwurf in seine Stimme. Tschobe sollte merken, daß er Psychospielchen dieser Art geschmacklos fand.

»Weil sich die meisten einfach nicht damit abfinden können und wollen, daß ihre inneren Uhren plötzlich um das Dreißigfache schneller ticken.«

»Es gibt sicher auch das Extrem, daß Robonen in Apathie verfallen, weil die Wahrheit sie regelrecht erschlägt«, erwiderte Dhark.

Tschobe nickte. »Natürlich. Auch das gibt es – und dazwischen liegen weitere Schattierungen. Das ist menschlich.«

»Und warum zeigen Sie mir den Mann?«

»Um Ihnen die Augen über das Robonen-Problem zu öffnen.«

»Ich kenne es längst.«

»Aber vielleicht nicht *hautnah* genug.«

»Was wollen Sie damit sagen?«

»Daß ich Ihre Unterstützung brauche!«

»Die haben Sie!«

»Ja, aber ich möchte, daß Sie Ihren Einfluß auch bei der momentanen Regierung geltend machen! Die Mittel, die uns zur Erforschung des Robonensterbens gewährt werden, fließen von Tag zu Tag spärlicher. Man verschanzt sich hinter der fadenscheinigen Entschuldigung, daß angeblich immer noch weit über die Hälfte der Menschheit Hunger leidet. Angesichts solcher Horrorstatistiken bleibt die Loyalität gegenüber denen, die uns überhaupt erst aus dem größten Schlamassel herausgeholfen haben, offenbar auf der Strecke!«

»Davon wußte ich nichts...«

»Davon gehe ich aus.« Tschobe faßte Dhark am Arm, um ihn von der Scheibe wegzuziehen. »Und nun zu *Ihrem* Anliegen, Commander...«

3.

World City

Benjamin Darga kam sich vor wie ein blutleerer Zombie. Wie ein Mensch, dem man zuerst alles genommen hatte, um ihn dann irgendwann mit Hilfe einer nicht begreiflichen Magie wieder ins Leben zurückzurufen.

Er stierte dumpf vor sich hin. Das Geklapper des Plastikgeschirrs, in dem die Rationen verteilt wurden, erinnerte ihn daran, warum er an die Oberfläche gekommen war.

Es war früher Morgen und lausig kalt.

Rauhreif umkrustete die Trümmer einer Stadt, von der aus einmal über die Welt regiert worden war. Und darüber schwebte der Geruch vieler kleiner Brände. Die Menschen, die sich aus diesem oder jenem Grund nicht in den Schoß der Erde, in das schützende Labyrinth der Unterwelt zurückziehen wollten, verbrannten Abfälle in Blechtonnen, um sich daran zu wärmen.

Was viele vorausgesagt hatten, war eingetreten: Dieser erste Winter nach der Befreiung der Erde vom Joch der Giants würde zeigen, welcher Wert und welches Gewicht aller Schufterei der letzten Monate wirklich zukam. Ob der pausenlose Raubbau an den Kräften von Millionen Helfern *Milliarden* davor bewahren würde, elend zu krepieren. Die Menschen starben nicht mehr wie die Fliegen – aber es starben immer noch zuviele, tagtäglich. Was *vor* der Invasion als größte Bedrohung des Weltfriedens und sozialer Zündstoff ersten Grades angesehen worden war – die uneindämmbare, Jahr für Jahr zunehmende Überbevölkerung – schien nun einer ebenso grausamen wie makaberen Lösung entgegenzusteuern.

Den Alien-Arschlöchern sei Dank, dachte Darga sarkastisch.

Er verzog das Gesicht. Politik hatte ihn nie interessiert – und sie tat es auch jetzt nicht.

Das einzige, was in diesen Tagen zählte, war, regelmäßig etwas in den Magen bekommen und im Besitz wärmender Kleidung zu sein!

Beides besaß Darga – noch.

Er hatte Almosen immer mißtraut. Schon als er sie noch nicht selbst hatte in Anspruch nehmen müssen. Er rechnete jeden Tag damit, daß die Übergangsregierung ihre Überlebenshilfen einschränken oder ganz einstellen würde. Es gab keinen Grund, diesen Typen zu vertrauen, die es – gestern noch selbst in zerrissenen Lumpen durch den Dreck kriechend – mit schlafwandlerischer Sicherheit verstanden hatten, sofort wieder in ihre alten Machtpositionen zurückzufinden.

Und was von diesem Ren Dhark zu halten war, dem Sohn Sam Dharks, der vor einem Jahr durch alle Medien geisterte, wußte Darga nicht.

Es hatte den Anschein, als interessierten Dhark wirklich die *Menschen*, die diesen Planeten bevölkerten. Ihre Schicksale. Aber wie das mit neuen Besen so war: Selbst wenn man Dhark beste Absichten unterstellte, blieb abzuwarten, wieviele Knüppel ihm von anderen zwischen die Beine geworfen wurden. Seine Demontage hatte ja schon begonnen, und auch nach Norman Dewitts unrühmlichem Abgang von der politischen Bühne gab es noch genügend andere Fallstricke, in denen sich ein noch so ehrlich Engagierter verfangen konnte...

Darga hustete.

Egal.

Warum sich den Kopf über Dinge und Zustände zerbrechen, die ohnehin nicht zu ändern waren.

Sein Magen knurrte, nur das zählte. Sollten die da oben doch tun oder lassen, was sie wollten. Politik... Drauf geschissen!

Vor ihm in der Schlange stand ein Riese, dessen stiernackiger Kopf kahlrasiert war. Obwohl er nicht einmal eine Mütze trug, schwitzte er. Wer so nah wie Darga bei ihm stand, konnte sehen, daß sich feiner, weißer Nebel aus seinem Mantelkragen und sogar von der Kopfhaut löste.

Darga beobachtete es eine Weile fasziniert. Dann wich der Unbekannte zur Seite, und Darga stand selbst vor der Essensausgabe. Mechanisch schob er die drei Behälter, die er schon die ganze Zeit an den Schlaufen gehalten hatte, über den Tisch.

Der Robone dahinter glotzte ihn an.

Darga sah ihn zum erstenmal, und daß es sich um einen Robonen handelte, erkannte er nur an dem demonstrativ zur Schau gestellten, verschnörkelten *R*, das ins Revers seiner Jacke gestickt war.

Robonen waren eigenartig. Sie halfen unermüdlich beim Wiederaufbau des Planeten, von dem sie von den Giants entführt worden waren. Lange Zeit hatten sie ohne Erinnerung an die Erde auf einer fernen Welt gelebt, und bis heute hatte die Öffentlichkeit nicht erfahren, *wozu* die Außerirdischen dieses Umsiedelungsprojekt gestartet hatten.

Die Robonen gaben vor, es auch nicht zu wissen. Aber trotz ihres Einsatzes für die Hilflosen und Ärmsten der Armen waren sie nicht unumstritten. Und sie schürten das Mißtrauen, das ihnen entgegengebracht wurde, selbst durch die Eigenheiten, die sie an den Tag legten. Trotz ihres Engagements für in Not Geratene, blieben sie privat unter sich.

Es gab eigene Robonen-Clubs, zu denen normalen Menschen der Zutritt verwehrt wurde. Robonen erkannten sich untereinander – woran, war nicht bekannt, denn normale Menschen bemerkten keine äußerlichen Unterschiede.

Das *R* war auch erst in letzter Zeit aufgekommen. Robonen stigmatisierten sich selbst, als wollten sie den Menschen damit die Möglichkeit geben, sie auch frühzeitig zu erkennen – allerdings schien dieses ›Entgegenkommen‹ nur dem Zweck zu dienen, daß Nicht-Robonen erst gar keinen engeren Kontakt zu ihnen suchten...

Es war schon bizarr.

Darga massierte seine kalten Hände und wartete darauf, daß der Robone vor ihm hinging, die Behälter nahm und sie füllte.

Aber der Robone schnarrte nur: »Was soll das? Wieso geben Sie mir *drei?* Wenn jeder ankäme und –«

Ehe Darga etwas erwidern konnte, mischte sich einer der anderen Helfer ein und sagte: »Das geht schon in Ordnung. Sie sind zu dritt – er bringt es den anderen beiden mit.«

Darga nickte dankbar.

Dennoch fühlte er sich unbehaglich unter dem sezierenden Blick des Robonen. Seit kurzem war bekannt, daß bei der ›Zurückschaltung‹ der Robonen etwas schiefgelaufen war.

Und daß sie einen schrecklichen Preis für ihre erhöhte Agilität bezahlen mußten...

Darga trat von einem Fuß auf den anderen. »Verrückt...«

»Wie?« Der Robone hielt ihm die Warmhalteboxen entgegen.

Darga schrak zusammen.

»Nichts«, murmelte er, »gar nichts.«

Er nahm das Essen und machte, daß er wegkam.

Zurück in den schützenden Bauch der Erde...

Alamo Gordo

Der Raum, in den Manu Tschobe ihn führte, wirkte kalt und abweisend auf Ren Dhark. Überall standen Apparaturen, deren Sinn und Zweck nur ein medizinischer Profi durchschaut hätte. Das einzig vertraute Mobiliar war eine Liege, auf die Tschobe zeigte.

»Ist das nötig?«

»Ich weiß es nicht. Bis zum heutigen Tag habe ich noch niemanden im Stehen hypnotisiert... Aber keine Angst: Die Schuhe können Sie anbehalten.«

»Muß ich mich sonst freimachen?«

»Ja. Von allem, was Sie bedrückt. Aber das schaffen wir schon. Legen Sie sich einfach hin und entspannen Sie sich.«

Dhark gehorchte.

In diesem Moment fragte er sich jedoch, ob er seine vermeintlichen Probleme nicht künstlich hochspielte. Jeder Mensch hatte schließlich hin und wieder Phasen, in denen er schlecht schlief. Und die Gedächtnislücken hingen vermutlich ursächlich mit den Psi-Attacken des CAL zusammen...

»Haben Sie etwas dagegen, wenn ich Ihnen etwas injiziere, das es mir erleichtert, Zugang zu Ihrem Geist zu finden?«

»Eine Droge?«

»Im weitesten Sinne. Aber weder süchtig machend noch mit anderen Nebenwirkungen behaftet.«

»Wer's glaubt. – Aber tun Sie, was Sie nicht lassen können. Bringen wir es nur schnell hinter uns!«

»Ihr Vertrauen ehrt mich...«

Sekunden nach der Injektion verfiel Ren Dhark in einen Schwebezustand, der ihn von allen Tagessorgen befreite, und Manu Tschobe leitete die Trance ein.

Daß er ein Könner auf diesem Gebiet war, hatte er in der Vergangenheit schon oft bewiesen.

Aber noch ehe er in die tieferen Schichten von Dharks Bewußtsein vordringen konnte, brüllte der Hypnotisierte urplötzlich aus voller Brust auf und fuhr schweißgebadet hoch.

Genau wie in den vergangenen Nächten an Bord der POINT OF...

»Was ist? Haben Sie etwas herausgefunden?« fragte Dhark, als er sich wieder beruhigt hatte.

»Herausgefunden?« Tschobe musterte ihn sonderbar. Gleichzeitig überflog er die Anzeigen der Überwachungsinstrumente, die er mit Dharks Organismus gekoppelt hatte. »In den paar Sekunden?«

»Sekunden?« Dhark schwang die Beine von der Liege. »Was ist passiert?«

»Ein Block«, sagte Tschobe. »Etwas, das mit meinem Vorstoß nicht einverstanden war, umgibt Ihren Geist.«

»Etwas?«

»Ich würde sagen, daß jemand einen hypnotischen Block in Ihnen verankert hat – und alles, was ich sonst noch weiß, ist, daß *ich* derjenige nicht war...«

World City

»Siehst du, da kommt er doch schon...«

Kira Loomis wies mit ausgestrecktem Arm in Richtung des schlaksigen, bleichhäutigen Albinos, der sich einen Weg durch die überall auf den ehemaligen Bahnsteigen und auf den Treppen hockenden Menschen bahnte.

Im Sommer war hier alles noch verlassen gewesen. Nur eine Handvoll Menschen hatte damals Unterschlupf in den Knotenpunkten des ehemaligen U-Bahn-Netzes gesucht.

Anfangs hatte es auch noch ausreichend Platz in den verlassenen Zügen und Waggons gegeben. Mittlerweile herrschte hier ein fast unerträgliches Gedränge. Wenn man seinen Platz einmal aufgab, hatte man kaum eine Chance mehr, ihn wieder zurückzuerhalten.

Und auch die Tatsache, daß Rumer, Kiras Tochter, erst zwei Jahre alt war, zählte nicht.

Es wimmelte von Kindern, und den meisten Erwachsenen ging es zu dreckig, als daß sie besondere Rücksicht auf Schwächere genommen hätten.

Die Moral des Individuums war auf dem Tiefpunkt angelangt. Und daran würde sich vor dem nächsten Frühjahr auch nichts ändern – zumindest in den kälteren Regionen Terras nicht.

Als ein warmes Heim noch selbstverständlich gewesen war, hatte Kira nie geahnt, was eine über längere Zeit andauernde Kälte anrichten konnte.

Aber sie hatte sich vieles nicht vorstellen können, so lange Tony noch bei ihr gewesen war und die Welt nicht in Trümmern gelegen hatte...

Rumer preßte ihre Nase gegen die Scheibe des Abteils. Sie stand auf dem Sitz, den Kira für Darga freihielt.

Darga...

Sie wußte nicht viel über diesen Mann.

Nur daß er ihr aufgefallen war unter all den Verzweifelten, die es hierher in die Tiefe gezogen hatte – unmittelbar nach dem Erwachen aus jenem Alptraum, durch den sie fast ein Jahr lang auf die Stufe von Tieren zurückversetzt worden waren.

Wie Darga hatte auch Kira Loomis es an der Oberfläche nicht ausgehalten.

Weil das Auge, wohin es auch blickte, mit den unmenschlichsten Zuständen konfrontiert wurde.

World City war eine Ruinenlandschaft.

Die Kriegsschiffe der Außerirdischen hatten ganze Arbeit geleistet.

Hier, wo die logistischen Fäden der Weltregierung zusammengelaufen waren, hatten die Invasoren schlimmer gewütet als an jedem anderen Ort der Welt.

Es gab keinen Wolkenkratzer mehr, der heilgeblieben war. Von ein paar Hilfsgeneratoren abgesehen, existierte kein funktionierendes Stromnetz.

Vorrangig, und vermutlich war dies sogar richtig, hatte man sich um die Wasserversorgung bemüht. Mittlerweile brauchte niemand mehr Durst zu leiden, auch die Lebensmittel erreichten die, die darauf angewiesen waren...

Trotzdem gab es keine Zufriedenheit.

Die Vorstellung, daß es in anderen Städten schon wieder viel besser aussah, hatte einen regelrechten Exodus aus World City ausgelöst.

Auch Kira wollte mit ihrer kleinen Tochter fort von hier.

Aber diese Erkenntnis war zu spät gekommen. Im Winter war es aussichtslos. Sie wären in den sicheren Tod marschiert. Nicht einmal mit viel Glück war ein funktionstüchtiges Fahrzeug aufzutreiben.

World City war nicht mehr Herz und Hirn der Welt. Innerhalb kürzester Zeit hatte Alamo Gordo der ehemaligen Metropole diesen Rang abgelaufen.

»Probleme?« fragte Kira Loomis, als Darga sich den Weg zu ihnen gebahnt hatte und Rumer vorsichtig von dem Sitz herunterhob, in den er sich fallen ließ.

»Nein.«

»Wie ist das Wetter draußen?«

»Etwas wärmer als gestern. Aber kein Grund zum Freuen. Es

sieht nach Schnee aus, und wer weiß, wie es weitergeht, wenn uns das Wetter hier isoliert...«

»Das hältst du für möglich?« Kira öffnete Rumers Box und reichte sie dem Kind mit einer Messinggabel, die sie wie einen Schatz hütete.

Rumer machte sich schweigend über das Essen her. Sie tat es stehend, aber es machte ihr nichts aus.

Kira reichte auch Darga eine Gabel.

Wie die meiste Zeit wußten sie auch heute nicht, *was* sie eigentlich aßen. Aber es hatte einen erträglichen Geschmack und schien einen Nährwert zu besitzen, denn die Mangelerkrankungen gingen spürbar zurück.

Kira bemerkte an sich selbst und an ihrem Kind, daß die Haare und Fingernägel besser geworden waren; nicht mehr so spröde. Auch die permanente Entzündung des Zahnfleischs war abgeklungen.

Sie seufzte.

Darga hatte auf ihre Frage nicht geantwortet, was nichts Ungewöhnliches war.

Er war immer reichlich wortkarg und auch, was die äußere Erscheinung anging, nicht mit Tony zu vergleichen.

Aber Tony war fort, war vielleicht tot. Wahrscheinlich sogar...

Kira hielt kurz im Essen inne. Sie schloß die Augen.

Daß sie nicht auch Rumer verloren hatte, erschien ihr immer noch wie ein Wunder. Aber sie brauchte sich nur umzuschauen, um zu sehen, daß sie keine Ausnahme darstellte.

Es war, als hätten die Katastrophe und der Verlust des freien Willens nach der Bestrahlung durch die Außerirdischen Urinstinkte aktiviert, von denen der Beschützerinstinkt der Mütter für ihre Kinder mit der mächtigste gewesen war.

Anders war es nicht zu erklären, daß Kira selbst in völliger geistiger Umnachtung weiter für ihre damals erst einjährige, völlig unselbständige und hilflose Tochter gesorgt hatte.

Im hinteren Teil des Waggons brach ein kleinerer Tumult aus.

Zwei Männer gerieten sich in die Haare und prügelten aufeinander ein, ohne daß jemand einschritt.

Aber auch ohne daß der Gewaltausbruch Signalwirkung auf andere ausübte.

Auseinandersetzungen dieser Art waren nichts Besonderes, und im Grunde war es auch niemandem zu verdenken, daß er sich in der Hauptsache um sich selbst kümmerte.

Kira blickte verstohlen zu Darga.

Sie wußte immer noch nicht, wie es gekommen war, daß sie sich mit ihm zusammengetan hatte.

Eines Tages hatte er sie mit seinem treuen Dackelblick angeschaut. Sie hatte gelächelt, und er war zu ihr gerückt. Seine Geduld mit Rumer war erstaunlich gewesen. Auch seine Ausdauer, wenn es darum ging, ihr Geschichten zu erzählen oder einfache Spiele mit ihr zu spielen.

Vielleicht war es das, was Kira bei ihm hielt: Rumer.

Er übte keinerlei erotische Anziehungskraft auf sie aus. Und sie fürchtete, daß dies noch ein größeres Problem zwischen ihnen werden könnte.

Eines Tages, sobald dies auch Darga klar wurde...

Alamo Gordo

»Ein fremder Hypnoblock? *Wer* sollte mir *wann* nahe genug gekommen sein, um... Der CAL? Denken Sie etwa, der CAL könnte...?« Ren Dhark starrte Manu Tschobe entgeistert an.

Schulterzuckend erwiderte der Arzt: »Ich kann momentan nicht mehr darüber sagen, als daß Ihre Teilamnesie offenbar bewußt von jemandem herbeigeführt wurde. Jemand, der *verhindern* wollte, daß Sie sich an alle Details bezüglich Ihres Aufenthalts auf Robon erinnern. Und dazu fällt mir in der Tat kein anderer als der CAL ein. Ihnen?«

Dhark versuchte zu antworten. Aber das Gefühl, daß sich unter ihm ein tiefes schwarzes Loch gebildet hatte, wurde übermächtig.

»Ich werde gerne weitere Versuche unternehmen, den Block zu beseitigen«, sagte Tschobe. »Aber ich kann nicht versprechen, daß es mir gelingt – und nicht sagen, welche Folgen damit verbunden wären.«

»Folgen?« Dhark lauschte in sich.

»Der Verstand ist ein zerbrechliches Gebilde...«

»Ich verstehe.«

»Das erleichtert mich. Denn ich bin der Überzeugung, daß drohender Wahnsinn ein zu hohes Risiko ist, wenn es nur darum geht, ein paar Gedächtnislücken schließen zu wollen.«

»Haben Sie mir nicht gerade den Beweis geliefert, daß mehr dahintersteckt als die verschmerzbare Trübung meines Erinnerungsvermögens?«

»Bewiesen?«

»Würde sich jemand die Mühe machen, Geschehnisse aus meinem Gedächtnis zu löschen, wenn sie keine weitreichende Bedeutung hätten?«

»Nein, vermutlich nicht.«

»Sehen Sie...«

»Ich fürchte, ich weiß trotzdem nicht, wie wir ohne das erwähnt hohe Risiko Klarheit in dieser Frage gewinnen sollen...«

»Würde es helfen, wenn ich mich in die Umgebung zurückbegebe, in der die Manipulation aller Wahrscheinlichkeit nach vorgenommen wurde?«

»Auch darüber läßt sich keine verläßliche Prognose erstellen.«

»Aber es *könnte* helfen?«

»Ja, natürlich...«

»Gut.«

»Gut?«

»Dann werde ich es wenigstens versuchen!«

Dhark bedankte sich noch einmal bei Tschobe. Dann verabschiedete er sich.

Er wirkte plötzlich wie jemand, der erst noch eine Menge Geschäftliches zu erledigen hatte, bevor er sich eine Zeitlang privat loseisen konnte.

Und irgendwie so ähnlich war es auch...

4.

Einige Tage später

Wann immer Ion Zephyr in einen Spiegel blickte, erschien ihm die zerfurchte Grimasse darin wie die plastische Karte eines Landes, das es schon bald nicht mehr geben würde.

Sich selbst in einer Zeitrafferstudie zu beobachten, wie man vergreiste, war Hölle und Fegefeuer in einem!

Natürlich war er nicht wirklich in der Lage, dem satanischen Bildhauer dabei zuzusehen, wie er in absurdem Tempo Striche und Kerben in menschliche Haut meißelte – so schnell, daß Zephyrs Verstand überhaupt keine Chance hatte, den daraus entstehenden Horror auch nur annähernd zu kanalisieren.

Aber manchmal wurde der Glaube in dem ehemaligen Offizier der Terra-Flotte einfach übermächtig, eben *doch* jederzeit und in jedem Spiegel Zeuge des ruinösen, unaufhaltsamen Prozesses werden zu können.

Zeuge seines fast schmerzfreien Siechtums.

Des Verfaulens bei vollem Verstand.

Daß es ihm wie einer runden Million anderer Robonen erging, die das Pech gehabt hatten, von Terra entführt und verändert worden zu sein, machte es Zephyr keine Spur leichter, sein Schicksal zu ertragen. Oder auch nur zu akzeptieren.

Zumal das wahre Pech für Zephyr nicht in der ersten, sondern in der *zweiten* Entführung lag. *Von Robon zurück zur Erde...*

Einer Erde, die ihm gar nichts mehr bedeutete, weil er sich darauf nicht mehr zurechtfand. Sie war nicht sein Zuhause. Sein wahres Heim lag zweitausend Lichtjahre entfernt im System einer gelbroten Sonne der M-Klasse.

In einer Stadt mit dem klangvollen Namen Starlight!

Und etwas vermißte er noch dramatischer wie die dortige Straße, in der er die schönsten Monate seines Lebens verbracht hatte.

Er vermißte SIE.

Die freundlichen, von den Menschen zu Unrecht denunzierten und als ›Giants‹ beschimpften *All-Hüter*...

»Wann geht es endlich los?«

Theck Drenderbaums Stimme holte Zephyr auf den Boden der Tatsachen zurück. Seinem Ton zufolge brannte er darauf, das Himmelfahrtskommando endlich zu starten.

Doch Zephyr zögerte noch einen Moment. Er schürzte die Lippen, die spröde wie Glas waren, und rief sich in vollem Umfang ins Bewußtsein, was sie vorhatten.

»In Ordnung«, sagte er schließlich. »Gib das Signal. Es geht los...!«

Der äußerlich so behäbig wirkende Drenderbaum nickte zufrieden, und auch Zephyr fühlte sich plötzlich von Zentnerlasten befreit. Es war soweit. Von nun an gab es kein Zurück mehr. Sie würden kämpfen und siegen – oder sterben.

Aber letzteres blühte ihnen auch, wenn sie weiter die Hände in den Schoß legten.

Nein, so einfach wollten sie es den Schuldigen ihres Sterbens nicht machen.

So leicht nicht...

Wissenschaftszentrum Alamo Gordo, Otero Bassin, Astrophysikalische Abteilung

Monty Bell redete und fluchte im Selbstgespräch.

Niemand war bei ihm.

Es war kurz nach Mitternacht, und die meisten Labors waren um diese Zeit entvölkert, weil Suprasensoren das Gros routinemäßiger Analysen absolvierten.

Was sein Fachgebiet anging, waren die hochgezüchteten Rechner auch für Monty Bell unentbehrliche Helfer – aber er vertraute ihnen nicht blind.

Sie mochten komplizierte Aufgaben schneller als der menschliche Intellekt bewältigen – aber sie blieben entsetzlich unkreativ.

Eigentlich bewertete der Astrophysiker aber genau diesen Aspekt als ausgesprochen beruhigend. Die Forschungen, die seit Jahrzehnten darauf hinsteuerten, Rechengehirne mit einem ›Bewußtsein‹ auszustatten, waren ihm suspekt.

Besonders Bemühungen, die sich mit dem Prototyp eines ›Soul Catchers‹ befaßten – eines ›Seelenchip‹, der es irgendwann ermöglichen sollte, Inhalte menschlichen Geistes direkt aus dem Gehirn abzuziehen und auf einen Datenträger zu bannen.

Wäre dieser Schritt tatsächlich gelungen, würde es auch nicht mehr auszuschließen sein, den Datentransfer in umgekehrter Richtung durchzuführen. Und damit wäre der Bewußtseinsmanipulation endgültig Tür und Tor geöffnet.

Willkürliche Charakterverformungen wären ebenso praktizierbar geworden wie das Aufpfropfen gefälschter Erinnerungen, Lebensläufe... und... und... und...

Ein Durchbruch auf diesem Gebiet wäre aus Monty Bells Sicht katastrophal gewesen, denn die Menschen waren noch lange nicht soweit, Gott zu spielen. Mit der sich ergebenden ethischen Verantwortung wäre niemand fertig geworden. Sie hätte die Gesellschaft bis zur Unkenntlichkeit umstrukturiert.

Andererseits fragte der Fortschritt selten, ob gerade der passende Zeitpunkt für Umwälzungen war.

Nicht einmal die *Bombe* hatte vor hundert Jahren aufgehalten werden können. Es schien der genetisch verankerten Natur des Menschen zu entsprechen, bevorzugt mit Kräften zu hantieren, die man noch nicht einmal richtig verstehen gelernt hatte und deren wahre Auswirkungen man nicht kannte.

Möglicherweise war aber genau dies das ›Erfolgsrezept‹, das dem Homo sapiens auch in aussichtslos anmutenden Situationen immer wieder eine Chance zum Neuanfang einräumte...

Monty Bell lächelte dünn, weil er sich beim Philosophieren ertappte. Er war Ende Zwanzig. Früher hätte man ihn ohne Zögern schlicht als schlank bezeichnet.

Doch die Giants hatten auch ihn vorübergehend zu ihrem bedingungslos ergebenen Werkzeug umfunktioniert, und in den Monaten, in denen er seine Fähigkeiten ihrem Willen untergeordnet hatte, war er sichtlich abgemagert. Daran hatte sich in der Zwischenzeit noch nicht viel geändert; er wirkte immer noch unterernährt. Die verbesserte Lebensmittelversorgung schien sich nicht bis zu ihm herumgesprochen zu haben...

Wahrscheinlicher war jedoch, daß Monty Bell sich einfach nicht die Zeit nahm, das verlorene Gewicht wettzumachen. Das wenigste, was ihn beschäftigte, waren Kalorien.

Selbst den zögerlichen Wiederaufbau Terras nahm er nur beiläufig zur Kenntnis.

Im Grunde interessierte er sich nur für die nächste Katastrophe, die der Erde, nein, *der ganzen Milchstraße* drohte!

Noch war dieser Sektor des Spiralarms von den fürchterlichen Orkanen, die das sich verändernde galaktische Magnetfeld erzeugte, verschont geblieben.

Im 30 000 Lichtjahre entfernten Col-System aber wüteten die Stürme immer häufiger, so daß sich die Menschen, die sich auf dem Planeten Hope niedergelassen hatten, mit einer energetischen Glocke amphischer Bauart, die ihre Stadt ab einer bestimmten Strahlungsintensität hermetisch abschirmte, schützen mußten.

Auf Dauer gesehen war das keine Lösung.

Zumal auch das der Erde viel näherliegende Giant-System kürzlich von einem dieser gespenstischen Orkane heimgesucht worden war.

Erstmals hatten Kollegen Monty Bells die unerklärliche Veränderung des Magnetfelds vor einem halben Jahrhundert erkannt, als ihnen ausreichend sensible Instrumente an die Hand gegeben worden waren.

Aber auch heute konnte noch niemand eine *Gesetzmäßigkeit* in den Entartungsschüben des galaktischen Gravitationsfelds ausmachen. An eine verläßliche ›Vorhersage‹ war deshalb so bald nicht zu denken.

Als Kuriosum am Rande betrachtete Monty Bell den Umstand, daß er auch *während* der Invasion an dem Phänomen weitergeforscht hatte – offenbar im Auftrag der Giants.

Das legte den Schluß nahe, daß auch die Fremden, von denen man inzwischen annahm, daß es sich um unglaublich hochentwikkelte *Androiden* mit organischen und anorganischen Komponenten handelte, diesem Problem hilflos gegenüberstanden.

Welche Motive sie letztlich dazu veranlaßt hatten, den gesamten terranischen Machtbereich zu erobern, konnte auch heute, drei Monate nach Beendigung der Besatzung, noch niemand schlüssig darlegen.

Auch Ren Dhark nicht, obwohl dieser dem Drahtzieher der Invasion, dem CAL, persönlich gegenübergestanden und ihn zur Herausgabe einer Heilungsmethode für die versklavten Menschen gezwungen hatte.

Es war eine der Verrücktheiten dieser Tage, daß nicht einmal Dhark selbst zu sagen vermochte, wie ihm dieses Kunststück eigentlich genau gelungen war. Denn der CAL, ein Verbund aus fünf parabegabten Gehirnen, hatte bis zu seinem mysteriösen Verschwinden auf Robon als unbesiegbar gegolten...

Monty Bell zügelte seine nun immer öfter abschweifenden Gedanken, an denen er den Grad seiner Müdigkeit ablesen konnte.

Fast mechanisch griff er in die Tasche seines Kittels und nahm eine winzige, blaue Pille aus dem Röhrchen.

Erst als er sie mit etwas Speichel hintergeschluckt hatte, machte er sich Vorwürfe, daß er in letzter Zeit immer häufiger auf die kleinen Muntermacher zurückgriff.

Die Amphetamine entfalteten ihre belebende Wirkung binnen Sekunden. Und mit dem einsetzenden Vitalitätsschub schwanden auch Monty Bell Vorbehalte gegen die Segnungen moderner Pharmazeutik. Mit neuer Energie wertete er weiter die aktuellen Magnetfeldmessungen aus.

Neue Erkenntnisse zeichneten sich nicht ab.

Weder zum Guten noch zum Schlechten.

Die Prognose für die Zukunft blieb unverändert: Voraussichtlich in den nächsten fünfzig Jahren würde diese Galaxis zu einer Sterneninsel mutieren, in der Leben in heutiger Form überhaupt nicht mehr vorstellbar war!

Ein halbes Menschenleben...

Unfaßbar!

Was geschah dort draußen, jenseits aller erforschten Gebiete, wirklich?

Die Quelle der Instabilitäten lag eindeutig *auf der anderen Seite der Milchstraße*. Dort geschah im Leerraum zwischen den Galaxien etwas, was der dringenden Aufklärung bedurfte.

Vielleicht wäre die Entwicklung aufzuhalten gewesen, wenn man nur etwas mehr darüber gewußt hätte.

Monty Bell hatte Ren Dhark eindringlich darum ersucht, eine Expedition in dieses ferne Gebiet zu entsenden. Aber bislang war er mit diesen Appellen auf taube Ohren gestoßen. Die Lage auf Terra und im ganzen Sol-System ließ ein solches Projekt nicht zu.

Zumindest noch nicht.

Vermutlich existierte auch gegenwärtig nur ein einziges Raumschiff, das einer solchen Herausforderung gewachsen gewesen wäre: die POINT OF.

Der unter Dharks Kommando in den Höhlen von Deluge entdeckte und fertiggestellte Ringraumer. Das Produkt einer Hochtechnologie, die der irdischen um Jahrhunderte, vielleicht sogar Jahrtausende voraus war.

Monty Bell verglich gerade einige Resultate seiner Kollegen Craig, Ossorn und Bentheim mit seinen aktuellen Messungen im Sol-System, als das geschah, was diese Nacht anders enden ließ als all die Nächte trügerischer Ruhe in den Wochen zuvor.

Explosionsdonner erschütterte den Boden unter Monty Bells Füßen.

Der automatische Alarm heulte auf, und eine Vokoderstimme meldete emotionslos Feuerausbrüche im Eingangsbereich C!

Benommen schaute Monty Bell vom Monitor seines Arbeitsterminals auf.

Im ersten Moment hatte er einen Unfall in einer der Versuchsanlagen in Betracht gezogen, die in diesem Trakt untergebracht waren. Aber der Eingangsbereich...

Während das Notfallsystem ihm bereits einen Fluchtweg mit der geringsten Gefährdungsstufe herunterbetete, bemühte sich Monty Bell noch um eine Viphoverbindung zum Sicherheitsdienst.

Vergeblich.

Wie es schien, verhallten seine Rufe ungehört. Auch Kontakte zur Außenwelt ließen sich nicht herstellen.

Monty Bell wurde es nun doch mulmig zumute.

Er beschloß, den Hinweisen des Notfall-Lotsen zu folgen und verließ sein Labor.

Erwartungsgemäß begegnete ihm keine Menschenseele. In unmittelbarer Umgebung seiner Abteilung war Monty Bell zur Mitternacht allein.

Das änderte sich jedoch schlagartig, als er auf dem Weg zu dem empfohlenen Flügel um eine Ecke bog –

– und in die häßlich flirrende Mündung eines Paraschockers blickte.

Zur gleichen Zeit

Die POINT OF drang schräg zur Ekliptik in das System der gelbroten Riesensonne ein. Elf Planeten, etliche Monde, 2003 Lichtjahre von Sol entfernt... Das Giant-System!

Es war Ziel einer Mission, zu der sich Ren Dhark nach langem Zögern durchgerungen hatte, obwohl sich die Lage auf Terra gerade erst zu stabilisieren begann.

Aber es konnte sich als ein ebensolcher Fehler erweisen, die enge Verquickung, die zwischen Sol- und Giant-System unstrittig bestand, weiter zu ignorieren.

Die *Giants* waren schuld, daß die Geschichte der Menschheit um ein Haar in einem ähnlichen Desaster geendet hätte wie Millionen Jahre zuvor die Epoche der Dinosaurier.

Wie eine uneindämmbare Naturgewalt waren die Außerirdischen mit ihren Kugelraumern über Terra erschienen und hatten die

Stätten, von denen Widerstand ausgegangen war, im Takt ihrer Pressorstrahlen zermalmt.

Nicht nur Militärbasen, auch zivile Ballungsgebiete waren dem Erdboden gleichgemacht worden. Millionen Opfer hatte die Attakke aus dem All gekostet – und noch einmal so viele waren im späteren Verlauf an den Folgen von Hunger, Durst, Kälte oder Hitze krepiert...

Giants – Bestien!

Dieser Ausruf war zum geflügelten Wort geworden – auch noch Monate nach der erfolgreichen Niederschlagung der Invasion.

Die wahren Drahtzieher der über die Menschheit hereingebrochenen Katastrophe waren jedoch nicht in den Reihen der raubtierähnlichen, nur entfernt humanoiden Giants zu suchen.

Die wirklichen ›Hunde des Krieges‹ hatten sich CAL genannt.

Fünf parabegabte Gehirne hatten die Führungsriege der Giants gebildet – aber kaum ein Giant hatte diesen CAL je zu Gesicht bekommen.

Einer der Gründe dafür schien zu sein, daß die Gehirne, denen Ren Dhark auf Robon entgegengetreten war, nicht einmal entfernte Ähnlichkeit mit den typischen, schlangenförmigen Denkzentren der Giants aufgewiesen hatten.

In nie gesehener Fremdartigkeit hatten die monströs geschwollenen, grauen Zellballungen über ihm in der Luft geschwebt.

Nackt, ohne einen Körper, der sie mit Nährstoffen versorgte...

... so jedenfalls hatte Ren Dhark den CAL kennengelernt!

Wenn ihn seine Erinnerungen nicht trogen.

Seine Erinnerungen...

Er war froh, als Ralf Larsens Stimme ihn ins Jetzt zurückholte.

»Alle Systeme stabil. Keine besonderen...« Der Erste Offizier holte tief Luft, verstummte dann und unterhielt sich flüsternd mit Anja Field, die sich die Terminalfunktionen des Checkmasters mit ihm teilte.

»Probleme?« fragte Ren Dhark. Seine Hände lagen auf der sensorischen Armlehne des Kommandosessels. Der Platz neben ihm war leer. Dan Riker war zur Funk-Z marschiert, um Glenn Morris ein wenig über die Schulter zu sehen – auch wenn nicht anzunehmen war, daß sie Funknachrichten aus dem System auffingen.

Starlight, Starmoon und Stardust waren zu Geisterstädten verkommen. Die letzten Bewohner hatten schon in den Wirren der C-E-Einsätze die Emigration nach Terra angetreten, und bis zum heutigen Tag existierte nicht einmal ein provisorischer Flottenstützpunkt.

Deutlicher als damit hätte das Desinteresse der Übergangsregierung auf Terra nicht zum Ausdruck gebracht werden können. Das vorrangige Bestreben der Verantwortlichen war eindeutig, die Ordnung im Sol-System wiederherzustellen, und auch wenn dies aus Ren Dharks Sicht kurzsichtig gedacht war, mußte er eingestehen, daß die Situation nicht viel Spielraum ließ. In den meisten Lebensbereichen schwang der Terror der Giants noch immer nach.

Sie hatten ihren traumatischen Stempel in fast jeder Psyche hinterlassen. Heillosen Schrecken, den nur die Zeit lindern konnte – wenn überhaupt.

»Wir wissen es noch nicht«, antwortete Anja Field, die ihre Frisur geändert hatte. Karminrot und streichholzkurz brachte ihre Haartracht das aparte Gesicht mit den hochliegenden Wangenknochen noch mehr zur Geltung. Dezentes Make-up vervollkommnete den Eindruck einer selbstbewußten Frau, die Wert darauf legte, an ihren Fähigkeiten, nicht an ihrem Aussehen gemessen zu werden.

Dennoch wurde sie an Bord auch wegen ihrer femininen Eigenschaften geschätzt. Sie war ein Ruhepol. Eine gute Zuhörerin, die für jeden ein offenes Ohr hatte. Einfühlsamer als die männlichen Angehörigen der Zentrale-Besatzung verstand sie es, eine entspannte Atmosphäre um sich herum zu verbreiten.

»Was heißt das?« fragte Ren Dhark. Ruhig begegnete er Anjas Blick. »Besteht eine Gefahr für das Schiff?«

»Das nicht. Aber der Checkmaster bestätigt gerade die Resultate der Fernortung. Demnach werden auf der Oberfläche des Zentralgestirns zwei fluktuierende Mesonenentladungen angemessen.«

»Mesonen?« Dhark furchte die Stirn.

Mesonen waren Bestandteil der strukturöffnenden Felder, die

einem Raumschiff den Übertritt in den Hyperraum ermöglichten.

Transitionstriebwerke arbeiteten mit Mesonen-Teilchen. In natürlicher Form kamen sie in einer Sonne nicht vor.

»Alles spricht dafür«, bestätigte Ralf Larsen mit düsterer Miene, »daß vor uns in der Giant-Sonne gerade zwei Schiffe explodiert sind. Dem Energiespektrum zufolge müßte es sich um Raumer der Planeten-Klasse gehandelt haben...«

Glenn Morris hatte eine Hyperfunkverbindung zum Flottenkommando aufgebaut. Daraufhin war ihnen definitiv mitgeteilt worden, daß sich keiner der in die terranische Flotte integrierten früheren Giant-Raumer auch nur in der Nähe ihrer Koordinaten bewegte. Auch als vermißt galt gegenwärtig kein Kreuzer der Planeten-Klasse.

»Es kann sich also nur um Schiffe handeln, die schon seit Monaten führerlos durchs All trieben«, kommentierte Janos Szardak, »ehe sie nun offenbar von der Gravitation des Gestirns angezogen wurden und in dem Schmelztiegel verglühten. Bei der Explosion ihrer Transitionsantriebe wurden die Mesonen freigesetzt... Nicht tragisch. Kähne wie diese gibt es zuhauf, und solange sie nicht bemannt sind...«

Dhark war bereit, sich Szardaks Meinung anzuschließen. Verlassene Giant-Raumer mochten noch zu Hunderten, vielleicht zu Tausenden zwischen den Sternen treiben. Die personelle Kapazität der Flotte hätte gar nicht ausgereicht, sie mittelfristig zu bergen, geschweige denn zu besetzen. Zwar lief die Ausbildung an der Fremdtechnik auf Hochtouren, dennoch würde mindestens ein Jahr vergehen, bis man darangehen konnte, das gegenwärtige Kontingent zu erhöhen. Nein, Kähne, wie Szardak es ausdrückte, gab es wirklich zuhauf...

Dhark revidierte die eigene Einschätzung erst, als Tino Grappa ihm zurief: »Achtung, Masseortung! Keiner der üblichen Typen...«

»Koordinaten?« Dhark verließ den Kommandositz und wechselte zu Grappas Instrumenten.

»Ganz nahe der Unglücksstellen, an denen die beiden *Planeten*-Kreuzer detoniert sind...«

»Visueller Kontakt?« Dhark nickte zur holografischen Bildkugel.

Grappa schüttelte den Kopf. »Zuviele Störungen.«

»Es muß kein Raumschiff sein, oder...?« murmelte Dhark.

»Doch«, widersprach Grappa. »Die Muster sind charakteristisch. Außerdem scheint so ziemlich jede Birne an Bord zu brennen... Salopp ausgedrückt!«

»Salopp ist okay«, lächelte Dhark. »Ist es das, was ich vermute?«

Grappa zuckte die Achseln. »Alles spricht für einen Typ, der als verschollen gilt... 750 Meter Durchmesser. Die hypothetische *Sternen*-Klasse, nach der die Flotte wie nach der berühmten Stecknadel im Heuhaufen sucht...!«

Als Dhark nichts erwiderte, sagte Grappa: »Begeistert scheinen Sie nicht zu sein, Commander.«

»Sollte ich das?« Dhark sah ihn an. Aufgewühlter als noch Sekunden zuvor. »Begreifen Sie denn nicht? Begreifen Sie nicht, womit wir es zu tun haben könnten?«

Larsen trat neben ihn. »Zwei 400-, ein 750-Meter-Raumer«, sagte er. »Es könnte tatsächlich die ASHGORT sein. Aber dann...«

Er wurde bleich bis in die Lippen.

Ren Dhark nickte.

»Was hast du vor?« fragte Dan Riker, der gerade durch das Zentrale-Schott getreten war und die letzten Worte Larsens noch aufgefangen hatte. »Glaubst du etwa, daß...?«

Dhark brauchte seinen Freund und stellvertretenden Kommandanten der POINT OF nur anzusehen.

Kurz darauf änderte der Ringraumer seinen Kurs.

Richtung Sonnenhölle.

Die ASHGORT war kein unbeschriebenes Blatt. An Bord dieses Schiffs war es der POINT OF Monate zuvor gelungen, der Spur der im Cryo-Schlaf entführten Terraner nach Robon zu folgen. Unbemerkt.

Nachdem sich absehen ließ, daß die ASHGORT einen havarierten 400-Meter-Raumer im Sol-System bergen wollte, hatte Ren Dhark Befehl gegeben, dieses Wrack als Trojanisches Pferd zweckzuentfremden. Mittels seiner Intervallfelder war der Ringraumer in den manövrierunfähigen Kugelraumer eingeflogen und hatte sich anschließend energetisch totgestellt.

Die ASHGORT hatte das Wrack wie erhofft aufgenommen und war damit ins Giant-System transitiert, wo es gelungen war, die Giant-Besatzung außer Gefecht zu setzen und den Raumer vollständig unter Kontrolle zu bringen. Dem Tarnfeld der Synties war es zu verdanken, daß man die ASHGORT statt zum sechsten Planeten Robon, zum siebten – Mounts – hatte manövrieren können.

Dort auf dem Himalaya-Planeten hatte man das gewaltige Schiff nach dem Sieg über den CAL zurückgelassen, und als man sich Wochen später daran erinnerte, hatte man feststellen müssen, daß dieses und zwei kleinere 400-Meter-Schiffe von einer Gruppe ›nicht umgeschalteter‹ Robonen gefunden und in deren Gewalt gebracht worden waren.

Was aus diesen immer noch ihrer Erinnerung an Terra beraubten Robonen geworden war, gehörte zu den ungeklärten Kapiteln der Geschichte.

Damals hatten sie angekündigt, nach den verschwundenen All-Hütern und dem CAL suchen zu wollen. Der plötzliche Verlust ihrer ›Fürsorger‹ hatte sie offenbar völlig aus der Bahn geworfen. So sehr, daß sie nicht einmal davor zurückgeschreckt hatten, bereits C-E-behandelte Robonen aus den Städten Starlight, Starmoon und Stardust zu entführen und zu zwingen, an ihrer Suche teilzunehmen!

Zwischen 80 000 und 100 000 Robonen waren von ihnen verschleppt worden. Bis heute war das Schicksal der Betroffenen ungeklärt.

Bis heute?

Ergab es einen Sinn, daß die getreuen Jünger der All-Hüter ein so wertvolles Schiff wie die ASHGORT einfach wieder an den Ausgangspunkt ihrer Reise zurückgebracht und hier sich selbst überlassen hatten?

Nein, wahrscheinlich nicht einmal dann, wenn man voraussetzte, daß die Entführten zwischenzeitlich auf einem geeigneten Planeten irgendwo in der Galaxis ausgesetzt worden waren.

Was steckte also *wirklich* dahinter...?

Ren Dhark war entschlossen, es herauszufinden.

Denn beim bloßen Gedanken, daß ein Schiff mit vielleicht hunderttausend Menschen an Bord in eine Sonne stürzen könnte, wurde ihm schlecht.

Speiübel wurde ihm...

5.

»Funkkontakt?«

»Negativ!«

»Sonstige Lebenszeichen?«

»Negativ, Commander! Aber unsere Sensoren werden weitgehend irritiert. Verläßliche...«

»Intervallauslastung bei 60 Prozent, Commander!« mischte sich Miles Congollon in den Informationsaustausch zwischen Larsen und Dhark ein. Der kleinwüchsige Eurasier, dem die Bordaggregate unterstanden, versuchte erst gar nicht, Emotion aus seiner Stimme herauszunehmen. Unnatürlich schrill klang seine Meldung aus der Bordverständigung in die Zentrale: »Die Schilde halten das nicht mehr lange aus!«

»Und konkret? *Wie* lange können wir uns noch auf sie verlassen?« drängte Dhark.

»Unter Berücksichtigung unserer Geschwindigkeit und unserer beabsichtigten weiteren Annäherung an den Atomofen... noch geschätzte dreißig Minuten!« Congollons Tonfall war schroffer geworden, gleichzeitig aber auch etwas weniger fatalistisch.

Auch andere ›alte Hasen‹ kämpften gegen die langsam anschwellende Panik an.

Auf Dan Rikers vorspringendem Kinn hatte sich der obligatorische rote Fleck als Zeichen seiner Erregung gebildet.

Häufig verkörperte Riker den Gegenpol zu Dharks stark entwickeltem Eigensinn.

Aber in diesem Fall schlug sein Freund alle Warnungen in den Wind.

»Anja, wie urteilt der Checkmaster?«

»Er bestätigt!« Die Expertin im Umgang mit den Algorithmen der Mysterious-Mathematik antwortete postwendend. Dabei tauschte sie einen schnellen Blick mit Dan Riker, wovon aber niemand Notiz zu nehmen schien.

Der stählerne Gigant war inzwischen in den Sonnenhalo eingetaucht. Die Schwerkraftklauen zerrten ihn unaufhaltsam tiefer.

Schon jetzt waren die Aussichten, ihn vor der ›Heißverschrottung‹ zu bewahren, trübe. Die Sonnenprotuberanzen näherten sich dem 750-Meter-Raumer wie züngelnde Schlangen.

Gab es Leben in ihm? Niemand *wollte* daran glauben!

Aber wenn es die ASHGORT war, konnte es auch niemand ausschließen, und dann...

Nach dem Verschwinden des CAL waren im Raum um Sol und hier in diesem System keine Giants mehr angetroffen worden. Sämtliche an der Erdinvasion beteiligten Fremden hatten sich von einem Moment zum anderen verflüchtigt.

Spurlos.

Seither glaubte die Bevölkerung Terras wieder an eine Zukunft, und die Verantwortlichen der neu formierten Terra-Flotte rieben sich die Hände, weil ihnen ein Machtpotential von unschätzbarem Wert in den Schoß gefallen war.

Die Größen der Giant-Raumer variierten zwischen 50, 100, 200 und 400 Meter Durchmesser – die Flotte unterschied sie in *Panther-*, *Wolf-*, *Hunter-* und *Planeten*-Klasse.

Eine weitere Kategorie existierte dabei bislang, wie von Tino Grappa angedeutet, nur auf dem Papier: die *Sternen*-Klasse.

Trotz immenser Bemühungen war es immer noch nicht gelungen, auch nur einen einzigen jener 750-Meter-Raumer aufzutreiben, die bei den Giants Verwendung als Bergungsschiffe gefunden hatten. Daß die Raumcontroller der POINT OF nun beim Einflug ins ehemalige Hoheitsgebiet der Giants eine solche Rarität erfaßt hatten, war an sich schon sensationell. Die Frage, woher das Schiff kam, und warum es früheren Scans des Elf-Planeten-Systems entgangen war, geriet in den Hintergrund. Im Moment zählte nur, daß Dhark Abfangkurs befohlen hatte und damit die bekannten Risiken, die ein

Sonnenungeheuer dieses Typs selbst im Intervallschutz darstellte, ignorierte.

»Schilde jetzt bei 56 Prozent! Voraussichtlicher Kollaps in 28 Minuten und 30 Sekunden!«

Eigentlich war Congollons Bezeichnung ›Schild‹ für den künstlichen Mikrokosmos, der die POINT OF umgab, falsch – aber daran störte sich kaum jemand. Es hatte sich eingebürgert, das Doppelintervallum nicht nur als Möglichkeit zu sehen, die Physik des Einsteinuniversums zu überlisten, sondern seiner *Schutz*funktion denselben Stellenwert einzuräumen.

»Laß uns umkehren! Es ist sinnlos!«

Rikers Stimme ließ Dharks Kopf herumrucken. »Wer sagt das?«

»Ich.«

»Dabei hast du es mir erfolgreich vorgemacht!«

Riker wußte genau, worauf sein Freund anspielte – die meisten in der Zentrale wußten es. Sie waren dabei gewesen, als der Ringraumer unter Rikers Kommando einen im Sol-System havarierten Pyramidenraumer zu dessen Herkunftsplaneten Esmaladan ›abgeschleppt‹ hatte. Zu diesem Zweck war das fremde Schiff in die Intervall-Sphäre der POINT OF aufgenommen worden. Und dieselbe Methode beabsichtigte Dhark nun offenbar bei der 750-Meter-Kugel anzuwenden!

»Das war eine völlig andere Situation!« begehrte Riker auf.

»Ich weiß«, nickte Dhark. »Statt einer Sonne hattet ihr ›nur‹ die Synties im Nacken! – Aber wenn ich die Wahl habe, entscheide ich mich lieber für einen Stern!«

»27 Minuten«, meldete Congollon. »Schilde bei 52 Prozent! Wenn uns einer der Gasauswürfe auch nur streift, dann gute Nacht...!«

»Tino?« Dhark wandte sich zu Grappa um. »Entfernung?«

»Noch rund 3000 Meter«, erwiderte der Südländer gefaßt. Doch die winzigen Schweißperlen auf Gesicht und Oberlippenbart verrieten, wie es wirklich in ihm aussah. »Zur Sonnenoberfläche beträgt der Abstand gerade noch 820 000 Kilometer!«

»Das schaffen wir nie!« Riker gab den Versuch, seinen Freund doch noch zur Besinnung zu bringen, nicht auf. »Wir haben ihn zu spät entdeckt, sieh es ein! Wären wir eine Stunde früher angekommen...«

Ren Dhark aktivierte die Gedankensteuerung und erteilte lautlos Befehle. Im telepathischen Verbund mit dieser Sonderschaltung der Mysterious war das Ringschiff unnachahmlich präzise und im wahrsten Sinn des Wortes *gedankenschnell* zu fliegen.

»Achtung, ich schalte jetzt auf visuellen Kontakt!« meldete Janos Szardak. Er saß neben Tino Grappa und richtete selbst die Augen auf die große Bildkugel der Zentrale. Nur noch in den beiden Waffensteuerungen und dem Maschinenraum existierten Hologramme in vergleichbar imposanter Größe; die Bildkugeln in den Kabinen des Ringraumers durchmaßen lediglich noch dreißig Zentimeter.

Bislang hatten die Störeinflüsse der Sonne eine klare optische Erfassung des Kugelraumers verhindert. Nach Unterschreitung der 3000-Meter-Marke übermittelte der Reizstrahl erstmals gestochen scharfe Bilder des Kugelgiganten, woraufhin durch sämtliche Mannschaftsdecks der POINT OF ein Aufstöhnen ging.

»Die ASHGORT!« Auch Ren Dhark begann zu frieren, während sich ihr Verdacht zur Gewißheit formte. »Es ist wahrhaftig die ASHGORT...!«

Ren Dhark führte das Manöver, mit dem er die ASHGORT in die schützende Ummantelung des Doppelintervallums nehmen wollte, so behutsam wie möglich durch.

Die Bildkugel wurde sein Auge, während die Gedankensteuerung alle anderen Sinne ersetzte.

Sie nichtig machte.

In diesem Zustand *war* er das Schiff.

Das Pulsieren der M-Konverter überlagerte den Schlag seines eigenen Herzens, und die Nerven prickelten, wie er es noch nie in dieser Intensität verspürt hatte. Auch die elementare Befriedigung, die ihm die Herrschaft über *diesen* Körper schenkte, übertraf alle Erfahrungswerte.

Es war, als wüßte die rätselhafte Schiffsautomatik genau, was vom perfekten Zusammenspiel zweier grundverschiedener Intellekte abhing – und handelte entsprechend.

Auf der einen Seite wirbelten die unbegreiflichen Bits eines künstlichen Mysterious-Bewußtseins – auf der anderen die biochemischen Funken eines Menschenverstands...

Ich muß mich zusammenreißen. Der Rausch darf nicht mein Entscheidungsvermögen trüben! Und dann, während sich sein Blick an der von Mikrometeoriten zernarbten Außenhülle der ASHGORT festsaugte, blitzte ein anderer, sehr viel skurrilerer Gedanke durch sein Hirn, ohne ein Echo in der ›Seele‹ des Ringraumers zu finden: *Wir bergen einen Bergungsraumer... Himmel, kann es wirklich sein, daß ich das Leben darin* spüre? *Den Atem Tausender? Die Ausdünstungen ihrer Angst und Verzweiflung...?*

Er hoffte immer noch, es mit einem Geisterschiff zu tun zu haben.

Mit totem Metall.

Aber sein Gefühl malte ein anderes Gespenst an die Wand. Es...

Nicht Tino Grappa, sondern die ›Stimme‹ des Schiffes meldete, daß der Kontakt zwischen Intervallum und Kugelraumerhülle unmittelbar bevorstand und der künstliche Weltraum dort abgeschaltet werden mußte.

Für die ASHGORT, auch für ihre mögliche Besatzung, bestand keinerlei Gefahr. Die höherdimensionale Sphäre existierte für das Universum, dem der ehemalige Giant-Raumer angehörte, überhaupt nicht. Aber um die ASHGORT in das Intervallum der POINT OF einzubetten, mußte es in ab- und wieder eingeschaltet werden. Nur so konnte die gigantische Kugel Bestandteil der rettenden ›Blase‹ werden.

Danach würde der Ringraumer mit Höchstwerten beschleunigen, um samt seiner Huckepack-Last aus dem Gravitationssog zu entkommen.

Doch grau war alle Theorie.

Die ASHGORT war noch nicht einmal zur Hälfte in den Radius des Intervallfelds integriert, als die Schiffsautomatik das Kommando über die Waffensteuerungen Ost und West an sich riß.

»Ren!« Dan Rikers Stimme drang kaum in Dharks Bewußtsein. Er hatte das Gefühl, in fließendem, elektrischem Strom zu schwimmen. »Ren – was tust du?«

Dazwischen mischten sich andere Rufe.

Bud Clifton und Jean Rochard, die leitenden Offiziere der Gefechtsstände, gaben ihre Überraschung kund.

Ren Dhark brach der Schweiß aus.

Nein! dachte er an die Gedankensteuerung adressiert. *Geschütze deaktivieren! Sofort!*

Negativ, erwiderte die gefühlskalte Automatik. *Eine sofortige Eliminierung der akuten Gefährdung genießt höchste Priorität.*

Akute Gefährdung? Dharks Finger krallten sich in die Polsterung der Sessellehnen. *Was heißt das, zum Teufel?*

Fremdraumer fährt Konverterbänke hoch. Pressor- und Drehstrahl-Antennen werden aktiviert. Mit Beschuß ist in den nächsten zehn Sekunden zu rechnen.

Kurz darauf erhielt Dhark das Signal, daß Dust- und Nadelstrahl feuerbereit waren und *jetzt* auf den Kugelraumer abgefeuert werden sollten – – –

NEIN!

AUF KEINEN FALL DUST ODER NADEL!

WENN ÜBERHAUPT, DANN LÄHMSTRAHLEN!

Er hatte schon mehrfach erlebt, daß das Programm der Mysterious sich über Befehle hinwegsetzte und einer nicht nachvollziehbaren Logik gehorchte.

Würde es auch in diesem Fall die Oberhand behalten?

Ren Dhark wollte gar nicht an die Folgen denken...

Wie gelähmt erwartete er die Entscheidung der Automatik...

... die nach ewigkeitslangen Momenten bestätigte: *Strichpunkt-Strahlantennen entsichert. Eröffne das Paralysefeuer.*

Zeitgleich erschienen in der Bildkugel breit gefächerte, blaßblaue Strahlbahnen, die in ihrem optischen Erscheinungsbild an rhythmisch unterbrochene Morsezeichen erinnerten.

Sie erreichten die ASHGORT lichtschnell.

Keine Änderung der Gefahrenlage, meldete die Automatik. *Gegnerische Waffenbatterien in drei Sekunden feuerbereit... SOFORTIGER RÜCKZUG!*

Ren Dhark sah keine Alternative – außer dem Zugeständnis, die vernichtenden Dust- und Nadelstrahlen doch zu gestatten.

Die Mysterious-Aggregate veränderten ihre Melodie hörbar. Dumpf und bedrohlich rumorte es durch die Wandung der 180 Meter durchmessenden, 35 Meter starken Ringzelle.

Die in den Brennkreis emittierten Sle-Energien stemmten sich gegen den Gravosog des vor ihnen stehenden Gestirns.

Die Szene in der Bildkugel wechselte abrupt. Der narbige Koloß verschwand daraus. Nur noch die Sonne füllte das Bild aus. Millionen Grad heißes Plasma und Gase.

Und in Ren Dharks Gehirnwindungen wisperte es lapidar: *Rückzug bestätigt.*

Da erwachte er wie aus tiefer Trance.

Amye Shivaa sah die blauviolett schimmernde Unitallwand mit irrwitziger Geschwindigkeit auf sich zurasen. Daß in Wirklichkeit *sie auf die Schiffszelle zuschoß*, machte keinen wesentlichen Unterschied.

Das Gefühl war immer noch so orgiastisch wie beim allerersten Mal. Das Gefühl, in einem Flash, einem der zylinderförmigen Beiboote der POINT OF, zu sitzen und sich aus dem Depot herauszukatapultieren.

Mit Vollast-Sle.

Umwabert von einem Mikrouniversum, das die Wände, das *alle* Materie des normalen Raumzeitgefüges gegenstandslos machte...!

Dann brach die gefilterte Sonnenglut durch das Deckenhologramm in die Zweierkabine, die nur zu fünfzig Prozent besetzt war.

Shivaa flog solo.

Befehl des Commanders, der *einen* Freiwilligen gesucht und in der 36jährigen Marsgeborenen gefunden hatte.

Noch ehe erfahrene Piloten wie Wonzeff, Doraner oder Warren ihre Bereitschaft signalisieren konnten, war ihnen Amye Shivaa zuvorgekommen.

Ihr klarer Vorteil: Sie hatte gerade Depotwache geschoben und damit den kürzesten Weg zu den Kleinstraumschiffen gehabt, die über identische Antriebssysteme wie ihr Mutterschiff verfügten: Sle und Sternensog.

Sternensog kam bei dieser geringen Distanz nicht in Frage.

Selbst der Sle-Einsatz war im Halo der M-Sonne kaum zu verantworten, weil der kleinste Geschwindigkeits- oder Navigationsfehler zur Katastrophe führen konnte.

Amye Shivaa und die Gedankensteuerung der 017 verschmolzen miteinander. Das namenlose Fremde drang in sie ein – und das draußen lauernde namenlose *Grauen* versuchte augenblicklich, sie in sich hineinzusaugen!

Der Sonnenmoloch!

Wenn das Intervallum – aus welchen Gründen auch immer – versagt hätte, wäre es vorbei gewesen. Dann hätte die Anziehungskraft mit der 017 ebenso verfahren wie mit dem 750-Meter-Giganten, der nur noch eine knappe halbe Million Kilometer von der Oberfläche entfernt war!

Allein die spezielle Isolierung der Raumerzelle verhinderte, daß sich das Innere der Kugel in eine Hölle verwandelte. Während das Schiff es unterließ, seinen energetischen Prallschirm aufzubauen, vertraute die 017 auf ihren Intervallschutz.

Amye Shivaa war weder lebensmüde noch karrieregeil; einzig eine gewisse Gefahrensucht konnte man ihr vielleicht nachsagen. Sie haßte jede Form von Langeweile oder Alltagstrott.

Beide Begriffe gehörten ihrem Wortschatz jedoch kaum noch an, seit die Erde im Dschungel der Sterne wiederentdeckt worden war...

»POINT OF an Shivaa«, klang Ren Dharks Stimme aus dem Funk. »Verlieren Sie keine Zeit, gehen Sie keine unnötigen Risiken ein! Alles spricht für eine robotgesteuerte Attacke der ASHGORT gegen uns – aber ich brauche Gewißheit, daß sich keine menschliche

Besatzung an Bord aufhält! Das ist Ihr Auftrag! Haben wir uns verstanden?«

»Verstanden, Commander!«

Die Marsianerin registrierte feinfühlig, daß Ren Dhark das Unwort ›Robonen‹ vermied. Für ihn waren die Entführungsopfer der Giants immer noch Menschen.

Menschen, die auf Terra zu Greisen wurden...

Amye Shivaa verdrängte den aufblitzenden Gedanken. Die Gerüchte über die Zeitrafferalterung der zurückgeschalteten Robonen durften sie nicht interessieren.

Nicht jetzt!

Sle trieb ihren ›Blitz‹ – im Jargon auch ›Hornisse‹ genannt – auf den Kugelgiganten zu. Pausenlos transferierte die Gedankensteuerung Koordinaten und Entfernungsangaben in das Gehirn der schlanken Frau, die ihre feinnervigen Hände für alle Fälle auch auf den Manuellsteuerungen liegen hatte.

Auf dieselbe Weise, wie die 017 die POINT OF verlassen hatte, passierte sie kurz darauf auch die Schale der ASHGORT.

Zwischen zwei Wimpernschlägen veränderte sich die Umgebung des Flash grundlegend. Und Amye brauchte nicht einmal den oberen Polbereich anzusteuern, in dem sich Mannschaftsräume und Zentrale befanden, um eine Antwort auf Ren Dharks Frage zu erhalten.

Die Antwort... all das *Elend*... wurde vom Deckenhologramm in unbarmherziger Schärfe zu ihr in die Kabine getragen.

»Commander...«, setzte sie mit bebenden Lippen zu einer Schilderung der Lage an, als die Hyperfunkeinheit ihres ›Blitzes‹ unvermittelt eine eingehende Sendung in Gigastärke auffing.

Als Ausgangspunkt lokalisierte die Gedankensteuerung eindeutig die ASHGORT.

Und zeitgleich mit der Besatzung der POINT OF hörte Amye Shivaa, die Marsianerin, einen Mann namens Chakra Timrod sagen...

»... ordern Sie sofort Ihren Spion zurück, oder wir werden das Schiff vernichten – *unser* Schiff! Ich wiederhole: Hier spricht Chakra Timrod vom Suchraumer ASHGORT. Ordern Sie...«

Dhark spürte einen Stich in der Herzgegend.

Die Augen des Mannes, der ihn aus einem Nebenfenster der Bildkugel anstarrte, glühten fanatisch. Sein Haar lag wie bläulich glänzende Stahlwolle um den kantigen, etwas zu groß geratenen Schädel. Die Haut machte einen ledrigen, wind- und wettergegerbten Eindruck.

Aber es schien zweifelhaft, daß Wind und Wetter in letzter Zeit Zugriff auf diesen Mann gehabt hatten.

»Mein Name ist Ren Dhark. Ich führe das Kommando über die POINT OF – jenes Schiff, das *Sie* vor dem Sturz in die Sonne bewahren wollte... und noch immer will! Wir wollten Sie nicht angreifen, Chakra Timrod. Sie haben Probleme, und wir...«

»Wir haben keine Probleme – zumindest keine, die von *Ihnen* lösbar wären! Verschwinden Sie! Ziehen Sie Ihren Spion zurück – sofort! Ich warne Sie zum letzten Mal!«

»Sind Sie ein Bürger Robons?« fragte Dhark, während er von Congollon auch weiterhin über den Status des Doppelintervallums auf dem laufenden gehalten wurde.

Da die POINT OF aber deutlichen Abstand zwischen sich und die ASHGORT gebracht hatte, war dieses Risiko momentan vernachlässigkbar.

»Wie heuchlerisch diese Frage aus Ihrem Mund klingt!« zischte Chakra Timrod.

»Warum?«

»Weil Sie unsere Städte entvölkert haben!«

»Und Sie?«

»Ich habe den kleinen Rest zusammengelesen, der noch da war.«

»Mit Waffengewalt! Gegen seinen Willen!«

»Der freie Wille«, entgegnete Chakra Timrod gepreßt, »ist etwas höchst Relatives. Oder haben *Sie* irgend jemanden gefragt, bevor Sie Ihre hinterhältige Bestrahlung an ihm ausprobierten?«

»Hören wir auf mit gegenseitigen Schuldzuweisungen! In wenigen Minuten ist alles verloren. Lassen Sie sich helfen! Wieviele robonische Bürger befinden sich bei Ihnen an Bord?«

»Ihr Spion hat es Ihnen noch nicht verraten?«

»Nein.«

Timrods Miene blieb geronnene Galle.

»Alle. Es sind alle an Bord. Und wir trauern um die All-Hüter, unsere Freunde. Es ist sinnlos, weiter nach ihnen zu suchen. Es gibt sie nicht mehr. Der einzige Weg, ihnen vielleicht doch noch nahezukommen, ist, ihnen dorthin zu folgen, wohin die Verdammten sie geschickt haben!«

»In den... Tod?«

»Wohin sonst?«

Dhark hatte sich die ganze Zeit gegen die Möglichkeit gesperrt, daß die ASHGORT nichts anderes als ein Vehikel zum Massensuizid sein sollte.

Nun kam er nicht mehr daran vorbei, es als Fakt anzuerkennen.

Wahnsinnige befehligten den Kugelraumer.

Und waren – falls Chakra Timrod die Wahrheit sagte – bereit, eine unglaubliche Zahl von Robonen mit in den geplanten Untergang zu reißen!

»Shivaa?« fragte er tonlos in den offenen Kanal, der zur 017 bestand.

»Ich wünschte, er würde übertreiben«, bestätigte die Marsgeborene, die mit Dhark zunächst auf Hope gestrandet, später dann an Bord des Ringraumers zurück in die Heimat der Menschen gefunden hatte. »Wie es hier aussieht, ist kaum zu beschreiben. Ich kann kaum unterscheiden, ob die überall Herumliegenden schon Hungers gestorben sind – oder lediglich von unserem Strichpunktbeschuß paralysiert wurden. Es sind Tausende. Zehntausende...«

Amye Shivaas Stimme verebbte.

Ren Dhark schloß kurz die Phase zu Chakra Timrod und fragte: »Sehen Sie eine Chance, in den Leitstand einzudringen und das Vorhaben dieser Verbrecher zu verhindern? – Heilige Galaxis, wie ist die Situation? Warum wurde Timrod nicht paralysiert? Warum nur die Unschuldigen?«

Da bewies der nicht zurückgeschaltete Robone, daß er auch den Kanal zur 017 abhörte.

Statt der Marsianerin antwortete er auf derselben Frequenz, allerdings ohne Sichtmodus: »Meine Leute und ich haben einen Energieschirm um die Zentrale gelegt. Er wurde so modifiziert, daß er von Ihren Lähmstrahlen nicht durchdrungen werden konnte. Und beim geringsten Anzeichen, daß sich Ihr Spion oder ein anderer Eindringling nähert, löse ich den Selbstvernichtungsimpuls aus! Letztlich ist es gleichgültig, ob wir schon hier oder noch etwas näher an der Sonne sterben...«

Mit verkniffenem Gesicht las Ren Dhark die Zeiteinblendung des Hologramms ab. Sie gab Aufschluß darüber, daß in zwei Minuten ohnehin alles zu spät sein würde.

Dann hatte die ASHGORT jedes tolerierbare Entfernungslimit zum Systemgestirn unterschritten, und niemand – auch die POINT OF nicht – konnte sie dann noch zurückholen!

»Sie sprechen von Schuld – dabei sind *Sie* das personifizierte Böse, Dhark! Sie haben diesen ungeheuerlichen Prozeß in Gang gesetzt, der die Bürger an Bord in den letzten Wochen um viele Jahre altern ließ! Ihnen bleibt doch nur noch die Wahl zwischen anhaltender Qual oder einem gnädigen schnellen Ende...!«

Dharks Gesicht wurde äschern. Chakra Timrod legte den Finger auf seinen wundesten Punkt – man konnte auch sagen: in eine offene Wunde.

Dennoch faßte sich Dhark.

»Sie Narr«, sagte er, »gefallen sich in der Märtyrerrolle. Dabei könnten wir den Zellverfall, der nach dem C-E-Einsatz in Gang geriet, mit vereinten Kräften vielleicht stoppen. Unsere Ärzte arbeiten Tag und Nacht an einem Gegenmittel – und sie wünschen sich nichts sehnlicher als einen lebenden *nicht zurückgeschalteten* Robon-Bewohner, der ihnen Vergleichsmöglichkeiten bietet, warum die Bestrahlung, die Terras Bürger ohne Nebeneffekt heilte, bei Ihnen schiefgegangen ist! *Sie* könnten diese Rolle einnehmen – und damit mehr für ihre Unsterblichkeit tun als einen sinnlosen Freitod zu wählen!«

»Geben Sie es auf, Dhark«, erwiderte Timrod ungerührt. »Mich blenden Sie nicht – und meine Leute ebensowenig. Die Würfel sind gefallen. Uns interessiert es nicht einmal mehr, Ihnen einen vor den Bug zu feuern! Ziehen Sie, wohin Sie wollen! Es ist vorbei! Uns bleibt nur die Hoffnung, daß wir in einer anderen Existenzform doch noch denen nahe sein werden, die soviel für uns getan haben...«

Mit diesen Worten erlosch die Verbindung zur ASHGORT.

Zu Chakra Timrod.

Und zu jedem anderen robonischen Menschen an Bord.

»Was willst du jetzt noch tun?« brach Dan Riker das eintretende Schweigen. »Was *können* wir jetzt noch tun?«

Und Dhark sah seinen Freund an wie noch nie.

Mit schwerfälligen Worten befahl er Amye Shivaa den umgehenden Rückzug aus dem Kugelraumer, bevor es auch für sie keine Hoffnung mehr gab.

»Beten«, antwortete er dann mit Verspätung auf Rikers Frage. »Wir können nur noch für die armen Seelen *beten*...«

Minuten später beobachtete die POINT OF einen weiteren Mesonen-Ausbruch nahe der Sonnenoberfläche.

Wie Chakra Timrod es vorausgesagt hatte: Es war vorbei...

6.

Die majestätische Planetenkugel Robons wurde sprunghaft größer, während die POINT OF sich in einer Sternensog-Etappe vom tödlichen Rad der Sonne entfernte, in dem gerade die potentielle Bevölkerung einer irdischen Kleinstadt ausgelöscht worden war – wie in einem Krematorium von kosmischer Dimension.

Abertausende Robonen hatten in dem Sternenmoloch ihr Ende gefunden. Und keiner der Menschen an Bord der POINT OF hatte das Massensterben verhindern können...

Ich habe versagt, dachte Ren Dhark, und es fiel ihm schwer, eine Bezeichnung für den Wahnsinn zu finden, der sich im Halo der Sonne abgespielt hatte.

Simpler Selbstmord war es keinesfalls gewesen. Denn nicht einmal ein Prozent der Opfer war aus freien Stücken aus dem Leben geschieden!

»Wir trauern um die All-Hüter...«

Chakra Timrods Ausspruch klang wie reiner Hohn. Blind wie ein Lemming hatte er sich und die anderen in den Sonnenabgrund gestürzt!

»Sternensog-Etappe beendet, gehen auf Sle«, meldete Ralf Larsen.

Die Emissionen im Zentrum der Ringröhre wurden den neuen Erfordernissen angepaßt. Alle Flächenprojektoren arbeiteten störungsfrei. Mit 0,8 Prozent Lichtgeschwindigkeit überbrückte die POINT OF die Distanz zum sechsten Planeten des Giant-Systems.

Robon war in vielerlei Hinsicht erdähnlich, auch wenn seine Wasserflächen nicht annähernd so ausgeprägt waren wie auf Terra. Die Landmassen überwogen.

Und Robon leuchtete, aus dem Weltraum betrachtet, auch nicht blau, sondern türkisfarben.

Der Planetendurchmesser betrug 16 400 Kilometer, die Rotationszeit 22:45 Stunden. Aufgrund der vergleichsweise hohen Masse lag die Schwerkraft bei 1,24 Gravos; damit kam der menschliche Metabolismus noch problemlos zurecht. Auch die mittlere Temperatur von 18,6° Celsius war erträglich, zumal sie in Äquatornähe beträchtlich höher lag. Rechts und links des Äquators dehnten sich riesige Waldzonen aus. Dazwischen lag ein breiter Wüstenstreifen. Gebirge schien es ebensowenig wie Ozeane zu geben. Dafür zeigte die Ausschnittvergößerung der Bildkugel großflächige, grünbraune Ebenen, die von Flüssen und Seen durchzogen wurden.

Die Jahreszeiten waren schwächer ausgeprägt als auf der Erde. In den gemäßigteren Zonen herrschte eine Art ›ewiger Frühling‹. Krasse Klimaeinbrüche waren bislang noch nicht beobachtet worden. Geologische Merkmale und das geringe Wasservorkommen sprachen dafür, daß es sich bei Robon um einen sehr alten Planeten handelte.

»Hast du dich entschieden?«

Ren Dhark drehte den Kopf nach links. Die Betroffenheit nagte in allen, die in sein Blickfeld gerieten. Ein jeder hier – er eingeschlossen – wünschte sich in diesen Stunden ans andere Ende der Galaxis. Oder noch weiter. Als könnte Entfernung das eigene Schuldbewußtsein täuschen.

»Willst du mit der POINT OF landen – oder nur mit ein paar Flash?« wollte Dan Riker wissen.

Dhark ertappte sich dabei, daß er über einen Satz Chakra Timrods ganz speziell nachgrübelte.

Es war nicht seine Bemerkung über die All-Hüter, sondern Timrods Anklage, die sich auf den Einsatz des Commutator-Enzephalos bezog: *»Haben* Sie *irgend jemanden gefragt, bevor Sie Ihre hinterhältige Bestrahlung an ihm ausprobierten?«*

Ganz offenkundig glaubte Timrod das Commutator-Enzephalo als Schuldigen an der Zeitrafferalterung der Robonen ausgemacht zu haben – und damit trugen auch diejenigen Schuld, die das Gerät eingesetzt hatten.

Sicher schien, daß das C-E tatsächlich Katalysator jenes unmenschlichen Prozesses war, der selbst robonische Kinder innerhalb der nächsten zwei, drei Jahre zu Greisen altern lassen würde. Aber die wahre Ursache dieses grausamen Effekts war nicht im Commutator-Enzephalo zu suchen, sondern wurzelte in dem, was mit den nach Robon Verschleppten *vor* dem C-E-Einsatz angerichtet worden war.

Die Giants oder ihr CAL hatten den Robonen offenbar nicht nur ihre Erinnerung an Terra geraubt, sondern ihre Gehirne grundlegend umstrukturiert.

Nur so ließ sich die verheerende Wirkung des C-E bei ihnen erklären, während kein außerhalb Robons bestrahlter Mensch unter vergleichbaren Folgen litt.

Niemand hatte den rapiden körperlichen Zerfall der Robonen voraussehen können.

Niemand.

Und selbst Versuche, die Strahlen des Commutator-Enzephalos ein weiteres Mal auf die Betroffenen zu richten, hatten das Alterungssyndrom nicht beseitigt.

Offenbar war der einmal ausgelöste Prozeß nicht mehr aufzuhalten.

Auch nicht mit anderen radiologischen oder chemotherapeutischen Methoden, mit denen Manu Tschobe pausenlos experimentierte.

Das C-E basierte auf Konstruktionsunterlagen, die Dhark bei seiner Konfrontation mit dem CAL erhalten hatte... ohne daß er sich wirklich *erinnert* hätte, wie er in den Besitz dieser wertvollen Daten gekommen war.

Das war absurd und der eigentliche Grund, weshalb die POINT OF die Erde in schwieriger Zeit vorübergehend verlassen hatte. Ren Dhark hoffte, die Lücken in seinem Gedächtnis vor Ort stopfen zu können. Er wollte noch einmal den Raum betreten, in dem der CAL ihn empfangen hatte, um ihn zu zermalmen.

Dann aber war *er* besiegt worden!

Nackte Gehirne.

An viel mehr als die schwebenden Organe, gegen die er den Magnetfeld-Simulator gerichtet hatte, konnte Dhark sich nicht mehr entsinnen...

»Wir landen mit dem kompletten Schiff«, ging Dhark auf die an ihn gestellte Frage ein. »Auf dem Raumhafen von Stardust. Unmittelbar bei der Stelle, wo ich damals in die Unterwelt hinabgestiegen bin!«

Das Szenario war Ren Dhark nicht in der Weise vertraut, wie es der Fall hätte sein müssen: Rund um den Tower, über die Plastikbetonpiste verteilt, lagen Trümmer eines mit Cryoschlaf-Behältern vollgepackten Raumers, dessen Besatzung offenbar beim Start vom Mörderimpuls eingeholt und spurlos desintegriert worden war.

Obwohl Dhark diese Verwüstungen schon einmal gesehen haben *mußte*, erinnerte er sich nicht daran, ihnen auf seinem Rückweg zum Flash begegnet zu sein. Als er stehenblieb, fragte Riker: »Was ist?«

Ein halbes Dutzend Weggefährten aus den Deportationstagen auf Deluge bildete das von Dhark angeführte Außenteam. Neben Dan Riker waren dies ›Pokerface‹ Janos Szardak, Rani Atawa, Mike Doraner, Slaven Ullman und Arc Doorn, der geniale Technik-Freak.

»Nichts«, sagte Dhark und war schon beruhigt, nirgendwo Leichen zu entdecken. Anders hätte es wohl ausgesehen, wenn der Cryo-Raumer nicht im Ab-, sondern im *An*flug gewesen wäre.

In diesem Zusammenhang grenzte es fast an ein Wunder, daß sich bislang unter all den aufgespürten, führungslosen Giant-Raumern kein einziger mit frostiger Menschenfracht befunden hatte.

Auszuschließen war dennoch nicht, daß dies früher oder später der Fall werden würde. Irgendwo trieb der eine oder andere Irrläufer sicher noch im All.

Ob den Opfern darin geholfen werden konnte, blieb mehr als fraglich. Nicht nur das Prinzip, mit dem die Giants sie konserviert hatten, war unbekannt. Auch das Geheimnis, wie man aus ihnen wieder atmende und lebende Wesen machen konnte, hatten die raubtierhaften Invasoren für sich bewahrt...

Dhark gab sich einen Ruck und setzte seinen Marsch fort. Wie jeder des Teams trug auch er einen Mysterious-Raumanzug. Der Helm war offen, was bedeutete, daß er hinter seinem Nacken zusammengefaltet war. Neben den Paraschockern führte jeder einen Handblaster amphischer Bauart bei sich. Schließlich wußte niemand, auch Dhark nicht, was sie in der Tiefe wirklich erwarten würde.

Kurz darauf tauchte vor ihnen im Boden der faustbreit eingeschnittene, gut sechs Meter durchmessende Ring auf, bei dem es sich um nichts anderes als die bewegliche Plattform eines Lifts handelte.

»Da ist es«, wies Dhark seine Begleiter darauf hin. »Offenbar ist unser Fahrstuhl noch intakt!«

Arc Doorn, der ewig mürrische Sibirier, drängte nach vorn und fragte skeptisch: »Woraus schließen Sie das?«

Dhark zuckte die Achseln. »Meinen damaligen Beobachtungen zufolge, wird die Platte von Antischwerkraft gestützt und bewegt. Wäre diese Energie unterbrochen worden, hätte die Platte sofort in die Tiefe stürzen müssen!«

»Wie tief, schätzen Sie, Commander, geht es hinunter?« Rani Atawa, die zierliche Inderin, trat zwischen Doorn und Dhark.

»Ich erinnere mich nicht«, gab er unumwunden zu. »Ich weiß nur noch, daß es ausreichte, mich in den Kreis zu begeben. Die Plattform senkte sich automatisch hinab.«

»Auch eine Methode, sich in Fremdtechnik *hinein*zufinden«, muffelte Doorn, von niemand beachtet.

Und Slaven Ullman fragte: »Worauf warten wir also? Probieren wir es aus!«

»Achtundachtzig Meter«, las Janos Szardak von seinem Gürtelinstrument ab, als die Plattform stoppte.

Aber kaum jemand hörte ihm zu.

Hoch über ihnen war ein fokussierter Lichtfleck zu erkennen: der Beginn des Schachtes, der selbst nur in vages Eigenlicht gehüllt lag; ein silbriger Schimmer, der den Anschein erweckte, als würden die Wände ihn *ausatmen*.

Sie hatten nur eine knappe Minute gebraucht, um die von Szardak genannte Strecke zurückzulegen. Schon während der Abwärtsfahrt hatte Mike Doraner festgestellt, daß das Material, mit dem der Schacht ausgekleidet war, mit der Metallegierung übereinstimmte, die auch bei den Raumschiffzellen der Giants Verwendung fand. Sie war nicht annähernd so widerstandsfähig wie das Unitall der POINT OF, aber immer noch jedem irdischen Stahl überlegen.

Erstaunlicherweise hatte es auf dem ganzen Weg herunter nirgends eine Möglichkeit des Zwischenstopps gegeben. Keine Zugänge zu früheren Etagen.

Erst jetzt waren Türen im Rund der Wände zu entdecken.

Insgesamt sieben.

Eine davon war unter ungeheurem Hitzedruck zerschmolzen.

Drei der noch unversehrten Türen hatten sich damals geöffnet, um Dhark mit drei Kindern zu konfrontieren, deren Schicksal ähnlich ungewiß war wie das des CAL: Sie hatten Pia, Edgar und Tyler geheißen und sich selbst als ›Level-X-Qualifikanten‹ bezeichnet.

Was immer das bedeuten mochte.

Keine der Fragen an die Robonen, welchen Sinn ihr Aufenthalt in den hiesigen Städten gehabt hatte, war bislang auch nur annähernd zufriedenstellend beantwortet worden. Entweder verschwiegen die Betroffenen ihr Wissen bewußt – oder sie waren darüber von ihren Fürsorgern wirklich im Ungewissen gelassen worden.

Dhark selbst konnte sich nur noch an eine telepathische Bemerkung des CAL erinnern, die sich auf die Kinder bezogen hatte: *»Bald werden ihresgleichen die einzigen sein, die deine Heimatwelt* *bevölkern. Die einzigen, die in dieser Galaxis, die zur Hölle entartet, noch zu leben vermögen...!«*

Was war Sinn dieser ›Kolonie‹ gewesen? Etwa ein neues Menschengeschlecht zu züchten, das in der Lage gewesen wäre, den die Milchstraße durchziehenden Stürmen zu trotzen?

War dies der Knackpunkt, der C-E-bestrahlte Robonen zum Tode verurteilte? Unterschieden sich nicht nur ihre Gehirnstrukturen, sondern ihre komplette DNA bereits grundlegend von den Mustern anderer Menschen?

Waren sie bis in ihre Zellkerne hinein für ein ›Leben in der Hölle‹ präpariert worden...?

Aber selbst komplizierteste Untersuchungen hatten dazu noch keine stichhaltigen Ergebnisse geliefert.

Robonen *waren* anders.

Niemand konnte jedoch feststellen, ob die meßbaren Veränderungen schon *vor* oder erst *nach* der Einflußnahme des Commutator-Enzephalos aufgetreten waren...

Die zerschmolzene Tür führte ins unterirdische Reich des CAL.

»Sieht aus, als hätte da drinnen jemand eine Thermobombe gezündet«, sagte Arc Doorn. »Dabei war ich immer davon ausgegangen, daß der Magnetfeldsimulator das einzige ›Geschenk‹ war, das Sie dem CAL mitbrachten, Commander...«

»Davon gehe ich immer noch aus«, nickte Dhark. »Denn ich habe diesen Ort unversehrt in Erinnerung...«

»Sie meinen, er wurde nachträglich zerstört? Von wem?«

»Gehen wir weiter«, wich Dhark aus. »Informieren wir uns über den genauen Grad der Zerstörung!«

Niemand erhob Einwände. In den meisten Gesichtern spiegelte sich eine sehr komplexe Form von Anspannung.

Ren Dhark hatte jeden Beteiligten in seine Beweggründe eingeweiht, warum er nach Robon zurückgekehrt war. Er hatte ihnen offen zu verstehen gegeben, wie zunehmend unerträglich es für ihn wurde, hier in den Besitz des C-E-Datenchips gelangt zu sein – aber nicht einmal sicher sagen zu können, auf welche Weise dies geschehen war.

»Achtung!« stoppte Slaven Ullman ihren Vorwärtsgang.

Der unscheinbare Sicherheitsoffizier hatte die Nachhut der Gruppe übernommen. In einer Hand hielt er seinen Thermostrahler amphischer Bauart, in der anderen ein zigarettenetuigroßes Gerät, mit dem er nach energetischen Aktivitäten Ausschau hielt.

Dhark drehte sich zu ihm um. »Was ist?«

Ullman hatte sein Werkzeug auf eine der unbeschädigten, geschlossenen Türen gerichtet und studierte konzentriert die Werte, die das Gerät auf ein Farbdisplay sendete.

»Es sieht aus«, sagte er dunkel, »als käme etwas auf uns zu. Die Energieform ist identisch mit der, die in den Raumschiffen und Basen der Giants Verwendung findet...«

Die Augen der Gruppe richteten sich auf Ren Dhark, der neben dem Paraschocker auch seinen Mysterious-Blaster gezogen hatte – ein Unikat, das er vor langer Zeit in den Höhlen Deluges gefunden hatte und seither wie einen Schatz hütete. Diese Waffe unterschied sich in vielem von den ungeschlachten Amphi-Handstrahlern und hatte ihm aus mancher verzwickten Situation herausgeholfen. Der olivgrüne Strahl wirkte ausschließlich auf anorganische Materie und verwandelte sie in amorphen Staub. Eine ›humane‹ Waffe sozusagen, denn Lebendiges ließ sie vollkommen unversehrt...

In der nächsten Sekunde fuhr die genau vor Ullman befindliche Tür auf. Ein halbkugelförmiger, zirka einen Meter durchmessender Robot glitt auf einem A-Grav-Polster heraus und eröffnete ohne Warnung das Feuer. Weder Ullman noch einer der anderen Umstehenden war in der Lage, schnell genug zu reagieren.

Ein hoher, singender Ton begleitete das Verhängnis.

Der Sicherheitsoffizier stand in einer Energielohe. Für einen Sekundenbruchteil brannte er wie eine benzinübergossene lebende Fackel – nicht einmal der Raumanzug schützte ihn gegen die wirksam werdenden Hitzeenergien. Vielleicht, wenn sein Helm geschlossen gewesen wäre...

Verzweifelt riß er die Arme hoch.

Taumelte wie ein angeschlagener Boxer.

Und wurde zu einem dreidimensionalen Schattenriß, der einen

Wimpernschlag später mit blasenwerfender Haut zu Boden stürzte.

Lautlos.

Der Tod hatte ihm nicht einmal mehr Zeit zum Schreien gelassen!

Dhark überwand das lähmende Entsetzen als erster.

Olivgrün bohrte sich der Vergeltungsstrahl aus dem Abstrahlpol des M-Blasters.

Ein Strahl, der eine Brücke zwischen dem halbkugeligen Giant-Robot und der Waffe zu schlagen schien. Der in der Luft *stand*, als könnte man ihn *greifen*.

Dhark wußte, daß ein Mensch sich ohne Verletzungsrisiko sogar mitten hineinstellen konnte.

Ein Mensch...

Die Tötungsmaschine reagierte in anderer Weise auf den Aufprall der Fremdenergie.

Ihre molekulare Struktur löste sich auf!

So schnell, daß der Kleinstkonverter in ihrem Innern nicht einmal mehr Zeit hatte, überkritisch zu werden und durchzugehen!

Während Dharks Netzhäute noch die Konturen des Giant-Robots auffingen, war dieser bereits zu einem Häufchen kalten, amorphen Staubes zerfallen.

Und noch während Rani Atawa neben Ullman kniete und traurig-tonlos bestätigte, daß dem Offizier nicht mehr zu helfen war, rief Szardak bereits: »Das war noch nicht alles! Da kommen...« Die nächsten Türen öffneten sich, bevor er Gelegenheit hatte, seine Warnung zu vollenden.

Aber die anderen wußten auch so Bescheid.

Und handelten.

Der Liftschacht verwandelte sich in einen Backofen.

Flirrend überkreuzten sich Thermostrahlen.

»Anzüge schließen!« überbrüllte Dhark die Kampf- und Rückzugsgeräusche.

Die Helme entfalteten sich.

Die Mysterious hatten den transparenten Stoff, aus dem sie geschaffen waren, mit ›Erinnerung‹ versehen. Eine im Mikrobereich verankerte Programmierung stabilisierte die schützenden Schalen. Synchron traten die Klimaautomatiken der Anzüge in Kraft.

Keine Sekunde zu früh.

Denn Amphi-Kampfstrahlen brachten einen der angreifenden Giant-Roboter zur Explosion und überschütteten die Umgebung mit härtester r-Strahlung!

Nacheinander drängte das verbliebene halbe Dutzend durch das schon bei ihrer Ankunft zerschmolzene Türschott, hinter dem vor Monaten der CAL auf Ren Dhark gewartet hatte.

Bis zuletzt gab Dhark Feuerschutz.

Er hatte den M-Blaster auf breiteste Fächerung gestellt und erfaßte damit jeden der in den Schacht drängenden Halbkugelrobots.

Aber ihr Nachschub schien unerschöpflich.

Als Dhark endlich durch die Tür folgte, hatte der Beschuß von draußen immer noch nicht aufgehört.

Durch das Türviereck war es jedoch leichter, die nachrückenden Maschinen aufzuhalten, ohne andere Gruppenmitglieder akut zu gefährden.

Einige fluchende Stimmen füllten den Helmfunk, ehe Janos Szardak sich gezielt bei Dhark meldete und vorschlug: »Lassen Sie mich das regeln, Commander!«

»Wie?« fragte Dhark knapp.

»Ich führe eine Vibrationsgranate bei mir. Wenn ich –«

»Ich weiß, wie eine Vibrogranate wirkt«, unterbrach ihn Dhark. »Sind Sie sich bewußt, daß damit unser Rückweg abgeschnitten wird? Nicht auszuschließen, daß auch wir unter Abertonnen Gestein und Metall begraben werden...«

»Die Wirkung der Bombe ist lokal zu begrenzen. Wir müssen nur aus diesem Raum heraus. Dort drüben ist eine weitere Tür. Doraner ist bereits unterwegs, um zu erkunden, wie es dort weitergeht. Sobald er grünes Licht gibt...«

»Okay!« willigte Dhark ein. Der desolate Zustand des Raumes, in dem er dem CAL-Gehirnverbund gegenübergestanden hatte, erleichterte ihm die Entscheidung.

Hier *war* schon alles zerstört.

Hier *hatte* schon jemand vor ihnen eine Bombe gezündet!

Wände, Boden und Decke waren Hitzegraden ausgesetzt gewesen, die sich im nachhinein kaum noch rekonstruieren ließen. Überall waren Verformungen zu entdecken – aber nicht ein einziges intaktes Gerät.

Fünf seltsame Schlackekrusten verteilten sich über den Boden. Aber es war nicht ersichtlich, worum es sich dabei einmal gehandelt hatte.

Ähnlich sah es mit den Wänden aus, in die einmal unbekannte High-Tech-Module eingelassen gewesen sein mußten. Von ihnen war weder Verwertbares noch überhaupt Identifizierbares übriggeblieben.

»Der Gang führt durch einen stollenartigen Horizontalschacht«, meldete in diesem Moment Mike Doraner. »Auf die Schnelle kann ich nicht feststellen, was uns an seinem Ende erwartet!«

»Du hast auch nicht zufällig eine Idee?« schloß sich Dan Rikers Frage an.

Dhark wußte, daß er angesprochen war.

»Nein«, sagte er. Und dann, nach einer kleinen Pause: »Alle bis auf Janos und mich in den Schacht! Schnell!« Immer wieder feuerte er durch das offene Türschott. Er zielte kaum. Die Fächerung fand ihre Ziele – aber ewig konnten sie dem Ansturm der Giant-Robots, die aus allen Öffnungen quollen, nicht standhalten. Zumal nicht ausgeschlossen werden konnte, daß die Maschinen einen anderen Weg zu ihnen fanden...

... vielleicht sogar aus der Richtung, die gerade von Mike Doraner erkundet wurde.

Egal! Sie mußten es riskieren!

»Sie brauchen nicht hier zu bleiben, Commander«, sagte Szardak. »Das schaffe ich allein. Ich werfe und gebe Fersengeld...«

»Und ich gebe Ihnen solange Feuerschutz!« Dharks Tonfall unterband jede weitere Diskussion.

Ein Blick zum gegenüberliegenden Ende des Raumes zeigte ihnen, daß die Gefährten den Gang erreicht hatten.

Daraufhin gab Dhark das Zeichen.

Szardak entsicherte die Vibrogranate, wartete eine Feuerpause Dharks ab und schleuderte sie in den Liftschacht.

Ohne abzuwarten wandte er sich zur Flucht.

Gefolgt von Dhark, der über die Schulter blickte und bestätigt fand, was er erwartet hatte.

Mehrere Halbkugelrobots quollen durch das Türschott, *bevor* die Bombe zündete.

Dhark bemühte erneut den M-Blaster.

Doch die Waffe in seiner Faust verwandelte sich.

Nur der ungewohnte Ton warnte Dhark.

Und auch wenn er nicht verstand, was geschah, so handelte er doch instinktiv.

Wie Szardak zuvor die Granate, schleuderte er nun den M-Blaster von sich fort.

In Richtung der einschwebenden Maschinen, die ohne Zögern das Feuer aus ihren Antennen eröffneten.

»Verdammt!« Dhark hetzte weiter und schlug Haken wie ein Hase.

Szardak schien nichts bemerkt zu haben. Er war schon durch die gegenüberliegende Tür.

Dhark fehlten noch Sekunden.

Und dann zündeten zwei Detonationen unterschiedlicher Wirkung gleichzeitig.

Die Vibrobombe und – das Magazin des M-Blasters gingen hoch!

Ende... Aus! dachte Dhark.

Vor ihm zerplatzte ein letzter Thermostrahl der robotischen Verfolger an der Türeinfassung.

Dann bebte alles unter dem Pulsortakt der Granate, die den Liftschacht planmäßig zum Einsturz brachte. Eine Druckwelle erfaßte Ren Dhark und schleuderte ihn gegen die nächstliegende Wand.

Die zweite Detonation tauchte den Raum in grünes, alle tote Materie zersetzendes Licht...

Als Ren Dhark die Augen aufschlug, blickte er in Dan Rikers grimmig lächelndes Gesicht.

Galgenhumor prägte die Züge des Freundes.

Und seine Stimme ebenfalls.

»Wunderst du dich gar nicht?« fragte er.

»Worüber? Daß ich noch lebe?«

»Nein, daß du noch *angezogen* bist!«

»Angezogen?« Dhark blinzelte und richtete sich auf. Er saß auf dem Boden des von Mike Doraner beschriebenen Horizontalstollens. Nicht weit von ihm warteten eben dieser Doraner, Szardak, Atawa und Doorn.

Riker kniete neben ihm.

Dhark vermißte Ullman, bis er sich erinnerte...

An alles!

Und dann wunderte er sich tatsächlich, daß er nicht splitterfasernackt war!

Die Stille machte alles noch unwirklicher und bewies überdies, daß die Auswirkungen der Vibrobombe abgeklungen sein mußten.

Die Vibrobombe... Der M-Blaster...

»Was ist passiert?«

»Meinst du das Begreifbare – oder das, was *du* mal wieder fertiggebracht hast?«

»Fangen wir mit dem Begreifbaren an.«

»Die Granate hat ihren beabsichtigten Zweck erfüllt. Und noch etwas mehr. Nicht nur den Lift können wir abschreiben, sondern auch den Raum dahinter. Die Decke gab nach, noch während wir dich herausholten. Wir entkamen in letzter Minute. Kurz darauf stürzte sogar noch ein Teil des Schachtes, in dem wir uns jetzt aufhalten, ein! Durch die heruntergestürzten Trümmer kommt nicht mal mehr ein Mäuschen durch! Wenn dieser Gang ins Nirgendwo führt, bleibt uns nur noch...«

»Habt ihr Funkkontakt zur POINT OF?«

»Ja. So gesehen, ist unsere Lage nicht aussichtslos. Wir müssen nur einen Raum finden, in den ein Flash paßt. Hier ist es definitiv zu eng!«

Dhark nickte.

Wenn den an der Oberfläche verbliebenen Gefährten eine Peilung gelang, konnten die Flash zur Rettung eingesetzt werden – vorausgesetzt, die im Intervall durch den Boden sinkenden ›Blitze‹ fanden ausreichend Platz, um sich innerhalb des normalen Raumzeitgefüges zu materialisieren.

Dann konnten die Verschütteten aufgenommen werden.

Nur dann.

Wie eng und schmal der Gang war, in dem sie sich befanden, erkannte Dhark erst jetzt. Nicht viel breiter und höher als die Tür, hinter der er verborgen gewesen war!

Eine Tür, die in seiner ursprünglichen Erinnerung an diesen Ort so wenig vorkam wie die Verheerungen, die schon vor dem Robotangriff existiert hatten...

»Kommen wir zum *Nicht*begreifbaren – wie du es ausdrückst«, sagte Dhark.

»Dein M-Blaster ging durch.«

»Ich weiß.«

»Dann erkläre es mir!«

»Das würde ich gern. Aber ich stehe selbst vor einem Rätsel. Ich dachte immer, das Ding ließe sich nicht überfordern. Ein Irrtum. Plötzlich spürte ich, wie das Magazin superpromptkritisch wurde. Ich warf die Waffe weg. Sie ging hoch. Gleichzeitig traf mich eine Druckwelle aus dem einstürzenden Schacht...«

Riker zuckte die Achseln. »Das wissen wir alles. Was wir nicht begreifen ist, daß alles, was sich an Gegenständen innerhalb des Raumes befand – auch die Robots und Teile des Boden-, Wand- und Deckenbelags – unter der grünen Energieflut zu Staub zerfiel, nur das, was du am Leib getragen hast, nicht! Dein Mysterious-Anzug widerstand... Warum?«

»Ich würde es dir sagen, wenn ich eine Antwort wüßte. Es ist erstaunlich – aber vielleicht einfach nur eine bislang unbekannte Sicherheitsvorkehrung der Mysterious für den Fall, daß sie im Vakuum des Weltraums oder in einer anderen Gefahrensituation einmal ins Kreuzfeuer der eigenen Verteidigung geraten würden...

Wir wissen zu wenig über den Stoff der Raumanzüge. Erst kürzlich wurden wir damit konfrontiert, daß sie in der Lage sind, Miniaturintervallfelder zu erzeugen. Als Schutzschirme. Schirme, die aber nur gegen eine einzige Gefahr wirksam werden: Nicht beim Beschuß mit Waffenstrahlen, sondern beim Ausbruch eines magnetischen Sturms... Du weißt, worauf ich anspiele.«

»Auf die Ereignisse auf Mounts.« Riker nickte.

Und Doorn meldete sich aus dem Hintergrund: »Ich habe die Anzüge mit jeder bekannten Methode durchleuchtet. Bis heute fand ich nicht einmal Hinweise auf eine Quelle, die die Anzugsintervalle mit der nötigen Energie versorgen könnte...«

»Möglicherweise wird die erforderliche Energie direkt aus einem höheren Kontinuum abgezapft«, sagte Dhark, während er nach Rikers Hand griff und mit dessen Hilfe aufstand.

»Dann sollte es aber wenigstens diese Abzapfvorrichtung geben, oder...?«

Die Unruhe der anderen Teammitglieder sprang auf sie über. Es gefiel ihnen nicht, länger als nötig in diesem diffus erhellten Stollen auszuharren.

Dhark suchte selbst Verbindung zum Schiff.

Er kontaktierte Ralf Larsen und informierte ihn über ihren Aufbruch.

Ein ständiges Peilsignal unterrichtete die POINT OF über jeden Schritt.

»Ist es möglich, Hohlräume von Bord aus anzumessen?« fragte Dhark.

Larsen verneinte.

»Nicht sehr verläßlich. Wir erhalten hier wechselnde Ortungen. Es gibt mehrere Energiequellen, deren Zweck uns unbekannt ist. Sämtlich unterirdisch. Bei einigen werden psi-ähnliche Muster angemessen. Wie damals, als wir den CAL aufspürten, der die Städte mit seinen Parakräften vor dem hereinbrechenden Hyper-Orkan schützte... Wer weiß, was sich noch alles in der Rinde dieses Planeten verbirgt...«

Minuten später erreichte die Gruppe das Ende des Gangs.

»Eine Sackgasse«, kleidete Rani Atawa die Enttäuschung aller in Worte. »Auf dem Weg kommen wir nicht mehr heraus...!«

Wann immer Pjetr Wonzeff die POINT OF von außen betrachtete, erinnerte er sich an den Moment ihrer Taufe.

Er hatte sie getauft.

Damals auf Hope.

Ohne zu ahnen, daß aus seinem Scherz einmal der offizielle Name dieses Unikats werden würde.

Noch bevor das Ringschiff zum ersten Mal den Anker im unterirdischen Hafen von Deluge gelichtet hatte, war Wonzeff hingegangen und hatte im Beisein Szardaks mit Kreide den denkwürdigen Text auf die Unitallhülle geschrieben:

POINT OF INTERROGATION – Flaggschiff des 1. Raumgeschwaders von Hope.

›Fragezeichen‹ hatte er das Schiff zu einem Zeitpunkt genannt, als es ihnen noch viele Rätsel aufgegeben hatte.

Das Angloter-Kürzel POINT OF war seither in aller Munde. Nur mit dem Zusatz *Flaggschiff des...* war es nichts geworden.

Die Realität hatte die Gestrandeten von Hope spätestens bei ihrer Heimkehr ins Sol-System eingeholt.

Hope und Terra waren nicht voneinander zu trennen. Cattan war zu unbedeutend, um je mehr sein zu können als eine Zufallskolonie.

Wirklich von Bedeutung – und ein echter Machtfaktor – war einzig das Vermächtnis einer hochentwickelten Kultur in den Höhlen des Dschungelkontinents Deluge, 700 Kilometer von Cattan und Main Island entfernt...

Wonzeffs jungenhaftes Lächeln wirkte wie eingefroren, seit er sich mit seiner 027 aus der POINT OF ausgeschleust hatte.

Auf den Instrumenten und über Sichtholo konnte er verfolgen, wie auch die 021 mit Rul Warren als Pilot und die 024 mit Ian Kaplan aus der Hülle des Raumers kamen, der auf seinen 45 Paar Teleskoplandestützen ruhte.

Larsen hatte zunächst den Einsatz der erfahrensten Flash-Piloten befohlen. In Bereitschaft hielten sich Larry Fongheiser, Amye Shivaa und Ed Marlette.

»Es geht los«, sagte der Erste Offizier über Bordfunk. »Nähern Sie sich dem Peilsignal mit höchster Vorsicht aus drei Richtungen! Wenn keine andere Möglichkeit besteht, erweitern Sie den Gang, in dem sich die Eingeschlossenen befinden, in sicherer Distanz mit Duststrahlen – aber vermeiden Sie unter allen Umständen, daß der Stollen instabil wird! Die Gruppe darf nicht gefährdet werden... Verstanden?«

Nacheinander bestätigten Wonzeff, Kaplan und Warren.

Über Gedankensteuerung koordinierten sie ihre Einsätze.

Dann trennten sie sich und senkten sich im Schutz der Intervallfelder in die Plastikbetondecke des Raumhafens, als bestünde diese aus einem noch nicht ganz erstarrten Brei.

Über den Reizstrahl sahen sie die unterschiedlich beschaffenen Schichten des Belags an sich vorbeitreiben... ehe sie durch natürlich gewachsenes Gestein in jene Bereiche vordrangen, die von den Giants ausgehöhlt und mit Metall ausgekleidet worden waren.

Bei etwas mehr als 80 Meter Tiefe begannen die künstlich geschaffenen Strukturen.

Und warteten die Überraschungen.

Ralf Larsen zupfte umständlich an seiner Uniformjacke und versuchte gewohnt vergeblich, sie zu glätten. Sein leichter Bauchansatz hatte etwas dagegen.

Vor ein paar Tagen war Larsen 45 Jahre alt geworden. Wer den kahlköpfigen Mann nicht kannte, war geneigt, ihm Behäbigkeit zu bescheinigen und ihn zu unterschätzen. Tatsächlich verfügte er jedoch über Weltraumerfahrung wie kaum ein anderer an Bord der POINT OF.

Schon auf der GALAXIS hatte Larsen unter Ren Dharks Vater den Posten des Ersten Offiziers bekleidet, und er bereute es keine Sekunde, das Kommando über den 400-Meter-Raumer HOPE, das er vorübergehend innegehabt hatte, an Ulf Ising übertragen zu haben.

Wie andere Mitglieder der Ringraumer-Ursprungscrew fühlte auch Larsen sich nur noch umgeben von Mysterious-Technik richtig wohl.

Und umgeben von Mitstreitern, bei denen ganz einfach die zwischenmenschliche ›Chemie‹ stimmte.

Nein, mit der Terra-Flotte wollte er ebenso wie Szardak, der sein Amt als Zweiter Offizier wiederaufgenommen hatte, nichts mehr am Hut haben...

Doch jetzt hatte er Sorgen.

Sorgen, von denen er Ren Dhark noch kein Wort verraten hatte, um ihn nicht zusätzlich zu beunruhigen, solange sich die Lage unter Tage nicht entspannt hatte.

Wieder und wieder überflog Larsen die Folie mit dem Spruch, der vor Minuten auf der Hyperraumwelle hereingekommen war.

Die Kennung der Sendestation lautete auf Raumhafen Cent Field.

Aber der wahre Absender der Nachricht war ein anderer.

Cent Field hatte sie nur weitergeleitet.

Unter Zwang.

Wer, zur Hölle, ist Ion Zephyr? dachte Larsen ratlos. *Und warum will er ausschließlich mit dem Commander verhandeln?*

Pjetr Wonzeff staunte. Die Lässigkeit, mit der er den Flash steuerte, blieb davon unbetroffen. Wonzeff kannte keinen Streß. Ohne ein ›Bruder Leichtfuß‹ zu sein, entsprach es einfach seiner Mentalität, selbst außergewöhnliche Situationen ohne Verkrampfung zu überstehen.

»027 an 021, 024 und Zentrale: Fliege gerade in einen vierzig mal vierzig Meter großen Raum. Deckenhöhe fünf Meter. Entfernung zum Peilsignal noch geschätzte zweihundert Meter.«

»Ich kann Sie ebenfalls empfangen, Pjetr«, meldete sich unvermittelt Ren Dharks Stimme. »Gibt es etwas Besonderes, über das Sie Meldung machen wollen?«

Wonzeff lachte kurz auf.

»Schön, Ihre Stimme zu hören, Commander! Und um Ihre Frage zu beantworten: Das will ich meinen! – Wenn ich nur wüßte, *was* es ist...«

»Wonach sieht es denn aus?«

»Nach... einer Fabrikanlage.«

»Bitte etwas genauer!«

»Keine Ähnlichkeit mit den Anlagen im Industriedom – schon größenmäßig nicht«, schilderte Wonzeff vorsichtig, was er an visuellen Bildern über den Reizstrahl empfing. Die POINT OF und die Besatzungen der beiden anderen ›Blitze‹ hörten kommentarlos mit. »Wenn überhaupt, gibt es vage Parallelen zu terranischen Produktionsstätten. Um Genaueres sagen zu können, müßte ich landen und in einen der wannenartigen Behälter hineinblicken. Sie sind rundum verschlossen. Nur an den Flanken erkenne ich bullaugenartige Glaseinsätze...«

»Landung kommt nicht in Frage!« ergriff nun doch Larsen das Wort. »Die Rettung des Außenteams genießt absoluten Vorrang! Setzen Sie Ihre Fahrt fort!«

Wonzeff wollte sich schon damit abfinden, als Dhark intervenierte: »Gibt es Anzeichen für Gefahr? Abwehrvorrichtungen, die den Komplex sichern und bewachen? Nehmen Sie einen Scan vor, Pjetr. Die Energiemuster der Giant-Robots sind in der Gedankensteuerung verankert, seit wir von einem Pulk dieser Halbkugeln im Sol-System angegriffen wurden...«

Wonzeff führte den Scan durch.

»Negativ, Commander. Es gibt etliche irritierende Muster. Auch psionischer Natur. Aber offenbar keine Waffensysteme, vor denen ich mich in Acht nehmen müßte...«

»Wie lange, schätzen Sie, benötigen Sie, um sich einen Eindruck vom Zweck der Anlage zu verschaffen?«

»Zehn Minuten. Wenn ich bis dahin nicht klarer sehe, breche ich das Unternehmen ab.«

»In Ordnung. Versuchen sie Ihr Glück. Zehn Minuten... Die Uhr tickt! Und passen Sie auf sich auf. Ullman ist tot – ich möchte nicht noch mehr Opfer beklagen!«

»Da bin ich ganz egoistisch, Commander. Verlassen Sie sich darauf...«

Wonzeff landete die 027 auf ihren sechs spinnenbeinartigen Auslegern ziemlich nahe dem Zentrum des indirekt erhellten Raumes.

Das Intervall-Feld erlosch.

Die Ausstiegsluke öffnete sich automatisch.

Eine vorherige Analyse der Luftzusammensetzung hatte als einzige Abweichung zur Norm an der Oberfläche Robons ergeben, daß das Gemisch *hier* absolut keimfrei war. Klinisch steril.

Wonzeff atmete tief ein und aus, während er aus dem zylindrischen Kleinstraumschiff kletterte.

Sein Helm blieb offen, die Handfeuerwaffe im Gürtelholster.

Trotz des umgebenden Lichts führte der Flash-Pilot einen Handscheinwerfer mit sich. Mit ausgreifenden Schritten überwand er die Distanz zum nächststehenden Behälter. In der direkten Konfrontation damit wirkte das wannenartige Gebilde sogar weniger eindrucksvoll als durch die verfälschende Holowiedergabe.

Seine Grundfläche maß drei auf anderthalb Meter. Die Höhe betrug einen knappen Meter. Ähnliche Objekte waren über die gesamte Halle verteilt und durch ein Geflecht starrer Rohrleitungen untereinander und mit den Wänden verbunden.

Erst als Wonzeff so nah vor dem Behälter stand, daß er mit den Knien dagegenstieß, überkam ihn ein ungewohntes Befremden.

Sein Körper reagierte ungewohnt drastisch. Den Piloten schauderte. Seine Haut zog sich straffer.

Kopfschüttelnd richtete er den Blick nach unten.

Seine behandschuhten Finger übertrugen das *Gefühl*, das die Berührung mit der Metallwanne auslöste, so an seine Nervenenden, als gäbe es überhaupt keinen künstlichen Stoff dazwischen.

Dies war ein weiteres und überaus hilfreiches Charakteristikum der M-Raumanzüge.

Wonzeff hielt sich jedoch nicht lange mit der kühlen Außenschale des länglichen, waagerecht gelagerten Objekts auf.

Obwohl der Helm im Nacken gefaltet war, funktionierte die anzugseigene Funkvorichtung problemlos.

»Alles in Ordnung?« fragte Dhark.

»Ja. Ich stehe jetzt vor einem der Kästen.«

»Und?«

»Das, was ich für ein Bullauge hielt, ist nur andersartiges Metall. Es gewährt keine Einblicke ins Innere. Aber ich versuche jetzt, den Deckel zu heben. Er sieht aus, als läge er nur auf...«

»Seien Sie vorsichtig!«

Wonzeff sparte sich eine Erwiderung. Was es zu diesem Thema zu sagen gab, war bereits gesagt.

Er setzte die Hände an der Abdeckung an.

Schieben ließ sie sich nicht.

Wonzeff änderte seine Strategie und versuchte, die Platte trotz ihrer erkennbaren Schwere anzuheben. Im selben Moment, in dem er daran zog, erklang *aus* dem Behälter eine kurze, gänsehautverstärkende Melodie in Moll. Und dann bedurfte es keiner Muskelanstrengung mehr.

Der Deckel hob sich von fremder Kraft bewegt...

»Sie haben *was* entdeckt?«

»Es sieht aus wie die Matrize, wie die Schablone zum Gießen eines Giants«, wiederholte Pjetr Wonzeff seinen spontanen Eindruck.

»Zum Gießen?«

»Nehmen Sie es bitte nicht wörtlich, Commander. Es sieht einfach aus wie das in eine Metallform geprägte Bild eines dieser vierarmigen, gut zweieinhalb Meter großen Wesen mit raubtierhaften Zügen, die wir Giants genannt haben... als es sie noch gab.«

»Sie meinen...?«

»Ich werde mich hüten, irgend etwas zu meinen«, unterbrach Wonzeff. »Sonst könnte ich mich vermutlich später kaum noch Manu Tschobes Angriffe erwehren! Obwohl... Im Grunde würde es seine Thesen ja untermauern...«

»Seine Thesen, daß Giants Roboter sind?«

Wonzeff sah sich unbehaglich um.

Plötzlich wurde ihm bewußt, daß er nicht vor einem einzelnen Gegenstand dieser Beschaffenheit stand, sondern daß es in dieser Halle Dutzende solcher Behälter gab.

»Es ist *leer*, Commander. Der Deckel, der sich gerade vor mir gehoben hat, ist genauso plastisch geformt wie der untere Teil. Beide zusammengefügt ergeben eine Matrix, die mit einem unbekannten Stoff gefüllt werden kann. Aber dieser Stoff, dieses *Fleisch* oder wie immer man es nennen mag, ist nirgends zu sehen. Da ist nichts – gar nichts. Vielleicht bin ich vollkommen auf dem Holzweg. Es könnte *alles* sein...«

»Vielleicht gibt es das Gewebe, das Sie vermissen, einfach nur *nicht mehr*«, spekulierte Dhark aus der Ferne. »Weil es sich im selben Moment verflüchtigte wie die Giants auf den Schiffen und überall auf Robon und Terra!«

»Das wäre möglich. Aber welchem Zweck diente diese Anlage? War es eine Fabrik für ›Giant-Körpermasken‹? Und was ist mit den Schlangenorganen, den *Gehirnen?* Woher stammen sie? Auch aus der Retorte? Mir wird gerade klar, wie wenig wir wirklich über die verschwundenen Invasoren wissen, Commander. Ist das nicht verrückt? Theoretisch könnten ihre Hirne natürlichen Ursprungs sein. Nicht auszuschließen, daß sie irgendwelchen bedauernswerten Geschöpfen auf irgendeiner fernen Welt *amputiert* wurden, um sie in die Kunsthüllen zu transplantieren...«

»Schon gut, Pjetr, beruhigen Sie sich. Eines Tages werden wir die Hintergründe kennen. Wir stehen erst am Anfang. Auch Ihr Fund wird noch einiges erklären. Sofort nach unserer Rückkehr nach Terra werde ich ein Expertenteam entsenden, das sich die Anlage genauer ansieht. Kehren Sie jetzt in Ihren Flash zurück. Folgen Sie dem Peilsignal. Ian Kaplan und Rul Warren haben uns bereits gefunden. Sie wollen auf Sie warten, ehe Sie den Dustbeschuß untereinander abstimmen, um eine Rettungskaverne zu schaffen...«

»Verstanden. Ich –«

In diesem Moment spürte er es.

Wie ein Tier, das aus einem Versteck heraus zum Sprung angesetzt hatte und nun auf ihm gelandet war.

Erdrückend.

Angst.

Er spürte *Angst*.

Aber nicht seine eigene, sondern...

»Rul und Ian sollen nicht länger auf mich warten!« sagte Wonzeff gepreßt.

»Was soll das heißen?«

»Es soll heißen, daß ich hier noch nicht fertig bin!«

»Noch nicht fertig? Was haben Sie vor, Pjetr? *Pjetr...!*«

Aber der hochgewachsene Mann im Raumanzug hörte Dhark schon nicht mehr zu. Er hatte seinen Blick auf einen imaginären Punkt gerichtet.

Und dann folgte er zu Fuß der Spur der Angst.

Er konnte gar nicht anders...

»Entsenden Sie die in Bereitschaft befindlichen Flash, Ralf, und nehmen Sie noch einen dazu!« befahl Ren Dhark, während er mit den anderen aus seiner Gruppe zusah, wie Warrens und Kaplans Dustgeschütze den Stollen in dreißig Meter Entfernung erweiterten. Grauer Staub senkte sich zu Boden. Es gab keinen Luftzug, der ihn weiter davongetragen hätte. Hie und da polterten auch ein paar größere Brocken herunter. Im großen und ganzen blieb die Fortführung des Gangs aber stabil.

Dhark wartete voller Ungeduld, daß die neugeschaffene Höhlung begehbar wurde. Ihr Durchmesser betrug zirka fünf Meter. Das reichte gerade, um einem Flash die Materialisation ohne Intervallum zu gestatten. Aber ein noch größerer Hohlraum hätte das Risiko, daß der Stollen in seiner ganzen Länge einstürzen könnte, in nicht zu verantwortender Weise erhöht.

»In Ordnung«, signalisierte Dhark schließlich. »Ian, Sie zuerst! Sie nehmen mich an Bord! Die Verbindung zu Wonzeff ist abgerissen – wir werden uns darum kümmern! Sobald wir weg sind, wird Rul einschweben und Rani aufnehmen. Janos, Sie übernehmen die Koordination der bereits auf dem Weg befindlichen Flash. Evakuieren Sie den Stollen – wir sehen uns dann an Bord der POINT OF wieder...«

Niemand unterstellte Dhark Böses, weil er den Stollen als erster verlassen wollte. Im Gegenteil: Immerhin ging es darum, den Grund für Wonzeffs Schweigen zu ergründen. Die Gefahr, in die er sich begab, war wesentlich unberechenbarer als das kontrollierte Risiko vor Ort. Wenig später grinste ihn der Drache in Kaplans Gesicht an, als er in die 024 stieg. Dhark sah die Tätowierung auf der Wange des rothaarigen Iren aber nur einen kurzen Moment. Dann saß er auch schon Rücken an Rücken mit Kaplan. Die eigenwillige Sitzanordnung innerhalb der Flash zwang sie dazu.

»Sie haben Pjetrs letzte Position?« fragte Dhark.

»Ja. Es dürfte kein Problem sein, dorthin zu gelangen.«

Das war es auch nicht. Und so erreichten Dhark und Kaplan im Intervallschutz jene unterirdische Halle, die ihnen zuvor nur aus Wonzeffs Schilderung bekannt war.

»Da vorn – dort steht die 027«, nickte Kaplan hin zum Deckenhologramm.

»Landen Sie direkt daneben!«

Indessen versuchte Dhark über das Bordsystem und den Helmfunk die Verbindung mit Wonzeff wieder aufleben zu lassen. Aber der sonst so zuverlässige Pilot reagierte auf keinen noch so eindringlichen Appell.

Während die 024 aufsetzte und das Intervallum deaktiviert wurde, gab Dhark der Gedankensteuerung den Befehl, Ausschau nach myste-rious-artverwandten Energiequellen zu halten. Immerhin trug auch Wonzeff einen Raumanzug aus der Fertigung der Geheimnisvollen.

In der Umgebung seines Flash war Wonzeff nicht zu entdecken. Die offene Zustiegsluke gewährte genügend Einblick ins Innere, um zu zeigen, daß die 027 verlassen war. Ebenso wie die Umgebung des offenstehenden, wannenartigen Behälters, dessen Inneres

Wonzeff beschrieben hatte...

Schwaches Energieecho aus West-Nordwest, meldete in diesem Moment die Gedankensteuerung.

Könnte es sich um die gesuchte Person handeln? fragte Dhark.

Er erhielt keine Antwort. Die telepathische ›Stimme‹ wiederholte nur stereotyp ihre vorherige Mitteilung.

Entfernung zu dem Energieecho? änderte Dhark seine Fragestellung.

Fünfundzwanzig Meter.

Kaplan, der die Angaben ebenso empfing wie Dhark, sagte: »Von hier bis zur in der angegebenen Richtung liegenden Wand sind es nur gut *zwanzig* Meter. Das bedeutet...«

»... daß Wonzeff *hinter* dieser Wand steckt«, vollendete Dhark. »Sie bleiben hier, um gegebenenfalls mit dem Flash einzugreifen! Ich halte Verbindung...« Mit diesen Worten setzte er sich in Bewegung, und wenig später stand er vor der Tür, durch die auch Wonzeff gegangen sein mußte. Sie ließ sich mit wenigen Handgriffen manuell öffnen.

In dem Moment, als Dhark sie durchschritt, rief eine schrille, verängstigte Stimme: »Stehenbleiben! Bleiben Sie stehen... Kommen Sie mir nicht näher! Ich... erkenne Sie.«

Gleichzeitig griff das Unsichtbare nach Ren Dhark und nagelte ihn am Boden fest...!

7.

Terra, GSO-Hauptquartier

Bernd Eylers war ein eher unbequemer Mensch. Vielleicht, weil er die Schattenseiten der Gesellschaft besser kannte als die meisten seiner Mitmenschen.

Und weil er ein Krüppel war.

Früher hatten die Leute seine Behinderung mit unverhohlenem Argwohn betrachtet. Für die meisten war dieser künstliche Armersatz nicht nur befremdlich, sondern auch in höchstem Maße verdächtig und anstößig gewesen – gleichzeitig aber auch das einzige, woran sie sich eine gewisse Zeit lang erinnern konnten. Eylers' sonstige Erscheinung wurde in der Regel sofort wieder vergessen. Wegen seines Allerweltsgesichts. Züge ohne ein einziges Merkmal, das den Betrachter einlud, sich näher damit zu beschäftigen.

Nur die Prothese hatte immer verläßlich die Blicke auf sich gezogen. Weil es in der zweiten Hälfte des 21. Jahrhunderts eigentlich niemand mehr nötig gehabt hatte, mit diesem Makel herumzulaufen.

Bis die Giants gekommen waren.

Vor deren Invasion waren kompatible Gliedmaßen ebenso verfügbar gewesen wie Spender*organe*. Danach nicht mehr.

In den Tagen des Wiederaufbaus hatte sich nun auch die Einstellung der Menschen zu Gesundheit und Schönheitsidealen spürbar gewandelt.

Vielleicht, weil man wieder an einem dummen rostigen Nagel, in den man trat, sterben konnte, wenn nicht gerade irgendwo eine Tetanusspritze verfügbar war.

Man konnte das Pech haben, an verdorbenen Lebensmitteln zu krepieren. Oder einfach wegen des Besitzes *unverdorbener* Nahrung umgebracht werden.

Vielleicht nicht im aufstrebenden Alamo Gordo – aber überall sonst in den verwahrlosten großen und kleinen Städten, die um ihre innere Ordnung rangen. Am schlimmsten hatte es World City erwischt...

Eines der Viphos auf Eylers' Schreibtisch summte und unterbrach seine schweifenden Gedanken.

»Etwas Neues, Carter?«

»Leider nein, Sir, wir haben es auch diesmal nicht geschafft, den Sender, der uns an die Frist erinnerte, anzupeilen«, antwortete der vollbärtige Sektionschef, der doppelt so alt wie Eylers und in Alamo Gordo geboren war.

Eylers hatte ihm die Leitung der Ermittlungen im Fall Monty Bell übertragen.

Der Astrophysiker war seit acht Stunden verschwunden. Gekidnappt von einer Gruppe, deren Anführer ein gewisser Ion Zephyr war. Ein Robone, der genaue Vorstellungen zu haben schien, mit wem er Verhandlungen über ein Lösegeld führen wollte.

Der Name Ren Dhark war gefallen.

Nur dieser Name.

Und Dhark hatte sich noch nicht dazu geäußert.

Ralf Larsen, mit dem von Cent Field aus gesprochen worden war, wimmelte die GSO immer wieder mit dem Hinweis ab, Dhark befände sich gegenwärtig nicht an Bord der POINT OF.

Was ging im Giant-System vor?

Eylers wurde zunehmend nervöser.

Denn Zephyrs Ultimatum lief in sechzehn Stunden ab.

Falls Dhark die Gespräche bis dahin nicht aufgenommen hatte, würde – so die brutale Drohung der Terroristen, die in den Wissenschaftlichen Trakt eingebrochen waren – Monty Bell hingerichtet werden.

Hingerichtet!

Eylers ballte die Hand zur Faust.

Warum meldet er sich nicht? Warum setzt Larsen nicht alles daran, ihm das Ultimatum zu überbringen?

Eylers ahnte längst, daß sich die Mission auf Robon anders entwickelt hatte, als von Ren Dhark erhofft.

Aber er ahnte nicht, zu welcher Begegnung es zur Stunde unter der Planetenoberfläche nahe der Stadt Stardust, 2003 Lichtjahre von der Erde und Monty Bell entfernt, kam...

In Pjetr Wonzeffs Blick nistete dieselbe nackte Verzweiflung wie in Ren Dharks Augen.

Was geschieht mit mir? schrie er stumm.

Dhark wollte antworten, konnte es aber nicht.

Er stand auch nur da und hörte Ian Kaplans drängende Rufe aus dem Helmfunk: »Melden Sie sich, Commander! Warum sagen Sie nichts mehr? Ich warte noch zwei Minuten, dann folge ich Ihnen... Ich hoffe, Sie können mich hören, auch wenn Sie –«

Die Stimme riß nicht nur ab, ein dumpfer Knall verriet, daß die komplette Kommunikationseinheit ausgefallen war. Möglicherweise irreparabel.

Und Dhark hatte das beunruhigende Gefühl, daß auch daran der Junge schuld war. Daß es ihn nicht mehr als einen Gedanken gekostet hatte, die Verbindung zu Kaplan zu kappen!

Obwohl Monate dazwischen lagen, erkannte Dhark die halb verhungerte Gestalt in der zerfledderten Kleidung wieder.

Er kommt aus Starmoon. Er ist ein Level-zehn-Qualifikant. Sein Name ist...

Während der Rest seines Körpers seltsam taub blieb und den Gehorsam verweigerte, lockerte sich die Fessel um Dharks Mund unvermittelt, so daß herauskonnte, was sich dahinter angestaut hatte.

»Ich kenne dich auch! Du bist eines der Kinder... Du bist... Tyler!«

Tyler, Edgar, Pia... Drei Kinder, deren Familien über die Städte Robons verteilt gewesen und die aus ihnen herausgerissen worden waren, um hier im Bannkreis des CAL zu leben. Um darin geschult zu werden, das, was längst in ihnen schlummerte, zu *benutzen*.

Zumindest was das anging, war Tyler ein gelehriger Schüler gewesen. Er schaffte es mühelos, Wonzeff und Dhark zu Marionetten seines kindlichen Willens zu degradieren.

Nein, er sieht nur noch aus wie ein Kind, dachte Dhark. *Aber das ist er nicht mehr! Wie konnte ich ihn sich selbst überlassen? Warum habe ich ihn nicht mit mir an Bord genommen? Und wo verstecken sich... die beiden anderen?*

Tyler war der lebende Beweis dafür, daß Dhark der Teilamnesie, unter der er litt, schon viel früher hätte nachgehen müssen!

Im Gegensatz zu Wonzeff und Dhark, die zwar kaum einen Muskel regen konnten, aber immerhin aufrecht standen, kauerte der Junge verängstigt, als wäre er in lebensfeindlicher Wildnis ausgesetzt und sich selbst überlassen worden. Er bestand nur noch aus Haut und Knochen, war blaß wie ein Laken.

»Du brauchst keine Angst vor mir zu haben«, versuchte Dhark beruhigend auf ihn einzuwirken. Gleichzeitig sorgte er sich, daß Kaplan in seinem Flash anrücken und mit überzogener Härte einschreiten könnte.

Tyler war Opfer, kein Täter – auch wenn er über Kräfte verfügte, die ihn leicht zu einer nicht wieder gut zu machenden Handlung verleiten konnten...

Dhark fröstelte.

Von einem Atemzug zum anderen überkam ihn die eisige Erkenntnis, worüber er sich gerade Gedanken machte.

Einen Jungen mit E.S.P.-Kräften!

Einen jener Esper, über die seit der Mitte des vorigen Jahrhunderts spekuliert, für deren Existenz aber nie ein schlüssiger Beweis erbracht worden war.

Was Menschen anging.

Erst auf Hope war unter den Kolonisten ein Mutant namens Hendrik van Bolz aktenkundig geworden, der über die Gabe der

Teleportation verfügt hatte – der körperlichen Überwindung räumlicher Distanz allein kraft des Geistes. Er hatte dieses besondere Talent für kriminelle Anschläge genutzt und war schließlich von einem Raubtier, in dessen unmittelbarer Nähe er materialisierte, zerrissen worden.

Ren Dhark hatte diesen sonderbaren Mann persönlich in Aktion erlebt. Trotzdem war die jetzige Konfrontation mit Tyler etwas völlig Neues für ihn.

Hatten die Giants den Jungen erst manipulieren müssen, um seine besonderen Kräfte zu aktivieren – oder besaß er sie von Geburt an?

Waren sie bereits genetisch verwurzelt gewesen und hatten die Giants nichts anderes getan, als auf Terra eine *Auslese* zu treffen? Waren ausschließlich Menschen mit E.S.P.-Potential nach Robon verschleppt worden, um fern der Erde den Grundstock einer neuen, der alten himmelhoch überlegenen Menschheit zu gründen?

Aber mit welchem Fernziel?

Der CAL war kein Wohltäter! Er hatte Terra in den dritten Holocaust seiner Geschichte getrieben. Wenn die von Dhark angedachte spezielle ›Auslese‹ (was für ein haarsträubendes Wort!) tatsächlich praktiziert worden war, dann hätte dieser CAL ein paar Millionen Menschen gegen Abermilliarden aufgewogen! Eine Spezies wäre jämmerlich zugrunde gegangen!

Hatte der CAL ein Volk von Espern schaffen wollen?

Aber warum hatte er die *Menschen* dazu auserkoren, mit denen ihn doch nichts verband? Gab es über dem CAL etwa noch eine andere, höhere Instanz, von der noch niemand etwas ahnte?

Und wußte Tyler eventuell mehr darüber?

»Keine Angst? – Ich soll keine *Angst* haben?« Große Augen starrten Dhark völlig verstört an. »Wo sind all die anderen? Wo sind sie geblieben...?«

Ehe Dhark etwas erwidern konnte, fing die Tür in seiner Blickrichtung an rot zu glühen. Sie zerschmolz binnen Sekunden, und ein Pulk halbkugelförmiger Maschinen schwebte herein.

Der Junge blieb unbehelligt, aber auf Dhark und Wonzeff wurde augenblicklich schweres Laserfeuer eröffnet.

Tödliche Bahnen rasten auf zwei Männer zu, deren Körper noch ganz in Tylers Bann standen – unfähig, dem zornig fauchenden Verderben zu entrinnen...

8.

Terra

»Wer sind Sie?«

»Ein Verzweifelter«, antwortete der Totenschädel.

Irgendwo in Monty Bells Hinterkopf lauerte die ganze Wahrheit. Ungeschminkt. Er kannte sie. Er besaß mehr als nur das Gerüchtewissen der Bevölkerungsmehrheit, was das Zeitraffersterben der Robonen anging. Aber keiner der Betroffenen arbeitete in seinem unmittelbaren Umfeld. Deshalb hatte er die Augen davor verschlossen. Er wußte, wie kläglich das war.

Robonen waren untrennbar mit Terras Aufschwung verknüpft. Ohne ihren Einsatz wären noch viel mehr Opfer zu beklagen gewesen. Doch seit Bekanntwerden des Alterungssyndroms, das sich wie ein galoppierender Krebs über ihre Körper hermachte, hatten sie ihre Hilfe eingeschränkt. Sie verkrochen sich in ihren Wohnungen, in ihren Clubs – oder in den Sterbezimmern von Kliniken, in denen ihnen auch niemand helfen konnte.

Es gab keine offizielle Selbstmordstatistik, aber *wenn* es sie gegeben hätte, wäre sie für die Menschen von Robon niederschmetternd ausgefallen.

Immer mehr kürzten ihr Siechtum ab.

Oder liefen Amok.

Oder – nahmen unschuldige Geiseln...

»Was wollen sie von mir? Warum wurde ich verschleppt?«

Monty Bell hatte keine Ahnung, wo er sich genau befand. Es sah aus wie ein Keller.

Hier war er vor einer halben Stunde zu sich gekommen. Allein. An einen Stuhl gefesselt.

Und jetzt hatte sich die Tür seines Verlieses geöffnet, nachdem das heruntergedimmte Licht von draußen hochgeregelt worden war.

Es funktionierte, im Gegensatz zur Heizung, tadellos.

Die Kälte war Monty Bell bis in die Knochen gefahren. Wie lange er nach dem Paraschock ohne Bewußtsein zugebracht hatte, wußte er nicht. Niemand verriet es ihm.

Auch sein Besucher nicht.

»Wir brauchen Sie«, sagte der alte Mann mit überraschend vitaler Stimme.

»Wozu?«

»Ich wüßte nicht, warum Sie es nicht erfahren sollten.« Monty Bell spürte, wie sich seine Eingeweide verknoteten. Aus dem Ton des Fremden glaubte er herauszuhören, daß nicht daran gedacht war, ihm je wieder seine Freiheit zurückzugeben. »Ihr Pech, daß Sie zur Zielscheibe wurden. Vielleicht hätten Sie sich Ihre Freunde besser aussuchen sollen.«

»Ich verstehe nicht.«

»Jeder weiß, wie nahe Sie Ren Dhark stehen«, sagte der Besucher.

»Ich verstehe trotzdem nicht –«

»Es ist ganz leicht.« Ein humorloses Lächeln teilte den Mund des Alten, in dessen Augen mehr als nur ein Anflug von Melancholie zu lesen war. »Sie sind unser Lockvogel. Von allen Freunden des Mannes, der die Schuld an unserem Los trägt, waren Sie am leichtesten verfügbar. Nun zeigt sich allerdings, daß unser Plan einen kleinen Schönheitsfehler hat.«

»Und der wäre?« fragte Monty Bell erstickt. Es tröstete ihn wenig, daß er gar nicht die eigentliche Zielscheibe dieser Leute war.

»Dhark schert sich einen Dreck darum, was aus Ihnen wird. Er läßt das Ultimatum verstreichen, ohne auf unsere Minimalforderung einzugehen, mit uns in Verhandlungen über die Modalitäten Ihrer Freilassung zu treten...«

Monty Bell schüttelte den Kopf. »Das glaube ich nicht.«

»Das ändert nichts.«

»Woran?«

»Daß Sie nach Ablauf der gesetzten Frist sterben werden.«

Monty Bell zuckte zusammen.

»Es ist nötig, um glaubwürdig zu bleiben«, fügte der Robone hinzu. »Das werden Sie verstehen.«

Es gab wenig, woran Monty Bell in diesem Augenblick mehr gezweifelt hätte als an seiner Fähigkeit, Verständnis für das gerade empfangene Todesurteil aufzubringen.

»Wann läuft Ihr Ultimatum ab?« fragte er dumpf.

Zephyrs Schweigen wog schwerer als jede Antwort.

Robon

Ren Dhark und Pjetr Wonzeff sahen dem Tod ins Auge.

Einem Tod, sengend wie die Sonne, in der die ASHGORT verglüht war, und lichtschnell!

Was sollte dieses Verderben aufhalten? Nichts. Außer vielleicht... einem *Gedanken*?

Waren Gedanken schneller als das Licht?

Es mußte so sein, denn der robonische Junge, der seit dem Verschwinden des CAL in den unterirdischen Katakomben Robons hauste, wurde zu ihrem Retter – nicht Ian Kaplan in der 024!

Zwischen ihnen und den Halbkugelrobots zerstoben Thermostrahlen an einer unsichtbaren Barriere!

Und dann zerplatzten die Maschinen selbst, während Tylers schweißüberströmtes Gesicht unmenschliche Konzentration verriet – eine Anspannung, die sich erst lockerte, als der letzte kybernetische Angreifer in einer Explosionswolke verwehte!

»Was...?« Pjetr Wonzeff taumelte Ren Dhark entgegen.

Sie stützten sich gegenseitig, weil ihre Körper nicht nur einfach aus der Erstarrung erwacht waren, sondern auf unheimliche Weise auch Kraft eingebüßt hatten.

»Ich will hier weg!« rief der in der Ecke kauernde Junge. Trotz der gerade demonstrierten Macht wirkte er bemitleidenswert. »Zurück zu meinen Leuten! Helft ihr mir...?«

Noch ehe Dhark antworten konnte, sank Tylers Kopf nach vorn auf die Brust, und sein schmächtiger Oberkörper rutschte haltlos an der Wand zu Boden. Die Anstrengung forderte ihren Tribut.

Der Günstling des CAL verlor das Bewußtsein.

»Das kann nicht dein Ernst sein! Du willst es tatsächlich riskieren, ihn an Bord zu nehmen? Nachdem er *das* getan hat?«

Dan Rikers Aufgeregtheit war mehr als der übliche Unmut über nicht nachvollziehbare Entscheidungen. Es war die pure Ablehnung, und vermutlich sprach er damit manch anderem Besatzungsmitglied der POINT OF aus dem Herzen.

»Hätte er es *nicht* getan, *könnte* ich jetzt nichts mehr riskieren«, gab Ren Dhark mit fester Stimme zurück. Aber so sehr von seiner Entscheidung überzeugt, wie er sich gab, war er nicht annähernd.

Der bewußtlose Junge im Co-Sitz von Wonzeffs 027 *war* ein unkalkulierbares Risiko, auch wenn sie ihm ihr Leben verdankten.

Es waren nicht nur seine kaum zu bändigenden Psi-Kräfte, die Tyler zur Gefahr machten – es war seine ›Einstellung‹.

Wenn Tyler sich tatsächlich die ganze Zeit in der Tiefe aufgehalten hatte, konnte er nicht ›zurückgeschaltet‹ sein. Die C-E-Strahlen durchdrangen keine Planetenkruste dieser Dicke, und die schlechte körperliche Verfassung des Jungen hatte ganz andere, banalere Gründe als jenen unselig-unnatürlichen Alterungsprozeß.

Er hatte einfach kaum etwas zu essen gehabt. Die Vorräte, die es gegeben hatte, waren vermutlich bald aufgebraucht gewesen – oder demselben Vernichtungsakt zum Opfer gefallen, der auch den unmittelbaren Aufenthaltsbereich des CAL zerstört hatte.

Ein Akt, an den Dhark sich nicht erinnerte. Den aber auf keinen Fall *er* zu verantworten hatte!

Wirklich nicht? Wer dann?

Etwa Tyler mit seinen destruktiven Kräften?

Und was war aus den anderen Kindern geworden, Edgar und Pia? Irrten auch sie noch durch das Labyrinth unterirdischer Räume?

Sie konnten ebensogut tot sein.

Verhungert.

Berücksichtigte man Tylers Verfassung, erschien es zweifelhaft, daß noch zwei weitere Kinder genug zum Überleben gefunden hatten!

»Das mag sein«, räumte Riker über Funk ein. »Aber hast du eine Vorstellung, was passieren wird, wenn er erst erfährt, wie es an der *Oberfläche* Robons aussieht? Und wer – ich meine das keineswegs als Vorwurf – letztlich die Verantwortung dafür trägt, daß es keine All-Hüter und keine intakte Enklave mehr auf diesem Planeten gibt? Wer weiß, was aus seinen Angehörigen geworden ist? Erst auf Terra werden wir vielleicht die Möglichkeit haben, die Familie dieses Jungen ausfindig zu machen. Falls sie noch lebt. Falls sie je mit ihm nach Robon verschleppt wurde! Ebensogut kann sie den Auswahlkriterien der Giants nicht standgehalten haben. Dieser Tyler kann in eine ›Pflegefamilie‹ verpflanzt worden sein! Kein Problem, wenn man ohnehin die Erinnerung aller manipuliert hat...«

»Ich gebe dir recht.«

Dhark verfolgte mechanisch, wie Ian Kaplan die 024 ins Flash-Depot des Ringraumers steuerte.

Riker lachte ohne einen Funken Erheiterung auf. »Dann sag mir, wie du ein Ausflippen des Jungen verhindern willst? Hast du vor, ihn unter Dauernarkose zu setzen? Oder willst du ihn mal eben schnell dem C-E aussetzen – was ihn zwar kooperativer machen, aber aller Wahrscheinlichkeit nach auch seine Lebenserwartung drastisch reduzieren würde!«

Das Lächeln, mit dem Dhark in die Aufnahmeoptik des Kommunikationssystems blickte, ließ ebenfalls jeden Humor vermissen. »Was hätte ich also deiner Meinung nach tun sollen? Ihn dort unten sich selbst überlassen? Ganz gleich, was er sonst noch ist: Für mich ist er ein Kind. Ein Junge, der Hilfe braucht!«

»Ich nehme dir nicht ab, daß das *alles* ist. Der einzige Grund.«

»Nein?«

»Nein! Ich denke, du siehst in ihm bestimmt auch den *Zeugen*.

Jemanden, der dir helfen könnte, die Lücken in deinem Gedächtnis zu schließen. Dieser Junge war dabei, damals. Aber ich zweifele sehr, daß wir in der Lage sein werden, ihn als Informationsquelle zu erschließen. Was mich jetzt schon wundert, ist, daß er dich nicht sofort als *Feind* eingestuft hat. Immerhin warst doch du es, der vor seinen Augen den CAL attackierte. Wie konnte er das vergessen?«

»Das weiß ich nicht.«

»Ich auch nicht. Aber ich bin sicher, es *wird* ihm wieder einfallen. Spätestens dann, wenn er erfährt, was aus den anderen Robonen geworden ist...«

»Wir werden Vorkehrungen treffen, um die Schiffssicherheit nicht zu gefährden.« Grußlos schaltete Ren Dhark die Verbindung ab.

Nicht nur die 024, auch die 027 mit Wonzeff und Tyler erreichte ihr Depot und ankerte in den dortigen Spezialvorrichtungen.

Diesen Moment wartete Ralf Larsen ab, um Dhark zu kontakten. »Ich fürchte«, sagte er, »wir haben noch ein weiteres Problem.«

»Welcher Art?«

»Das möchte ich lieber in der Zentrale besprechen...«

Ren Dhark las nicht nur den Folienausdruck mit dem Ultimatum von der Erde, sondern beachtete auch den Zeitstempel im rechten oberen Eck:

alamo gordo, 17.12.2052, 09:17:32 uhr

astrophysiker monty bell kurz nach mitternacht von terroristen entführt +++ unbekannter namens ion zephyr übernimmt die verantwortung für die tat +++ hintergründe unklar +++ zephyr dringt auf ren dhark als verhandlungspartner +++ keine akzeptanz vorgeschlagener ersatzpersonen, obwohl über dharks abwesenheit informiert +++ beim letzten kontakt wurde nach ablauf einer 24-stunden-frist mit der ermordung bells gedroht +++ drohung wird ernstgenommen.

gez. bernd eylers, gso

Der Name Monty Bell hatte Dhark sofort elektrisiert.

»Kidnapping«, murmelte er. »Terroristen... Hören die Unruhen denn nie auf?«

»Es gefällt mir nicht, daß dieser Mann nur mit Ihnen in Verhandlungen treten will«, sagte der Erste Offizier der POINT OF, dem deutlich das Unbehagen darüber anzusehen war, daß er Dhark den Eingang der Nachricht solange verschwiegen hatte. »Sie wurden gerade von den Robots angegriffen, als die Sendung aus Alamo Gordo einging. Ich habe Eylers auch sofort in Kenntnis gesetzt, daß Sie selbst in der Bredouille steckten. Es besteht auch keine Chance, in der verbleibend kurzen Zeit nach Terra zurückzukehren. Anders sähe es aus, wenn wir transitieren könnten... Aber wir wissen, daß das nicht geht...«

Dhark nickte. Er hatte nicht vor, Larsen für sein Verhalten zu rügen.

»Was mir bis heute unbegreiflich ist«, griff er die Bemerkung seines Ersten auf. »Eine Spezies mit dem Können der Mysterious hätte wenigstens für Notsituationen die Sprungmöglichkeit durch den Hyperraum schaffen können. Entsprechende Aggregate hätten bestimmt noch Platz im Schiff gehabt... Aber vielleicht haben wir auch einfach nur versäumt, sie bei der Fertigstellung zu installieren. Oder es gibt sie, und wir sind nicht imstande, sie zu erkennen... Wie dem auch sei: Lassen Sie Glenn Morris eine Verbindung zum GSO-Hauptquartier herstellen – sofort! Ich will Eylers. Er muß bei diesem Zephyr einen Aufschub erwirken. Er *muß*. Wir werden umgehend auf Heimatkurs gehen. Mit maximalem Überlichtfaktor!«

Es sah aus, als wollte er noch mehr sagen, aber in diesem Augenblick öffnete sich das Zentrale-Schott, und Dan Riker stürmte herein.

Nach kurzer Orientierung eilte er sofort auf Dhark zu und sagte: »Es ist soweit! Jetzt bist du an der Reihe!« Es sah nicht aus, als meinte er das, was Monty Bell widerfahren war.

»Wovon redest du?«

»Wovon? Wie von dir angeordnet, wurde der Junge in die Kran

kenstation gebracht, damit sich Anonga um ihn kümmern kann.«
»Und weiter?«
»Gerade ist er erwacht und hat sofort nach dir verlangt...«

9.

Als Ren Dhark die Medostation betrat, stand Anonga neben Tylers Liege und starrte schmerzverzerrt auf den unterernährten Jungen.

Offenbar gehörte Geduld nicht zu Tylers Tugenden.

»Aufhören!« Dhark schloß mit ausgreifenden Schritten zu den beiden auf. Dan Riker folgte ihm in respektvollem Anstand. Als er sah, was Dhark schon vor ihm erkannt hatte, flog seine Hand zum Gürtel, um den Paraschocker zu ziehen. Dhark registrierte die Bewegung aus den Augenwinkeln und fauchte seinen Freund an: »Fang du jetzt nicht auch noch an, durchzudrehen! Ich werde mit ihm *reden!* Wurden alle Vorkehrungen getroffen, die ich befohlen habe?«

»Ich glaube nicht, daß die Zeit dazu reichte. Aber...«

»Kein Aber!« Dhark drängte sich fluchend zwischen den Bordarzt und den blassen Jungen.

Anonga vertrat Manu Tschobe, der seinen Posten auf Terra nicht hatte verlassen wollen, um an der Exkursion nach Robon teilzunehmen – und jetzt litt Tschobes früherer Assistent dieselben Qualen, die Dhark und Wonzeff unter dem Raumhafen von Stardust hatten ertragen müssen.

Tyler hatte ihn in seiner Gewalt!

Bis Dhark ohne Rücksicht auf die eigene Gefährdung dazwischenfuhr.

»Aufhören! Ich sage es zum letzten Mal!«

Hinter ihm wurde Anonga von Dan Riker aufgefangen, als der Mentaldruck auf das Gehirn des Mediziners schlagartig nachließ und die Koordination seiner Bewegungsabläufe für einen winzigen Moment aussetzte.

»Er wollte mir nicht antworten – da habe ich mir die Antwort selbst geholt«, äußerte der Junge das, was er für eine Rechtfertigung hielt. Er sprach mit schwacher Stimme, die in gespenstischem Kontrast zu seinen Taten stand.

Dhark musterte ihn steinern. »Was hast du von ihm wissen wollen?«

Der Junge hielt seinem Blick mühelos stand. Abgründig, wie Lichter aus einer fremden Welt, glommen seine tief in den Höhlen liegenden Augen. »Zunächst... wo ich bin. Ich habe ein Recht zu erfahren, warum ich nicht nach Starmoon zurückgebracht wurde...«

»Niemand wollte es dir vorenthalten. *Ich* wollte es dir erklären. Aber ich hatte nicht geglaubt, daß du so schnell aus der Ohnmacht erwachen würdest.«

Das beunruhigende Leuchten in Tylers Blick schien über den Rand seiner Augen hinauszuschwappen. »Ohnmacht? Ich war *nie* ohnmächtig – und werde es nie sein. Der Oberste Hüter hat mich reich beschenkt.«

»Der Oberste Hüter?«

»Ich nenne ihn so. Er ist einer und doch viele. Er ist wie ein Vater zu mir!«

Er meint den CAL, dachte Dhark beklommen. Dann sagte er: »Reden wir über deinen richtigen Vater. Deine Eltern...«

»Nein! Erst lese ich in dir! Ich muß erfahren, was damals passiert ist, wie und warum der Hüter verschwand! Und wo die anderen geblieben sind...!«

Etwas schoß auf Dhark zu und fuhr mit der Wucht eines Blitzes in ihn hinein. Ergoß sich wie schwarzer, tödlicher Teer über sein Bewußtsein. Und ließ ihn aufbrüllen wie ein waidwundes Tier.

... muß endlich erfahren, was damals passiert ist..., hallten Tylers Worte in ihm nach. Dies und die bittere Erkenntnis, daß es dem Jungen nicht besser erging als ihm selbst – daß auch er nichts über die näheren Umstände der CAL-Niederlage wußte –, nahm Dhark mit in den verheerenden Wirbel eines jenseitigen Taifuns, der seinen Verstand überfiel und systematisch zerpflückte...

Terra

Bernd Eylers saß angespannt vor dem Vipho, aus dem die Stimme von Glenn Morris die fieberhaft erwarteten Worte sprach: »Der Commander möchte sich mit Ihnen unterhalten. Moment, ich stelle durch zur Krankenstation...«

Krankenstation? Eylers tauschte einen Blick mit Carter, der ihm gegenübersaß. Sein Sektionsleiter zuckte die Achseln.

Was war im Giant-System geschehen? Morris hatte kein Wort darüber verloren.

Kurz darauf knisterte es im Äther – und dann brach die Verbindung, kaum zustandegekommen, auch schon wieder zusammen.

Eylers' Blick flackerte unmerklich, denn das Uhrenimplantat hatte ihn erst Sekunden zuvor unmißverständlich darauf hingewiesen, daß das eng mit Monty Bells Leben verknüpfte Ultimatum in zweieinhalb Stunden ablief.

Wenn Ren Dhark bis dahin nicht wenigstens via Hyperwelle mit Ion Zephyr ins Gespräch getreten war...

»Was hat uns jetzt schon wieder dazwischengefunkt?« Verärgert tastete Eylers die Verbindung zur Hyperfunkstation.

Auf der Bildscheibe erschien das Konterfei eines nicht im mindesten schuldbewußt wirkenden Mannes. »Die Ursache liegt nicht bei uns«, behauptete er. »Das Signal steht nach wie vor. Aber im Giant-System wird es von einer unbekannten Störquelle überlagert! Wir versuchen bereits, wirksame Filter zwischenzuschalten...«

»Versuchen Sie es nicht – *tun* Sie es!«

Eylers, sonst schwer aus der Ruhe zu bringen, verstand überhaupt keinen Spaß mehr, wenn er sich vorstellte, daß technische Unzulänglichkeiten letztlich zum Zünglein an der Waage werden könnten, die sich *zu* oder *gegen* Monty Bells Gunsten neigen würde.

In – sein Blick fand die zu Damoklesschwertern mutierten Ziffern auf dem Handgelenk seines gesunden Arms – ganz genau 2:23:17 Stunden...

An Bord der POINT OF schien die Zeit stillzustehen.

Ein eiskalter Hauch streifte Ralf Larsen, der gerade mit Anja Field die letzten vom Checkmaster ermittelten Kursparameter durchsprach, obwohl es im Grunde nichts daran zu diskutieren gab. Das Bordgehirn des Ringraumers hatte noch nie einen fehlerhaften Formelsatz erstellt. Trotzdem mißtrauten ihm diejenigen, die es zu Rate zogen, bis zum heutigen Tag.

Weil ihnen Unfehlbarkeit suspekt war.

Terranische Suprasensoren arbeiteten immer nur so perfekt wie die Menschen, die sie programmierten. Und hier erweckte ein Mysterious-Rechner den Anschein, als wäre er nicht nur in der Lage, auf programmiertes Wissen zurückzugreifen, sondern es durch permanente Datenvernetzung immer weiter auszubauen... *wie ein Mensch, der aus der Erfahrung lernt...*

Als Anja Field sich versteifte, fragte Larsen: »Spüren Sie es etwa auch?«

Sie blinzelte irritiert. »Was meinen Sie?«

»Ich meine die plötzliche Kälte.« Larsen knetete seine Hände. »Es ist... kalt geworden.«

Die Chefmathematikerin antwortete erst, als sie auch den Checkmaster in dieser Frage konsultiert hatte. »Ein subjektiver Irrtum«, sagte sie nach der aktuellen Temperaturbestimmung innerhalb der Schiffszentrale. »Alles unverändert. Ein subjektiver Irrtum«, wiederholte Anja und fügte nach kurzem Zögern hinzu: »Von uns beiden.«

»Dann spüren Sie es also doch?«

»Und wenn, es ändert nichts an der Tatsache, daß...«

Mitten in ihre Worte hinein peitschte Szardaks Stimme: »Ich habe völlig konfuse Energiewerte aus Deck vier, Sektor grau...«

»Die Medostation«, sagte Larsen.

»Wo Dhark gerade hingegangen ist«, bestätigte Szardak.

»Und wo dieser... Junge ist«, ergänzte Anja Field.

Im nächsten Moment reagierte auch die Schiffsautomatik.

Die Bordsirenen heulten auf.

In der Funk-Z begann ein Mann namens Glenn Morris zu fluchen, weil auch er seine Instrumente nicht mehr verstand.

Der gerade erst zustandegekommene Kontakt zur Erde riß sofort wieder ab – obwohl die Geräte auf mysteriöse Weise vorgaukelten, daß er immer noch Bestand hatte...

»Kommen Sie – schnell!«

Anonga eilte den Männern entgegen, die um die nächste Ecke des gewundenen Korridors bogen.

Den bewaffneten Trupp führte Szardak an.

»Was geht hier vor?« fragte er, in der einen Faust den Paraschokker, in der anderen einen Handscanner, der ihn über die Auswüchse des angepeilten Energiephänomens auf dem laufenden hielt.

»Ich weiß es nicht – aber der Commander ist noch drin! Mit Riker und diesem... Ich konnte im letzten Moment entkommen – wie, weiß ich schon nicht mehr, denn zuvor hatte er mich in der Mangel, und meine Beine versagten mir den –«

»Entkommen?«

Anonga wollte antworten, aber in diesem Moment schrie einer von Szardaks Begleitern: »Da, Sir, sehen Sie doch... *Sir!«*

Szardaks Blick folgte dem ausgestreckten Arm, der im unheilvoll flirrenden Abstrahlpol einer Waffe endete. Dieses Wabern war jedoch nichts gegen das, was hinter dem Türschott zur Medostation lauerte.

Ja, *lauerte.*

Szardaks Kehle dörrte aus.

Seine berühmte Selbstbeherrschung, seine ›Pokerface-Fassade‹ begann zu bröckeln.

Doch dann faßte er sich und stapfte hölzern auf den schwarzen Spuk zu, der sich manifestiert hatte.

Auf und jenseits der Schwelle zur Krankenstation!

»Anonga!« rief der Zweite Offizier der POINT OF. »Was ist das?«

Der Arzt machte ein unglückliches Gesicht. »Es... kam aus dem Körper des Jungen.«

»Es tat *was?«*

Lackschwärze gähnte wie ein bodenloser Abgrund vor ihnen. Der ganze hinter dem Schott liegende Bereich schien damit ausgefüllt zu sein!

Geronnene Dunkelheit...

... oder Energie?!

»Ich messe enorme psionische Aktivitäten an«, sagte Szardak, als Anonga nicht auf sein Nachhaken einging. Er machte noch einen Schritt auf die Barriere zu, steckte die Waffe in den Gürtel zurück und näherte sich dem Phänomen mit der freien Hand.

»Nein!« stoppte ihn Anonga. »Tun Sie das nicht!« Seine Finger schnappten wie eine Zange um Szardaks Handgelenk und rissen den Arm zurück. »Es kann Sie töten!«

Szardak wandte ihm das ausdruckslose Gesicht zu. »Vielleicht. Aber ich messe *Lebenszeichen* in dieser Struktur. Der Commander, Riker...«

»Oder der Junge!« Anonga nickte heftig. »*Nur* der Junge... Die anderen können längst tot sein! Sie hätten es sehen sollen. Wie es aus seinem Körper strömte. Aus seinem Mund... Es sah aus wie geschwärztes Ektoplasma, und es füllte innerhalb von Sekunden den ganzen Raum aus! Als ich hinausfloh, hatte ich das Empfinden, es in meinem Nacken zu spüren. Ich hörte noch einen verstümmelten Ruf Rikers... dann war ich draußen. Und es war wie ein Wunder, daß es mir nicht hinaus folgte...!«

»Sie haben keine Ahnung, was es ist?«

»Nein! Nur daß es mit diesem unterernährten Robonen-Jungen zu tun haben muß – dessen bin ich mir sicher!«

Szardak zögerte unmerklich, dann streifte er Anongas harten Griff ab.

»Lassen Sie mich! Ich werde es riskieren!«

»Sind Sie lebensmüde?«

»Im Gegenteil...«

Szardak streckte die Hand aus. Seine Fingerkuppen näherten sich der Schwärze.

Doch statt in sie einzutauchen, prallten sie wie gegen ein Hindernis, fest wie eine Wand!

Sonst geschah nichts.
Zumindest nicht auf *dieser* Seite...

Ein Damm brach. Ren Dhark wußte nicht, wie ihm geschah. Vergangenes und Vergessenes lebte auf, wurde wieder lebendig, als geschähe es gerade jetzt, in diesem magischen Augenblick...

10.

Um mich herum ist huschende Bewegung. Gespenster durchirren den Raum. Sie verbergen sich hinter lichtabsorbierenden Schilden. Hinter Auren, die das weiße Licht dieses unterirdischen Reiches an sich ziehen und in sich versinken lassen wie Schwarze Löcher.

Ich ahne, daß diese Kraft bald auch nach mir greifen und mich zerreißen wird. Noch nie in meinem ganzen Leben habe ich meine Grenzen so klar aufgezeichnet bekommen wie jetzt.

Es ist als fiele ein Vorhang vor meinem Geist. Von einem Lidschlag zum anderen sehe ich meine Umgebung, wie sie wirklich ist. Der Ort, an dem ich dem CAL gegenübergetreten bin, zeigt sein wahres, ungeschminktes Gesicht.

Um mich herum ist es bei weitem nicht so leer, nicht so öde, wie ich es glauben soll. Unvermittelt finde ich mich umgeben von einer Technik wieder, die nichts – so gar nichts – mit der plumpen Hardware der Giants gemein hat, die mich das Bordgehirn der POINT OF, der Checkmaster, zu handhaben lehrte.

Offenbar ist alles, was mit dem CAL und seinen Söldnern zu tun hat, auf Täuschung aufgebaut.

Ebenso gebannt wie ich starren Pia, Edgar und Tyler auf das, was ›hinter dem Vorhang‹ sichtbar wird.

Ob auch sie diesen Ort zum erstenmal sehen, wie er ist?

Die Gehirne des CAL schweben nicht wirklich nackt und von ihrer Schwere befreit vor uns in der Luft. Das gaukelte nur der Paraeinfluß dieser Wesen vor.

In Wahrheit schwimmen sie in gläsernen Behältern, die wie aufrecht stehende Zylinder aussehen – wie Säulen, die auf halber Strecke zur Decke enden und keine tragende Funktion haben.

Sie sind gefüllt mit einer schleimigen, grünstichigen Masse, in der sich immer wieder Luftbläschen bilden, aufwärts wandern und an der Oberfläche zerplatzen.

Genau in der Mitte eines jeden Zylinders treibt ein Organ, in dem ein Geist von beängstigender Fremdheit eingekerkert ist.

In diesem Augenblick, da ich mit dem ungeschönten Anblick des CAL konfrontiert werde, frage ich mich erneut, ob diese Fünf ein Kollektiv oder Individuen sind.

Doch dies ist nicht die Zeit, um Rätsel zu lösen.

Das, was vor meinen Augen geschieht – so schnell, daß ich ihm kaum zu folgen vermag – wirft tausend neue Fragen auf.

Was ich sehe, kann ich nicht begreifen. ETWAS greift nach dem CAL. Nach den Behältern, die seine Gehirne mit dem Lebensnotwendigen versorgen.

Und nach mir.

ETWAS macht einen Schritt auf mich zu – vom anderen Ende des Raumes –, und schon ist es da.

Da!

Hier bei mir!

Ein einziger Schritt über zwanzig Meter!?

Was für ein Irrsinn.

Schon wieder werden meine Sinne von Trugbildern getäuscht. Und erst jetzt wird mir bewußt, daß der Kasten, den Doorn und Congollon mir an die Hand gaben, um den CAL mit künstlichem hyperenergetischem Unwetter zu überschütten und zu lähmen, immer noch aktiv ist. Daß die Richtantenne unverändert Interferenzen gegen die grauen Zellballungen abstrahlt und ihnen heimzahlt, was sie ersannen, um die Zivilisation auf Terra in die Steinzeit zurückzuschleudern.

Vor mir scheint sich der Raum zusammenzukrümmen. Ich verliere die Sicht zu den Gehirnbehältern.

Ich verliere den Verstand!

Was geht hier vor? Ich höre die Kinder verängstigt aufschreien. Aber als ich mich zu ihnen umdrehen will, verweigert mein Körper den Gehorsam.

Gletscherkälte durchkriecht mein Rückgrat. Vor mir ›verbiegen‹ sich Wände, Decke und Boden. Eine unsichtbare Hand zerrt an der Box, welche die hypermagnetischen Ströme emittiert. Die Geräusche, die ich währenddessen vernehme, erinnern an zerreißendes Blech.

Meine Augen sind starr auf das Chaos gerichtet, das alles um mich herum verschlingt: Nicht nur den CAL, nicht nur die Kinder, auch...

Die beiden Jungen und das Mädchen versuchen zu fliehen.

Sie stieben auseinander, versuchen den Ausgang zu erreichen.

Aber sie werden eingefangen.

Pia... Edgar...

Wo ist Tyler?

Plötzlich sehe ich ihn nicht mehr!

Während die beiden anderen Kinder in einem ähnlichen Feld erstarren, wie es mich fesselt, bleibt Tyler verschwunden.

Er stand am nächsten beim Ausgang, aber daß es ihm gelingen könnte, den Schemen zu entkommen...

Wer sind sie?

Noch immer geben sich die Unheimlichen nicht zu erkennen. Ich ahne ihre Anwesenheit nur, weil ihre Körperlichkeit dort, wo sie sich bewegen, die Raumzeit ›einzudellen‹ scheint.

Ist es nur ein unbekannter Energieschild, der diesen Effekt erzeugt – oder gehören die Fremden selbst einem anderen Kontinuum an, aus dem sie wie Schatten hervortreten?

Um die Herrschaft über diesen Ort an sich zu reißen.

Um den CAL zu attackieren...

Tun sie das wirklich? Oder sind sie seine Verbündeten?

Gerade diese elementare Frage widersetzt sich der klaren Beantwortung.

Die aus dem Nichts Gekommenen machen sich an den Säulen zu schaffen, in denen die Unheil brütenden Gehirne lagern.

Die Box, die mir entwendet wurde, hat aufgehört, ihre schwächenden Strahlen auf den Para-Verbund abzustrahlen.

Dennoch hüllt sich der CAL in Schweigen.

In Passivität.

Ohne Gegenwehr läßt er sich gefallen, daß die Nährbehälter von ihren Sockeln demontiert werden und dorthin schweben, woher ich gekommen bin. Zum Fahrstuhl.

Ohne mich von der Stelle rühren zu können, beobachte ich, wie der Abtransport des CAL vonstatten geht.

Auch die Kinder werden fortgeschafft.

Sie sehen aus wie leblose Puppen.

Alles geht so schnell, daß sich der Gedanke aufdrängt, die Unheimlichen besäßen eine Eigenzeit, die sich von meiner Zeit völlig unterscheidet.

Gegen sie bin ich eine Schnecke.

Zum Sterben langsam...

Dann habe ich das Gefühl, allein zu sein.

Als wären alle gegangen und hätten mich vergessen.

Dieses Empfinden hält eine schwer bestimmbare Zeitspanne an. Dann kommt jener sonderbare ›Zwanzigmeterschritt‹. Jener Sog, der den Fremden auf mich zu katapultiert. Zum Greifen nah!

Fließende Konturen. Eine ständig wechselnde Silhouette, die keine Spekulation über das zuläßt, was sich dahinter verbirgt.

Plötzlich halte ich etwas in der Hand.

Kann ich mich wieder bewegen.

Ich sehe einen fremdartigen, nur daumennagelgroßen metallischen Würfel.

Im nächsten Moment stürzt das Wissen auf mich ein, daß es ein Chip ist, der alle erforderlichen Daten enthält, um... das Commutator-Enzephalo zu bauen.

Commutator-Enzephalo?

Ich verliere das Gleichgewicht.

Ich falle.

Nein, das stimmt nicht! Ich stehe immer noch, schwanke lediglich unter dem schwindelerregenden Gefühl, das sich in mein Gehirn gräbt, ins Chaos meiner Gedanken.

Ein Gefühl, als würde sich etwas an meinen intimsten Geheimnissen, meinen privatesten Überlegungen vergehen!

Diese Qual dauert eine Ewigkeit.

Als ich sie endlich abschüttele, befinde ich mich auf der Liftplattform, die mich in behäbigem Tempo zurück zur Oberfläche trägt.

Ich habe den CAL besiegt.

(Habe ich das?)

Der Magnetfeldsimulator hat den Führer der Giants in die Knie gezwungen – ihm die Daten für eine Methode abgerungen, mit der die Erdbevölkerung aus ihrer Agonie erweckt werden kann.

Der C-E-Chip liegt in meiner Hand.

Der Chip...

Ich versuche, mich zu erinnern, wie ich den CAL darum erpreßte, bevor er verschwand.

(Verschwand?)

Als ich die Oberfläche erreiche, haste ich, so schnell ich kann, über die Piste des Raumhafens.

Überall herrscht Chaos.

Giants... Robonen...

Alles läuft wild und orientierungslos durcheinander. Ich bleibe unbehelligt und traue meinen Augen nicht, als sich in meiner nächsten Nähe mehrere Giants aufzulösen beginnen. Ihre Konturen verschwimmen.

(Woran erinnerte mich das?)

Von einem Lidschlag zum nächsten sind sie weg.

Wie vom Erdboden verschluckt.

Robonen beschatten ihre Augen mit den Händen und spähen zum Himmel.

Dort oben torkelt ein gerade gestartetes Schiff durch die unteren Atmosphäreschichten.

Es wird abstürzen.

Es...

Plötzlich setzt Vollschub ein, und es schießt senkrecht nach oben. Die Triebwerke orgeln im Chor mit den verdrängten Luftmassen.

Ich renne noch schneller.

Ein Robone entdeckt mich und schlägt Alarm, obwohl auch er vom Schatten des Unbegreiflichen, der über Robon gefallen ist, wie gelähmt wirkt.

Erste Schüsse peitschen, als ich den Rand der Piste erreiche und das schützende Intervallfeld um meinen Flash deaktiviere.

Die Gedankensteuerung reagiert ohne Verzögerung, die Luke schwingt auf.

Ich werfe mich in den Sitz und hülle die 001 sofort wieder in ihren ureigenen Weltraum.

Die Schüsse der Verfolger verpuffen darin.

Sle kommt.

Der Flash startet, und ich setze einen Spruch an diejenigen ab, die auf mein Lebenszeichen warten: »Ren Dhark an POINT OF! Ren Dhark an POINT OF! Alarmstart! Kommt mir unverzüglich entgegen! Ich verlasse jetzt Robon. Der CAL ist...«

Ich weiß nicht, was aus dem CAL geworden ist!

Gespenster hinter lichtabsorbierenden Schilden durchhuschen meine Erinnerung. Gespenster mit raumgreifenden, unmöglichen Schritten. Mächtig – viel mächtiger als der CAL – und...

Unsinn!

Was für Gespenster?

Ich konzentriere mich auf den Flug.

Es kommt zum Rendezvous von POINT OF und 001.

Ich gehe an Bord, wo ich von der Auflösung der gefangenen Giants erfahre. Von der Phantomortung eines... Raumschiffs, das sich Robon genähert hat, und vor Minuten – lange vor meiner Rückkehr – wieder aus dem System verschwunden ist.

Sein Antrieb soll auf einer unaufhörlichen Folge von Kurztransitionen beruht haben.

Sagt mein Freund Dan.

Sagen Grappa, Szardak, Larsen, Field...

Ich sehe sie wieder.

Und lese tausend Fragen in ihren Augen.

Es schnürt mir die Kehle zu, daß ich sie nicht – daß ich nur die wenigsten davon – beantworten kann.

Ein Phantom über Robon.

Gespenster im Reich des CAL...

Verliere ich endgültig den Verstand? Warum hilft mir denn niemand? Warum...?

ICH helfe dir, sagt eine Stimme, *aber nur*, *wenn du auch MIR hilfst...*

Ich gehe darauf ein.

Ich verspreche es!

Wer immer es ist, der zu mir redet, ich – verspreche – es – !

11.

Der Erste und der Zweite Offizier der POINT OF standen in ständiger Verbindung. Ralf Larsen wurde in der Zentrale von Störmeldungen aus allen Bereichen des Schiffs regelrecht bombardiert, während Janos Szardak sich mit einem Stab von Technikern darum bemühte, die psionische Energie, die den Zugang zur Medostation blockierte, abzubauen.

Arc Doorn und Miles Congollon waren vor Ort, denn im Maschinenraum gab es seit einigen Minuten nicht mehr viel zu tun.

Seit das Doppelintervallum um den Ringraumer ohne erkennbaren Grund zusammengebrochen und die Sternensog-Etappe zum Sol-System gewaltsam unterbrochen worden war.

Sle funktionierte noch, aber es war sinnlos, damit auf die Reise zu einem Lichtjahre entfernten Ziel zu gehen.

Sinnlos... Larsen massierte sich den Nacken. »Was geht dort vor? Die ausgefallenen Aggregate scheinen so wenig defekt zu sein, wie die Hyperfunkverbindung nach Terra abgebrochen ist! Aber alles schlummert in unheimlicher Stasis! Und das soll ein Junge zu verantworten haben? Völliger Blödsinn! – Anja, was sagt der Checkmaster? Oder hat er auch gerade ein Päuschen eingelegt?«

Larsen hatte Dharks Platz im Kommandosessel eingenommen. Erst als Anja Field sich zu ihm umdrehte, bemerkte er ihr Zittern.

»Anja...«

»Schon gut. Es ist nichts.« Das Lächeln, das sie um ihre Lippen zwang, log. »Nein, der Checkmaster arbeitet nach wie vor. Ich habe ihn gerade beauftragt, sich in die Kommunikationskanäle einzuloggen und auf diese Weise eine Beschreibung der Situation innerhalb der Krankenstation zu geben.«

»Mit Erfolg?« Larsen faßte die Chefmathematikerin scharf ins Auge. Er konnte sich täuschen, aber sie machte auf ihn den Eindruck, als hätte sie gerade die Nachricht vom Tod eines ihr sehr nahestehenden Menschen empfangen.

»Erfolg? Ich weiß nicht, ob man es einen Erfolg nennen sollte. *Ergebnis* klingt neutraler.«

»Was heißt das?«

Anja Field schürzte die Lippen, räusperte sich dann und sagte so leise, daß Larsen Mühe hatte, sie zu verstehen: »Der Checkmaster beharrt darauf...« Ihre Stimme versagte.

»Beharrt worauf?«

»Er behauptet, sicher sagen zu können, daß es keine Medostation... mehr gibt! Sämtliche dorthin laufenden Verbindungen führen geradewegs ins Nichts...«

Arc Doorn unternahm gar nicht erst den Versuch, die störrischen Wirbel seines Haupthaars bändigen zu wollen. Er wußte, daß nur eines sie wirklich gezähmt hätte: Eine Totalrasur. Aber die Glatze, fand er, stand Ralf Larsen, der ›Inkarnation des Konventionellen‹, bedeutend besser. Obwohl ein kahler Schädel nicht eines gewissen Reizes entbehrte und die mürrisch-kantigen Züge des Sibiriers vermutlich *noch* bedrohlicher hätte erscheinen lassen.

Wer Arc Doorn längere Zeit studierte, konnte sich mitunter nicht des Verdachts erwehren, daß er es regelrecht genoß, wenn seine Mitmenschen sich an seinem insgesamt ungepflegt wirkenden Äußeren rieben – auch wenn sorgfältige Beobachter in der letzten Zeit wenigstens hin und wieder auf den Gedanken hätten kommen können, Doorn kämme sich neuerdings *doch*.

Manchmal.

Insbesondere, wenn er in der Gesellschaft einer ganz bestimmten Frau anzutreffen war...

Die Krankenschwester Doris Eyck war bildhübsch, aber das war nur *ein* Grund, weshalb man sich wundern durfte, wie sie ausgerechnet im Beisein des launenhaften und schwierigen Techno-

Freaks Doorn sichtbar aufblühen konnte.

›Die Schöne und das Biest‹ war zur gängigen Witzelei hinter vorgehaltener Hand geworden.

Arc Doorn und Doris Eyck schienen davon noch nichts mitbekommen zu haben – zumindest ließen sie sich nichts anmerken.

Momentan mußten sie beide ohne einander auskommen. Doris Eyck war auf Terra geblieben, wo sie sich in den Notstandsgebieten für eine menschenwürdige Behandlung Kranker und Verwundeter einsetzte. Immer wieder kam es bei den Aufräumarbeiten zu schweren Unfällen, und in manchem Sammellager brachen überwunden geglaubte Seuchen und Epidemien aus: Cholera, Pest... Der Bodensatz aus dem Füllhorn der Pandora schien über der Erde des 21. Jahrhunderts ausgeschüttet worden zu sein. Nicht wenige verglichen die Giants auch mit den Apokalyptischen Reitern oder Handlangern anderer Mythologien, die das Jüngste Gericht in vielfältiger Form zum Thema hatten...

Spötter hätten Doris Eycks Abwesenheit als Grund angeführt, warum Arc Doorn an diesem Tag noch schwerer zu ertragen war als sonst. In Wirklichkeit lag sein Stimmungstief daran, daß er wieder einmal mit seinem Vorgesetzten Miles Congollon im Clinch gelegen hatte. Noch bevor sie beide vom Maschinenraum abberufen worden waren, um sich das Phänomen in der Krankenstation anzusehen.

Arc Doorn hatte wieder einmal eine Behauptung aufgestellt, ohne auch nur den Zipfel eines Beweises mitzuliefern. Und Miles Congollon hatte gegiftet: »Sie vergleichen die unerklärlichen Systemausfälle in der POINT OF allen Ernstes mit der neuronalen menschlichen Krankheit Parkinson? Sind Sie noch zu retten, Arc? Wir reden von einem Raumschiff – von einem *Ding!*«

»Phantasie war Ihnen noch nie gegeben, Miles«, hatte Doorn respektlos zurückgeblafft. »Sehen Sie sich doch unsere Babies an...« Fast zärtlich glitt sein Blick über die unitallblauen Aggregate, hinter deren Verkleidung etwas *geschah*. Sie waren nicht tot. Und trotzdem gelangte ihre Leistung nicht mehr an die Verbrauchspunkte. »Bei Parkinson gehen Neuronen in einer Hirnregion zugrunde, die man *Substantia nigra* nennt – eine Ansammlung entarteter, schwarzer Zellen. Und hier bei uns gehen sämtliche Plasma- und anders strukturierten Energieströme *irgendwo* verloren. Sie werden erzeugt – aber etwas absorbiert sie, bevor sie ihren eigentlichen Sinn erfüllen können.«

»Dann müßten längst alle Funktionen an Bord zusammengebrochen sein – und das ist nicht der Fall!«

Arc Doorns letzte Bemerkung, bevor Szardaks Befehl sie zum Verlassen des Maschinenraums aufgefordert hatte, rumorte seither im Kopf des Eurasiers, der fehlende körperliche Imposanz durch einen ungeheuren, manchmal auch übers Ziel hinausschießenden Ehrgeiz wettzumachen versuchte.

»Noch nicht«, hatte Doorn sein Menetekel auf die Unitallwände gemalt. »Es ist *noch nicht* der Fall...«

Congollon hätte es nie eingestanden, aber beim ersten Anblick der lackschwarzen, zum Greifen stabilen Psi-Energie, die sich im offenen Schott zur Medostation materialisiert hatte, war er sofort an Doorns waghalsige These erinnert worden.

Und nur dieser unbelehrbare Doorn konnte ihn verstehen, als Congollon die unüberwindbare Barriere abtastete und dabei leise murmelte: »*Substantia nigra...* Sie Höllenhund! Woher wußten Sie das? Dachten Sie daran, als Sie...? Aber nein, Sie können nicht ernsthaft glauben, daß dieses Wabern hier der ›Tumor‹ ist, der das Nervensystem unseres fabelhaften Schiffes lahmlegt...!?«

In 1926 Lichtjahren Entfernung vom Sol-System trieb die POINT OF unterlichtschnell durch unbekanntes Gebiet.

Ohne Intervallschutz.

Der Ringraumer war völlig entblößt. Von einer Gefahr, die Ren Dhark mit an Bord gebracht hatte. Einem Jungen, der sich wie das personifizierte Böse in diese Schöpfung der Mysterious eingegeistet... und zwei Menschen verschlungen hatte.

Dhark und Riker.

Es gab keine sicheren Lebenszeichen mehr von ihnen.

Immer noch nicht.

Der Sektor mit der Krankenstation war vom Rest des Schiffes abgeriegelt worden.

Bewaffnete Frauen und Männer hielten Wacht gegen die Drohung, die hier Gestalt angenommen hatte – und sich von keiner Waffe beeindrucken ließ.

Schwarz.

Kalt.

Unbegreiflich.

Die ›Substanz‹, die Anonga als ›geschwärztes Ektoplasma‹ bezeichnet hatte, strahlte all dies aus.

Was war es wirklich?

Eine Ausdünstung des fürchterlichen Jungen?

Psionischer Angstschweiß?

Dhark und Wonzeff hatten übereinstimmend von der *fühlbaren* Angst Tylers berichtet, als sie ihn in der Unterwelt Robons aufgespürt hatten.

»Wir hätten ihn zurücklassen sollen!« seufzte Szardak, laut genug, daß ihn die Umstehenden verstanden.

Draußen auf dem Korridor gab es niemanden mehr, der den kindlichen Robonen verteidigt hätte.

Und drinnen? In der Dunkelheit?

»Wenn wir jetzt extern angegriffen werden, reicht ein einziger Wirkungstreffer, um uns in eine Atomwolke zu verwandeln«, sagte ein Mann neben Szardak gepreßt.

Seltsamerweise war es gerade dieser Fatalismus, der Szardak veranlaßte, sich wieder gegen die Ohnmacht zu stemmen, in der sie gefangen waren.

Diese... Pattsituation.

Niemand wußte, was der Junge beabsichtigte.

Bezweckte er überhaupt etwas? Oder war er nur ein letzter Gruß des CAL, um diejenigen, die *ihn* ins Verderben gerissen hatten nicht einfach davonkommen zu lassen...?

»Miles, Arc!« rief Szardak das streitbare Pärchen zu sich, von dem er sich am meisten erhofft hatte, das bislang aber erfolglos geblieben war. »Wie sieht es aus?«

»Bescheiden«, erklärten Doorn und Congollon selten einmütig.

»Keine Chance, es zu knacken?«

Arc Doorn grinste schief. »Erst müßten wir wissen, was es ist. Vorher kann man keinen Hebel ansetzen. Daß es eine Art Psi-Materie ist, hilft uns nicht weiter, weil wir keinerlei Erfahrung auf diesem Gebiet haben. Unsere Instrumente registrieren sie – weil es Geräte der Mysterious sind, keine irdischen! Wir haben uns im technologischen Fundus der Geheimnisvollen munter bedient. Wir haben gelernt, mit den Kräften und Möglichkeiten dieser Artefakte zu *spielen* – und fangen bei den meisten gerade erst an, sie allmählich auch zu *verstehen!«* Doorn raufte sich das widerspenstige Haar. »Was ich sagen will, ist – und vielleicht stimmt mir Meister Congollon wenigstens darin zu –, daß wir uns schon seit dem Jungfernflug der POINT OF in fast verantwortungsloser Weise auf ein Pseudowissen berufen, wenn es darum geht, das einzusetzen, was eine immer noch völlig unbekannte Spezies hinterlassen hat...«

»Unser jetziges Problem hat nichts mit den Mysterious zu tun!« gab Szardak zurück.

Doorn grinste noch unverschämter. »Ach? Sind Sie sicher?«

Congollon trat einen Schritt vor. Achselzuckend sagte er: »So ist er. *Un-aus-steh-lich.* Aber das eine oder andere Mal könnte man ihn dann wieder knutschen, weil er zwischendurch mal seine Genialität sprühen läßt...«

Doorns Lächeln erlosch. Grimassen schneidend hob er die Arme. »Keine Annäherungsversuche, Chef! Und jetzt kommen Sie, machen wir weiter!«

Resignierend folgte Congollon.

»Chef?« hörte Szardak ihn noch sagen. »Ich wüßte zu gern, *wer* hier eigentlich der Chef ist...«

Sie gingen auf die Schwärze zu.

Aber sie erreichten sie nie.

Szardak hörte noch Ralf Larsens Ruf aus der Bordkommunikation: »He! Was geht bei euch da unten vor? Hier schnellen plötzlich alle Werte hoch! Die Intervall-Generatoren...«

Mehr hörte Szardak schon nicht mehr.

Die Substanz, vor der Anonga geflohen war, veränderte ihre Qualität – hellte auf, als wäre tief in ihr ein Feuer entzündet worden...

... und sprang dorthin zurück, woher sie gekommen war!

Dan Riker hatte der schwarzen Woge, die aus dem Körper des Jungen herausgebrochen war, nicht mehr ausweichen können. Der ein paar Schritte entfernt stehende Anonga hatte die Kontrolle über seine Motorik wieder zurückgewonnen gehabt, aufgebrüllt und sich mit einem Satz durch das offene Türschott geworfen.

Ren Dhark war bereits verschlungen worden. Und das schwarze Nichts, das dort, wo es hinschwappte, die räumliche und dingliche Existenz der Medostation aufzuheben schien, hatte explosionsartig weiter expandiert!

Als hätte sich ein Riß in der Wirklichkeit gebildet und einen gefräßigen Moloch geschaffen, dem eine Sekunde nach Dhark auch Dan Riker zum Opfer gefallen war!

Dessen Wahrnehmungen waren erloschen... und hatten einen vermeintlichen Wimpernschlag später wieder eingesetzt.

Nun sah Dan Riker die unheimliche Woge in Tylers Körper zurückschnellen. Er hörte den Jungen aufseufzen, wie noch keinen Menschen zuvor, sah Ren Dhark neben der Krankenliege mit schmerzverzerrten Zügen am Boden liegen – und zog seinen Paraschocker.

Zog ihn und wollte schießen!

Aber bereits bevor die Paralyseladung singend in den schmächtigen Körper fahren konnte, bäumte sich dieser auf. Tylers Augen weiteten sich. Er sah Dan Riker in einer Weise an, daß diesem der Speichel im Mund gefror.

Er schoß.

Sofort darauf wurde Riker abgelenkt. Ren Dhark fing an, sich zu bewegen, und aus Richtung des Schotts erklangen Stiefelschritte, dazu Janos Szardaks heisere Stimme, die Befehle bellte.

Benommen und abwartend hielt Riker in seiner Absicht inne, sich um seinen Freund zu kümmern.

Der Sicherheitstrupp, der die Station stürmte, brachte das Faß der Irritationen zum Überlaufen.

Gerade eben noch hatte Dan Riker seinem Freund im Brusttun der Überzeugung erklärt, daß nicht genügend Zeit zur Verfügung gestanden hätte, um die befohlenen Vorsichtsmaßnahmen bezüglich des Jungen zu treffen – und jetzt bewies der Sicherheitsdienst, daß er über hellseherische Fähigkeiten verfügte.

Wie sonst hätte er schon hier sein können...?

Komplett wurde Dan Rikers Verwirrung, als der zurückkehrende Anonga ihn aufgelöst darüber in Kenntnis setzte, daß nicht nur Sekunden, sondern erheblich größere Zeiteinheiten verstrichen waren, seit die Schwärze aus Tyler herausgefahren war.

Das Phänomen, das für Rikers subjektive Wahrnehmung nur Sekunden angedauert hatte, sollte in Wirklichkeit zwei volle Stunden angehalten haben!

»Sie sind...«

»Keineswegs«, mischte sich der neben Dhark kniende Szardak ein, der Anongas Erklärungsversuche mit gemischten Gefühlen verfolgte. »Kommen Sie endlich her, Doc! Kümmern Sie sich um den Commander! Er kommt zu sich, aber wer weiß, wie er reagieren wird...«

Anonga ließ Riker stehen und wechselte dorthin, wo Szardak aufstand, um ihm Platz zu machen.

Rikers Blick schweifte zu dem Jungen, den niemand anzufassen wagte. Ohne zu überlegen, ging er selbst zu ihm.

Tylers Augen standen immer noch offen – und sie schienen ihn immer noch anzustarren.

Riker schluckte den imaginären Kloß in seinem Hals hinunter. Dann legte er Zeige- und Mittelfinger auf die Halsschlagader des Jungen. Dessen Puls schlug langsam, aber regelmäßig.

Als Riker sich umdrehte, stand Szardak vor ihm und fragte: »Wie geht es ihm?«

»Er scheint in Ordnung«, sagte Riker und hielt seinen Schocker hoch, so daß der Zweite Offizier die eingestellte Dosierung erkennen konnte. »Ich habe einfach gefeuert, ohne nachzudenken. Das ist unentschuldbar, denn die eingestellte Intensität hätte einen Erwachsenen zwei Tage außer Gefecht setzen können. Bei einem Kind...«

»Sie glauben immer noch, es mit einem *Kind* zu tun zu haben?« Szardaks starre Miene und sein eisiger Ton brachten unmißverständlich zum Ausdruck, wofür *er* den Jungen von Robon hielt. »Hätten Sie nicht geschossen, wäre diese... Kreatur wahrscheinlich von meinen Leuten mit Schockladungen vollgepumpt worden! Wenn Sie wüßten, was dieses kleine Monster mit dem Schiff veranstaltet hat... Es ganz allein! Am liebsten würde ich dieses Kerlchen auf der Stelle dem Weltraum übergeben! Jede Sekunde, die Tyler an Bord ist, bringt uns dem Untergang näher. Die Geschehnisse haben bewiesen, daß der Junge unberechenbar ist. Es war ein Fehler, ihn aufs Schiff zu bringen. Und es kann nicht angehen, daß die Gesundheit der Crew gefährdet wird, nur um –«

»Schon gut, Janos...«

Ren Dharks etwas matte Stimme brachte Szardak zum Schweigen. Riker und er wandten sich Ren Dhark zu, der sich mit Anongas Hilfe aufrappelte.

»Ren! Ren, was Janos sagt, spiegelt nicht nur seine Meinung wider. Er...«

»... spricht für die ganze Crew – dich eingeschlossen.« Dhark lächelte mit wächserner Haut. »Glaubst du, ich hätte daran auch nur einen Funken Zweifel?«

»Wenn du es verstehst, was wirst du also tun?«

»Was ich tun werde? Will niemand wissen, was überhaupt geschehen ist...?«

»Wir wissen, was passiert ist«, antwortete Szardak. »Dieses kleine Ungeheuer in der Maske eines Kindes hat versucht...«

»Falsch!« unterbrach ihn Dhark, ehe Szardak den Vorwurf zu Ende bringen konnte. »Es war kein Angriff, wenn Sie das glauben! Weder auf mich noch auf Dan oder irgend jemanden an Bord!«

»Mit dieser Ansicht dürften Sie sehr allein stehen...«

»Darüber bin ich mir im klaren, aber ich bin vermutlich auch der einzige, der einen so innigen *Kontakt* mit Tyler hatte, während er uns von der Außenwelt abschottete...« Er blickte fragend zu Riker. »Wenn ich dich so ansehe, kannst du unmöglich erlebt haben, was ich erlebt habe.«

»Erlebt?« echote Riker. Auf seinem Kinn bildete sich ein rötlicher Fleck.

»Erlebt«, bekräftigte Dhark. »Tyler hat geschafft, woran sich Manu Tschobe vergeblich versuchte. Er kündigte an, in mir *lesen* zu wollen. Um zu erfahren, unter welchen Umständen der CAL entführt worden ist. Und welche Rolle *wir Menschen* dabei gespielt haben...«

»Entführt? Bislang haben wir eine Entführung nur als eine von vielen Möglichkeiten in Betracht gezogen.«

»Ja, bisher.« Dhark nickte Anonga zu, der mit einer Injektionspistole neben ihm auftauchte und etwas von einem kreislaufstabilisierenden Mittel murmelte. Noch während das Medikament zischend in seinen Arm eindrang und seine Wirkung entfaltete, fuhr Dhark bereits fort: »Tyler wußte nichts von der Barriere um meinen Geist, dem fremden Hypnoblock, den Manu Tschobe mir auf Terra attestierte. Aber er machte ihm offenbar auch nicht allzusehr zu schaffen. Er *muß* den Riegel geknackt haben, sonst...«

»Sonst?«

»... würde ich mich wohl kaum plötzlich an alles erinnern...« Und dann bewies Dhark, daß er wieder voll auf der Höhe war, denn er sprang radikal von einem Thema zum nächsten und vergewisserte sich bei Szardak: »Zwei Stunden waren wir hier isoliert?«

»Sogar etwas länger.«

»Dann dürfen wir keine Minute mehr verlieren.« Er ließ die beiden stehen und eilte zum Schott hinaus. »Über alles andere reden wir *danach* weiter.«

Riker rief ihm perplex hinterher: »Wohin willst du denn?« Dann schlug er sich mit der flachen Hand klatschend gegen die Stirn, weil *er* vergessen hatte, wessen Leben immer noch am seidenen Faden hing.

»Zur Funk-Z...«, hatte Dhark über die Schulter gerufen.

Und sowohl Riker als auch Szardak hatten begriffen.

Ren Dhark wollte die Verhandlungen mit Monty Bells Entführern aufnehmen.

Deren Ultimatum war fast verstrichen.

Und alles, was sie in diesem Moment tun konnten, war beten, daß der Hyperfunk wieder störungsfrei arbeitete...

12.

Terra

Als die Tür aufging, schaute Monty Bell kaum auf. Er dachte, der robonische Geiselnehmer, der ihn schon einmal besucht hatte, wäre zurückgekehrt.

»Aufstehen! Mitkommen!« Diese Stimme war neu. Monty Bell hob den Kopf. »Ich will nicht«, sagte er. »Ich habe gerade angefangen, mich in Ihrem Hotel einzuleben. Auch am Service ist nichts auszusetzen...«

Der Fremde lachte kollernd. Aufflammende Brutalität zog seine Mundwinkel nach unten, als hätte jemand Gewichtsteine daran befestigt. »Dir wird dein komischer Sinn für Humor gleich vergehen.« Er fuchtelte mit einer Waffe, die kein Schocker war, sondern ein fast antik wirkender Revolver.

Monty Bell kannte solche Stücke höchstens noch aus Museen. Trotzdem zweifelte er keine Sekunde an der Funktionstüchtigkeit der Waffe.

»Hat Dhark sich gemeldet?«

Das Bedauern war geheuchelt. »Leider nein. Und damit zwingt er uns, ihm unsere Glaubwürdigkeit zu beweisen.«

»Sie wollen mich umbringen?« Monty Bell schüttelte den Kopf. »All der bisherige Aufwand...«

»Was für ein Aufwand?« fuhr ihm der Mann dazwischen. Auch bei ihm schien es sich um einen Robonen zu handeln. Er sah alt, aber keineswegs gebrechlich, sondern wild entschlossen aus. »Los jetzt! Aufstehen! Die anderen warten!«

»Worauf?«

»Auf dich. Auf deine *Vorstellung*.«

»Vorstellung?«

»Lampenfieber? Keine Angst, du wirst es schon schaffen. Ich assistiere dir...«

Monty Bell wußte weniger als zuvor, was seine Entführer von ihm wollten.

Hölzern kam er auf die Beine. Er wußte, wie zwecklos Widerstand war. Der Bewaffnete hielt immer soviel Distanz, daß ein Überraschungsangriff ausschied.

Auf seinen Wink hin ging Monty Bell durch die Tür des Kellerraums.

Über einen kurzen Gang gelangten sie zu einer Treppe und darüber in ein schlicht möbliertes Zimmer, in dem sich nicht nur mehrere Personen aufhielten, sondern auch allerlei technisches Equipment aufgebaut war.

Monty Bells Blick blieb nur kurz an dem abseits sitzenden Mann hängen, mit dem er kurz nach seinem Erwachen aus der Narkose gesprochen hatte.

Dann verinnerlichte er sich, welche der Apparate er erkannte: Eine Kamera, die auf einen leerstehenden Sessel gerichtet war, Funkgerätschaften...

»Setzen Sie sich!« Der Mann, den Monty Bell für den Anführer der Geiselnehmer hielt, erhob sich und kam auf ihn zu. Dabei wies er auf den leeren Sessel. Als der Astrophysiker nicht sofort reagierte, stieß ihm der Bewaffnete, der hinter ihm stand, brutal den Revolverlauf ins Rückgrat. Greller Schmerz ließ Monty Bell aufschreien und nach vorn taumeln.

»Schluß damit, Theck!«

Theck fluchte. »Hast du etwa Mitleid mit diesem...?«

»Vielleicht. Und jetzt reiß dich zusammen. Es reicht, wenn er sterben muß – wir müssen ihn nicht noch mißhandeln.«

Das Blut rauschte plötzlich wie ein Wasserfall in Monty Bells Ohren.

Sterben muß, wiederholte er in Gedanken.

Er wollte nicht sterben!

»Hören Sie...«

»Setz dich!« fauchte sein Peiniger.

Monty Bell hatte kurz vor dem Sessel das Gleichgewicht wiedergewonnen und war stehengeblieben. Der Schmerz pulsierte immer noch durch sämtliche Bereiche seines Körpers und wollte nicht mehr abklingen – als hätte jemand einen Nagel zwischen zwei Rückenwirbel getrieben, aber es nicht ganz geschafft, sie auseinanderzusprengen.

»Was haben Sie vor?« Monty Bell richtete die Frage an den Anführer.

»Du hast es doch gehört«, höhnte ein anderer aus der Gruppe, der bis zu diesem Moment geschwiegen hatte.

Für einen Augenblick hatte Monty Bell den kurzen, aber heftigen Eindruck, bei den Versammelten handele es sich um Klone aus einer identischen Ursprungszelle.

Aber die vermeintliche ›Ähnlichkeit‹ beschränkte sich bei genauerem Hinsehen doch nur auf den Zerfall, der am deutlichsten in ihren Gesichtern wucherte.

Es waren ohne Ausnahme zurückgeschaltete Robonen.

Todeskandidaten...

Wie er!

»Hinsetzen!« kam noch einmal Thecks Ruf.

»Tun Sie, was er sagt. Machen sie es sich nicht unnötig schwer.« Mit diesen Worten machte der Anführer deutlich, daß er nicht vorhatte, sich ernsthaft für Leib und Leben seiner Geisel einzusetzen.

In den Augen des früh gealterten Mannes glomm ein Fanatismus, der keine religiösen Ursachen hatte.

Monty Bell verstand immer noch nicht, warum Ren Dhark sich nicht meldete und für ihn einsetzte. »Ich bin sicher, man wird mit Ihnen verhandeln«, sagte er mit gespielter Zuversicht. »Was immer Sie mit meiner Entführung beabsichtigen, man wird Ihre Forderungen erfüllen!«

»So hatten wir es uns auch gedacht, nicht wahr, Ion?« Theck kicherte. »Aber offenbar haben wir uns gründlich verschätzt. Gerade haben wir Cent Field kontaktiert und die Frequenz mitgeteilt, auf der Ren Dhark sich bei uns melden kann. Das hat er nicht getan. Nur Bernd Eylers hat sich gemeldet und um Aufschub der Frist gebeten. Eylers ist ein gewiefter Bursche. Offenbar wollte er uns mit der Behauptung, Dhark sei im Giant-System und unerreichbar, nur hinhalten, um den Ausgangspunkt der Sendung zu lokalisieren.«

»Und wenn nicht?«

»Dann ist es unser aller Pech.«

»Wenn Sie mich töten, wird niemand mehr Ihre Forderungen erfüllen!«

»Im Gegenteil. So wäre es, wenn wir Sie *am Leben* ließen. Aber wenn wir Sie töten und den Beweis liefern, daß nicht mit uns zu spaßen ist, wird man beim nächsten Mal vielleicht kooperativer sein.«

»Beim nächsten Mal?«

»Der Name Monty Bell war nur der erste auf einer ganzen Liste mit Personen, die Dhark nahestehen.«

»Warum ausgerechnet Dhark? Warum akzeptieren Sie keinen anderen Verhandlungsführer?«

»Weil nur er hat, was wir –.«

»Das reicht«, rief Theck. »Auch wenn er gleich ein toter Mann ist, muß er nicht alles erfahren!«

Der mit ›Ion‹ angesprochene Anführer nickte. »Bringen wir es hinter uns.«

»Sie wollen mich doch nicht hier vor laufender Kamera hinrichten und die Bilder weiterleiten, um zu unterstreichen, wie wenig Sie mit sich spaßen lassen...?« keuchte Monty Bell.

»Entspann dich«, riet der Mann mit dem Revolver hämisch. »Du hast ein phantastisches Publikum!«

Als der Astrophysiker immer noch nicht gehorchte, sprangen zwei Männer auf ihn zu, packten ihn an den Armen, drehten diese nach hinten und zwangen ihn auf diese Weise in den Sessel.

»Kamera ein!« rief jemand. »Bandaufzeichnung...«

Theck trat schattenhaft hinter Monty Bell und küßte dessen Nacken mit der Mündung des Revolvers.

Alle Gegenwehr blieb vergeblich.

Keiner der Desillusionierten in diesem Raum war bereit, auch nur ein Quentchen Gnade walten zu lassen.

In der Funk-Z der POINT OF hätte man eine Stecknadel fallen hören können. Gerade hatte Ren Dhark seinen Kurzkontakt mit Bernd Eylers in Cent Field, Terra, beendet, und Glenn Morris hatte eine Blitzverbindung über die vom Chef der GSO erhaltene Frequenz zustandegebracht.

Und jetzt starrten die anwesenden Personen wie gebannt auf das greisenhafte Gesicht, das ihnen mit dämonischer Einfalt erklärte, wie hauchdünn Monty Bell am Tod vorbeigeschrammt war. »Ihr Anruf erreichte mich in buchstäblich letzter Sekunde«, schloß Ion Zephyr. »Die Frist war bereits abgelaufen...«

Ren Dhark fragte sich, was von der Ruhe des Geiselnehmers echt und was gespielt war.

»Hat man Sie nicht informiert, daß ich unerreichbar war? Die Geschehnisse während meiner Mission...«

»Genug!«fauchte Zephyr. Seine Augen sahen aus wie zwei erloschene Vulkane, auf deren Grund immer noch äscherne Glut leuchtete..

Das Konterfei war erstaunlich stabil. Momentan schien es in der Galaxis gemäßigt zuzugehen. Hätte ›Sturmzeit‹ geherrscht, wäre Monty Bell, wenn man den Worten seines Entführers glauben durfte, in diesem Moment schon ein toter Mann gewesen.

»Alles, was ich wissen will, ist: Wie lange werden Sie für ihre Rückkehr zur Erde noch benötigen, damit wir in persönliche Verhandlungen treten können?«

Die Augen von Ren Dhark wurden zu schmalen Schlitzen. »Verhandeln wir denn nicht schon *jetzt?«*

»Ich fürchte, nein.«

»Warum nicht?«

»Weil ich es so nicht vorgesehen habe. Und *ich* stelle die Bedingungen.«

Ren Dhark legte die Stirn in Falten.

Einen Moment lang verinnerlichte er sich, welcher sternentiefe Abgrund zwischen ihm und diesem Mann lag, der aussah und redete, als hätte er nichts mehr zu verlieren.

Schon wieder sorgte ein *Robone* für Probleme!

Dhark wußte, daß die Zurückschaltung der Bürger Stardusts, Starlights und Starmoons nicht mehr ungeschehen zu machen war.

Aber seit Tyler die Erinnerungsblockade in ihm beseitigt hatte, wußte er noch eine Menge mehr.

Wahrheiten, die alles, was mit dem Commutator-Enzephalo zusammenhing, in einem ganz neuen Licht erscheinen ließen...

Ion Zephyr und seine Leute ahnten davon ebensowenig wie die Besatzung der POINT OF – oder irgendein Mensch.

Verdammt, dachte Dhark. *Was habe ich* getan? *Welche* Schuld *habe ich auf mich geladen?*

Durfte er sich mildernde Umstände anrechnen lassen, weil er unwissentlich gehandelt hatte?

Weil er eine *Marionette* gewesen war?

Er ballte die Fäuste.

»Was erwarten Sie?« fragte er. »Hören wir auf, um den heißen Brei herumzureden!«

Ion Zephyrs Augen waren die einzigen ruhenden Pole inmitten einer Gesichtslandschaft, die wie ein zerklüfteter Canyon aus der Bildübertragung sprang.

»Was ich erwarte? Das, was uns zusteht – und was uns von der Notregierung verweigert wird!«

»Was sollte das sein?«

»Eine Entschädigung«, sagte Zephyr voller Bitterkeit. »Schmerzensgeld für alles, was *ihr* uns angetan habt!«

Ren Dhark blickte auf den mit dem Hyperfunk gekoppelten Monitor, obwohl Ion Zephyrs Gesicht längst daraus verschwunden war.

Der robonische Geiselnehmer hatte es rundweg abgelehnt, vor der Rückkehr der POINT OF nach Terra einen unumstößlichen Beweis dafür zu liefern, daß Monty Bell tatsächlich noch am Leben war. Dhark verabscheute Psychospielchen dieser Art – aber Zephyr war nicht der Mann, der darauf Rücksicht nahm.

Glenn Morris sagte: »Bernd Eylers für Sie, Commander!«

»Danke.« Ren Dhark schüttelte das niederschmetternde Gefühl ab, das suggerierte, jemand würde immer neue Berge von Problemen auf seine Schultern türmen. »Bernd?«

Der GSO-Chef nickte ihm zu. »Wir haben alles mitverfolgt.«

»Und?«

»Es gelang uns, die vermeintliche Quelle der Sendung anzupeilen. Aber als meine Leute vor Ort mit den Schwebern eintrafen und das Haus stürmten, mußten sie feststellen, daß es sich bei dem dortigen Gerät nur um ein *Relais* handelte, das die Sendung von einem unbekannten anderen Ort empfing und weiterstrahlte. Alles weist auf die Handschrift eines Experten hin. Es tut mir leid...«

Dhark registrierte Eylers' Zerknirschtheit. »Ich bin sicher, Sie haben alles versucht. Wie schätzen Sie Zephyrs Erklärung ein, daß Monty noch am Leben sei?«

»Offengestanden denke ich, man sollte sie mit Vorsicht genießen.« Auf Bernd Eylers' Augen schien ein Schatten zu fallen. »Das Ultimatum *war* bereits abgelaufen, ein paar Minuten zumindest, als der verlangte Kontakt endlich zustande kam. Auch wenn es hart klingt: Wir können nicht ausschließen, daß man Monty Bell exekutierte, um die Glaubwürdigkeit zu wahren. Als sich mit Ihnen dann doch noch der geforderte Unterhändler einschaltete, mag man sich auf Entführerseite dazu entschlossen haben, so zu tun, als wäre eine Einigung immer noch möglich...«

»Das klingt nicht sehr aufbauend.«

»Ich sagte nicht, daß es so sein *muß*. Wir sollten uns nur realistisch vor Augen halten, daß es so sein *könnte*.«

Ren Dhark wischte sich über das Gesicht. Ein pelziges Gefühl erinnerte ihn daran, was Anonga ihm alles injiziert hatte, um ihn auf den Beinen zu halten.

»Sie haben es gehört: Wir fliegen mit Maximum-Sternensog! Wenn nichts dazwischenkommt, erreichen wir Terra in rund 18

Stunden. Wie mit Zephyr vereinbart, werden wir dann unverzüglich Kontakt zu ihm aufnehmen. Auf der gerade benutzten Frequenz. Vermutlich wird er wieder Sicherheitspuffer einbauen, um die Peilung zu erschweren. Vielleicht gelingt es uns beim nächsten Mal, dieses Relais schneller und auch den originalen Sender aufzuspüren...«

»Wir arbeiten mit Hochdruck daran.«

»Inzwischen gibt es auch eine vage Spur, was die Identität von diesem Zephyr angeht. Offenbar ist es sein wirklicher Name. Wir gleichen die Archivbilder, die wir ermitteln konnten, gerade mit der Aufzeichnung Ihres Hyperfunkkontakts ab. Falls unser Verdacht sich bestätigt, handelt es sich um einen terranischen Toxikologen, der im Zuge der Giant-Aktivitäten nach Robon verschleppt wurde. Nach der C-E-Rückschaltung kehrte er nach Terra zurück, wo sich seine Spur im Großraum Alamo Gordo verliert...«

»Momentan hilft uns das nicht sehr viel weiter. Trotzdem, setzen Sie jeden entbehrlichen Agenten auf die Fährte der Entführer. Binden sie die Bevölkerung mit ein. Vielleicht gibt es Beobachtungen, die uns weiterhelfen!«

»Alles schon veranlaßt.«

»Natürlich...« Dhark nickte abwesend. Es fiel ihm zunehmend schwerer, sich auf den Fall Monty Bell zu konzentrieren. »Bis morgen also. Im Bedarfsfall erreichen Sie mich jederzeit...«

Bernd Eylers hob die Hand zum Gruß.

Dhark registrierte nur beiläufig, daß es sich um die Prothese handelte.

»Sie sollten sich ein wenig Ruhe gönnen, Commander«, sagte Glenn Morris.

Dann schluckte er, denn Ren Dhark stürmte wortlos aus der Funk-Z, als säße ihm der Leibhaftige im Nacken.

Oder als wäre ihm siedend heiß etwas eingefallen, das den Kampf um das Leben seines Freundes Monty Bell endgültig zur tragischen Nebensache herabstufte...

»Einen Centauri-Tee«, sagte Anja Field und rief sich, während sie den Blick durch die Kantine der POINT OF schweifen ließ, das ganz spezielle Aroma dieses Getränks in Erinnerung – anderenfalls hätte sie vielleicht eine herbe Überraschung erlebt, denn erst kürzlich war das Pendant zur Mysterious-Einrichtung auf Deluge entdeckt worden: Ein Raum mit einem Wandfach, vor dem man sich nur möglichst genau *wünschen* mußte, was man zu essen oder zu trinken haben mochte...

Von allem, was die Geheimnisvollen ihnen hinterlassen hatten, grenzte vielleicht gerade dieses Tischlein-deck-dich am meisten an Zauberei.

Aber nur ein paar Crewmitgliedern, denen die Skepsis in den Genen verankert war, ließen sich davon abhalten, die Möglichkeiten dieses Raumes auszuschöpfen.

Tische und Stühle waren erst nachträglich aufgestellt worden, und ein paar Bilder und Pflanzen verschönerten den vormals nüchternen Raum, dessen Bedeutung eher zufällig herausgefunden worden war.

Ein Porträt des Entdeckers hing lorbeerumkränzt über dem Eingangsschott – eine Idee, die für stete Erheiterung bei den Gästen sorgte, aber über die Ironie hinaus auch echte Dankbarkeit symbolisierte.

Die Frage, was sie *jetzt* zu sich nahmen, konnten auch Leute vom Kaliber Arc Doorns nicht zufriedenstellend beantworten. Aber wieder einmal zeigte sich, daß das Vertrauen zur Mysterious-High-Tech Züge angenommen hatte, die rational kaum noch zu erklären waren.

Der Becher Centauri-Tee mit dem verblüffenden Duft irdischer Veilchen materialisierte in der Wandnische, und Anja griff danach.

Durch das Isomaterial des Bechers spürte sie die enorme Hitze des Inhalts. Sie hätte sich den Tee in optimaler Trinktemperatur wünschen können, aber es gehörte einfach dazu, ihn zwei Minuten abkühlen zu lassen und währenddessen zuzusehen, wie er seine Farbe und Konsistenz veränderte...

Aber diese zwei Minuten wurden ihr nicht gegönnt.

»Anja Field bitte in den Konferenzraum neben der Zentrale – es ist dringend!«

Anja seufzte. An der Dringlichkeit zweifelte sie keine Sekunde. Ren Dhark selbst hatte nach ihr gerufen...

Als Anja Field eintrat, war bereits eine heftige Diskussion zwischen Ren Dhark, Dan Riker und Ralf Larsen entbrannt.

»Störe ich?« fragte sie spöttisch.

»Im Gegenteil, weitere Mitstreiter sind willkommen«, grinste Riker ihr zu. »Setz dich.« Er wies neben sich.

Anja ließ sich demonstrativ auf einen freien Sessel zwischen Dhark und Larsen nieder. Die Luft knisterte plötzlich nicht nur der hitzigen Wortgefechte wegen.

Dhark brach das kurzzeitige Schweigen und fragte: »Erinnern Sie sich an die Stunden, während ich beim CAL war, Anja?«

Sie lehnte sich auf ihrem Sitz zurück und legte die Hände auf das Holzimitat der Tischplatte. »Natürlich.«

»Ich hatte, was das angeht, bis vor kurzem so meine Schwierigkeiten.«

Anja nickte auch dazu. »Deshalb flogen wir nach Robon.«

»Ja. Aber auch das half meinem Gedächtnis nicht auf die Sprünge. Erst *der Junge* vermochte das.«

»Tyler?«

Dhark nickte und unterdrückte mit einer Geste einen Einwand, zu dem Dan Riker ausholen wollte. »Später«, signalisierte er. »Ich will Anja nur kurz über das in Kenntnis setzen, was wir schon kurz angerissen haben.«

»Sie erinnern sich also wieder vollständig an die Stunden auf Robon, als Sie die Daten für das Commutator-Enzephalo erkämpften?« Die Chefmathematikerin hob die Brauen. »Haben sich daraus neue Erkenntnisse über das Schicksal oder den Verbleib des CAL ergeben?«

Mit Dharks klarem »Ja!« schien sie nicht gerechnet zu haben.

»Ja?«

Er schilderte ihr, wie sich die Dinge damals auf Robon nun aus der korrigierten Sicht *vollständiger* und *unverfälschter* Erinnerung zugetragen hatten.

Anja Field verstand plötzlich, warum das Männer-Trio bei ihrem Erscheinen in so hitzige Kontroversen vertieft gewesen war.

»Die C-E-Daten stammen gar nicht vom CAL?« echote sie konsterniert, »sondern von Unbekannten, die vermutlich in dem Raumschiff reisten, das wir phantomhaft gesichtet haben – und mit dem vermutlich auch die Gehirne des CAL entführt wurden...?«

Als der Türsummer ertönte, schrak Ren Dhark auf. Er überlegte, ob er sich überhaupt rühren sollte. Offiziell hatte er sich nach Beendigung der Konferenz in seine Kabine zurückgezogen, um ein wenig Erholung zu tanken.

Die wirklich wichtigen Nachrichten hätten ihn über die Bordkommunikation erreicht – trotzdem wartete er schon die ganze Zeit auf den Besucher, der nun offenbar den Weg zu ihm gefunden hatte.

Dan Riker lächelte verlegen, als das Schott aufglitt. »Wenn ich störe...«

»Nein, komm herein. Ich dachte mir, daß du es bist...«

Dan Riker schob sich an ihm vorbei. Beim Anblick dessen, was auf dem Tisch stand, zog er den Kopf leicht zwischen die Schultern und vergrub die Hände in die Taschen seiner Bordkombination. »Ich wollte *wirklich* nicht in deine melancholische Stunde platzen. Ich komme ein anderes Mal wieder. Vorhin hatte ich nur das Gefühl...«

»Vorhin hatte ich auch ein Gefühl«, lächelte Dhark und bot ihm einen Platz an. Dann ging er zum Schrank und holte ein zweites Glas aus der Spezialhalterung, die dafür sorgte, daß die zerbrechlichen Gegenstände auch bei extremen Erschütterungen nicht zu Schaden kamen. »Wie ernst ist es zwischen dir und Anja eigentlich?«

Dan Riker seufzte. »Wenn ich das wüßte.«

»So schwierig?«

»Ich habe einfach nicht das Gefühl, daß sie an einer festen Beziehung interessiert ist.«

»Hat sie das gesagt?«

»Noch nicht.«

»Ihr redet wohl nicht viel miteinander, wenn ihr zusammen seid?«

»Willst du alle Details hören?«

»Ein anderes Mal...« Während er seinem Freund aus der Weinflasche einschenkte, die noch aus dem Erbe seines Vaters stammte und schon die Irrfahrt der GALAXIS durch den Dschungel der Sterne mitgemacht hatte, hing sein Blick kurz an dem Bild, das Sam Dhark in der Uniform eines zivilen Raumschiffkapitäns zeigte.

Sofort wurde ihm wehmütig zumute. Dan hatte durchaus recht, wenn er dies seine melancholische Stunde nannte.

Als sie einander zuprosteten, fragte Riker: »Glaubst du, dieser edle Tropfen verträgt sich mit dem Zeug, das Anonga dir verpaßt hat?«

»Ich bin gerade dabei, es herauszufinden.«

»Du warst schon immer ein Genießer... Wenn du mir jetzt noch sagst, was du dir genau von der nochmaligen Überprüfung der Phantomortung erhoffst, mit der du Anja und Ralf beauftragt hast, lasse ich dich auch wirklich in Ruhe. Ein Mann deines Alters braucht seinen Schönheitsschlaf.«

»Sagt der Mann meines Alters«, konterte Dhark. »Aber im Ernst: Woran ich mich plötzlich wieder erinnere, sollte auch dich beunruhigen.«

»Das tut es.«

»Aber offenbar noch nicht nachhaltig genug.«

»Was soll das heißen?«

»Das heißt, daß *ich* auch nach dem Schließen meiner Gedächtnislücken nicht ruhig schlafen werde!«

»Das dachte ich mir. Genau deshalb bin ich gekommen. Ich wollte mich vergewissern, ob ich vorhin auch wirklich alles richtig verstanden habe.«

GALAXIS

»Dein Kommen ist der beste Beweis dafür.«

»Du glaubst also, daß die unbekannten Entführer des CAL eine latente Bedrohung darstellen?«

Dhark nickte. »Du machst dir keine Vorstellung davon, was für ein Gefühl es ist, sich zu fragen, ob der vermeintliche Segen, den das Commutator-Enzephalo den Menschen brachte, nicht in Wirklichkeit einem ganz anderen Ziel als ihrer Befreiung diente!«

»Du hältst das, was den Robonen widerfuhr, für ein Indiz dafür, daß die Unbekannten gar nicht im Sinn hatten, den Menschen Gutes zu tun?«

»Nein, die Robonen-Thematik muß meines Erachtens isoliert betrachtet werden. Aber es erschreckt mich generell, daß die Fremden – die sich als unsere Wohltäter aufgespielt haben – anonym bleiben wollten. Allein daraus leite ich die Befürchtung ab, daß sich hinter ihrem Eingreifen mehr verbergen könnte als selbstlose Hilfeleistung... Nur *was* ihr Motiv sein könnte, darüber zerbreche ich mir erfolglos den Kopf. – Auf jeden Fall möchte ich die kleinste Chance nutzen, mehr über sie herauszufinden! Desinteresse in dieser Sache könnte uns teuer zu stehen kommen. Vielleicht nicht heute oder morgen, aber irgendwann. Ich kann mir nicht vorstellen, daß es unsere letzte Begegnung mit dieser Spezies ist, die über eine Technik gebietet, daß es einem heiß und kalt zugleich werden könnte...«

»Hast du dir schon einmal überlegt, ob das, was du *jetzt* für die wahre Version deiner Erlebnisse auf Robon hältst, nicht auch eine weitere Farce sein könnte?«

»Natürlich. Es ist nicht auszuschließen. Aber der einzige, der mir darauf eine Antwort geben könnte, liegt gegenwärtig in Vollnarkose auf der Krankenstation, weil ein gewisser –«

»Du willst immer noch leugnen, daß er eine Gefahr für die POINT OF darstellt?«

»Es gibt viele Gefahren für dieses Schiffes. Aber Tyler gehört bestimmt nicht dazu.«

»Was macht dich so sicher?«

»Er hat es mir gesagt.«

13.

Terra, World City

Hier unten stank es nach Urin und Kot, nach den Exkrementen von menschlichen und tierischen Streunern, Heimatlosen, Entwurzelten. Ab und zu war unter der Geräuschkulisse von Hunderten, vielleicht sogar Tausenden von Menschen auch ein Gekläffe oder Gejaule zu hören. Ab und zu...

Benjamin Darga hatte kurze Zeit selbst einen kleinen, braunhaarigen Hund besessen. Er war dem abgemagerten Tier unmittelbar nach seinem *Erwachen* begegnet. Nachdem er wieder in der Lage gewesen war, nicht nur seine Umgebung, sondern auch sich selbst wahrzunehmen.

Er hatte den Hund Mohawk getauft – in Dargas Adern floß indianisches Blut. Seine Vorfahren hatten die nordamerikanischen Plains durchstreift... Hölle, war das lange her!

Auch die Sache mit Mohawk. Schon nach wenigen Tagen, die sie gemeinsam durch die Trümmer der Stadt gezogen waren, hatte ihn jemand erschlagen. Der Hund streunte zwischen den Resten eines Hauses, als Darga etwas wie einen dumpfen Schlag und dann ein kurzes, sofort wieder abbrechendes Wimmern gehört hatte. Darga war in die Richtung gerannt, hatte aber nur noch eine frische Blutlache neben einem Stein gefunden. Von Mohawk selbst keine Spur – und so war es, trotz intensiver Suche, auch geblieben.

Später hatte er von Menschen gehört, die Jagd auf alles machten, was sie ihren bohrenden Hunger für kurze Zeit vergessen ließ.

Die ersten Tage und Wochen nach der ›Zurückschaltung‹ waren die schlimmsten gewesen – schlimmer noch als die Zeit der geistigen Umnachtung.

Darga hatte um Mohawk getrauert. Haßgefühle gegen den, der seinen vierbeinigen Freund auf dem Gewissen hatte, waren jedoch nicht in ihm aufgekommen. Das unbeschreibliche Elend, das in jedem noch so verborgenen Winkel dieser Stadt zu sehen war, weckte Verständnis für viele Taten.

Es wunderte Darga nicht, daß seine Erinnerungen an Mohawk sofort in die Gegenwart und zu Rumer wechselten. Es war ein etwas unglücklicher Vergleich, aber manchmal ertappte er sich selbst bei dem Gedanken, daß er in Kiras Tochter auf ähnlicher Ebene vernarrt war wie damals in den Streuner. Beide hatten noch diesen ›Charme der Schwäche‹, der, gepaart mit Unschuld und Naivität, bei erwachsenen Menschen nicht mehr zu finden war.

Von Tag zu Tag entwickelte Darga, was Rumer anging, einen größeren Beschützerinstinkt.

Ihre Mutter war nett, man kam mit ihr aus. Aber eigentlich ging es ihm nur um die Unversehrtheit des Kindes, und manchmal fragte er sich, was sein würde, wenn Kira sich dessen bewußt wurde. Ihn gruselte, wenn er sich nur vorstellte, sie könnte Rumer eines Tages nehmen und ihn verlassen...

»Paß doch auf!«

Jemand, den Darga ganz in Gedanken angerempelt hatte, versetzte ihm einen wütenden Stoß. Mit Mühe hielt er sich auf den Beinen und trottete benommen weiter. Als er das Ende des unterirdischen Bahnsteigs erreichte, sprang er durch einen Lücke zwischen den auf dem Boden kauernden Menschen auf das einadrige Gleis der Magnetbahn.

Bis hierher war es noch nicht wirklich finster. Verstreut brannten Kerzen oder sickerte etwas Tageslicht durch Deckenlöcher, vor die man transparente Plastikfolie geklebt hatte, um die Kälte fernzuhalten. Doch obwohl auch die ehemaligen Treppenzugänge zur U-Bahn-Station mit Planen verhängt waren, die eine Schleuse nachahmten, blieb es zugig.

Auch darüber machte sich Darga Sorgen. Mindestens die Hälfte der Menschen hier unten war erkältet. Husten, Schnupfen, Fieber... Früher wären das Lappalien gewesen, aber in der jetzigen Situation konnte auch ein winziger Infekt tödlich sein. Die Körper waren geschwächt, und Doc Schweitzer konnte nicht überall sein. Zumal dem unstrittigen Können des Arztes durch den Mangel an verfügbarer Arznei natürliche Grenzen gesetzt waren.

Anfangs waren die Stationen der lahmgelegten U-Magnetbahn eine gute Zuflucht gewesen. Doch durch den nicht vorhersehbaren Zustrom von Menschen hatte sich dies ins Gegenteil verkehrt. Gerade die Knotenpunkte waren völlig überlaufen.

Seit Darga dies erkannt hatte, unternahm er bei jeder sich bietenden Gelegenheit Exkursionen entlang der Zugstrecke.

Eine Richtung hatte er schon bis auf eine Meile abgesucht – heute wollte er sich die andere vornehmen.

Er wußte nicht genau, wonach er suchte. Aber er war überzeugt, es in dem Moment zu erkennen, da er ihm gegenüberstand.

Schon wenige Schritte nach der Station mit ihren Bahnsteigen auf beiden Seiten des Schienenstrangs war der Schacht verlassen.

Bei seinem ersten Vorstoß hatte dies Darga noch erstaunt. Inzwischen glaubte er, den Grund zu kennen. Er mußte nur in sich selbst hineinlauschen, um ihn zu erfahren.

Unmittelbar über jeder Station lag eine Versorgungseinrichtung der Regierung, und jeder wollte dieser Stelle, von der sein Überleben abhing, am nächsten sein.

Wäre er allein gewesen, hätte Darga vermutlich ähnlich gedacht und wäre froh um das Plätzchen im Waggon gewesen, das er erfolgreich gegen andere verteidigte.

Aber je länger er mit Rumer und Kira zusammen war, desto dringlicher erschien es ihm, einen Ort zum Leben – zum Überleben – abseits der Menge zu finden.

Insgeheim hoffte er vermutlich, damit auch die Gefahr zu mindern, daß Kira ihn verlassen könnte...

Angespannt schaltete er die Lampe ein, die an einer Schnur vor seiner Brust hing. Ihr Schein reichte nicht sehr weit. Aber die Augen wurden mit fortschreitendem Aufenthalt hier unten genügsamer.

Darga fand sich ganz gut zurecht.

Schritt für Schritt bewegte er sich geradeaus. Manchmal behinderten herabgestürzte Betonbrocken das Weiterkommen. Die Pressor-Attacken der Giants hatten Schäden hinterlassen, die nicht von heute auf morgen zu beseitigen waren – falls überhaupt jemals.

Darga seufzte über seine eigene Skepsis.

Kurze Zeit später stöhnte er dann enttäuscht auf.

Der Weg endete vor einer Trümmerbarriere, und das Licht der Lampe fand keine Möglichkeit, sie zu überwinden.

Eine Sackgasse...

Darga wollte sich schon enttäuscht abwenden, als sein Blick an einer zu drei Vierteln verschütteten Stahltür auf der rechten Seite hängenblieb.

Ohne lange zu überlegen, begann er, das Geröll soweit abzutragen, daß die Tür zugänglich wurde.

Nach einer Stunde hatte er es trotz der immer wieder nachrutschenden Trümmer endlich geschafft.

Die Tür war nicht einmal verschlossen. Und als er sie öffnete, glaubte er zu träumen.

»Wenn andere davon erfahren, werden sie kommen und uns erschlagen!« Kira Loomis trat mit deutlichem Widerwillen in die Kammer, die Benjamin Darga zwei Stunden zuvor entdeckt hatte. Aber auch sie staunte: »Wie ist – so etwas möglich?«

Darga klopfte mit dem Ende der Taschenlampe gegen eine schenkeldicke Rohrleitung, die in Decke und Boden verschwand. »Irgendwo unter oder über uns muß noch eine Maschine arbeiten – seit über einem Jahr. Offenbar wurde sie von den sonstigen Zerstörungen nicht betroffen. Sie produziert immer noch Wärme, die sich aber ungenutzt irgendwo verliert...« Darga bückte sich und streichelte über Rumers Kopf. »Wie findest du das? Wenn unsere Glückssträhne weiter anhält und dieses unbekannte Aggregat seine Arbeit nicht einstellt, werden wir diesen Winter besser überstehen als jeder andere in der Stadt...!«

Rumers Lächeln machte Darga stolz.

Ihre Mutter trat zu ihm und legte die Hände auf das Rohr. Es bestand keine Verbrennungsgefahr. Das Wasser oder der Dampf, der die Leitung durchströmte, war nicht heißer als vierzig oder fünfzig Grad. Trotzdem genügte es, wohlige Wärme in der Kammer zu erzeugen.

»Wären wir nicht verpflichtet«, fragte Kira, »es den anderen zu sagen? Vielleicht bestünde die Möglichkeit, sie alle in den Genuß –«

»Unsinn!« Darga unterbrach sie brüsk. »Wie du schon sagtest: Man würde sich die Köpfe um einen Platz hier drinnen blutig hauen!«

»Nicht, wenn es gelänge, die Maschine ausfindig zu machen und ihre Wärme zu den Bahnsteigen zu leiten.«

»Sie würde sich nutzlos innerhalb der Station verlieren«, behauptete Darga. »Das weißt du selber. Es könnte niemals für alle reichen! Ich verstehe auch nicht, wie du daraus ein Problem machen kannst. Du solltest dich freuen. Auch für Rumer!«

»Es gibt so viele frierende Kinder...«

Darga wollte etwas erwidern, aber in diesem Moment schrie Rumer auf und sprang von ihm weg.

Alarmiert schauten ihre Mutter und Darga sie an. Kira zeigte auf den Boden, wo sich etwas bewegte.

Darga richtete den Schein der Lampe darauf.

Es war ein Käfer.

Kira Loomis ging zu ihrer Tochter, bückte sich und hob sie hoch. »Du brauchst dich nicht zu fürchten. Es ist nur –«

»Bissen!« jammerte Rumer. Tränen rollten über die Wangen des Mädchens, und erneut schluchzte es: »Bissen...!«

Darga ging zu dem Käfer und trat mit dem Absatz seines Stiefels darauf.

Es knirschte, als er den Chitinpanzer samt Inhalt mit ein paar schnellen Drehungen auf dem Steinboden zerrieb.

»Er hat dich gebissen?« fragte Kira ihre Tochter. »Bist du sicher?«

»Jaaa!«

»Wo?«

Rumer zeigte auf ihren Nacken. »Runterfallt!«

»Er ist von der Decke gefallen?«

»Jaaa!«

Rumer war kaum zu beruhigen.

»Laß sehen...« Vorsichtig drückte Kira den Kopf des Kindes nach vorn und winkte Darga zu sich. Als er das Licht in den Nacken des Kindes hielt, war tatsächlich eine kleine Rötung zu erkennen wie nach einem Insektenstich.

»Das ist nicht schlimm«, versicherte Kira Loomis, aber in ihrer Stimme schwang hörbarer Zweifel über die eigene Diagnose.

Erstaunt suchte Darga ihren Blick.

Rumer schien nichts aufgefallen zu sein. Sie war auch noch zu sehr mit sich selbst beschäftigt.

Als Kira seinem Blick auswich, richtete Darga den Schein der Lampe zur Decke. In einem Spinnennetz zappelte ein weiterer Käfer. Sonst war nichts zu erkennen. Auch die dazugehörige Spinne ließ sich nicht blicken. Offenbar verbarg sie sich vor dem ungewohnten Lichteinfall.

Darga stieß mit der Lampe in das Gewebe und wickelte die klebrigen Fäden um den Stab. Als er ihn zurückzog, wurde der Käfer mitgerissen. Er fiel zu Boden.

Darga zertrat auch ihn.

»Okay«, sagte er dann. »Nachher werde ich überall kontrollieren, ob es noch mehr davon gibt.« Seine Worte galten weniger Kira als ihrer Tochter. »Die werden mich kennenlernen, wenn sie meine kleine Prinzessin beißen wollen!«

Rumer schluchzte noch einmal auf. »Fort! Weg! Mag nicht hier bleib'n...!«

Kira sah zu Darga, der sich bereits zur Tür gewandt hatte und sagte: »Die Lampe lasse ich euch hier. Ich habe noch eine andere. Rührt euch nicht vom Fleck, bis ich zurück bin. Ich besorge alles, was wir brauchen, um es uns hier ein bißchen wohnlicher zu machen...«

Raumhafen Cent Field, Alamo Gordo

Die POINT OF hatte die Plastikbetonfläche des Landefelds noch nicht ganz berührt, als Ren Dhark auch schon aus seinem Steuersitz sprang und das Kommando an Dan Riker abtrat.

»Funk-Z!« sagte er nur, und jeder wußte Bescheid.

Heimkehr nach Terra...

Mehr als viertausend Lichtjahre hatte der Ringraumer in den letzten Stunden zurückgelegt – eine atemberaubende Strecke, aber niemand schien daran einen Gedanken zu verschwenden.

Niemand erlebte dieses Wunder der Technik noch so wie in den ersten Tagen und Wochen nach dem Jungfernflug der POINT OF!

»Glenn?« Dhark ließ sich zwischen Glenn Morris und Elis Yogan in einen der Sitze fallen. »Immer noch nichts?«

»Nein. Nur die Erdregierung verlangt Sie schon die ganze Zeit zu sprechen«, sagte der Chef der Funk-Z. »Es scheint sich um nichts Brisantes zu handeln. Elis wiegelt ab, so gut er kann. Er schiebt technische Probleme vor, die Sie unabkömmlich machen...«

Dhark nickte Morris' Assistenten anerkennend zu. »Lügen Sie weiter, Elis! Falls es sich doch um etwas Wichtiges handeln sollte, leiten Sie es an Dan Riker weiter!«

Yogan lächelte. »Das war meine Absicht, Commander!«

Damit war *dieses* Thema erledigt.

Und dann rief Morris überrascht: »Als ob sie unserer Landung zugesehen hätten. Da kommen die Impulse! Die Bildspur bleibt leer. Ich kriege nur Ton herein... Moment...«

Im nächsten Moment erlang Ion Zephyrs Stimme. »Diesmal liegen Sie im zeitlichen Rahmen«, eröffnete er das Gespräch.

Ein ganzer Tag lag zwischen ihrem letzten Kontakt.

Entsprechend nervös war Dhark, was Monty Bells Schicksal anging.

»Ich verlange ein Lebenszeichen – auf der Stelle!« sagte er. »Sonst brauchen wir gar nicht erst weiterzureden!«

»Sie wollen *mir* Bedingungen stellen? Halten Sie das nicht für ein bißchen... unverfroren?«

Dhark schwieg.

»Sie pokern hoch«, sagte Zephyr nach einer Weile. »Aber falls Sie sich erhoffen, den Kontakt ausreichend lange auszudehnen, um meinen Aufenthaltsort zu ermitteln, muß ich Sie enttäuschen. Das wird Ihnen nicht gelingen. Außerdem würde unsere Geisel in dem Moment sterben, sobald wir davon ausgehen müßten, daß unser Versteck entdeckt wurde...«

»Lassen Sie mich mit Monty Bell sprechen. Sofort. Sonst unterbreche *ich* die Verbindung!«

»Das würden Sie nicht tun!«

»Melden sie sich wieder, sobald Sie an einer richtigen Verhandlung interessiert sind.« Dhark gab Glenn Morris ein Zeichen.

Dieser zögerte. Doch die Miene seines Kommandanten ließ keinen Zweifel daran, wie ernst Dhark es meinte.

Glenn Morris schaltete ab.

Verkrampft saß er danach vor seinen Kontrollen und sagte: »Sie pokern wirklich *sehr* hoch. Wenn er nun...«

Nicht Dhark, sondern seine Instrumente brachten ihn zum Verstummen.

Die Frequenz, die für die Geiselnehmer reserviert war, zeigte erneut Aktivitäten. Diesmal waren Audio- und Videospur belegt.

Dhark schüttelte den Kopf.

Noch nicht, hieß das.

Er ließ eine volle Minute verstreichen, ehe er sich Ion Zephyr erneut stellte.

Und in Monty Bells entsetzlich mitgenommenes Gesicht blickte.

World City

Als Benjamin Darga von seinen Besorgungen zurückkehrte, spürte er eine ihm selbst unerklärliche Scheu, die Eisentür zu öffnen, hinter der Kira und Rumer Loomis auf ihn warteten.

Er legte die geschulterten oder umgebundenen Mitbringsel ab. Sekundenlang stand er bewegungslos da, nur darauf bedacht, seinen angestrengten Atem zu beruhigen.

Es war fast still. Nur von dem unweit gelegenen U-Bahnhof

wehten ein paar Stimmfetzen und das Weinen von Kindern herüber.

Es war früher Abend und damit später geworden, als Darga ursprünglich geschätzt hatte. Aber er hatte weite Wege durch die Ruinen zurücklegen müssen, um zu finden, was er sich vorstellte, damit das Leben hier unten einigermaßen erträglich ablaufen konnte.

Solange sie mit den anderen in den Waggons gelebt hatten, wäre für die Dinge, die er anschleppte, weder Platz noch Bedarf gewesen. Doch angesichts der veränderten Situation ertappte sich Darga dabei, daß er sich ein bescheidenes *Heim* für seine ›Familie‹ erträumte...

Plötzlich zogen sich schmerzhaft seine Magennerven zusammen.

Es war der Moment, in dem ihm klar wurde, daß das Weinen, das er hörte, nicht von fern, sondern von jenseits der Tür zu ihm drang!

Ohne nachzudenken, drehte Darga den Knauf und trat in das matt erhellte Innere der Kammer.

Die Wärme war unverändert. Trotzdem gefror ihm fast das Blut in den Adern, als ihm das laute Weinen Rumers ungedämpft entgegensprang.

Darga warf die Tür hinter sich zu. Um die Sachen, die er draußen zurückließ, machte er sich keine Gedanken. Mit zwei Schritten war er neben Kira Loomis, die sitzend gegen eine der Wände lehnte und ihr Kind halb in den Schoß, halb in die Armbeuge gebettet hatte.

»Endlich«, flüsterte sie, noch ehe Darga dem eigenen erstickenden Gefühl Luft machen konnte. »Ich hatte schon Zweifel, ob du überhaupt noch einmal zurückkommst...«

»Was ist mit ihr?«

»Ich weiß es nicht. Es ging los, kurz nachdem du weg warst. Sie fing an zu weinen und sich zu kratzen.«

»Zu kratzen?«

»Ja, im Nacken.«

»Wo der Käfer sie gebissen hat?«

»Ich habe keine andere Erklärung.«

Darga sah, daß Rumers Augen geschlossen waren. Ihr Gesicht wirkte aufgedunsen. »Schläft sie?«

»Ich würde es eher als Ohnmacht bezeichnen. Sie wimmert die ganze Zeit wie unter schlechten Träumen. Aber ich bringe es nicht übers Herz, sie zu wecken. Es war so furchtbar, als sie wach war. Sie schrie wie am Spieß...«

Während Kira Loomis erzählte, begann sie Rumer vorsichtig zu drehen und die Haare aus dem Nacken zu streichen.

»Es ist immer noch dieselbe kleine Rötung«, sagte Darga. »Unverändert. Ich kann mir nicht vorstellen, daß ihr Zustand damit zu tun hat...«

Doch seine beruhigenden Worte verfehlten nicht nur bei Rumers Mutter, sondern auch bei ihm selbst ihre Wirkung.

»Egal womit es zu tun hat«, sagte Kira Loomis, »es ist etwas Besonderes. Keine normale Sache... So hat sich mein Baby noch nie aufgeführt. Rumer ist überhaupt nicht ansprechbar...«

Sie schwieg kurz und blickte Darga an, wie sie es noch nie getan hatte. »Hilf mir«, flüsterte sie dann. »Hilf *ihr*... Bitte! Versuch, den Doc zu finden. Vielleicht kann er...«

Darga richtete sich beklommen auf. »Ich gehe sofort los«, sagte er.

»Laß mich nicht noch einmal solange allein«, sagte Kira Loomis. »Ich habe Angst. Solche Angst.«

»Es wird alles gut«, murmelte er hilflos.

Als er gegangen war, schossen Kira Loomis die mühsam zurückgehaltenen Tränen in die Augen. »Solche Angst«, flüsterte sie, während sie Rumer hölzern und fast unbeholfen weiter festhielt. »Beeile dich bloß. *Finde* Schweitzer! Und komm zurück, bevor sie wieder wach wird. Laß mich um Himmels willen nicht zu lange mit ihr –«

Sie verstummte, als sie in Rumers offene Augen starrte.

Augen, in denen Unbeschreibliches nistete.

Augen, die genau wußten, was passieren würde...

Alamo Gordo

Larry Fongheiser steuerte die 005 zwanzig Kilometer vom Raumhafen entfernt auf eine abgelegene, in der Abenddämmerung liegende Farm zu.

Die ehemalige Wüste war kultiviert und urbar gemacht worden. Doch das Jahr der Giants hatte immense Schäden hinterlassen. Die Wetterkontrolle hatte während dieser Zeit völlig versagt. Und für die Invasoren schien es von keinerlei Bedeutung gewesen zu sein, ob dieser Planet in dem Chaos seiner aus der Balance geratenen Natur versinken würde oder nicht.

Fongheiser schüttelte den Kopf. Er wollte nicht an die Giants denken, auch wenn man bei jedem Blick auf Zeugnisse stieß, die ihre unheilvolle Präsenz überdauert hatten.

»In wenigen Sekunden lande ich auf dem Innenhof«, sagte Fongheiser.

»Starten Sie beim geringsten Verdacht durch, daß man sich nicht an die Vereinbarungen hält«, klang Ren Dharks Stimme aus dem Funk. »Abgemacht ist, daß sich Ihnen *ein* Mann waffenlos nähern wird: dieser Ion Zephyr. Er wird zusteigen, und Sie bringen ihn an Bord der POINT OF, wo ich mich mit ihm auseinandersetzen werde...«

»Verstanden.«

Fongheisers Flash flog ohne Intervallschutz und mit einem Tempo von etwa hundert Stundenkilometern, das dem planetaren Einsatz angepaßt war.

Dann drosselte der Pilot die Geschwindigkeit abrupt auf ein Zehntel herunter und kam über dem staubigen Hofgelände schließlich vollends zum Stillstand.

Für die Andruckabsorber war dieses Manöver keine echte Bewährungsprobe.

In der fugenlosen Unitallhülle des Flash entstand Bewegung. Ohne daß ersichtlich wurde, *wie* sich die sechs zerbrechlich wirkenden Ausleger herausbildeten, federten sie den zylindrischen Flugkörper schließlich sanft auf dem unebenen Boden ab.

»Wie sieht es aus?« fragte Dhark.

»Im Moment tut sich noch nichts«, antwortete Fongheiser. »Ich sehe nur ein paar Gerippe von verendeten Tieren. Das Übliche... Halt! Da ist doch jemand. Er nähert sich aus einem der Schuppen.«

»Allein?«

»Ja. Und wie es aussieht, ungewaffnet. Moment, ich zoome ihn heran. Sehen Sie...«

»Das ist Zephyr«, sagte Dhark.

»Ich könnte ihn problemlos erledigen und danach die ganze Farm mit Strichpunkt fächern. Wir –«

»Das kommt nicht in Frage!« unterbrach ihn Dhark in verschärftem Ton. »Zephyr hat klar zum Ausdruck gebracht, daß sich Monty Bell nicht auf dem Gelände befindet. Das Versteck der Entführer liegt woanders. Zephyr steht in Kontakt zu seinen Leuten. Wenn wir uns nicht an die Vereinbarungen halten, werden sie ebenso kraß reagieren! Vergessen Sie also jegliches Heldentum! Sie sind Zephyrs Taxi – nicht mehr und nicht weniger! Wenn Sie sich damit nicht anfreunden können, hätten Sie diesen Auftrag nie annehmen dürfen...«

»Verstanden und bestätigt!« gab Fongheiser zurück. »Sie können sich auf mich verlassen!«

»In Ordnung. Öffnen Sie jetzt die Luke.«

Fonheiser gab den Gedankenbefehl.

Wenig später kletterte ein Greis zu ihm an Bord. »Hallo«, grüßte er. »Das ist also eines jener Wunderwerke, mit dem wir nach den All-Hütern suchen werden...«

Fongheiser war nur einen Moment irritiert. Dann gab er Befehl zum Schließen der Luke, was aber Zephyr zu mißfallen schien.

»Noch nicht«, stoppte er den Vorgang, drehte sich im Sitz um und drückte Fongheiser eine tödliche Schußwaffe unmißverständlich gegen den Hinterkopf.

»Was geht bei Ihnen vor, Larry?« fragte Ren Dhark aus der POINT OF.

»Bewahren Sie Ruhe«, antwortete der Robone anstelle des Piloten. »Ich weigere mich lediglich, ohne Gepäck zu reisen...«

In diesem Augenblick lösten sich draußen zwei weitere Gestalten aus dem halboffenen Tor des Schuppens.

Jeder von ihnen trug eine schwere Plastikbox.

Fongheisers Gedankenbefehle ermöglichten es Ren Dhark in der POINT OF auch diesmal, Zeuge des Vorgangs zu werden. Die Bildübertragung des Flash erfaßte die beiden unbekannten Männer, die sich eilig der 005 näherten.

»Sie brechen Ihr Versprechen!« sagte Dhark.

»Notgedrungen«, erwiderte Zephyr. »Als ich noch ein Leben vor mir hatte, war ich ein absoluter Ehrenmann...«

14.

World City

»Ein Käfer?« Die Narben schlecht verheilter Wunden leuchteten wie Feuermale im Gesicht des Mannes, den Darga eine Stunde vor Mitternacht in einem der Behelfslazarette fand.

Schweitzer empfing ihn in einer Räumlichkeit, in der nur eine Untersuchungsliege, ein Schreibtisch und ein Stuhl standen.

»Wir nehmen es an«, sagte Darga, heiser vor Besorgnis. »Können Sie gleich mitkommen und sich die Kleine ansehen?«

Schweitzers Augen waren ganz klein vor Erschöpfung. »Sie hätten sie mitbringen sollen.«

Darga blinzelte irritiert. »In ihrem Zustand konnte ich sie nicht den weiten Weg tragen. All die Leute... Die Kälte...«

»Sie werden es tun *müssen*«, beharrte der grauhaarige Arzt. »Gehen Sie und holen Sie das Kind. Wenn ich anfangen würde, überall dorthin zu gehen, wo echte Not herrscht, müßte ich die Härtefälle hier im Stich lassen. Das ist die schlichte Wahrheit.«

Die Umgebung vor Dargas Augen verschwamm. In seinem Kopf hakte etwas aus, als er den Arzt an den Schultern schüttelte. »Das kann unmöglich Ihr Ernst sein! Ein Kind! Ich rede von einer Zweijährigen, die vielleicht stirbt, wenn Sie Ihren Arsch nicht von hier fort bewegen und sich mit Prinzipien herausreden...!«

Damit konnte er Schweitzer nicht einschüchtern. Der Arzt streifte Dargas pigmentlose Hände ab. »Auf Sie habe ich gerade gewartet.« Er lachte bitter auf. »Wo waren Sie denn gestern, vorgestern oder vor einer Woche, als Ihnen das Wasser noch nicht bis zum Halse stand? Wo? Wir sind auf jede helfende Hand angewiesen, aber ich kenne Ihresgleichen zur Genüge. Ohne Not hätten Sie sich nie an mich erinnert...«

Darga stierte den Arzt stumm an. Dann gab er ihm eine schallende Ohrfeige, die ihm im nächsten Moment leid tat, aber sie war nicht mehr ungeschehen zu machen. Steinern streckte Schweitzer den Arm in Richtung Ausgang. »Hauen Sie bloß ab, Sie Blödmann!«

»Und ich hatte geglaubt, daß das, was man sich über Sie erzählt, wahr ist«, flüsterte Darga erstickt. »Ich muß verrückt gewesen sein...«

»Sie verstehen nichts, gar nichts.« Schweitzer schüttelte resignierend den Kopf. »Warum holen Sie nicht endlich das Kind, anstatt hier in Selbstmitleid zu baden?«

Darga ballte die Fäuste.

Der Weg durch die zerbombte Stadt hätte jeden, der etwas mehr Sinn für Werte hatte als Benjamin Darga, melancholisch gemacht.

Insbesondere in einer Nacht wie dieser.

Die Wolken, die tagsüber mit Schnee gedroht hatten, waren spurlos verschwunden, und der Mond hing wie ein trutziges Gebirge im klaren Himmel. Ein ebenso mystischer wie beklemmender Anblick.

In diesem Moment fragte sich Darga, was geschehen wäre, wenn die Giants den Erdtrabanten mit ihren Pressorgeschützen in tausend Stücke gespalten und diese Fragmente auf Terra hätten herabregnen lassen.

Die Antwort war einfach: Der Weltuntergang. Dennoch traute sich Darga nicht zu, sich das damit verbundene Szenario auch nur annähernd realistisch auszumalen. Auf jeden Fall wäre ein noch gewaltigeres Massensterben die Folge gewesen. Springfluten hätten die Kontinente verwüstet, Vulkanausbrüche die Atmosphäre verdunkelt, so daß kaum noch ein Sonnenstrahl den Weg zur Oberfläche gefunden hätte.

Doch selbst die Möglichkeit noch größerer Greuel, als sie tatsächlich passiert waren, verleitete Darga nicht dazu, den Taten der Giants mit Verständnis zu begegnen. Ihre Verbrechen kamen einem globalen Holocaust gleich!

Er blieb kurz stehen und blickte über die Schulter, wo die dunklen, khakifarbenen Planen der Lazarettzelte im Wind flatterten. Es klang, als würden Schiffe mit gehißten Segeln durch einen Kanal fahren...

Darga lachte rauh in sich hinein. Nein, er war *kein* heilloser Romantiker!

Es war nur ein –

Von irgendwoher zwischen den Ruinen wehte ihm ersticktes Stöhnen entgegen, und Darga zweifelte keine Sekunde, daß es sich aus dem Mund einer Frau quälte.

Er reagierte, ohne nachzudenken.

Als die Stimme wenig später abrupt erstarb, hatte Darga bereits die Richtung lokalisiert.

Im Mondlicht kletterte er über die Trümmer eines eingestürzten Hauses und sah wenig später vor sich eine schattenhafte wuchtige Gestalt, die wie eine Kröte über einem anderen, zierlichen Körper kauerte und ihm brutal die Kleider vom Leib riß.

Darga erhielt die Bestätigung dafür, was er sich so oder ähnlich ohnehin gedacht hatte.

Die Frau rührte sich nicht mehr. Vielleicht war sie bewußtlos.

Im Laufen bückte Darga sich, griff nach einem faustgroßen Stein und hetzte weiter. Drei Schritte später hatte er den Dreckskerl erreicht.

Das Trittgeräusch oder die lauten Atemzüge warnten den Gewalttäter. Er wirbelte im selben Moment herum, als Darga ausholte, um ihm den Stein auf den Hinterkopf zu schmettern.

Eine riesige Pranke schloß sich wie eine stählerne Klammer um Dargas Handgelenk und hielt den niederfahrenden Arm auf. Ein böses Knurren wie von einem tollwütigen Hund wurde laut.

Darga sah immer noch keine Details seines Gegners, der jetzt ungelenk von seinem Opfer glitt und sich zu voller Größe aufrichtete, ohne Darga loszulassen.

»Was – willst – du?« lallte der Hüne. »Hau – ab!«

Er stank in einer Weise nach Alkohol, als hätte er darin gebade

Woher er solche Mengen Fusel hatte, blieb sein Geheimnis. Die Schwarzmarktpreise für den Stoff waren jedenfalls horrend.

Darga hatte nicht vor, sich zum zweiten Mal binnen weniger Minuten davonjagen zu lassen. Und noch weniger kam für ihn in Frage, den Kerl dort weitermachen zu lassen, wo er unterbrochen worden war. Obwohl er die Bärenkräfte des Betrunkenen bereits zu spüren bekommen hatte, schrie er ihn an: »*Du* verschwindest, und zwar sofort, oder...«

Der Hüne drehte ihm den Arm ohne erkennbare Anstrengung um. Darga hörte nicht nur seine Gelenke, sondern auch seine Knochen knirschen.

Greller Schmerz flutete sein Bewußtsein, und plötzlich dämmerte ihm, daß er sich wie ein blutiger Anfänger in Gefahr begeben hatte. Noch dazu für jemanden, den er noch nie zuvor gesehen hatte. Eine Frau, der vielleicht schon nicht mehr zu helfen war, weil dieser Koloß sie in seiner blinden Gier solange gewürgt hatte, bis...

In diesem Moment hörte er sie nach langer Pause wieder stöhnen, und eine sonderbare Klarheit floß in ihn zurück.

Er versuchte nicht länger, sich dem Griff seines Gegners zu entwinden.

»Okay, okay, schon gut, du hast gewonnen! Ich wußte ja nicht, daß dir soviel an dem Flittchen liegt... Laß schon los. Ich störe euch nicht nochmal... Hölle, hast du Kräfte...«

Ein nüchterner Gegner wäre nicht darauf hereingefallen. Aber diesem Kerl lief der Schnaps schon fast aus den Ohren heraus.

Darga taumelte rückwärts, als die Pranke ihn abrupt freigab.

»Du hast verdammtes Glück – daß ich heute – gute Laune habe...«

Der Riese kehrte ihm den Rücken, als gäbe es keinen Zweifel, daß Darga Wort halten und verschwinden würde.

Tatsächlich überlegte der Mann mit der fahlen Haut und den rötlich glimmenden Augen sekundenlang, ob er sein Gewissen nicht vorübergehend beurlauben konnte. Wenn er ehrlich war, hatte er gar nicht mehr damit gerechnet, überhaupt noch eins zu besitzen.

Die widerliche Art, mit der sich Koloß wieder an seinem Opfer zu schaffen machte, gab den Ausschlag. Offenbar war die Frau ihrem Peiniger ausgeliefert, zu benommen, um sich selbst zur Wehr zu setzen.

Darga kannte keine Zahlen über sexuelle Übergriffe seit der ›Rückschaltung‹ der Menschen hier in World City. Aber nur rettungslos Naive konnten glauben, daß diese Vorkommnisse mit dem Exodus der Mehrzahl der Bewohner aufgehört hatten. Solange zwischen den Ruinen ein rechtloses Vakuum herrschte, würden vor allem Frauen darunter zu leiden haben.

Und Kinder.

Der Gedanke an Rumer weckte Darga aus seiner kurzzeitigen Erstarrung. Er tauchte zu Boden, um sich Ersatz für den verlorenen Stein zu besorgen. Sekunden später warf er sich erneut dem Hünen entgegen und unterschätzte ihn noch gravierender als zuvor.

Ein Messer blitzte auf!

Das von der Klinge zurückgeworfene Mondlicht meißelte flüchtig eine tödliche Hieroglyphe in die Schwärze der Nacht.

Darga sah das Unheil kommen, aber er war nicht mehr in der Lage, es zu verhindern.

Woher der Koloß plötzlich die Waffe zauberte, war Nebensache. Jedenfalls benutzte er Dargas Brust als Futteral für die höllisch scharfe Schneide, die mit einem dumpfen Geräusch bis zum Schaft eindrang.

Darga hörte, wie der Stein zu Boden polterte und starrte auf das Ding, das nichts in seiner Brust zu suchen hatte.

Gar nichts!

Etwas Warmes rann über seinen Bauch. Ihm wurde schwindelig. Vor seinen Augen waberten Lichter, deren Ursprung er sich nicht erklären konnte... konn... te...

Verzweifelt versuchte er, sich auf den Beinen zu halten. Der Riese lachte dröhnend. Es klang wie eine talwärts rauschende Lawine.

O verdammt, dachte Darga. *Das geht nicht. Das geht doch nicht...!*

Er meinte noch zu bemerken, wie das Gelächter jäh endete. Dann kippte er kopfüber – sah und hörte nichts mehr.

Nicht nur Ren Dhark, jeder in der Zentrale der POINT OF verfolgte angespannt, wie die 005 in ihr Depot einflog.

Das Intervallum und der Brennkreis des Sle erloschen.

Dann öffnete sich die Luke, aber niemand stieg aus...

»Worauf warten Sie?« fragte Dhark. »Daß man Ihnen einen roten Teppich ausrollt?«

»Nein«, erwiderte Zephyr aus dem Flash, wo er immer noch Larry Fongheiser in Schach hielt. »Darauf, daß Sie eine der Schleusen öffnen.«

»Warum sollten wir das tun?«

In diesem Moment meldete Grappa die Annäherung eines Lastenschwebers, der aus Richtung Alamo Gordo auf den Ringraumer zukam.

Ein Schweber voller im Zeitraffer alternder Männer.

Robonen...

»Sie verkennen offenbar immer noch die Situation«, sagte Zephyr. »Sie haben keine Wahl! In dem Moment, da Sie versuchen, mich mit Schockstrahlen, Betäubungsgas oder was auch immer außer Gefecht zu setzen, gehen hier an Bord zwei nukleare Sprengsätze los, und – korrigieren Sie mich bitte, wenn ich irre – ich bin der festen Überzeugung, daß auch die phantastische Legierung dieses Schiffes nicht verhindern wird, daß sich alles in einen atomaren Pilz verwandeln wird!«

»Sie müssen wahnsinnig sein!« sagte Dhark. »*Was* haben Sie mitgebracht?«

»Zwei Sprengsätze, deren Zünder drahtlos mit mir verbunden sind und auf jede größere Veränderung meiner Körperchemie reagieren werden. In dem Moment, da Sie *mich* attackieren, wird es auch schon vorbei sein. Dann werden wir all den Robonen vorauseilen, die wegen Ihnen zum Sterben verurteilt sind!«

»Ihre Worte kommen mir bekannt vor«, sagte Dhark.

»So?«

Dhark hatte nicht vor, Zephyr von Chakra Timrod zu erzählen. Er sagte: »Sie wollten von Anfang an *mich*, nicht wahr? Monty Bell war nur Mittel zum Zweck!«

»Wir wollten das *Schiff*. Und eine Besatzung, die es für uns dorthin fliegt, wohin wir wollen. – Und jetzt öffnen Sie die Schleuse, damit meine Leidensgenossen an Bord können.«

»Wo ist Monty Bell?«

»Das erfahren Sie, wenn wir alles unter sicherer Kontrolle haben!«

Dhark unterbrach kurz die Verbindung und suchte die Blicke seiner Offiziere.

Auch Anja Field, die den Checkmaster immer neue Varianten durchspielen ließ, um die gespeicherten Ortungsmuster des Phantomraumschiffs von Robon vielleicht im nachhinein zu entzerren, hielt in ihrer Arbeit inne und schaute zu ihnen herüber.

Larsen sagte: »Im äußersten Fall könnten wir die Gedankensteuerung der POINT OF mit der Gedankensteuerung der 005 koppeln und den Befehl abstrahlen, daß der Flash das Intervallum reaktiviert und mit Vollast-Sle aus dem Schiff und von der Erde weg beschleunigt.«

»Das ist zu riskant«, lehnte Dhark den Vorschlag ab. »Erstens wäre es Fongheisers sicheres Ende. Zweitens bliebe Zephyr vielleicht die Zeit, einen Sekundenbruchteil eher zu reagieren. Die gezündeten Bomben würden erst den Flash und damit das Intervallum zerstören, so daß die volle Vernichtungsgewalt auch uns erreichen würde... Nein. Andere Vorschläge?«

Er blickte in ratlose Gesichter.

»Ich weiß nur«, sagte Dan Riker, »daß wir uns nicht noch mehr Gegner von Zephyrs Kaliber an Bord holen dürfen!«

Dem widersprach Ren Dhark: »Im Moment sehe ich keine Alternative. So schwer es fällt, Janos, öffnen Sie Schleusentor vier. Funk-Z, eine Verbindung zur GSO, Bernd Eylers! Lassen Sie die Phase bei allem, was geschieht, offen, so daß Eylers ständig über die Vorgänge hier auf dem laufenden ist!«

»Und die Regierung?« fragte Glenn Morris zurück.

»Wenn ich Hoffnung hätte, daß wir von deren Seite brauchbare Hilfe erwarten könnten, würde ich sie in Kenntnis setzen.«

»Was hast du vor, Ren?« fragte Riker.

»Was ich die ganze Zeit vorhatte«, erwiderte Dhark. »Mit den Robonen verhandeln...«

15.

Tyler erwachte.

Noch bevor er die Augen aufschlug, wußte er, daß er isoliert und ein Gefangener war. Vergeblich versuchte er, die Gedanken Ren Dharks oder *irgendeines* Besatzungsmitglieds zu espern.

Der Junge richtete sich auf, hob die Lider – und sah, wo er war.

Nicht mehr in der Krankenstation, sondern in einem zweigeteilten fremden Raum.

Dort, wo sich Tyler befand, gab es eine Liege, einen Wasserbehälter, eine Box, die haltbare Lebensmittel enthielt, ein tragbarer Monitor, der auf einem Geräteblock stand, und ein zweites Aggregat, dessen genauen Zweck der Junge nicht sofort durchschaute. Es zog an einer Seite die Raumluft ein, um sie auf der anderen wieder entweichen zu lassen.

Tyler richtete den Blick dorthin, wo eine zierliche Frau mit exotischem Flair vor einem zweiten Monitor saß, dessen Bildscheibe dem Jungen zugewandt war. Die Frau nickte, als sie sicher war, daß Tyler die Nachwehen des Schockertreffers abgeschüttelt hatte. Dann bewegte sie die Lippen, ohne daß jedoch auch nur der kleinste Laut hörbar wurde. Dafür erschienen auf dem neben ihr aufgebauten Monitor Buchstabenketten, und Tyler las:

DAS SPRACHMODUL WANDELT MEINE WORTE IN SCHRIFT UM, DIE AUCH FÜR DICH VERSTÄNDLICH SEIN MÜßTE. DU BEFINDEST DICH UNTER EINEM MODIFIZIERTEN AMPHI-ENERGIEFELD, DAS DEINEN AUFENTHALTSBEREICH VON ALLEN SEITEN UMSCHLIEßT UND ABSCHIRMT. DIES IST EINE MAßNAHME, UM DIE SCHIFFSSICHERHEIT ZU GEWÄHRLEISTEN. DU KANNST MIT MIR AUF ANGLOTER KOMMUNIZIEREN. DEIN MONITOR ARBEITET NACH DEMSELBEN PRINZIP WIE DER MEINE.

»Wer bist du?« fragte Tyler.

WER BIST DU? erschien auf der Fläche *seines* Monitors.

MEIN NAME IST RANI ATAWA. ICH WURDE GEBETEN, MICH UM DICH ZU KÜMMERN UND DICH DAVON ABZUHALTEN, WEITEREN SCHADEN ANZURICHTEN.

»Schaden?« gab Tyler in Laut- *und* Schriftsprache zurück.

DEIN VORGEHEN IN DER MEDOSTATION HÄTTE DAS SCHIFF IN EINE KATASTROPHE STÜRZEN KÖNNEN. NUR PURES GLÜCK BEWAHRTE UNS ALLE DAVOR, IN DER WEHRLOSIGKEIT, DIE DEINE AKTIVITÄTEN HERVORRIEF, ANGEGRIFFEN UND VERNICHTET ZU WERDEN.

Tyler dachte kurz nach.

Der Aufenthalt im energetischen Gefängnis hatte einen unerwarteten, *angenehmen* Nebeneffekt.

Tief atmete er ein und aus.

Die *Schatten* waren verschwunden.

Zum ersten Mal seit langer Zeit fühlte er sich von dem quälenden unsichtbaren Druck befreit. Von den Chimären, die ihn heimsuchten, egal ob er wach war oder schlief.

Vor dem Überfall auf den CAL hatte er nie geträumt.

Niemals.

Zumindest konnte er sich nicht daran erinnern.

Aber seit damals verging keine Stunde, ohne daß ihn beklemmende Visionen heimsuchten...

»Wo ist Ren Dhark?« fragte er. »Ich will mit ihm sprechen. Sofort. Er hält sich nicht an unser Abkommen. Ich bin verärgert.«

Die Frau mit der bräunlich gelben Haut trat einen Schritt auf ihn zu. Sie hatte große, sanfte Augen, und auf ihrer Stirn, über der Nasenwurzel, leuchtete ein dunkelfarbiger Punkt. Ihre Ohrstecker waren Gestalten nachempfunden, die groteske Verrenkungen vollführten.

Rani Atawa musterte Tyler eindringlich.

DER COMMANDER GAB DEM DRUCK DER BESATZUNG NACH, INDEM ER DICH VORÜBERGEHEND IN MEINE OBHUT ÜBERSTELLTE, teilte sie ihm mit.

»Wie ist es euch gelungen, meine Kräfte zu ersticken?« fragte Tyler.

Die zierliche, junge Frau, die selbst in der schlichten Bordkombination und durch das Energiefeld hindurch Ausstrahlung besaß, zögerte kurz. Dann ließ sie ihn wissen: MAN HAT DEN AMPHISCHEN SCHIRM AUF DIE PSIONISCHEN MUSTER ABGESTIMMT, DIE WÄHREND DES VORFALLS IN DER MEDOSTATION ANGEMESSEN WURDEN. NIEMAND WAR SICHER, DAß ES FUNKTIONIERTE. ES WAR EIN VERSUCH.

»Ich muß mit Ren Dhark sprechen! Ich habe in ihm gelesen, was während meiner Zeit *unter* der Oberfläche geschehen ist. Und wie der CAL entführt wurde. Es macht mich wütend, daß man mich so behandelt. Schalte das Feld ab! Ich verlange, daß –«

VERLANGE, DAß –, erschien auf dem Monitor.

Durch das Kopfschütteln seiner Wächterin (Tyler wußte nicht, wie er sie sonst nennen sollte) geriet sein Redefluß ins Stocken.

DAS GEHT NICHT. NOCH NICHT. ES TUT MIR LEID. REN DHARK IST MOMENTAN UNABKÖMMLICH. SOBALD SEINE ZEIT ES ERLAUBT, WIRD ER SICH UM DICH –

Diesmal unterbrach Tyler *sie*. »Es reicht! Ich hasse es, belogen und hintergangen zu werden! Sag ihm das! Geh und sag ihm das! Laß mich allein...«

Die Frau jenseits der undurchdringlichen Barriere schüttelte traurig den Kopf. Iẞ UND TRINK ETWAS, übermittelte sie ihm. ICH KANN NICHT GEHEN. ICH HABE VERSPROCHEN, HIERZUBLEIBEN.

Tyler faßte sie scharf ins Auge. Er trat so nah an die Energiebarriere, daß er das Gefühl hatte, nur noch die Arme ausstrecken zu müssen, um Rani Atawa berühren zu können.

Er bewegte die Lippen.

DIE ANDEREN HALTEN MICH FÜR EIN UNGEHEUER, NICHT WAHR? erschien hinter ihm auf der Monitorfläche.

Die zierliche Frau schwieg.

DU AUCH?

Sie schüttelte den Kopf. Konnte er ihr glauben?

Zwei alte Männer traten durch das Schott, das sich fauchend geöffnet hatte, in die Zentrale der POINT OF.

»Das ist Theck Drenderbaum«, sagte Ion Zephyr. Er nickte in Richtung seines schlaksig und gespenstisch wirkenden Begleiters. »Mein engster Mitstreiter.«

Ren Dhark versuchte sich ein Bild von Drenderbaum zu machen. Zephyrs Begleiter wirkte genauso desillusioniert wie Zephyr selbst – wie vermutlich jeder Robone auf Terra, den das Todesurteil erreicht hatte. Bei Drenderbaum kam der alarmierende Eindruck hinzu, daß er sich nicht nur von der Hoffnung, sondern auch von jeglicher Moral verabschiedet hatte...

Dhark tauschte mit Dan Riker einen Blick, um ihn zu veranlassen, unter allen Umständen Ruhe zu bewahren.

Dann ging er den beiden Geiselnehmern entgegen.

Zephyr hatte die 005 erst verlassen, nachdem seine Leute eingeschleust und die beiden Nuklearsprengsätze von ihnen im Herzen des Ringraumers, im Maschinenraum, deponiert worden waren.

Alle Proteste von Seiten Miles Congollons hatten nicht gefruchtet.

Ren Dhark waren die Hände gebunden.

Monty Bells Entführer hatten sich bislang noch nicht die geringste Blöße gegeben.

Zephyr reichte Dhark die Hand, als sie sich gegenüberstanden. »Ich wünschte, die Umstände, unter denen wir uns kennenlernen, wären etwas erfreulicher. Aber zu viel mehr als einer reinen Notgemeinschaft wird es zwischen uns nicht reichen. Bedauerlich. Sie sind trotz der Schuld, die Sie auf sich geladen haben, ein Mann, der in vielerlei Hinsicht auch meine Bewunderung besitzt.«

Dhark ignorierte die dargebotene Hand. »Welche Schuld habe ich Ihrer Meinung nach auf mich geladen? Die C-E-Bestrahlung?«

Zephyr nickte, während in Drenderbaums Augen ein böses Glitzern trat.

»Reden wir nicht über die Schuld selbst«, sagte Zephyr, »sondern darüber, wie sie beglichen werden kann.«

Dan Riker trat von hinten neben Dhark. »Wir hören«, sagte er.

»Wir sind nur knapp zwanzig Leute – und *alt* dazu«, griff Drenderbaum in die Unterhaltung ein. Hinter jedem seiner Worte vibrierte etwas, was bei Zephyr nicht vorhanden zu sein schien: Rachedurst. Offenbar war er fest entschlossen, nicht sang- und klanglos unterzugehen und sich in sein Schicksal zu fügen, sondern andere, die er als verantwortlich an seiner Misere einstufte, mit sich leiden zu lassen. »Aber wir beherrschen dieses Schiff, weil wir den Hebel an der richtigen Stelle ansetzten. Ion war sicher, daß Sie einen Freund nicht im Stich lassen. Ion hält Sie für einen *guten* Menschen, der sich ohne Vorsatz mit Schuld befleckte... Schuld am baldigen Tod von einer Million Robonen! Verzeihen Sie, wenn *ich* Ihr Fehlverhalten *nicht* als Kavaliersdelikt durchgehen lassen möchte.«

»Niemand konnte ahnen, welche Folgen der Einsatz des Commutator-Enzephalos für die Bewohner der Robon-Städte haben würde... Niemand! Der einzige, der es hätte wissen können, bin wirklich ich! Aber mir wurde die Möglichkeit genommen, auf diesen Wissen zurückzugreifen. Mittlerweile haben wir neuere Erkenntnisse über die Herkunft der C-E-Konstruktionsdaten, und wenn von Anfang an klar gewesen, wäre, *wer* sie uns gab...«

»Was schwafeln Sie da?« unterbrach Drenderbaum ihn brüsk. Er schnitt eine Grimasse in Richtung des anderen Robonen. »Rede du mit ihm! Ich ertrage seine Rechtfertigungsversuche nicht länger. Lieber mache ich einen Inspektionsgang durch das Schiff und sehe nach, ob unsere Mitbringsel auch mit dem nötigen Respekt behandelt werden...«

Grußlos wandte er sich ab und verließ die Zentrale, wie er gekommen war.

Niemand stellte sich ihm entgegen.

Niemand wußte, ob es noch andere Wege gab als den von Zephyr geschilderten, um die Sprengsätze zu zünden.

Dhark hoffte immer noch, sich mit den aufgebrachten Robonen gütlich einigen zu können.

Aber schon kurz nachdem Drenderbaum die Zentrale verlassen hatte, wurde ihm klar, daß Ion Zephyr nur mit ihm spielte.

Er mimte nur einen Mann, der vernünftigen Argumenten zugänglich war.

Wieder fauchte das Schott.

Ein halbes Dutzend bewaffnete Robonen stürmte die Zentrale und verteilte sich unterhalb der Galerieführung.

»Halten Sie das für nötig und den Verhandlungen zuträglich?« fragte Dhark mit Blick auf die drohend erhobenen Waffen.

»Welche Verhandlungen?« fragte Zephyr, der in diesem Moment endgültig die Maske fallen ließ. Seine Augen flackerten.

»Was ist mit Monty Bell?«

»Unterhalten wir uns über wichtigere Dinge.«

»Das *ist* wichtig.«

Zephyr griff in die Tasche seines bläulichen Synthetikanzugs und reichte Dhark einen Zettel.

»Was ist das?«

»Eine Adresse. Muß ich mehr sagen?«

»Nein.« Dhark gab den Zettel an Riker weiter. »Kümmere dich darum. Ich will umgehend informiert werden, sobald Monty Bell gefunden ist.«

Riker entfernte sich zum Schott. Zephyrs bewaffnete Gefolgsleute machten keine Anstalten, ihn aufzuhalten.

»Jetzt zu unserem Anliegen«, sagte der Robone. »Auf Terra gibt es offenkundig niemanden, der in der gebotenen Eile in der Lage sein würde, ein Mittel zu finden, um unser Altern zu stoppen – oder den Effekt gar umzukehren. Stimmen Sie mir zu?«

»Man ist bemüht...«, setzte Dhark an.

»Bemüht reicht nicht«, unterbrach ihn Zephyr grob. »Sie und dieses Schiff sind unsere letzte Hoffnung. Sie müssen unverzüglich zur Suche nach den All-Hütern starten! Irgendwo muß es sie noch geben, sie können sich nicht einfach in Luft aufgelöst haben – es sei denn, Sie haben der Öffentlichkeit nicht alles über die Begleitumstände des Verschwindens gesagt!«

»Alles, was auch wir wissen.«

»Dann müssen wir nach ihrem Verbleib forschen. Unverzüglich! Ich wüßte kein besser geeignetes Schiff als dieses, um die All-

Hüter zu finden. Und wenn wir sie gefunden haben, müssen wir sie zwingen, uns zu helfen!« Zephyr trat so nah an Dhark heran, daß Dhark dessen süßlichen Atem riechen konnte. »Das sind Sie uns schuldig, Dhark!«

»Wenn ich, was Ihren *Vorschlag* betrifft, die geringste Aussicht auf Erfolg sehen würde, wäre ich der erste, der ihn unterstützen würde. Aber Sie klammern sich an etwas, was nicht mehr existiert. Nirgends in diesem Sektor wurde ein einziger Giant gefunden. Ich bin mittlerweile überzeugt, daß es sie nicht mehr gibt. Auf eine für uns schwer vorstellbare Weise wurden sie... zerstört, ohne Rückstände zu hinterlassen. Nach unseren bisherigen Erkenntnissen handelt es sich bei ihnen um künstlich geschaffene Erfüllungsgehilfen des CAL, die von ihm ausgelöscht wurden in dem Moment, als er...«

»Ausreden!« fiel Zephyr ihm ins Wort. »Faule Ausreden!«

»Da irren Sie sich. Der einzige, der noch irgendwo existieren mag und Ihnen vielleicht helfen könnte, ist der CAL. Aber er wurde von Robon entführt, und bis heute wissen wir nicht, von wem!«

Zephyr schwieg eine Weile. Dann griff er in eine andere Tasche seines Anzugs und sagte: »Ich glaube, Ihnen fehlt es einfach an der richtigen Einstellung. An der nötigen Motivation, uns zu helfen! Das werden wir ändern.« Er hielt Dhark eine bunt schillernde Kapsel entgegen. »Schlucken Sie das!«

»Was ist das?«

»Eine von mir zusammengestellte Mixtur. Ein Gift, das Ihr Nervensystem und die Muskulatur angreifen wird – aber sehr, sehr langsam. Schleichend. Etwa im selben Tempo, wie wir altern werden auch *Sie* hinfällig und sich dem Tod mit uns nähern... Und nur ich weiß, wie sich dieser Prozeß aufhalten läßt. Wie finden Sie das?«

»Nehmen Sie das weg!«

Dhark schlug nach der gischtkrummen Hand, in die Zephyr die Kapsel gelegt hatte.

Der Robone schloß mit rauhem Lachen die Faust, so daß di Kapsel nicht fallen konnte.

»Sie werden das jetzt schlucken«, sagte er mit Grabesstimme. Auf sein Zeichen rückten zwei Robonen näher und richteten ihre Waffen unmißverständlich auf Dharks Brust. »Ich lasse Ihnen dieselbe Wahl, die uns geblieben ist: Wünschen sie ein schnelles oder ein langsames Sterben?«

»Sie wissen nicht, was Sie tun!«

Vor Dharks Augen schillerte erneut die Giftkapsel in Zephyrs offener Hand.

»Wußten Sie, was Sie taten, als Sie *uns* vergifteten? – Nehmen Sie endlich! Sie vergeuden unsere und Ihre Zeit!«

Das Schott ging auf. Dan Riker kehrte zurück. »Was ist das?« fragte er, mit Blick auf das, was der Robone Dhark drängend hinhielt.

»Es besiegelt unseren Pakt«, erläuterte Zephyr. »Möchten Sie sich nicht auch mit uns solidarisieren?« Er klopfte gegen die Tasche seines Anzugs. »Mein Vorrat reicht für jeden hier an Bord...«

Rani Atawa war wie jeder andere an Bord über die Besetzung des Ringraumers durch die Robonen informiert, aber sie versuchte sich Tyler gegenüber nichts von ihren Ängsten und Befürchtungen anmerken zu lassen.

Der Junge war ahnungslos.

Die Sicherheitsverwahrung, zu der sich Ren Dhark auf Druck der anderen Crewmitglieder schweren Herzens bereiterklärt hatte, funktionierte tadellos. Arc Doorn und Miles Congollon hatten die amphischen Schirmfeldgeneratoren anhand der Daten modifiziert, die sie während der Isolation der Medostation ermitteln konnten.

Als das Schott aufglitt, zuckte die zierliche Inderin zusammen.

Ein Greis, der sie niederträchtig taxierte, trat ein. »Was haben wir denn da?«

»Was wollen Sie? Wer sind Sie?« fuhr Rani Atawa ihn an. Sie wußte sofort, daß sie es mit einem der Robonen zu tun hatte, und seine Nähe verursachte ihr Unbehagen.

»Ich bin der gute Theck«, sagte er. »Wie ist dein Name?«

»Was *wollen* Sie hier?«

Sein Blick, der sich wie ein Egel an ihr festgesaugt hatte, ließ sie los und richtete sich auf den Jungen jenseits der flimmernden Barriere. Dann erst bemerkte der Robone den Monitor neben der Inderin, wo zu lesen stand: WAS HABEN WIR DENN DA? WAS WOLLEN SIE? WER SIND SIE? ICH BIN DER GUTE THECK. WIE IST DEIN NAME? WAS WOLLEN SIE HIER?

»Was hat das zu bedeuten? Warum wird der Junge hier festgehalten?« Und dann verblüffte er mit der Bemerkung: »Er... ist einer von uns! Ich *spüre* es! Er ist ein Robone! Schalten Sie sofort das Feld aus!«

Rani Atawa erbleichte.

Das Verlangen des Robonen erschien für Tyler klar lesbar auf dem Monitor und weckte den Jungen endgültig aus der apathischen Haltung, die er zuvor eingenommen hatte.

Er stand von seiner Liege auf und zeigte zu seinem Monitor. Stumme Worte wandten sich an den Eindringling.

ICH WERDE HIER GEGEN MEINEN WILLEN FESTGEHALTEN. HELFEN SIE MIR! ICH BIN WIE SIE! HELFEN SIE MIR, ICH WEIß NICHT, WAS MAN MIR ANTUN WILL...!

»Wenn Sie auf ihn hereinfallen«, wandte sie sich an den Robonen, »setzen Sie uns alle einer unkontrollierbaren Gefahr aus! Dieser Junge ist nicht so harmlos, wie er scheint. Wir haben ihn auf Robon gefunden. Er ist *nicht* zurückgeschaltet und –«

»Nicht zurückgeschaltet?« Der Greis zog seine Waffe. »Nicht zum Leben auf der Überholspur verurteilt? Warum wird er dann hier festgehalten? Könnte man mit seiner Hilfe nicht herausfinden, was ihn und uns nach der C-E-Behandlung unterscheidet? Aber daran haben Sie kein Interesse, wie? Sie wollen gar nicht, daß es aufhört... Daß wir wieder sind wie früher! Wir sind ein Problem das sich von selbst löst, je mehr Tage und Wochen verstreichen...« Sein Gesicht war wutverzerrt. »Schalten Sie jetzt das Feld ab! Sofort! Oder ich erschieße Sie!«

»Sie haben keine Ahnung, was Sie da verlangen!«

»Abschalten!«

Rani Atawa schaute hinüber zu Tyler, dessen Miene sich auf bestürzende Weise erhellt hatte.

Der robonische Alte an der Seite der Inderin mußte es auch sehen, aber er verstand nicht, was der fiebrige Glanz in den Augen des Jungen zu bedeuten hatte.

Rani Atawa appellierte nicht länger an den Verblendeten neben sich, sondern wandte sich direkt an Tyler: »Stürze dich nicht ins Unglück. Wir sind nicht deine Feinde. Wir brauchen nur Zeit, uns gegenseitig soweit kennenzulernen, daß wir uns vertrauen können. Du wirst...«

Hinter ihr materialisierten die Worte auf dem Bildschirm – und wurden ergänzt durch das, was aus Greisenmund kam: ZUM LETZTEN MAL, ABSCHALTEN!

Rani Atawa schüttelte den Kopf.

Ihr Atem flog.

Dann deaktivierte sie den Schirm, der die Menschen der POINT OF, die Menschen der Erde vor einem Kind schützte, in dem die Macht des CAL glomm.

Das unheilvolle Feuer eines Monstrums...

»Wir alle kennen das Problem des Alterungssyndroms«, sagte Ren Dhark mit gefaßter Stimme. »Niemand hat einen Nutzen davon, wenn Sie ein Unglück, das niemand voraussehen konnte, auf eine Weise vergelten, wie Sie es vorhaben, Zephyr!«

»Sie haben Angst, Dhark«, erwiderte der Robone. »Sie haben erbärmliche Angst, und ich verstehe das. Aber Sie werden diese bittere Pille schlucken! Sie werden am eigenen Leib erfahren, wie sich ein Streichholz fühlt, das an *beiden* Enden angezündet und darüber hinaus noch in Benzin getränkt wurde...!«

»Sie sind ja irre!« keuchte Dan Riker.

Zu seiner Verwunderung schüttelte Dhark den Kopf. »Nein, er weiß genau, was er tut. Es gibt bloß keine Instanz mehr, die ihn beeindrucken würden – und keine Strafe, die ihn schrecken könnte.«

»Genug geredet!« Zephyr nickte den beiden Bewaffneten zu, die Dhark und Riker in Schach hielten.

Die anderen Robonen kümmerten sich um die restliche Zentrale-Besatzung.

Zephyr legte die Kapsel in Dharks Hand.

»Wenn Sie das geschluckt haben, bleibt Ihnen dieselbe Chance wie uns! Sie müssen uns nur mit diesem stolzen Schiff zum Versteck des CAL bringen – zur Belohnung erhalten Sie das Gegenmittel, und wir werden die Hilfe der All-Hüter erflehen! Eine faires Abkommen...«

Dhark betrachtete die Kapsel nah vor seinem Auge. Er hielt sie zwischen Daumen und Zeigefinger.

Zephyr beobachtete ihn wie ein Versuchstier in einem Labor.

Schließlich schüttelte Dhark den Kopf und warf die Kapsel vor die Füße des Robonen.

»Nein! Von mir aus zwingen Sie mich ! Freiwillig werde ich diesen Wahnsinn nicht unterstützen!«

Zephyr blieb ungerührt. »Sagten Sie nicht gerade, ich sei nicht wahnsinnig?«

»Doch. Dieser Meinung bin ich immer noch. Aber das, was Sie tun, ist Wahnsinn!«

»Letztlich spielt es keine Rolle, wie Sie über mich denken«, erwiderte der Greis. Ohne den Blick von Dhark zu lassen, wandte er sich an seine bewaffneten Helfer. »Zwingt ihn!«

Einer von ihnen aktivierte den Paraschocker, den er zusätzlich zu seiner tödlichen Waffe bei sich trug und bestrich damit gezielt Dharks Beine, die augenblicklich nachgaben.

Er knickte ein und sank zu Boden.

Als Riker eingreifen wollte, wurde er brutal zur Seite gestoßen und ebenfalls bedroht.

Dhark blieb bei Bewußtsein.

Halb im Liegen erwischten ihn zwei weitere Ladungen, die auch seine beiden Oberarme in taube Anhängsel verwandelten, die vom Nervengeflecht abgeschnitten zu sein schienen. Nur Rumpf und Kopf blieben unversehrt.

Die Menschen in der Zentrale wagten kaum zu atmen. In manchem rumorte das Verlangen, dem Commander beizustehen.

Aber die Robonen machten jedem unmißverständlich klar, wie sie auf Widerstand reagieren würden.

In keiner Faust befand sich mehr ein Schocker. Überall drohten Letalwaffen.

Ion Zephyr trat zu Dhark und wälzte ihn auf den Rücken.

Dann klemmte er ihm das bunte Sterben zwischen die zusammengekniffenen Lippen und sagte: »Schlucken, Commander! Werden Sie einer von uns – danach werden wir auf derselben Wellenlänge liegen. Sie werden uns verstehen, und gemeinsam *finden* wir die Rettung...!«

»Zephyr...!« brüllte Riker und warf sich auf den Robonen.

Ein Schuß peitschte wie Donnerhall durch die Zentrale.

Das Bleiprojektil warf Dan Riker herum und schleuderte ihn gegen die nächste Wand.

Rufe des Entsetzens gingen durcheinander.

Anja Field löste sich vom Checkmaster-Terminal und wollte zu Hilfe eilen.

»Bleiben Sie, wo sie sind!« stieß der Robone, der geschossen hatte, hervor. »Ich werde auch auf Sie schießen, wenn sie mich dazu zwingen!«

Die Mathematikerin sah nicht aus, als wollte sie sich dadurch aufhalten lassen.

Unbeirrt setzte sie ihren Weg fort.

Zephyr beachtete diese Vorfälle kaum.

Er drückte seinen Daumen und Mittelfinger wie eine Zange hinter das Kiefergelenk Dharks und zwang ihn, den Mund zu öffnen. Alle Gegenwehr erwies sich als sinnlos.

Die Kapsel fiel nach hinten in seinen Rachen. Zephyr drückte ihm den Mund zu und holte aus, um Dhark die Faust in die Magengrube zu schlagen. Der dadurch ausgelöste Reflex sollte das Gift in die Speiseröhre und weiter in den Magen treiben, wo Verdauungssäfte den Rest erledigen würden.

Doch bevor die knotige Faust ihr Ziel fand, öffnete sich das

Schott der Zentrale, und Zephyr sagte mit fremder, kindlicher Stimme: »Spuck das wieder aus! Sofort! Gewalt ist keine Lösung...«

Alle Augen richteten sich auf Tyler.

Und mit glasigen Augen entledigten sich die Robonen ihrer Waffen...

»Du hattest maßloses Glück«, sagte Ren Dhark und sah zu, wie sein Freund von Anonga verarztet wurde, »daß du dir nur einen Streifschuß eingefangen hast...«

»Wir hatten alle unverschämtes Glück«, erwiderte Dan Riker.

Er nickte in Richtung der Bildkugel, in der zu sehen war, wie sich Zephyr, Drenderbaum und die anderen Robonen ohne die geringste Gegenwehr, fast wie reuige Sünder, aus der POINT OF abführen ließen.

Agenten der GSO hatten sich ihrer angenommen, noch bevor Tyler sie aus seiner Parahypnose entlassen hatte.

Tyler.

Der Junge stand wie eine unnahbare Ikone ein paar Schritte von der Stelle entfernt, wo er in die Zentrale getreten war. Inzwischen war bekannt, wie es dazu gekommen war, daß er seinem energetischen ›Käfig‹ hatte entfliehen können. Rani Atawa hatte sie aufgeklärt. Der Junge selbst blieb wortkarg. Er schien auf etwas zu warten.

»Geh schon!« flüsterte Riker ihm zu. »Wie lange willst du ihn noch schmoren lassen?«

Achselzuckend kehrte Dhark dem Freund den Rücken, um sich Tyler zuzuwenden. »Ohne sein Eingreifen sähen wir jetzt ganz schön alt aus«, sagte er kaum hörbar. »Zumindest ich...«

16.

»So sieht man sich wieder«, sagte der Mann mit den schlecht verheilten Brandnarben. »Wie fühlen Sie sich?«

»Wollen Sie die... Wahrheit hören?«

Doc Schweitzer nickte.

»Beschissen wäre... geprahlt...« Darga hustete und fühlte, wie die Erschütterung den Schmerz durch seinen ganzen Körper trug. Er biß die Zähne zusammen. »Im Himmel... bin ich jedenfalls nicht.«

»Nein, die Engel werden noch eine Weile um das Vergnügen mit Ihnen kommen.«

Darga versuchte den Kopf zu heben. Schweitzer drückte ihn sanft aber bestimmt wieder nach unten. Erst jetzt wurde Darga die allgegenwärtige Lautkulisse bewußt, die sich aus den Stimmen von Menschen zusammensetzte, denen es genauso dreckig oder noch dreckiger ging als ihm. Er tastete zu seiner rechten Brustseite, fühlte aber nur einen dicken Verband. »Wer hat mich... gefunden?«

»Sina.«

»Sina?«

Doc Schweitzers Züge verschoben sich zu einem Lächeln, in dem etwas mitschwang, was Darga mehr zu denken gab als alles andere: Dankbarkeit. »Eine meiner Helferinnen. Die Frau, die *Sie* gerettet haben – und die sich dafür revanchiert hat«, sagte der Arzt.

»Revanchiert?« In Dargas Kopf drehte sich alles.

»Sie erinnern sich nicht?«

Darga schwieg.

»An den Kampf«, sagte Schweitzer.

»Es war kein... Kampf. Das feige Aas hat einfach – in mich 'rein gestochen...!«

»Richtig. Und das gab Sina die Möglichkeit, ihm den Schädel einzuschlagen... Beinahe jedenfalls. Dieser Schurke hätte es verdient gehabt.«

»Wo ist er jetzt?«

Schweitzer zuckte die Achseln. »Fort. Weg. Sina schleppte sie hierher, und als mehrere Männer zu der Stelle zurückkehrten, wo es passierte, war der Lump verschwunden. Trotz sofortiger Suche blieb er unauffindbar.«

»Na wunderbar«, keuchte Darga und versuchte erneut, aufzustehen.

»Finden Sie sich damit ab«, sagte Schweitzer, »daß Sie noch keine Bäume ausreißen können. Dabei hatten Sie sagenhaftes Glück, daß die Lunge nur unbedeutend verletzt wurde. Ich habe die Wunde genäht. In ein paar Tagen werden Sie kaum noch etwas davon spüren.«

»Solange kann... ich nicht warten!« Darga hielt inne, weil er erst jetzt realisierte, daß es nicht mehr Nacht war. Eine unnatürlich grelle Sonne bohrte ihr Licht durch den Zeltstoff.

Schweitzer folgte seinem Blick und sagte: »Draußen liegt knöchelhoher Schnee. Seit gestern. Das Wetter schlägt Kapriolen. Heute herrscht schon wieder schönster...«

Darga fiel ihm ins Wort: »Wie lange war ich... ohne Bewußtsein?«

»Sechsunddreißig Stunden.«

»Sechsunddreißig...?« Darga würgte, als wäre ihm ein Bissen Syntho-Nahrung in die falsche Kehle geraten. »Sechs...?«

»Sie machen sich Sorgen?«

Darga hörte auf zu husten. Er versuchte, die wollene Decke von sich zu schleudern und sich über den Rand des Bettes zu schwingen.

Der Schmerz in seiner Brust explodierte, und Darga schrie, als würde ihm in diesem Moment erneut ein spitzes Eisen in den Körper gerammt.

Er sank zurück und fing an zu schluchzen, während Schweitzer beruhigend die Hände auf seine Schultern legte und etwas versprach, was Darga zunächst gar nicht richtig realisierte: »Ich kümmere mich darum. Sina ist meine beste Kraft, und Sie haben etwas gut bei mir. Sagen Sie mir nur, wo ich das kleine Mädchen finde, diese Rumer...«

Zwei Stunden später stapfte Schweitzer durch den unterirdischen Schacht, auf dessen Gleisen schon seit Jahr und Tag kein Zug mehr fuhr.

Alles wirkte marode. Nicht *nur* die bauliche Struktur – sogar die Menschen, die hier hausten...

Das Elend dort, woher der Arzt kam, war größer – aber nur, weil die Menschen, die zu ihm gebracht wurden, in der Regel akutere Erkrankungen oder Verletzungen aufwiesen.

Trotzdem war Schweitzer über die slumartigen Zustände erschüttert. Er hatte sich den Hut tief ins Gesicht gezogen und den Mantelkragen hochgestellt, ehe er den Lazarettkomplex an der Oberfläche verlassen und sich über einen der vom Schutt befreiten Treppenzugänge hierher begeben hatte. Denn es bedurfte keiner besonderen Phantasie, sich vorzustellen, was geschehen würde, sobald ihn einer der hier Zuflucht Suchenden erkannte. Seine Identität hätte sich wie ein Lauffeuer unter all denen verbreitet, die ihre Wehwehchen hatten, aber bislang den Weg zu ihm gescheut hatten.

Soweit durfte es nicht kommen, oder er konnte sein Vorhaben gleich in den Wind schreiben.

Er atmete regelrecht auf, als er die mit Menschen vollgepackten Steige und Waggons hinter sich gelassen hatte und sich, der Beschreibung Dargas folgend, im Licht einer Taschenlampe dorthin wandte, wo sich die Mutter und ihr Kind aufhalten sollten.

Je weiter er durch die Dunkelheit marschierte, desto unwahrscheinlicher erschien es ihm, sie noch anzutreffen.

Darga war 36 Stunden ohne Bewußtsein gewesen. Damit wären die Frau und das kranke Mädchen zwei Tage völlig sich selbst überlassen gewesen.

Wenn sie nur ein bißchen Grips besaß, hatte die Mutter ihr Töchterchen gepackt und hatte sich selbst um Hilfe gekümmert.

In Schweitzers Lazarett war sie allerdings nicht aufgetaucht. Vor seinem Aufbruch hatte er nachgeforscht.

Und bei jedem Schritt, den er jetzt weiter in die Dunkelheit tat, kämpfte er gegen das Verlangen an, umzukehren. Im nachhinein wußte er nicht mehr, was ihn zu seinem dubiosen Versprechen veranlaßt hatte. Es widersprach jeder Vernunft, einen solchen ›Hausbesuch‹ zu unternehmen.

Auch wenn von den widrigen Wetterverhältnissen hier unten nichts zu spüren war, so gab es doch *andere* Gründe, weshalb er davon hätte Abstand nehmen müssen, den guten Samariter zu spielen.

»Verdammt!« fluchte er halblaut.

Vor ihm hetzte eine katzengroße Ratte durch die Scheinwerferbahn.

Schweitzer stockte nicht einmal im Schritt. Diese Biester war er gewöhnt. Sie machten ihnen auch oben zwischen den Ruinen zu schaffen, und hier unten existierte erst recht ein idealer Nährboden für die anpassungsfähigen Nager.

Die Stimmen, Schreie und sonstigen Geräusche der Obdachlosen begleiteten ihn auch jetzt noch. Sie waren merklich gedämpft, aber allgegenwärtig, als würde der Wind die Kulisse eines Schlachtfelds zu ihm tragen.

Aber hier gab es keinen Wind.

Und die ganze Erde war zum Feld einer mühsam gewonnenen Schlacht verkommen.

Die Gerüchte, daß in Groß-Paris, Alamo Gordo und einer Handvoll anderer Städte das Leben fast schon wieder seinen gewohnten Gang nahm, konnte Schweitzer nur mit neidvollem Kopfschütteln kommentieren, und wenn ihn einer seiner unheilbaren Patienten danach fragte, versetzte es ihm jedesmal einen Stich.

World City würde noch über Jahre hinaus die Narben tragen, die der Pressor der Invasoren geschlagen hatte.

Schneisen der Vernichtung wühlten sich durch die einst stolze Metropole.

Gnädig deckte der Schnee manches zu, was sonst noch deprimierender erschienen wäre. Im Frühjahr sollten die Räumarbeiten beginnen, mit – so hatte die Regierung angekündigt – Unterstützung der Terra-Flotte.

Schweitzer betrachtete solche Versprechen kritisch. Zu oft in den letzten Wochen war er enttäuscht worden.

Vor ihm ertastete der Scheinwerferfinger das von Darga beschriebene Hindernis.

Der Schacht war von herabgestürzten Gesteinsmassen blockiert.

Als Schweitzer die Lampe schwenkte, fand er die Eisentür, die Darga freigelegt hatte.

Entschlossen ging der Arzt darauf zu. Unter dem warmen Mantel verborgen, trug er einen Medogürtel, in dessen Segmenten sich alle Hilfsmittel und Medikamente befanden, die er nach Dargas Schilderung für erforderlich hielt.

Seine behandschuhten Finger umschlossen den Knauf der Tür, die sich ohne besonderen Kraftaufwand öffnen ließ.

Dahinter gähnte Dunkelheit.

Nistete Stille.

»Mrs. Loomis?«

Keine Antwort.

Schweitzers Lampenstrahl wanderte über den Boden der Kammer.

»Mrs. ...«

Statt der Frau und dem Kind reflektierte das Licht von einem *Berg* schillernder Käfer, und es dauerte eine ganze Weile, ehe Schweitzer begriff, daß sich noch etwas *darunter* befand.

Mit einem erstickten Schrei, wie von Sinnen, stolperte er in die Kammer und ließ sich auf die Knie fallen.

Die Lampe pflanzte er auf ihr stumpfes Ende, so daß der Schein zur Decke strahlte und weiter diffuses Licht verstreute.

Dann schaufelten Schweitzers Hände das krabbelnde Ungeziefer von den beiden zugedeckten Körpern.

»Was sind das für Träume, die dich plagen?« fragte Ren Dhark. Er saß Tyler gegenüber in der Kabine, die für ihn reserviert worden war.

Erst ein Tag war vergangen, seit der Junge ihn vor einem qualvollen Tod bewahrt hatte.

Und das Schiff vor einem ungewissen Schicksal.

Seither wurde Tyler von der Besatzung geduldet – auch wenn ihm vielerorts immer noch mit großen Vorbehalten begegnet wurde.

Dhark nahm sich davon nicht völlig aus. Die Vorstellung, was dieser Robone, der äußerlich noch ein halbes Kind war, an Macht in sich häufte, *mußte* beunruhigen.

Die Kunst im Umgang mit Tyler bestand darin, die unterschwelligen Ängste nicht die Oberhand gewinnen zu lassen...

»Es sind keine Träume.«

»Eben sagtest du noch...«

»Ich träume nicht. Ich wurde von ähnlichen Bildern nur einmal bestürmt, als der Sturm nach unserer Welt griff... Damals... Kurz bevor du kamst und sich alles veränderte...«

Mit ›unsere Welt‹ meinte Tyler Robon.

Dhark wurde bewußt, daß nie bekannt geworden war, welchen Namen die Verschleppten von Terra selbst für den sechsten Planeten des Giant-Systems verwendet hatten.

»Und du... erlebst immer wieder dasselbe, wenn du die Augen schließt?« fragte er.

»Es ähnelt sich sehr. Aber es sind *Eindrücke*. Ich kann sie nicht beschreiben. Ich bekomme Schweißausbrüche und leide unter dem Gefühl, eingeschlossen – lebendig begraben – zu sein.«

»Seit wann genau suchen dich diese Empfindungen heim?«

Tyler zögerte. Dann sagte er: »Seit meiner Trennung von den anderen Qualifikanten, von den All-Hütern und dem CAL.«

»Mit den anderen Qualifikanten meinst du Pia und Edgar?«

»Ja.«

»Ihr wart die einzigen, die sich im direkten Umfeld des CAL aufhalten durften – von den All-Hütern abgesehen?«

»Wir waren die ersten. Es sollten mehr werden. Nach jeder abgeschlossenen Prüfung in den Schulen...«

»Sagte euch jemand, auf welches Ziel ihr trainiert wurdet?«

»Nein.«

Dhark nickte. Was Tylers ›Träume‹ anging, hegte er einen Verdacht, der ihm aber selbst zu absurd erschien, um ihn dem Jungen gegenüber auszusprechen.

»Bist du dir der Macht, die du besitzt, eigentlich bewußt?«

»Ich weiß, daß ich mich wehren kann.«

»Das hast du mehr als eindrucksvoll bewiesen.« Dhark versuchte, das, was er anfügte, durch ein Lächeln zu mildern: »Viele hier fürchten dich.«

»Ich weiß.«

»Wie denkst du darüber?«

Tyler schwieg.

»Du mußt Gründe gehabt haben, warum du dich auf unsere Seite und nicht auf die von Zephyr und den anderen zurückgeschalteten Robonen geschlagen hast. Eigentlich hätten sie und ihre Motive dir näher stehen müssen als wir.«

Zum erstenmal bildete sich so etwas wie ein schwaches Lächeln auf Tylers immer noch eingefallenen Zügen ab.

»War es *falsch*, mich so zu entscheiden?«

»Bestimmt nicht. Es wundert mich nur.«

»Ich hätte die Gegenwart dieser Leute nicht lange ertragen«, sagte Tyler.

»Was heißt das?«

»Ihre Nähe quälte mich.«

»Die Nähe der anderen Robonen?«

»Sie waren... nicht wie ich.«

»Nein, sie leiden unter dem rapiden Schwund ihrer Lebensenergie. Aber daß du das –«

»Sie tun mir *weh*. Ich mußte eingreifen, um sie dazu zu bringen, das Schiff zu verlassen.«

Dhark betrachtete den sonderbaren Jungen verblüfft. »Du hast nicht uns geholfen, sondern dir?«

»Ich habe in dir gelesen«, sagte Tyler. »Ich will euch nichts Böses. Ich will niemandem schaden. Aber ich muß herausfinden, wer ich bin. *Wozu* ich bin. Nach allem, was ich aus deinen Gedanken erfahren habe, hoffe ich, daß du mir dabei helfen wirst. Auch ohne Zwang.«

Dhark erzitterte kurz innerlich, als ihm bewußt wurde, wie *einsam* sich dieser Junge fühlen mußte.

»Wir werden versuchen, dir zu helfen«, sagte er. »Was auf Robon geschah, wirft seine Schatten auch in die Zukunft. Seit du mir die Augen geöffnet hast, daß nicht *ich* dem CAL die Daten zum Bau des Commutator-Enzephalos abgerungen habe, sondern *Unbekannte* mich damit versorgt haben, gilt es das Geheimnis zu lüften, wer diese Unbekannten sind. Dies dürfte auch in deinem Interesse sein. Nicht nur der CAL wurde von ihnen entführt, sondern auch deine beiden Mitqualifikanten.«

Tyler nickte. Plötzlich sagte er: »Ich bin froh, ihnen entkommen zu sein.«

Dhark wußte nicht, was er darauf erwidern sollte. Ihn selbst beschlich zunehmendes Unbehagen, je öfter er an die Phantome dachte, denen ein Hauch unglaublicher Fremdartigkeit angehaftet hatte.

Warum hatten sie den Menschen geholfen?

Wenn es uneigennützig geschehen war, warum hatten sie sich dann nicht zu erkennen gegeben?

Daß sie den CAL in ihre Gewalt gebracht hatten, mochte nach menschlichen Moralvorstellungen noch verzeihlich sein, aber warum waren die Kinder nicht von ihnen verschont geblieben?

Passend zu diesem ungelösten Rätsel kam der Anruf, der Ren Dhark just in diesem Moment aus der Bordkommunikation erreichte.

»Anja Field an Commander Dhark... Field an den Commander..

Dhark stand aus seinem Sessel auf und ging zum nächsten Anschluß. »Dhark, hier. Was gibt es?«

»Kommen Sie bitte unverzüglich in die Zentrale«, sagte die Mathematikerin. »Es geht um die Auswertung der Phantomortung

Nach einer langwierigen und aufwendigen Datenkosmetik ist es dem Checkmaster offenbar gelungen, den gespeicherten Scan doch noch zu entzerren, und Sie ahnen nicht, was dabei herausgekommen ist...!«

Benjamin Darga öffnete die Augen, als jemand leise an sein Bett trat. Er hatte nicht geschlafen. Er konnte nicht. Voller böser Vorahnungen wartete er auf Schweitzers Rückkehr.

Und nun stand der Doc neben ihm, und seine Miene spiegelte all das wider, was Darga nie darin hatte sehen wollen.

»Es tut mir leid«, sagte Schweitzer. »Sehr, sehr leid.«

Darga ignorierte die damit verbundenen Schmerzen und richtete sich vollständig auf. »Was ist?« fragte er kurzatmig. »Worauf wollen sie hinaus...?«

»Ich kam zu spät«, sagte Schweitzer und wirkte dabei noch über die furchtbare Nachricht hinaus schockiert. »Das Mädchen war bereits seit Stunden tot, und die Mutter in einem komatösen Zustand. Ich habe sie mitgebracht, aber...«

In Dargas Hirn liefen die Gedanken wie Farbe auseinander, die jemand in einen Behälter mit Wasser geschüttet hatte. Er sank zurück und schloß die Augen. Etwas anderes als körperlicher Schmerz drohte, ihn zu zerreißen. Als er die Augen wieder aufschlug, fiel ihm die Veränderung in Schweitzers Zügen auf.

Darga hob die Hand und zeigte auf die linke Wange des Arztes. »Sie... auch...? Es hat sie... auch...?«

»Ja«, sagte Schweitzer heiser. »Es sieht aus, als hätte ich auch nähere Bekanntschaft mit diesen Käfern gemacht. Durch die Handschuhe und Kleidung kamen sie nicht durch, aber eins von diesen Biestern ist von oben auf mich heruntergefallen und hat...«

Er redete nicht zu Ende. Es war nicht nötig.

Die kleine Beule in seinem Gesicht sah harmlos aus.

Aber er und Darga wußten es besser.

In der Zentrale der POINT OF pulste das Leben, als wäre die Sicherheit des Schiffes nie in Frage gestellt gewesen.

Nachdem die beiden Nuklearsprengsätze von einem Spezialkommando abgeholt und in einem Bunker tief unter der Erde entschärft worden waren, war man auf dem besten Weg, zur Normalität zurückzufinden.

Bis zur nächsten Krise, dachte Dhark, während er auf die attraktive Frau mit dem karminroten Kurzhaar zutrat, die bereits von Ralf Larsen und Janos Szardak in die Mitte genommen worden war.

Die Mienenspiele der beiden Offiziere hätten unterschiedlicher nicht sein können. Szardak wahrte das Pokerface, während in Larsens Gesicht offene Bestürzung zu lesen war.

Genau wie in den Augen Anjas.

»Sie machen Gesichter wie drei Tage Regenwetter«, scherzte Dhark noch, nachdem er sie begrüßt hatte. »Dann lassen Sie mich mal sehen...«

Das Scherzen verging ihm spätestens, als auf dem dunklen Monitor des Checkmaster-Terminals plötzlich Bewegung entstand und sich ein Objekt abzubilden begann.

Ein Objekt, das...

»Warum zeigen Sie mir das?« Dhark brauchte eine Sekunde, um das Raumschiff wiederzuerkennen, das sich auf der Bildscheibe herauskristallisiert hatte. »Ich dachte, es ginge um das Phantom von Robon. Warum zeigen Sie mir statt dessen...?«

»Es ist das Phantom von Robon«, unterbrach ihn Ralf Larsen.

Daß gerade der Bodenständigste von ihnen darauf bestand, wog doppelt schwer.

»Aber es ist...«

»... ein *Spindel*schiff«, bestätigte Janos Szardak kühl. »Wir haben es sorgfältig mit den Aufzeichnungen verglichen, die von damals noch in den Archiven von T-XXX existieren, und es gibt nicht den geringsten Zweifel, daß der Bautyp identisch ist mit jenem, der vor anderthalb Jahren, noch vor dem Erscheinen der Giants, im solaren System für Furore und Panik sorgte.«

»Das Schiff derer«, sagte jetzt auch Anja Field, »die den CAL entführten und uns das ›Geschenk‹ des Commutator-Enzephalos machten, ist in seiner äußeren Konstruktion absolut identisch mit den Schiffen, die damals über Terra auftauchten, um Olan, die blühende Stadt in der Sahara, mit all ihren Bewohnern auszulöschen...«

Stumm starrte Ren Dhark auf den Entwurf des Checkmasters.

Stumm versuchte er sich darüber klar zu werden, was das Gehörte und Gesehene bedeutete.

Aber es gelang ihm nicht, das wahre Ausmaß dieser Entdeckung auch nur annähernd in seiner Konsequenz zu überblicken.

Noch nicht...

17.

Hope, Col-System

Über Main Island erzeugten die beiden Sonnen Col-1 und Col-2 tropische Hitze. Für den größten Inselkontinent des Planeten war diese Wetterlage ziemlich ungewöhnlich.

Main Island lag in einer eher kühlen Zone des Planeten, der als fünfter von insgesamt achtzehn das Doppelgestirn umlief. Aber die Menschen von Cattan genossen den Sonnenschein, und nicht wenige von ihnen hatte es zum Blue River gezogen, um sich in dessen Fluten zu erfrischen oder einfach am Ufer zu relaxen und sich vielleicht ihren ersten Sonnenbrand einzufangen.

Das fertigzubekommen, hatte jedoch noch niemand geschafft, seit Menschen auf Hope siedelten. Zudem wurden die ohnehin seltenen Sommertage eines Hope-Jahres immer wieder von Strahlungsalarm überschattet. Dann zwangen die magnetischen Sturmfronten aus dem interkosmischen Raum die Kolonisten unter Cattans energetische Schutzglocke.

Hope besaß keine Heimatqualität für die Ewigkeit!

Nur in einem Punkt war der Planet seinem Namen gerecht geworden: Im Felsmassiv des Dschungelkontinents Deluge hatten Ren Dhark und seine Gefährten die technische Hinterlassenschaf der Mysterious entdeckt – den Ringraumer und den Industriedom mit all seinen kaum erforschten Möglichkeiten.

Wer im Höhlensystem von Deluge lebte und arbeitete, war vo den Strahlenstürmen sicher.

Das gewaltige Bergmassiv fing einen Großteil der Strahlung ab und falls das nicht reichte, legte sich ein Intervallfeld schützen über den gesamten Kontinent!

Dieses Intervallfeld brachte allerdings ein Problem anderer Art mit sich: Bisher hatten die Menschen noch keine Möglichkeit gefunden, es gezielt ein- und wieder abzuschalten...

Im Extremfall half nur radikale Gewalt – der Angriff mit Raumschiffgeschützen –, um das Intervallfeld unter hochenergetischem Dauerbeschuß zusammenbrechen zu lassen.

Auf Dauer war das natürlich keine Lösung.

Und niemand konnte sich vorstellen, daß die Mysterious, die geheimnisvollen Erbauer der Anlage, vor tausend Jahren jedesmal einen Strahlangriff geflogen haben sollten, wenn das Intervallfeld nicht mehr benötigt wurde. Aber die Schalteinheit, von der aus der künstliche Mini-Weltraum gesteuert wurde, war noch nicht entdeckt worden.

Professor Tim Acker, mit zwei Doktortiteln, einer beachtlichen Leibesfülle und einem immensen Appetit gesegnet, hatte versucht, die Steuerung zu entdecken, und war daran gescheitert. Auch die Mentcaps verrieten nicht, wo sie sich befinden sollte.

Acker war von der Erde eigens nach Hope geflogen, weil die technischen Rätsel der Mysterious ihn faszinierten. Die ständigen Fehlschläge, die er wie alle anderen hinnehmen mußte, konnten ihn nicht entmutigen.

Auch nicht die bissigen Bemerkungen seiner Kollegen, die ihn einen hemmungslosen Fresser und Fettsack nannten. Acker hatte noch nicht einmal gegen diese spitzen Bemerkungen protestiert. Im Gegenteil, er sonnte sich geradezu darin.

Die Behauptungen stimmten ja auch.

Der Mann mit den rotesten Haaren im terranischen Einflußbereich, wie er von sich behauptete, vertrat die Ansicht, wer viel und gut arbeite, solle auch gut essen. Deshalb tat er alles, um sein »Kampfgewicht« zu halten. Dabei stopfte er aber nicht wahllos alles in sich hinein, was eßbar war, sondern griff vorzugsweise zu Delikatessen. Auch die hatte er in größeren Mengen extra von Terra einfliegen lassen, weil es mit Nahrungsmitteln auf Hope knapp bestellt war.

Der ganze Planet war kaum in der Lage, rund 40 000 Menschen

zu ernähren!

Damals, als der Kolonistenraumer GALAXIS durch die Fehlfunktion des ›Time‹-Effekts nach Hope verschlagen wurde, statt sein eigentliches Ziel, das Deneb-System, zu erreichen, waren 50 000 Kolonisten auf diesem Planeten gestrandet. »Hoffnung« hatten sie ihre neue Heimat genannt. Hoffnung hatten sie in ihren Herzen getragen – die Hoffnung, ohne weitere Hilfe von der Erde zu überleben und die Erde im Dschungel der Sterne wiederzufinden.

Viele waren bei den Angriffen der Amphis gestorben. Und Tausende waren später nach Terra zurückgekehrt, um beim Wiederaufbau zu helfen, nachdem Ren Dhark die Invasoren von der Erde vertrieben hatte. Aber viele wollten Hope auch nicht wieder verlassen!

Sie hatten um diesen Planeten gekämpft, gegen die Natur und gegen die Amphis, und sie wollten das Errungene nicht so einfach wieder aufgeben.

Obgleich Hope keine Zukunft mehr hatte!

Auch dem letzten Siedler war klar, daß sie den Planeten irgendwann würden verlassen müssen. Das Col-System lag in einem Sektor der Milchstraße, in dem die Strahlenstürme offenbar weitaus stärker wirkten als in anderen Bereichen. Und wer konnte sagen, wie lange der Schutzschirm über Cattan die ständig höher werdenden Strahlendosen noch abwehren konnte?

Wissenschaftler wie der Kontinuum-Experte H. C. Vandekamp oder die Astrophysiker Craig, Ossorn und Bentheim warnten nicht mehr. Das Problem war längst auch dem letzten Bewohner Hopes bekannt, und sie wollten die Kolonisten nicht in immer größer werdende Panik versetzen. Dabei war den Fachleuten längst klar, daß der Schutzschirm auf Dauer *nicht* mehr schützen konnte. Schon jetzt reichte seine Kapazität nicht mehr aus!

Er ließ einen Teil der kosmischen Strahlung durch.

Und von Mal zu Mal wurde dieser Teil ein wenig größer...

Das Intervallfeld über Deluge hielt den Strahlenorkanen stand. Aber für wie lange noch, wußte niemand. Es gab hier, im Gegensatz zur POINT OF, keine Belastungsanzeige. Wie denn auch, wenn eine Steuer- und Kontrolleinrichtung nicht zu finden war?

Gerade deshalb hatte Professor Acker es sich zur Aufgabe gemacht, nach dieser Steuerung zu suchen.

Ihn, der erst vor ein paar Monaten nach Hope gekommen war, sahen die anderen scheel an. Er gehörte nicht wirklich zu ihnen. Er gehörte nicht zur ersten Generation, zu den Männern und Frauen, die von Rocco geknechtet und von Amphis und anderen Außerirdischen angegriffen worden waren. Wer ihn sah, dachte nicht daran, daß die Menschen auf der Erde während der Zeit der Giant-Invasion wesentlich schlimmer dran gewesen waren. Niemand erinnerte sich bei seinem Anblick an die stumpfsinnigen, ausgemergelten Menschen, die nicht einmal in der Lage gewesen waren, sich ohne besonderen Befehl ihrer Unterdrücker selbst zu ernähren.

Der 43jährige Mann mit dem Zentnerbauch und den Hängebacken jedenfalls schien immer satt geworden zu sein.

Vor der Invasion war er einer unter vielen gewesen.

Danach war er innerhalb weniger Monate zu *dem* Experten auf dem Gebiet der Hyperraumphysik geworden.

Mit Kleinigkeiten gab er sich nicht ab. Er hatte seine Doktorarbeit über die Wirkungsweise der Transitionstriebwerke der Giants geschrieben, darin Verbesserungsmöglichkeiten aufgezeigt und nicht begreifen können, daß andere Wissenschaftler ihm nicht zu folgen vermochten, weil ihnen dafür das Grundsatzwissen fehlte. Die Supermathematik der Mysterious war dafür nötig, und die beherrschte kaum jemand auf der Erde.

Die Ausnahmen waren Anja Field und Tim Acker.

Anja hatte ihr Wissen durch Mentcaps erhalten und hart daran gearbeitet, es zu erhalten und zu vergrößern. Acker war es regelrecht in den Schoß gefallen. Er hatte sich auf Anja Fields Unterlagen gestürzt, begriffen, was diese Mathematik ermöglichte, und arbeitete nun damit.

Er konnte stundenlang über die Intervallfeld-Technologie der Mysterious diskutieren und versetzte Vandekamp, der viel länger als Acker mit dieser Technik vertraut war, dabei immer wieder ins Staunen. Aber all sein Wissen und seine geniale Auffassungsgabe halfen ihm nicht, das Steuerungselement zu finden. In diesem Punkt schienen die sonst so logisch denkenden Mysterious von ihren Konstruktionsschemata völlig abgewichen zu sein.

Aber warum?

»Pause!« verordnete Tim Acker sich selbst.

Kein Mensch, auch er nicht, konnte wochenlang vergeblich an einem bestimmten Problem arbeiten, ohne dabei betriebsblind zu werden.

Acker verließ Deluge. Er mußte zwischendurch wieder etwas anderes sehen und Abstand zu seiner Arbeit gewinnen. Er benutzte den Transmitter, um Kontinent 4 zu erreichen.

Solange das kontinentale Intervallfeld Deluge umgab, war dies die einzige Möglichkeit, kommen und gehen zu können. Auf Kontinent 4 war meist ein Scoutboot stationiert, das den Pendelverkehr nach Main Island aufrecht erhielt.

Zusammen mit einer gewaltigen Ladung Obst und Getreide erreichte Acker Cattan. Kontinent 4, in der tropischen Zone Hopes gelegen, grünte und blühte in kaum glaublicher Pracht. Hier konnten bis zu sechs Ernten pro Jahr eingefahren werden. Aber das reichte gerade knapp aus, die Menschen in Cattan zu versorgen. Falls die Bevölkerungszahl wieder anstieg, waren die Probleme nicht mehr zu lösen. Früher einmal hatte es um die Stadt herum großangelegte Felder gegeben, aber nach einem Angriff fremder Raumschiffe war alles zwischen der Stadt und den Bergen in einem gigantischen Atomorkan untergegangen. Der Boden war verglast, und die Menschen konnten froh sein, daß ein Experiment mit Amphi-Energietechnik wenigstens die harte Strahlung in extrem kurzlebige, »weiche« umgewandelt hatte. Denn sonst wäre es überhaupt nicht mehr möglich gewesen, den Schutzschirm über der Stadt jemals wieder abzuschalten.

Im Moment war er abgeschaltet. Die Stadt lag unter strahlendem Sonnenschein. Versonnen betrachtete Tim Acker seine beiden voneinander fortstrebenden Schatten, nachdem er aus dem Scoutboot geklettert war.

Als er stehenblieb, um sich umzuschauen, wurde er beiseite

gedrängt. Er stand anderen im Weg, die die Fracht des Scoutbootes auszuladen begannen. Kleincontainer wurden auf Antigrav-Platten gepackt und zur Stadt hinüber dirigiert. Lebensmittelnachschub für Cattan...

Acker war erst zweimal in der Stadt gewesen, seit er sich auf Hope befand. Er ließ sich Zeit und nahm das Panorama in sich auf. Eine Unmenge entlang der Straßen aufgereihter Einheitshäuser bildete das Zentrum.

Am Rand waren dann kleinere Wohneinheiten errichtet worden. Zwischen der Stadt und dem Blue River ragte ein bizarres Fragment aus Stahl und Plastik auf: die Reste des einst von den Amphis zusammengeschossenen Kolonistenraumers GALAXIS. Man hatte die zerschmolzenen Trümmer stehengelassen als ewiges Mahnmal an die ersten Monate auf Hope, an die Entbehrungen und Katastrophen, mit denen die Menschen damals hatten fertigwerden müssen.

Es schien schon so unendlich lange zurückzuliegen, dabei war es noch keine zwei Jahre her...

Am Blue River tummelten sich sonnen- und wasserhungrige Menschen. Acker wußte, daß es gefährliche Bestien im Fluß gab. Aber wasserdurchlässige Energiesperren hielten die Raubfische und andere gefräßige Monster von den Menschen fern.

Acker schlenderte zu Fuß in Richtung Stadt. Man mußte ja schließlich ein wenig Ausgleichssport betreiben, und ein gemütlicher Spaziergang war für den Hyperphysiker genau die richtige Sportart. Ein wenig Bewegung, aber nicht zu anstrengend. Sport, der für Schweißausbrüche sorgte, fand Acker höchst ungesund. Man mußte dazu eine Menge trinken, um den Wasserhaushalt des Körpers wieder auszugleichen, aber wenn der Magen voll mit Flüssigkeit war, paßte weniger Essen hinein. Es war Ackers Art, das alles sorgfältig abzuwägen und von der praktischen, logischen Seite her zu sehen.

Ein zweites Scoutboot startete gerade mit aufbrüllendem Plasmatriebwerk und jagte in Richtung der Blue River Mountains davon.

Acker entsann sich, daß es insgesamt nur noch zwei dieser Kleinraumschiffe auf Hope gab, die anderen waren im Laufe der Zeit zerstört worden. Früher einmal waren es Beiboote der GALAXIS gewesen. Immerhin verfügten auch sie über den ›Time‹-Effekt, der es ihnen erlaubte, ihre Position praktisch in Nullzeit um die Distanz von 1,7 Lichtjahren zu *verschieben.*

Aber in letzter Zeit hatten die beiden Boote den Weltraum kaum noch gesehen. Wegen ihrer Schnelligkeit und großen Transportkapazität wurden sie vor allem für den Pendelverkehr nach Kontinent 4 benötigt. Hopes weite, sturmgepeitschte Ozeane mit Schwebern zu überqueren, war wesentlich riskanter.

Außerdem wollte man sich in einem der relativ langsamen Schweber nur ungern irgendwo auf freier Strecke zwischen den Inselkontinenten von einem Strahlenalarm überraschen lassen. Wenn sich wieder einer der kosmischen Strahlenstürme ankündigte, blieb den Insassen nicht sehr viel Zeit, sich in Sicherheit zu bringen.

Das Scoutboot überflog das Bergmassiv. Dort befanden sich die meisten der Geschützstellungen, die die Stadt gegen Angriffe aus dem All verteidigen sollten. Acker wunderte sich, daß das Boot nicht bei einer dieser Kampfstationen landete. Also kein Versorgungsflug. Aber was gab es jenseits der Berge, hinter denen das Raumboot jetzt als winziger Lichtpunkt verschwand?

»Nicht mein Problem«, brummte er, ohne zu ahnen, daß genau das schneller sein Problem werden würde, als er gedacht hatte.

Wer die bullige Maschine zum ersten Mal sah, konnte sich kaum vorstellen, daß mit den mächtigen Greifern Millimeterarbeit möglich war. Ralf Mader hatte die Hände über dem Kopf zusammengeschlagen, als er das Allzweckgerät heranrollen sah. »Sind die in der Verwaltung denn jetzt endgültig verrückt geworden? Wenn wir dieses Ungetüm einsetzen, können wir ja gleich Plastyt nehmen und die ganze Stadt in die Stratosphäre blasen...!«

Der Flugdozer gehörte dem Prospektoren-Ehepaar Art und Jane Hooker. Es war ein Universalgerät, das sich zu Land, zu Wasser und in der Luft gleichermaßen bewegen konnte. Es bewegte sich auf breiten Plastikraupen, flog wie ein Hubschrauber und vermochte, wenn es sein mußte, sogar zu tauchen. Zudem war es mit starken Greifern ausgestattet, an denen verschiedentliche Werkzeuge befestigt werden konnten.

Im Laufe der Zeit war der Flugdozer auf Hope beinahe zu einer Legende geworden. An Bord der GALAXIS war er in seine Einzelteile zerlegt gewesen; die Hookers hatten ihn nach Hope *geschmuggelt.* Aber die Maschine hatte inzwischen wiederholt ihre Nützlichkeit erwiesen, und niemand störte sich mehr daran, daß sie einst mehr oder weniger illegal zum *Planeten der Hoffnung* gebracht worden war.

Art Hooker und seine Frau hatten damals recht gute Gründe gehabt, auszuwandern, aber ihnen fehlte das Kapital, den Flugdozer offiziell verschiffen zu lassen.

Der Dozer stoppte.

Art Hooker sprang ins Freie, um Mader zu begrüßen.

Der Archäologe seufzte. »Wollen Sie mit Ihrem Bagger alles ruinieren, bevor wir überhaupt angefangen haben?« protestierte er.

»Ruinieren?« Hooker lachte leise auf. »Was haben Sie eigentlich für eine Vorstellung von unserer Arbeit?«

Mader winkte ab. »Sie sollen uns bei den Ausgrabungen helfen. Aber, Hooker, das geht nicht mit diesem Monstrum. Sie würden viel mehr zerstören, als Sie bergen könnten. Wie wäre es, wenn Sie Ihren Bagger nähmen und wieder nach Cattan zurückflögen, oder nach Vier, oder woher auch immer Sie gerade gekommen sind?«

Art Hooker grinste. »Sie liegen falsch, mein Bester.« Gönnerhaft klopfte er dem Archäologen auf die Schulter und zuckte im nächsten Moment zurück. »Oha, Mader...«

»Was haben Sie?« stieß der Archäologe irritiert hervor.

»Das staubt ja... fürchterlich! Bringt das Ihr Beruf mit? Sie sind ja völlig von Staub übersät!«

Mader starrte ihn an und runzelte die Stirn. »Sie wollen mich auf den Arm nehmen!«

Art Hooker schüttelte den Kopf. »Das, mein Bester, würde ich mir doch niemals erlauben. Darf ich Ihnen nun wenigstens verraten, weshalb wir hier sind?«

»Weshalb Sie hier sind, weiß ich nicht«, konterte der Archäologe. »Aber ich weiß, warum *ich* hier bin, und auch meine Leute. Um herauszufinden, was es mit dieser Stadt auf sich hat. Und dabei können Sie nur stören.«

»Das mag sein«, gestand Hooker. »Aber wir sind ja auch nicht hier, um Ausgrabungen durchzuführen.«

»Sondern?« zeigte Mader sich verblüfft.

Ein weiterer, breitschultriger Mann kam heran. Er war aus dem Scoutboot gestiegen, das nur wenige Minuten vor dem Auftauchen des Flugdozers gelandet war.

»Ben Mallony«, stellte er sich vor.

»Ich weiß«, erwiderte Mader trocken. »Sie und Ihre... äh... Leute kennt in Cattan ja wohl jeder.«

»Wie schön«, gab der aus Ohio, Terra, stammende Mallony nüchtern zurück. Er konnte an Maders Gesichtsausdruck ablesen, daß der beinahe ›Bande‹ statt ›Leute‹ gesagt hätte. Okay, es waren recht rauhbeinige Gesellen, deren Umgangsformen nicht immer akademisch waren. »Dann wissen Sie ja, womit die Hookers, Renoir und Tofir gemeinsam mit meiner Crew auf Kontinent 4 beschäftigt waren.«

»Waren?« Mader horchte auf.

Mallony grinste. »Momentan sind wir ja hier, nicht wahr? Nun, wir vermuten, daß sich hier eine weitere Tofirit-Lagerstätte befindet.«

Der Archäologe erblaßte. »Doch wohl nicht – nicht *unter* dieser Stadt? Sind Sie irre? Sie wollen doch wohl nicht alles abreißen und einplanieren, woran wir arbeiten, nur um an dieses verdammte Schwermetall zu gelangen?«

»Machen Sie bloß nicht die Pferde scheu«, mahnte Mallony. »Wir haben nichts dergleichen vor. Wir wollen nur prüfen, ob dieser Verdacht stimmt.«

»Was ist das überhaupt für ein Verdacht?«

Art Hooker zuckte mit den Schultern.

»Einer Ihrer eigenen Leute, Mader, hat mit einem Geographo-

herumgespielt, nicht wahr?«

»Sicher«, bestätigte Mader. »Das ist notwendig. Wir mußten herausfinden, ob sich unterhalb dieser Stadt noch weitere Schichten befinden, die für unsere Forschungen wichtig sein können. Vielleicht ist Ihnen Troja ein Begriff. Da ist auch die eine Stadt auf den Trümmern der anderen erbaut worden, wieder und wieder, mehr als ein halbes Dutzend mal. Oder Dresden und Berlin. Diese heutigen Städte sind ebenfalls auf der Asche ihrer vor hundert Jahren zerstörten Vorgänger aufgebaut worden.«

Er wies mit ausgestrecktem Arm auf die Ruinen einer uralten, verlassenen Stadt. Sie war schon ziemlich bald nach der Landung der GALAXIS entdeckt worden, als der damalige Stadtpräsident Rocco Scoutboote aussenden ließ, um den ganzen Planeten zu kartographieren. Mader war selbst dabei gewesen, als die Ruinenstadt entdeckt wurde. Eine erste C_{14}-Analyse hatte seinerzeit ergeben, daß sie vor rund 20 000 Jahren in einem atomaren Orkan untergangen war. Auch heute noch gab es hier und da Strahlungsquellen, und so manches Tier, das durch die Ruinen huschte, war schwach radioaktiv.

Niemand wunderte sich darüber, daß es trotz dieser Strahlung in und rund um die Stadt eine vielfältige Fauna und Flora gab. Man erinnerte sich an die Reaktorkatastrophe von Tschernobyl auf Terra; bereits im ersten Jahrzehnt nach dem Durchbrennen des Reaktors wucherte tierisches und pflanzliches Leben dort geradezu.

Was allerdings den Menschen, die durch die freigesetzte Strahlung unmittelbar geschädigt worden waren, wenig half. Sie hatten sich nicht mehr an die radikal veränderten Umweltbedingungen anpassen können. Mutter Natur korrigierte sie recht bald aus der Weltgeschichte hinaus.

Ähnlich mochte es hier gewesen sein. Die Bewohner der Stadt waren längst zu Staub zerfallen, aber in den verstrahlten Ruinen blühte angepaßtes Leben.

Erste Vermutungen, die Stadt sei in einem Atomkrieg zerstört worden, hatten sich bisher nicht bestätigt. Man hatte bislang keine weiteren, gleichartigen Städte gefunden. Jene Ruinenstadt auf Deluge, vor dem Eingang zum Höhlensystem, war viele Jahrtausende jünger. Als sie erbaut worden war, hatte es die Stadt auf Main Island längst nicht mehr gegeben. Auch die Architektur wies nicht die geringste Ähnlichkeit auf. Die Stadt auf Main Island hatte die ungefähre Form eines großen Ovals; was von den Bauwerken noch stand, waren fensterlose Quader und schlanke Türme, die bis zu dreißig oder mehr Stockwerke emporgeragt haben mußten. Die Stadt der Mysterious auf Deluge war dagegen von kleineren Bauten geprägt gewesen, deren Grundform das Siebeneck war – bis hin zur Form der Fenster und Türen. Aber jene Stadt gab es längst nicht mehr. Sie war von Roccos Rollkommando vernichtet worden, als man versuchte, Ren Dhark und seine Gefährten aus dem Höhlensystem herauszubomben. Ein riesiger Erdrutsch hatte nach der Sprengorgie die gesamte Stadt – und Roccos Männer – unter sich begraben...

Die dortigen Ruinen wieder auszugraben und zu erforschen, dafür fehlte das Geld und auch die Arbeitskraft. Bei der Stadt auf Main Island sah es anders aus: Hier waren die Reste frei zugänglich. Und der Archäologe Mader hatte dem neuen Stadtpräsidenten die Genehmigung abgetrotzt, mit seinem Team graben und forschen zu können.

Er hatte inzwischen noch weitere personelle und materielle Unterstützung angefordert. Und jetzt kamen Hooker und die anderen mit ihrem Flugdozer.

Erst jetzt, da Hooker erklärt hatte, aus einem anderen Grund hier zu sein, fiel Mader auf, daß es von der Stadtverwaltung noch keine Bestätigung gegeben hatte, daß sein Antrag genehmigt worden sei. Er rang mit sich, was er als verabscheuungswürdiger ansehen sollte – diese Ignoranz der Schreibtischtäter in Cattan, oder das Auftauchen dieses gepanzerten Allzweckgerätes, das in lebensfeindlichen Giftgasatmosphären oder sogar im Vakuum operieren konnte.

Ehe der Archäologe diesbezüglich zu einem Entschluß kam, fuhr Art Hooker bereits fort: »Der Anzeige des Geographons zufolge müßte sich hier ein weiteres Tofiritlager befinden, ähnlich dem auf

Kontinent 4 oder auf dem Planeten Jump.«

Von einem Planeten Jump hatte Mader noch nie etwas gehört. Er hatte sich auch nie sonderlich für das rotfunkelnde Superschwermetall interessiert, das Achmed Tofir nach sich benannt hatte und das über verblüffende Eigenschaften verfügte – das zum Beispiel in der Lage war, Hyperfunkwellen extrem scharf zu bündeln und immens zu verstärken, und das nur unter größten Schwierigkeiten abbaubar war. Vor diesem Metall hatten allem Anschein nach vor tausend Jahren sogar die Mysterious kapituliert.

Aber jemand mußte Tofirit auf Kontinent 4 abgebaut haben. Es gab entsprechende technische Einrichtungen, auf welche die Menschen allerdings bisher noch keinen Zugriff hatten. Sie mußten ihren eigenen Weg gehen, an das rubinrote Schwermetall heranzukommen.

»Hier, unter der Stadt?« keuchte Mader auf.

»Halten Sie das für ungewöhnlich?« fragte Mallony. »Es wäre doch zu unwahrscheinlich, wenn es dieses Erz nur an einer Stelle des Planeten gäbe, wenn es sogar auf anderen Welten vorkommt. Vielleicht«, er grinste Hooker an, »existieren sogar im Sol-System Tofiritvorkommen. Du hättest seinerzeit vielleicht nicht in den Tycho-Minen auf dem Mond schürfen sollen oder im Asteroidengürtel, sondern da, wo es wirklich etwas zu holen gibt.«

Der Prospektor zuckte nur mit den Schultern. An jene Zeiten erinnerte er sich nur ungern. Sie führten ihn automatisch in jene Rebellenzeit zurück, in der er ein höchst unbequemer Captain der Solaren Streitkräfte gewesen war...

Und ein Geächteter...

Das war lange vorbei. Seit Hope.

»Und jetzt wollen Sie also nach diesem Metall buddeln und uns hier alles kaputtmachen«, vermutete Mader. »Verlassen Sie sich darauf, daß ich mich beim Stadtpräsidenten beschweren werde!«

Mallony sah Hooker kopfschüttelnd an. »Der macht uns hier die Pferde scheu, ehe wir überhaupt den Sattel auflegen können«, knurrte er. »Weißt du was, Art? *Wir* beschweren uns beim Stadtpräsidenten.«

Hooker winkte ab. »Mader«, sprach er den Archäologen wieder an. »Wir wollen zuerst einmal nur überprüfen, was das Geographon Ihres Kollegen gemeldet hat. Es kann auch irgend etwas anderes sein, nicht unbedingt Tofirit. Und selbst wenn wir hier Tofirit finden, bedeutet das noch längst nicht, daß wir Ihre wertvollen Schuttmassen umpflügen. Das Vorkommen auf Kontinent 4 ist unmittelbar erreichbar, hier müßten wir erst einen Förderschacht abteufen und ein technisches Brimborium auf die Beine stellen, für das momentan bestimmt niemand Zeit und Geld hat. Also halten Sie erst mal die Luft an und lassen uns machen. Sie dürfen uns auch gern auf die Finger schauen und stoppen, wenn Sie Ihre Arbeit in Gefahr sehen. Ist das okay so, Sir?«

Mader grummelte etwas Unverständliches vor sich hin. Aber er schien immerhin halbwegs gewillt zu sein, dieses »Friedensangebot« wenigstens zu überdenken.

»Sagen Sie, Hooker«, brummte er nach einer Weile. »Wieso wissen eigentlich Sie von diesem Metallvorkommen – und ich nicht?«

Der Prospektor grinste.

»Da sollten Sie vielleicht Ihren Kollegen fragen, der die Auswertungen womöglich nicht komplett an Sie weitergegeben hat. In der Stadtverwaltung liegen sie jedenfalls vor. Deshalb hat der Stadtpräsident uns ja auch hergeschickt. Wissen Sie, Mader, wenn meine Mitarbeiter mich so eiskalt auflaufen lassen würden und darauf verzichteten, mich über so wichtige Dinge zu unterrichten, würde das nächste wichtige Ding meinerseits sein, auf deren Mitarbeit zu verzichten...«

»Das sind Dinge, die verstehen Sie nicht«, murrte Mader. »Ihnen fehlt eben der richtige Teamgeist...«

Und dann begriff er beim besten Willen nicht, warum Hooker und Mallony in Gelächter ausbrachen!

Tim Acker war bei der Ausübung seines ›Ausgleichssports‹ vielleicht dreihundert Meter weit gekommen, als ihm etwas einfiel.

Im Scoutboot befand sich seine Marschverpflegung!

Andere nannten es schlicht Freßpaket.

Auch wenn Acker ein paar Tage Urlaub machte, wollte er doch nicht auf das *Notwendigste* verzichten. Deshalb hatte er von Deluge ein paar ausgesuchte Leckereien mitgenommen, die er während seines Urlaubs verzehren wollte. Der Scoutboot-Pilot hatte ihn beim Verladen des umfangreichen Paketes kopfschüttelnd gefragt: »Wird das eine Lebensmittelspende für Cattan, Sir?« Worauf Acker mit gestrecktem Zeigefinger auf seinen offenen Mund deutete und dem Piloten freundlich beschied: »Die Gemüsefracht von diesem Kontinent kommt in Cattan in die Viktualiendepots, und meine Marschverpflegung kommt da hinein, Mister Scott.«

Und jetzt hatte er seine Marschverpflegung im Scoutboot vergessen!

Nun ja, normalerweise kümmerten sich andere ums Gepäck. Daß auf Hope die Uhren ein wenig anders gingen, daran mußte er sich erst einmal gewöhnen.

Also machte er auf dem Absatz kehrt und marschierte zurück. Dabei wurde er von mehreren Schwebern überholt, die vor dem Scoutboot landeten. Acker beschloß, einen der Piloten um einen Gefallen zu bitten. Der Mann konnte ihn und seine Lukullitäten doch auf dem Rückflug zur Stadt im Schweber mitnehmen. Schließlich war nicht einzusehen, den Weg zweimal zu Fuß zurückzulegen. Man sollte nichts übertreiben, auch nicht den Ausgleichssport. Außerdem hatte die Marschverpflegung auch ihr Gewicht.

Frachtcontainer wurden aus den Schwebern in das Scoutboot umgeladen. Als Acker eintraf, war der Ladevorgang erledigt.

Acker turnte schnaufend ins Boot zurück und suchte nach seinem Freßpaket. Die Viertelzentnerkiste hatten die Schauerleute garantiert im Frachtraum zurückgelassen, weil sie nicht auf der Ladeliste verzeichnet war.

Acker seufzte. Diese Stapelkünstler hatten die neue Ladung so aufgebaut, daß an nichts mehr richtig heranzukommen war.

Noch während der Professor versuchte, sich zwischen zwei Containern hindurchzuzwängen, hörte er das Plasmatriebwerk anlaufen. Hastig trat er den Rückzug aus dem Frachtraum an und erstürmte den Vorderteil, den sich Besatzung und Passagiere teilen konnten. Als er auf den Piloten zustürmte, ruckte das Scoutboot eben an.

»Noch nicht starten, Mister Scott!« keuchte Acker auf.

Zu spät. Das Scoutboot hob bereits ab. Die Startbeschleunigung trieb Acker in einen der Sessel. Als die Maschine in der Luft war, sah der Pilot sich um. »Acker? Sie waren doch schon ausgestiegen! Was machen Sie denn schon wieder hier?«

»Zumindest trage ich mich nicht mit der Absicht, wieder nach Kontinent 4 zurückzufliegen!« stellte Acker klar. »Ich hatte noch etwas vergessen! Können Sie nicht noch mal landen?«

»Ach, Ihr *Freßpaket*«, grinste Arly Scott. »Das ist längst ausgeladen worden. Da Sie's beim Aussteigen nicht mitgenommen haben, habe ich's doch als großzügige Lebensmittelspende deklariert und einem der Viktualienlager zuteilen lassen...«

»Ich bringe Sie um, Scott!« ächzte Acker. »Wissen Sie, daß Sie mich damit zum Hungertod verurteilen? Bitte kehren Sie sofort nach Cattan um! Ich muß das rückgängig machen, ehe sich jemand an den Köstlichkeiten vergreift!«

»Mann!« stöhnte der Pilot auf. »Wie stellen Sie sich das eigentlich vor? Haben Sie eine Vorstellung davon, was eine Umkehr kostet? Die Stützmasse fürs Plasmatriebwerk gibt's auch auf Hop nicht umsonst! Ich nehm' Sie wieder mit zurück, wenn wir den Krempel da 'rausgeschmissen haben.« Dabei deutete er nach hinten zum Frachtraum.

Seufzend machte Acker es sich im Sitz etwas bequemer. »Wo geht es denn überhaupt hin?« wollte er wissen.

»Wir fliegen nur ein bißchen über den Berg, Ausrüstung in die Ruinenstadt bringen. Interessieren Sie sich für Archäologie?«

Acker schüttelte den Kopf. Altertumsforschung war wirklich nicht sein Fall.

Jane Hooker hatte es bei Ralf Mader leicht, Sympathiepunkte zu gewinnen. Die junge Frau hakte sich einfach bei ihm unter. »Zeigen Sie mir die Stadt?« fragte sie mit schelmischem Lächeln. »Wo hatten die Erbauer ihre Tanzpaläste, Kinos und den Stadtpark mit den uralten, schattigen Bäumen, in die die Verliebten ihre Namen geritzt haben?«

»Hä?« machte der Archäologe. »Wollen Sie mich auf den Arm nehmen?«

Jane schüttelte den Kopf.

»Aber niemals, Ralf! Ich darf Sie doch Ralf nennen, oder? Während mein Mann und Ben den ganzen langweiligen technischen Kram aufbauen, können Sie doch meine Neugierde stillen! Ich interessiere mich *wirklich* für Ihre Arbeit...«

Mader ließ sich tatsächlich ablenken. Er glaubte plötzlich, bei Jane Hooker einen Stein im Brett zu haben, führte sie in die Ruinenstadt hinein und begann mit langatmigen Erklärungen.

So hatte Jane früher schon Marc Etzel eingeseift, den einstigen Stellvertreter Ren Dharks als Stadtpräsident von Cattan. Wenn die hübsche Jane Hooker mit den Wimpern klimperte, hatte Etzel ihr förmlich aus der Hand gefressen.

Mader erging es nicht viel anders. Auch er war Mann genug, auf den ältesten Trick der Welt hereinzufallen.

Jane heuchelte krampfhaft Interesse.

Das stachelte Mader an, noch tiefer in die rhetorische Kiste zu greifen und detailliert zu erklären, was er und sein Team hier taten und bereits herausgefunden hatten. Jane hörte geduldig zu. Sie stellte sogar Verständnisfragen, was Mader noch weiter motivierte. Während Mader abgelenkt war, konnten Art und die anderen in Ruhe ihre Tiefenmessungen vornehmen. Jane ließ die Erklärungen des Archäologen an sich vorbeiplätschern und fragte sich, was passieren würde, wenn die Männer tatsächlich ein Tofiritlager unter der alten Stadt entdeckten.

Aber die Daten, die das Geographon Maders fleißigem Mitarbeiter geliefert hatte, waren nicht absolut eindeutig. Die Anzeige konnte auch etwas anderes bedeuten.

Vielleicht wieder eine Höhle mit Mysterious-Technologie – und möglicherweise einem weiteren Ringraumer...

Jane lachte auf.

Mader zuckte zusammen. »Habe ich gerade was Falsches gesagt?« wollte er bestürzt wissen.

»Aber nein«, wehrte die Frau des Prospektors ab und suchte nach einer Ausrede, um nicht erkennen zu lassen, daß sie die letzten drei Minuten doch nicht richtig zugehört hatte. »Eine Ihrer Formulierungen erinnerte mich an eine witzige Situation, die ich vor ein paar Jahren mal erlebte.«

Natürlich wollte Mader mehr darüber wissen. Jane schaffte es aber mit einem bezaubernden Lächeln und weiteren Ausreden, ihn wieder davon abzubringen.

Plötzlich blieb sie stehen und erkundigte sich: »Was ist denn das da?«

Mader stutzte. »Was meinen Sie, Jane?«

»Da hat doch etwas metallisch geschimmert! Jetzt will ich aber wissen, was das ist...!«

Sie setzte sich in Bewegung.

Mader folgte ihr zögernd. Er stellte gerade fest, daß dieser Teil der Stadt ihm relativ unbekannt war. Kein Wunder, denn die Ausdehnung des Ruinenfeldes übertraf die Cattans erheblich. Bisherigen Schätzungen zufolge mußte die Einwohnerzahl der Stadt zur Zeit der Zerstörung bei etwa einer Viertelmillion gelegen haben.

Stellenweise waren die Häuser noch gut genug erhalten, um aus der Architektur und der Zahl und Lage der Räume sowie der Fundament-Masse Rückschlüsse auf die Bewohnerzahlen ziehen zu können.

Die Archäologen hatten sich bisher nur um einen winzigen Teil kümmern können. Maders Pedanterie hatte dann auch dazu geführt, daß sich alle Arbeiten auf diesen winzigen Teil konzentrierten. Was sich ein paar Straßenzüge weiter befand, war noch *terra incognita* – unbekanntes Land. Immerhin hatte man schon einen beachtlichen Überblick gewonnen.

Maders Erzählungen blähten diesen Überblick allerdings zu ein universumumspannenden Geschichte auf.

Irgendwie war Jane Hooker froh, daß ihre Entdeckung den trokkenen Redefluß des Archäologen unterbrochen hatte. Sie lief voraus und erreichte die Stelle, an der sie den metallischen Schimmer bemerkt hatte.

Zwischen zwei Hausruinen lag ein Trümmerfeld. Es sah aus, als sei so etwas wie eine größere Überdachung zusammengebrochen. Und darunter ragte das Metallische hervor.

»Kein Tofirit«, stellte Mader beinahe triumphierend fest.

Jane verzog das Gesicht. Er hatte also doch nicht alles vergessen, und kaum daß er vom Erzählen abgehalten wurde, dachte er wieder an die Ursache seines mehr oder weniger stillen Grolls.

»Aber auch kein Unitall«, hielt sie ihm mit gewolltem Spott entgegen.

»Das war ja auch nicht zu erwarten, Jane«, erklärte Mader. »Die Mysterious haben bekanntlich mit dieser Stadt nichts zu tun. Als sie auf Hope lebten, war diese Stadt längst zerstört.«

Jane gab zu bedenken: »Wir wissen eigentlich kaum mehr, als daß die Mysterious Hope vor etwa tausend Jahren *verlassen* haben. Wann die Besiedelung erfolgte, ist unbekannt. Vielleicht waren sie auch vor 20 000 Jahren schon hier.«

»Unwahrscheinlich«, behauptete Mader. »Dann müßte es viel mehr Hinterlassenschaften auf diesem Planeten geben. Wer zwanzig Jahrtausende und länger irgendwo lebt, der beschränkt sich nicht nur auf einen Inselkontinent. Schauen Sie sich Terra an. Da gibt es den modernen Menschen seit vielleicht 50 000 Jahren, seine halbtierischen Vorfahren um vieles länger. Aber es hat keine 20 000 Jahre gedauert, bis die Menschheit sich von ihrem Ursprung auf dem afrikanischen Kontinent über den ganzen Planeten ausgebreitet hatte.«

»Hm«, machte Jane. In terranischer Frühgeschichte war sie nicht sonderlich firm. Aber Mader mußte es wissen – es gehörte zu seinem Beruf.

Er hockte sich neben ihr nieder. Seine Hände strichen über das Metall. »Seltsam, daß wir das nicht schon früher entdeckt haben«, brummte er. »Muß eine größere Fläche sein. Ob das Sonnenlicht...?« Er drehte den Kopf und sah nach oben, zu den beiden hell strahlenden Col-Sonnen, die auch hier Urlaubstemperaturen vermittelten.

»Vielleicht die Perspektive«, überlegte Jane. »Ist schon mal jemand zu Fuß an dieser Stelle gewesen? Oder haben die Beobachtungen aus der Luft stattgefunden? Vielleicht läßt sich das Metall nur von hier aus entdecken.«

»Vielleicht«, murmelte Mader geistesabwesend. »Diese Platte hat eine Bedeutung. Wir müssen sie freilegen und schauen, was sich darunter befindet.«

Er wischte weiter mit den bloßen Händen Staub und Steinchen beiseite.

»Wir brauchen schwereres Gerät«, sagte Jane Hooker. »Wenn die POINT OF mit ihren Flash hier wäre, könnte man mit dem Dust-Strahl die Schuttmassen über der Platte auflösen. Warten Sie, Ralf... es sind doch zwei Kugelraumer hier. Die VIGO und die VESTA. Wenn einer der Raumer mit Pressorstrahlen...«

»Sind Sie wahnsinnig?« heulte Mader auf. »Mit solchen Gewaltmaßnahmen wollen Sie hier alles zerstören? Sie wissen ja gar nicht, was sich vielleicht in diesen Trümmern befindet, die Sie so achtlos als Schuttmassen bezeichnen! Wir müssen das Material sorgfältig, Schicht für Schicht, abtragen, und dann die Metallplatte heben. – Wenn es tatsächlich eine Platte ist. Vielleicht ist es auch ein komplettes Gebilde, das tief in den Boden reicht. Da können wir doch nicht einfach mit der Holzhammermethode alles kurz und klein schlagen!«

Er richtete sich auf.

»Soweit ich weiß, lassen sich die Pressorstrahlen der Giant-Raumer auch gar nicht so exakt dosieren, wie Sie sich das vielleicht vorstellen. Wir würden die halbe Stadt zerstören.«

»Na schön«, lenkte Jane Hooker ein. »Dann nehmen wir eben den Flugdozer...«

Als Tim Ackers Scoutboot landete, war man gerade dabei, die Platte freizuräumen.

Nur einer von Ben Mallonys Leuten war am Landeplatz, um beim Ausladen zu helfen. Kurzentschlossen forderte er Acker und Scott auf, mit anzufassen.

Acker war kein Spielverderber. Allerdings sorgte er dafür, seinen körperlichen Einsatz in engen Grenzen zu halten. »Warum sollen wir uns anstrengen, wenn's doch viel einfacher geht? Wir packen nicht die Container auf die A-Grav-Platten, sondern umgekehrt!« schlug er vor.

»Umgekehrt? Wie soll das funktionieren?« wunderte sich Arly Scott.

»Platten umdrehen. Antischwerkraft wirkt nach unten, statt nach oben. Die gesamte Justierung muß nur ein wenig verändert werden. Warten Sie – ich mache das schon.«

Noch bevor die anderen protestieren konnten, hatte er bei der ersten A-Grav-Platte bereits die Verkleidung der Steuerung entfernt und machte sich an die Arbeit.

Innerhalb weniger Minuten hatten sie dann das Scoutboot entladen. Plötzlich erkannte Acker, mit wem er es zu tun hatte. »Sagen Sie, waren sie nicht früher auf Kontinent 4 stationiert? Was verschlägt Sie denn an dieses Ende der Welt?«

»Hier soll's ein Tofirit-Lager geben. Wir suchen danach«, erwiderte Jeff Mescalero.

»Hm«, brummte Acker. Tofirit war für ihn schon wesentlich interessanter als Archäologie, weil dieses Tofirit über 5-D-Effekte verfügte. Wie sonst wäre es zu erklären gewesen, daß es Hyperfunkwellen immens verstärkte und den Bündelungseffekt der Funk-Richtstrahlen noch weiter erhöhte?

Aus der Stadt kam dumpfes Brummen und Heulen. »Der Flugdozer«, erklärte Mescalero. »Sie räumen den Schutt von einer Metallfläche weg. Bin schon gespannt, was sie darunter entdecken. Vielleicht eine weitere Höhle mit einem weiteren Ringraumer, hat Jane vorhin schon vermutet. Aber das wäre doch zu schön, um wahr zu sein.«

»Na, dann will ich mir das einmal ansehen«, beschloß Tim Acker spontan.

»Und was ist mit Ihrem Freßpaket in Cattan?« erinnerte Scott.

Acker zuckte mit den Schultern. »Vielleicht können Sie's mir ja hierher fliegen?« schlug er harmlos vor.

Arly Scott tippte sich heftig gegen die Stirn. »Verdammt, was ist bloß aus mir geworden? Früher haben wir die Amphis das Fürchten gelehrt, und jetzt bin ich so was wie ein Laufbursche, oder wie?«

Acker strich sich durch das feuerrote Haar. »Nur keine Panik, Mann. Ich fliege mit der nächsten Maschine nach Cattan zurück. Ich nehme ja mal an, daß man uns hier nicht versauern läßt.«

»Ganz bestimmt nicht«, versicherte Scott. »Hier muß noch eine Menge Material angeliefert werden. Ich nehme allerdings an, daß ich wieder nach Kontinent 4 beordert werde. Die Transporte hierher fliegt normalerweise Yamatako.«

Acker entsann sich des anderen Scoutbootes, das vor seinen Augen über die Blue River Mountains in diese Richtung geflogen und längst wieder fort war, und er betrachtete die Ansammlung von Frachtcontainern. »Man scheint hier wohl etwas Größeres vorzuhaben, wie?«

»Alles Anforderungen der Archäologen«, grinste Mescalero.

»Wo ist diese Metallfläche?« wollte Acker wissen.

»Wo der Flugdozer rumort. Immer dem Krach nach«, empfahl Mescalero. »Und vielen Dank für den Tip mit den umgeschalteten Schwebeplatten.«

Tim Acker stapfte davon.

Wenig später war das Scoutboot verschwunden.

Und Tim Acker, der Urlauber, interessierte sich für eine große Metallplatte in einer Ruinenstadt!

Mader rang die Hände. Seine beiden Mitarbeiter zeigten sich ebenfalls wenig erbaut von der Brachialmethode, die schimmernde Metallplatte mit dem Flugdozer freizuräumen. Unschätzbare Werte, so Mader, wurden mit ziemlicher Sicherheit zerstört.

»Glauben Sie im Ernst, ausgerechnet hier würden Sie Dinge finden, die es sonst nirgendwo in dieser Stadt gibt?« fragte Mallony. »Diese ganze Ruinenstadt ist doch längst ausgeplündert! Was noch da war und auf die Erbauer hinwies, wurde längst von übereifrigen Hobbyarchäologen weggeschafft. Oder haben Sie zwischenzeitlich etwas gefunden?«

»Natürlich nicht. Aber vielleicht würden wir hier etwas finden«, beharrte Mader. »Jetzt natürlich nicht mehr, nachdem Ihr famoser Art Hooker mit diesem mörderischen Superbagger alles in Grund und Boden gerammt hat. Immerhin – hier gibt es diese Metallplatte.«

»Ein Fremdkörper«, behauptete Mallony. »Irgendwie erinnert mich das an Deluge. Alles zerfällt, nur ein ganz bestimmtes Metall bleibt bestehen... ob das für Hope typisch ist?«

Die anderen sahen ihn an wie ein Gespenst.

»Was willst du damit sagen, Ben?« fragte Art Hooker, der nach beendigter Räumarbeit den Flugdozer beiseite gelenkt hatte.

Mallony zuckte mit den Schultern. »Ich? Gar nichts, Art... ich denke nur laut. Wie kriegen wir jetzt diese Platte hoch? Die dürfte auch für den Dozer zu groß und zu schwer sein. Ich schätze mal, bei dieser Größe kommen wir auf ein Gewicht von mindestens 200 Tonnen! Und das alles scheint auch noch aus einem Stück gegossen zu sein!«

Tim Acker trat hinzu. »Vielleicht glauben wir nur, daß alles aus einem Stück ist«, sagte er und blickte über die große Metallfläche. Natürlich war sie nicht vollständig freigeräumt worden; überall lagen noch Erdreich und Steinbrocken herum und vermittelten einen vagen Eindruck des gewaltigen Trümmerhaufens, der diese Platte bislang bedeckt hatte, mit Ausnahme des kleinen Stückes, das Jane Hooker entdeckt hatte. So groß die Metallplatte war, so groß mußte auch das in sich zusammengestürzte Bauwerk gewesen sein, das diese Platte einmal überdacht und geschützt hatte.

»Die Mysterious haben uns doch solche Kunststücke vorgeführt, wie sich Tore fugenlos dicht schließen lassen. Vielleicht ist es hier ähnlich«, fuhr Acker fort.

»Sie meinen, es könne sich um M-Technologie in dieser Stadt handeln?« fragte Art Hooker.

»Unmöglich!« behauptete Mader sofort.

»Ich sagte: *Ähnlich*«, brummte Acker. »Wäre es vermessen zu behaupten, die sagenhaften Mysterious hätten sich diese Tricks bei den Leuten abgeguckt, die vor 20 000 Jahren mit dieser Stadt untergegangen sind?«

»Und ob das vermessen wäre«, seufzte Hooker. »Haben Sie Neunmalkluger auch eine Idee, wie wir dieser Metallplatte zuleibe rücken können?«

»Haben Sie es schon mit Gedankenbefehlen versucht?«

Maders Augen wurden groß. »Gedankenbefehle?« staunte er.

»Sagen Sie, Mader, haben Sie sich in den bald zwei Jahren, die wir nun auf Hope leben, zwischendurch auch schon mal für etwas anderes interessiert als für Ihr trockenes Fachgebiet?« fragte Hooker, um sich dann an den Professor zu wenden: »Nein, haben wir nicht. Ehe Sie nach dem Warum fragen: Das hier kann logischerweise keine Mysterious-Technik sein, auch wenn einiges darauf hindeutet, wie zum Beispiel die Unversehrtheit. Aber sehen Sie den rötlichen Schimmer?«

»Nein.«

»Wenn Sie sich hierher stellen und so schauen«, Hooker machte es dem anderen vor, »müssen Sie den Schimmer sehen. Was glauben Sie, was das ist? Ich tippe auf eine Tofirit-Legierung. Und die Mysterious haben Tofirit wohl kaum verarbeitet.«

Die Erwähnung des Tofirits ließ Mader wieder aktiv werden. »Das Metall, das vom Geographon angezeigt wurde, könnte das nicht diese Platte sein? Dann wären Ihre Anstrengungen, hier ein Bergwerk zu errichten und dabei die Ruinenstadt endgültig zu vernichten, zum Scheitern verurteilt.«

»Was bestimmt niemanden weniger freuen würde als Sie«, schmunzelte Hooker. »Aber die Daten stimmen nicht exakt überein. Das hier ist wohl noch etwas anderes.«

»Etwas, das wir enträtseln müssen. Wie bekommen wir die Platte nun gehoben?« grübelte Mallony.

Tim Acker trat auf die schimmernde Metallfläche hinaus. »So«, sagte er und schnipste mit den Fingern.

Und mitten in der Fläche entstand eine ovale Öffnung!

18.

»Wie haben Sie da das gemacht?« stieß Hooker hervor. »Doch nicht etwa mit...?«

Tim Acker nickte. »Probieren geht über Studieren«, schmunzelte der Professor. »Ich war mir nicht sicher, ob es funktionieren würde. Aber es hat funktioniert.«

»Das heißt also, daß es sich doch um M-Technik handelt?« überlegte Hooker.

Acker hob abwehrend beide Hände. »Ziehen Sie keine voreiligen Schlußfolgerungen«, warnte er. »Die Tatsache, daß diese Metallplatte auf Gedankenbefehle reagiert hat, bedeutet noch lange nicht, daß die Mysterious ihre Hände im Spiel hatten. Warum soll es nicht auch anderen gelungen sein, so etwas wie eine *Gedankensteuerung* zu entwickeln? Bitte, bedenken Sie, daß schon vor etwa 90 Jahren auf Terra entsprechende Versuche gemacht wurden. Man wollte mit den Alpha-Rhythmus-Wellen des Gehirns einfache Ein-Aus-Schalter betätigen.«

»Und?« fragte Mader skeptisch. »Hat es funktioniert?«

»Angeblich ja. Aber die Versuche sind dann nicht fortgeführt worden. Vielleicht haben die Forscher eingedenk ihrer damaligen doch recht primitiven Mittel das Verfahren als nicht sicher genug eingestuft, oder die Militärs, die damals großen Einfluß auf die Forschung hatten, wollten das Projekt nicht weiter forcieren.«

»Ich wage zu bezweifeln, daß unsere heutigen Mittel, was diese Art von Technologie angeht, weniger primitiv sind als damals«, meinte Jane Hooker.

Sie fuhr sich durchs Haar und dachte daran, wie lange es her war, daß sie die Erde gesehen hatte.

Dann konzentrierte sie sich wieder auf das eigentliche Thema.

»Sehen Sie, wenn es damals schon auf der Erde gelang, Schalter mit Gedankenkraft zu betätigen«, fuhr Acker unbeirrt fort, »warum soll dann nicht auch noch eine dritte Zivilisation auf die gleiche Idee gekommen sein? Anti-Schwerkraft ist ja immerhin auch von den Amphis, den Giants, den Nogk, den Mysterious und von wer weiß wem noch im Universum unabhängig voneinander entwickelt worden. Tja, dann wollen wir uns diesen Eingang doch mal näher anschauen.«

Und schon stapfte er los. Direkt auf die ovale Öffnung zu.

»Sehen Sie?« stieß er hervor. »Hier führt eine Art Rampe in die Tiefe.«

Die beiden Hookers und der Archäologe traten zu ihm. »Vorsicht«, warnte Art Hooker. »Wir sollten diese Rampe erst einmal untersuchen und überlegen, was dort unten auf uns warten könnte. Denken Sie an das, was Ren Dhark und seine Leute damals erlebten, als sie den Stollen betraten, der von der von Rocco zerstörten Vorhöhle zum Industriedom führte. Die Energiesperren...«

»Ach was.« Tim Acker winkte ab. Er marschierte schon los, die Rampe hinunter. »Da unten gibt's bestimmt eine Vorratskammer mit allerlei Schlemmereien.«

»Der denkt auch nur ans Essen«, seufzte Mader.

Jane hob die Brauen. »Und woran denken Sie, Ralf?«

Der Archäologe räusperte sich. Intensiv musterte er die schlanke Gestalt der Prospektorenfrau von oben bis unten. Da winkte Jane lächelnd ab. »Geschenkt, Ralf. Ich kann's mir lebhaft vorstellen, was Ihnen jetzt durch den Kopf geht.«

»Aber bestimmt nicht!« protestierte der Archäologe errötend. »Ich habe mir überlegt, was wohl in ein paar tausend Jahrhunderten meine künftigen Kollegen dazu sagen würden, Ihr versteinertes Skelett hier vorzufinden und...«

»Aaahhrrg!« machte Jane. »Vielleicht können Sie mit Ihren diesbezüglichen Gedanken warten, bis ich das Zeitliche gesegnet habe – was hoffentlich noch ein paar Tage dauert.«

»Sie alle sind ja krank!« fauchte Mader. »Meine Stadt verwüsten wollen, nur weil's da unten möglicherweise ein Tofirit-Vorkommen gibt, irgendwelche Metallplatten mit Gedankenbefehlen öffnen, nur ans Fressen denken, bloß ich darf keine beruflichen Überlegungen anstellen... bei allen Planeten, wo bin ich hier bloß hingeraten? Und nicht mal Saurier hat's auf Hope gegeben, deren Reste wir hätten finden können...«

Die beiden Hookers grinsten sich an. Dann sahen sie wieder die Rampe hinunter. Professor Acker marschierte gelassen abwärts und war schon ein paar Dutzend Meter weit vorgedrungen.

»Gleich steht er im Dunkeln«, unkte Jane.

Doch das geschah nicht. Ein eigenartiges Dämmerlicht umgab den Professor. Es schien mit ihm zu wandern, ein Lichtfleck, in dem seine beleibte Gestalt deutlich zu sehen war.

Ben Mallony trat zu den beiden Hookers. Er hatte sich ein kleines, tragbares Ortungsgerät umgehängt.

»Ich will Ihre Andacht ja nicht stören«, sagte er. »Aber diese ovale Öffnung und die nach unten führende Rampe – existieren überhaupt nicht...«

Tim Acker war nicht dieser Ansicht. Er bewegte sich auf der Rampe abwärts, sah sich einige Male um und stellte dabei fest, daß er sich eigentlich schneller bewegte, als es den Anschein hatte. Seinem eigenen Empfinden nach hatte er höchstens ein Dutzend Meter zurückgelegt, aber die Öffnung hinter ihm und die Größe der oben stehenden Personen, die er nur noch als Silhouetten sah, zeigten ihm die drei- bis vierfache Entfernung an.

»Hallo!« rief er. »Hooker, Mallony – können Sie mich noch sehen? Wie weit entfernt schätzen Sie mich?«

Er erhielt keine Antwort. Die beiden Hookers und das Rauhbein Mallony schienen in ein intensives Gespräch vertieft zu sein und nicht auf Acker zu achten. Er rief noch einmal lauter nach ihnen, wurde jedoch abermals keiner Reaktion für würdig erachtet.

Seinerseits konnte er auch nicht hören, was die drei Menschen sich gegenseitig zu sagen hatten. Dabei hätte er ihre Stimmen bis zu seinem Standort doch wahrnehmen müssen!

Die Sache wurde ihm unheimlich. Er kehrte zu den anderen zurück. In einem Tempo, das für seine Erscheinung doch recht ungewöhnlich war.

»Haben Sie mich nicht hören können, als ich Sie von da unten anrief?« erkundigte er sich und wunderte sich dann, warum die anderen ihn ansahen, als sei er ein Gespenst. »Was ist denn los?«

Mallony erklärte es ihm. »Der Anzeige dieses Gerätes zufolge gibt es die Öffnung gar nicht, durch die Sie nach unten gegangen sind, Professor. Demzufolge können Sie uns auch nicht von unten her gerufen haben.«

»Aber dann hätten Sie mich doch hier oben noch viel besser hören können«, entfuhr es Acker. »Außerdem, wo hätte ich denn sein sollen, wenn nicht in diesem Stollen?« Er deutete auf die Rampe, die nach wie vor klar zu sehen war. »Wetten, daß Ihr Ortungsgerät spinnt?«

»Aber klar!« sagte Mallony sofort. »Worum wetten wir, daß es in Ordnung ist?«

Tim Acker war sich seiner Sache sicher. Er wußte doch, was er erlebt hatte. »Um 300 Gramm Shillog!« bot er an.

Shillog war eine kulinarische Kostbarkeit vom Planeten Dorado. 300 Gramm dieses grätenlosen Fisches kosteten wenigstens zwei Monatsgehälter. Mallony ahnte nicht, daß Tim Acker diese 300 g Shillog in seinem Freßpaket mitführte, das in Cattan zurückgeblieben war, und er ahnte auch nicht, wie lange Acker gespart hatte, um sich diese Menge besorgen lassen zu können. Shillog genoß man in winzigen Portiönchen von wenigen Gramm. Trotz seiner Freßsucht war diese Menge für Tim Acker eine ganze Jahresration. Daß er sie verwettete, hätte Mallony zu denken geben sollen. Aber Mallony hatte von Shillog noch nie etwas gehört und winkte nur ab, weil er sich darunter nichts vorstellen konnte. Höchstens, daß es sich um etwas Eßbares handelte.

Trotzdem prüfte er das tragbare Ortungsgerät auf seine Funktionsfähigkeit. Dann checkte Jane Hooker es noch einmal durch. Beide kamen zu dem Schluß, daß das Gerät funktionierte.

Tim Ackers Gesicht mit den ausgeprägten Hängebacken glich

dem einer hungrigen Dogge. »Das gibt's doch nicht!« stieß er hervor, heimlich froh darüber, daß Mallony die Wette nicht angenommen hatte. »Das Gerät *muß* defekt sein!«

Das Geographon mußte her. Mit ihm versuchte Mader sein Glück.

»Metall wird angezeigt, sehr schweres Metall. Jedoch keine Hohlräume unter dieser Platte! Müßte ein massiver Block sein, oder wenn er nicht massiv ist, dann wenigstens mit Gestein gefüllt. Aber dieses Metall, diese Tofirit-Legierung, wenn es eine ist, läßt das nicht eindeutig erkennen!«

»Aber eindeutig erkennbar ist, daß es keine Hohlräume gibt?« vergewisserte sich Mallony.

»Hundertprozentig!« schwor Mader. »Mich soll der Blitz treffen, wenn's nicht stimmt!«

»Das Geographon spinnt auch!« behauptete Acker aus vollem Herzen.

Auch das Geographon wurde überprüft. Es war ebenso in Ordnung wie das tragbare Ortungsgerät, doch als Acker im nächsten Moment Mader zweifelnd ansah, platzte der wütend heraus: »Und wenn Sie mit Ihrem vorwurfsvollen Blick jetzt andeuten wollen, daß *ich* spinne, dreh' ich Ihnen den Hals um!«

»Habe ich tatsächlich einen so sprechenden Blick?« fragte Acker trocken. Mader ballte die Fäuste.

»Ich versuche es mal mit den Geräten des Flugdozers«, beschloß Jane. Sie lief zu der bulligen Maschine hinüber, die in ihrem Design an ein unheimliches, riesiges Insekt erinnerte, und verschwand in ihrem Inneren. Wenig später liefen die Rotoren an und lieferten den Auftrieb, der die Maschine in die Luft emporzog. Jane manövrierte den Dozer über die schwach rötlich schimmernde Metallfläche.

Acker und die anderen zogen sich ein wenig zurück, um sowohl dem von den Rotoren entfesselten Orkan als auch dem Lärm der Turbinen auszuweichen. Etwa drei, vier Minuten dauerte das Spektakel an, dann schwenkte der Dozer zur Seite weg und landete wieder auf seinen breiten Plastikraupen.

»Unsere Ortung zeigt die Öffnung und die Rampe auch nicht an«, erklärte Jane, nachdem sie wieder ausgestiegen war.

»Aber wir sehen sie doch!« protestierte Acker. »Und ich bin auch da unten gewesen!«

Er nahm einen Stein auf, der am ausgedehnten Rand der Metallplatte liegengeblieben war. Schwungvoll warf er ihn nach der ovalen Öffnung. Zu seiner Überraschung prallte der Stein ab und schlitterte auf dem Metall davon.

»Jetzt wird's mir aber zu bunt«, murmelte der Professor.

Er trat wieder dicht an die Öffnung und konzentrierte sich. Auf seinen Gedankenbefehl hin schloß das Oval sich, um sich Augenblicke später, dem nächsten Befehl folgend, wieder zu öffnen.

»Und was sehen wir dann hier? Was erleben wir hier, wenn die Ortungsgeräte und das Geographon nichts anzeigen?«

Sie standen vor einem Rätsel. Es war höchst unwahrscheinlich, daß alle drei Geräte defekt sein sollten. Ehe ihn jemand daran hindern konnte, stieg Tim Acker schon wieder die Rampe hinunter.

Er war zur Hälfte verschwunden, als er sich umwandte und die anderen bat: »Wie wäre es, wenn jetzt einer von Ihnen einen Stein nach mir werfen würde?«

Mallony warf. Der Stein sauste haarscharf an Acker vorbei in die Tiefe.

Der Professor kehrte zurück. Ein jetzt geworfener Stein prallte wieder ab.

»Das will ich jetzt ergründen«, stieß Acker hervor. »Auf jeden Fall! Wieso ist dieser Schacht einmal vorhanden und dann wieder nicht? Hat es vielleicht etwas damit zu tun, ob sich einer von uns im Schacht befindet?«

Auch die Hookers und Mallony waren gewillt, dieses Geheimnis zu ergründen. »Aber nicht ganz ohne Absicherung«, verlangte Art Hooker. »Ich rufe Cattan an. Da soll man wissen, was hier los ist. Für den Fall der Fälle, falls uns etwas passiert...«

»Was soll schon passieren? Höchstens werde ich verhungern«, brummte Tim Acker.

Mike Bow, nach Bernd Eylers' Rückkehr zur Erde Sicherheitsbeauftragter auf Hope, warnte die Neugierigen. »Machen Sie mir bloß keinen Unsinn! Der Stadtpräsident reißt mir den Kopf ab, wenn Ihnen etwas passiert – oder wenn Sie etwas auslösen, was Gefahr für uns alle bedeutet.«

Art Hooker lachte auf. »Bow, wir wollen doch nicht den Teufel an die Wand malen! Sie wissen doch, wie vorsichtig Jane und ich sind. Wenn wir dabei sind, kann nichts passieren.«

»Darf ich mal lachen, Hooker?« fragte Bow zurück. Die beiden Männer kannten und schätzten sich schon lange. Jeder wußte, was er vom anderen zu halten hatte. »Überall, wo Sie Ihre Nase 'reinstecken, fängt der Kochtopf doch an zu brodeln!«

»Aber diesmal haben wir es nicht mit Nogk zu tun.«

»Als auf Kontinent vier die Hölle los war, waren die Nogk nicht in der Nähe. Hooker, passen Sie bloß auf, daß nicht schon wieder etwas passiert. Vielleicht sollte ich vorsorglich die Sternschnuppe zu Ihrer Ruinenstadt beordern.«

»Lassen Sie den Unsinn bloß«, wehrte der Prospektor ab. »Außerdem ist es nicht meine Ruinenstadt, sondern die von Mader. Also Mike, Sie wissen Bescheid. Wir melden uns wieder, sobald wi mehr wissen.«

Hooker kehrte zu den anderen zurück. »Wir haben grünes Licht« erklärte er. »Trotzdem sollten wir auf Nummer sicher gehen. Kein Risiko. Ben und ich gehen nach unten...«

»Ich gehe nach unten, Hooker«, protestierte Tim Acker.

»Und ich auch!« mischte Jane sich ein. »Ben kann von hier au für unsere Sicherheit sorgen.«

Art Hooker seufzte.

»Wollen wir nicht noch ein paar Leute zu diesem Trip in di Unterwelt einladen? Vielleicht den Stadtpräsidenten?«

Jane ritt der Teufel, als sie mit funkelnden Augen sagte: »Wen der Stadtpräsident noch Marc Etzel hieße, wäre ich dafür Feue und Flamme! Aber zum Glück hat der selbst seinen Abschie genommen, und Tanakagara so hereinzulegen, lohnt sich nicht. De Mann ist zu gut...«

Ben Mallony wischte mit beiden Händen durch die Luft. »Acker ist auf die Idee mit der Gedankensteuerung gekommen. Er hat als Entdecker ein Recht darauf, Kopf und Kragen zu riskieren. Wir sollten auslosen, wer ihn begleitet.« Dabei sah er Art und Jane Hooker der Reihe nach auffordernd an. Auch dem Archäologen warf er einen fragenden Blick zu.

Mader nickte. »Ich bin dabei«, sagte er zögernd. Eigentlich besaß er nicht den sportlichen Ehrgeiz, sich in eine unkalkulierbare Gefahr zu begeben. Seine Passion war es, Jahrtausende nach einem Geschehen die Überreste jener zu bergen und zu registrieren, die in solchen Gefahren umgekommen waren, und jenes Geschehen anhand besagter Überreste möglichst genau zu rekonstruieren. Aber einerseits unterlag er einem unterbewußten, gruppendynamischen Zwang, und zum anderen ging es hier *um seine* Stadt.

Minuten später stand fest, daß Ben Mallony zurückbleiben würde. Er legte den anderen ans Herz, sich so gut wie möglich auszurüsten, damit sie auch mit größeren Problemen fertig werden konnten.

»Wenn sich diese Öffnung schließen sollte und es keinem von uns gelingt, sie mit einem Gedankenbefehl wieder zu öffnen, stekken Sie nämlich gewaltig in der Patsche«, bemerkte er. »Ich habe keine Lust, das, was sich unserer Ortung entzieht, mit der Gewalt eines Raumschiffgeschützes öffnen lassen zu müssen, um Sie zu retten.«

»Hört auf zu unken«, verlangte Jane. »Wir sind keine kleinen Kinder, Ben. Und jetzt schauen wir uns an, was da unten auf uns wartet. Vielleicht finden wir dabei heraus, warum diese ovale Öffnung von unseren Instrumenten nicht angezeigt wird, obgleich wir sie deutlich vor uns sehen und auch benutzen können.«

Mallony verteilte Amphi-Blaster und Paraschocker an die anderen. Mader nahm die beiden Strahlwaffen mit sehr gemischten Gefühlen und spitzen Fingern entgegen.

»Muß das sein?« brummte er.

»Das muß sein, Freundchen«, erklärte Mallony gelassen. »Mit dem Schocker können Sie sich Schlangen, Skorpione und

Wropprwrceks vom Hals halten, und mit dem Blaster...«

»Wropper-*was*?« ächzte der Archäologe. »Was sollen das denn für Tiere sein?«

»Keine Ahnung«, gestand Mallony trocken. »Aber vielleicht gibt's da unten welche.«

»Sie wollen mich auf den Arm nehmen!« beschwerte Mader sich.

»Ich bewundere Ihre Erkenntnisfähigkeit«, log Mallony und fuhr fort: »Den Blaster können Sie gut gebrauchen, wenn Sie von Robotern angegriffen werden oder sich den Weg aus einer Falle freibrennen müssen. Oder sich aus den Fängen eines Wropprwrceks befreien wollen. Außerdem ist er recht hilfreich, sich in einer ausweglosen Situation das Leiden zu verkürzen...«

»Sie sind ein perverses, widerliches Monstrum, Sir«, stellte Mader erschüttert fest.

»Sie müssen ja nicht nach unten gehen«, schmunzelte Mallony. »Sie können ja auch hier bleiben und abwarten, ob die anderen heil zurückkommen...«

»Bei Ihnen?« ächzte Mader. »Eher gehe ich durch die Hölle!«

Mallony verteilte weitere Päckchen.

»Was ist *das* denn?« wollte Mader wissen und betrachtete die kleinen, in Gelatinefolie verschweißten Dinge.

»Trockenfutter«, erklärte Mallony. »Für den Fall, daß Sie länger als erwartet unten bleiben müssen. Dann haben Sie wenigstens etwas zu essen. Die Konzentrate ersetzen mehrere Mahlzeiten. In den gelben Packungen befindet sich Komprex-Wasser. Vorsicht beim Öffnen. Die Flüssigkeit ist extrem verdichtet und dehnt sich beim Luftkontakt spontan aus. Sie sollten die Öffnung also am besten *aufbeißen*, damit Sie kein Wasser vergeuden.«

»*Trockenfutter*?« röhrte Tim Acker. »Mann, wollen Sie mich ermorden?«

»Sie brauchen's ja nicht zu knabbern, wenn Sie nicht wollen. Außerdem steht gar nicht fest, daß wir es tatsächlich brauchen«, verkündete Art Hooker heiter.

Acker verstaute die Päckchen in den Taschen seiner legeren Freizeitkleidung. »Trockenfraß«, murmelte er abfällig. »Und dann auch noch *Wasser*! Ein anständiger Mensch spült mit einem anständigen Schluck Cognac nach...«

»Alkohol läßt sich leider noch nicht aufs nötige Maß verdichten«, erwiderte Mallony. »Außerdem geht dabei der spezifische Geschmack des jeweiligen Getränks verloren, das statt dessen zu erstklassigem Sprengstoff wird...«

So genau wollte Acker das gar nicht wissen. Den Handscheinwerfer und das Armband-Vipho nahm er schon wesentlich zufriedener entgegen. Klein und handlich, aber immerhin mit einer brauchbaren Reichweite. »Nur unter Wasser funktioniert es nicht«, warnte Mallony.

»Ich pflege Fische zu *essen*, nicht nach ihnen zu *tauchen*«, versicherte Acker. »Haben Sie sonst noch Ratschläge und Ausrüstungsgegenstände?«

Art Hooker nahm noch einen Erste-Hilfe-Satz an sich.

»Ich denke, mehr brauchen wir nicht«, erklärte er. »Wir wollen ja keine Fünfjahresmission durchführen, sondern lediglich einen Blick auf das werfen, was jemand vor rund zwanzigtausend Jahren unter dieser Stadt angelegt hat.«

Und dann machten sie sich auf den Weg nach unten.

Ben Mallony sah sie nacheinander verschwinden und in der Entfernung kleiner werden. Auch diesmal kam es zu dem Dämmerlichteffekt, der sich mit den vier Menschen vorwärts bewegte.

Mallony rief sie über Funk an. Die Bildscheibe seines Viphos zeigte Art Hookers schmunzelndes Gesicht. »Alles klar, Ben. Der mpfang kommt hervorragend 'rein, auch wenn wir Ihre Normaltimme nicht hören können.«

»Wie vorhin bei mir«, warf Tim Acker vernehmlich ein.

»Na schön. Viel Spaß da unten«, erwiderte Mallony sarkastisch. Ihr meldet euch alle fünf Minuten, okay?«

»Sicher...«

Hooker schaltete ab.

Zum Spaß warf Mallony wieder einen Stein auf das Oval. Er chnete damit, daß der Stein im Schacht abwärts rutschen würde, a sich ja Menschen in ihm befanden und damit so etwas wie eine offene Verbindung existierte. Aber der Stein prallte ab...

Ben Mallony kratzte sich am Kopf. »Kann mir das jetzt mal einer erklären?«

19.

Die Astrophysiker Craig, Ossorn und Bentheim leisteten in Cattan wieder einmal unbezahlte Überstunden. Per Funk standen sie mit ihren Kollegen im Kreuzer VIGO in Verbindung, der Hope in stationärem Orbit umkreiste.

»Im Orbit nützt uns die VIGO nichts«, erklärte Claus Bentheim kopfschüttelnd. »Der Raumer muß ‘raus aus dem System und Messungen außerhalb des extremen Magnetfeldgürtels anstellen, den unsere beiden prachtvollen Col-Zwillinge erzeugen! Was die VIGO im Orbit anmißt, kriegen wir auch hier in der Bodenstation sauber genug ‘rein!«

»Sie glauben doch nicht im Ernst, daß Captain Narrodjo auf unseren Wunsch hin das System verläßt?« zweifelte Yve Ossorn. »Der Mann geht kein Risiko ein. Zivilcourage ist für Narrodjo ein Fremdwort!«

»Sie kennen den Kommandanten?« wunderte sich Bentheim.

Ossorn grinste nur.

Fast gelangweilt bemerkte Wren Craig: »Sie kennen diesen eitlen Gecken nicht, der mehr Wert auf den korrekten Sitz seiner Uniform legt als auf eine sinnvolle Tätigkeit? Narrodjo hat doch schon an Bord der GALAXIS gedient und ist mehr als einmal unangenehm aufgefallen.«

»Wie konnte er dann nach der Invasion Kommandant eines TF-Raumschiffes werden?« wunderte sich Bentheim.

Ossorn lachte auf. »Er war Norman Dewitt treu ergeben, und dessen Flottenchef Lloyd hat ihn als Captain eingesetzt. Als der Diktator abserviert wurde, haben Riker oder Dhark wohl nur vergessen, Narrodjo wieder zu degradieren.«

»Oder sie wollten sich als Menschenfreunde zeigen und diesem Lametta-Fan eine neue Chance geben«, warf Craig ein. »Und diese Chance will sich der gute Omar Narrodjo natürlich nicht verscherzen und tut daher nichts, was ihm nicht ausdrücklich vom Stab der TF befohlen wird. Nur interessiert sich auf Terra kein Affenschwanz dafür, ob wir auf Hope wissenschaftliche Unterstützung brauchen. Für die Verwaltung in Alamo Gordo ist doch nur noch Deluge wichtig! Wenn wir dort säßen, bekämen wir wahrscheinlich Butter in den Hintern geschmiert. Aber Deluge hat nun mal keine Astro-Station. Pech für uns...«

Wren Craig hatte schon immer einen Hang für volkstümliche Ausdrucksweisen besessen. Die verstand wenigstens jeder, nicht nur Akademiker. Aber seinen Kollegen Ossorn und Bentheim war diese volkstümliche Ausdrucksweise diesmal doch etwas zu drastisch. Ossorn pfiff Craig an, daß es eine Pracht war.

»Und wenn wir den Kommandanten der VESTA bitten zu starten und außerhalb des Col-Systems Messungen vorzunehmen?« schlug Bentheim vor.

»Kriegen wir tierischen Ärger mit Tanakagara!« winkte Craig ab. »Die Sternschnuppe soll doch Cattan schützen. Und *die psychologische Wirkung der Präsenz des Raumschiffes auf die Bürger unserer Stadt...«* Absichtlich äffte er Stimme und Tonfall des Stadtpräsidenten nach.

»Sie sollten Stimmenimitator werden, Kollege«, schlug Ossorn vor.

»Tierstimmenimitator«, murmelte Craig beinahe unhörbar, um etwas lauter fortzufahren: »Egal, wer an der Schaltstelle sitzt, sobald jemand über Entscheidungsbefugnisse verfügt, wird er zum Bremser! Das war bei Marc Etzel so, und das ist bei Tanakagara nicht anders! Schade, daß Ren Dhark nicht mehr Stadtpräsident ist. Dann sähe hier einiges bestimmt anders aus!«

»Sicher«, erwiderte Bentheim sarkastisch. »Darf ich daran erinnern, was Dhark als erstes getan hat, nachdem wir alle ihn damals nach Roccos Tod zum Stadtpräsidenten wählten? Er ließ die POINT OF fertigstellen und flog zur Erde, während wir hier a

Hope zusehen konnten, wie wir mit den Magnetstürmen und den Angriffen der Fremdraumer fertig wurden...«

»Haben wir das geschafft oder nicht?« fuhr Craig auf. »Zum Teufel, Bentheim, wir können uns nicht immer hinter Namen verschanzen. Wir müssen selbst zupacken. Nur dann können wir hinterher auch behaupten, daß wir selbst es geschafft haben! Wir selbst, und nicht irgendeine Galionsfigur! Und jetzt rufe ich die VESTA an und bitte Captain Tekla, zu starten und an einem von uns bezeichneten Punkt im Raum Messungen des galaktischen Magnetfeldes vorzunehmen... und Tanakagaras Vorwürfe zu entkräften, überlasse ich Ihnen beiden, meine Herren. Zu Übungszwecken!«

Ossorn und Bentheim sahen sich an.

Hinter Craigs Rücken zeigte Yve Ossorn seinem Kollegen einen Vogel.

»Hier stimmt doch etwas nicht«, behauptete Mader nach einer Weile. »Wir bewegen uns gar nicht so schnell, und trotzdem ist die Öffnung nur noch ein winziges Loch in weiter Ferne!«

»Das haben Sie wunderbar poetisch ausgedrückt, Ralf«, lobte Jane Hooker.

Mader starrte sie verwirrt an und fragte sich, ob sie das ernst gemeint hatte.

Art Hooker registrierte, daß der Professor zu Maders Bemerkung nur stumm nickte.

»Seltsam, dieses Licht«, reagierte Jane Hooker statt dessen. »Woher kommt es?«

»Schattenlos«, stellte Mader fest.

»Freischwebende Photonen, wie die Giants sie verwenden«, sagte Acker.

»Sind Sie sicher?«

»Finden Sie eine bessere Erklärung?« brummte der gewichtige Wissenschaftler. »Wenn Sie irgendwo Projektoren entdecken, die dieses Licht erzeugen, sagen Sie mir Bescheid, ja? Dann muß ich meine Theorie zähneknirschend ändern. Immerhin ist es keine

Mysterious-Technik.«

»Woraus schließen Sie das?«

»Die Mysterious haben blaues Licht verwendet«, sagte Acker. »Wenn man sich längere Zeit darin aufhält, bemerkt man es nicht mehr. Auf die meisten Menschen wirkt es extrem unnatürlich. Es verfälscht auch Farben. Hier aber ist es ein... eher *graues* Licht.«

Mader schüttelte den Kopf. »Graues Licht«, brummte er. »Hat man schon je so einen Unsinn gehört?«

Die Dunkelheit vor ihnen hellte sich auf, so wie das Licht mit ihnen wanderte, und hinter ihnen breitete sich wieder Finsternis in dem Gang aus, der im Winkel von etwa 10 Grad abwärts führte. Als die ovale Öffnung hinter den vier Menschen nicht mehr zu sehen war, protestierte Acker plötzlich. »Wenn wir nicht gleich auf irgend etwas stoßen, kehre ich wieder um. So groß ist meine Neugierde nun auch wieder nicht, daß ich mich nachher zu Tode quäle...«

»Was wollen Sie damit sagen?« fragte Mader erschrocken.

»Schauen Sie sich dieses Gefälle an. Wir kommen gut und leicht voran, nicht? Aber bei der Rückkehr ist's eine Steigung. Wetten wir, daß die zehn Grad Steigung über diese lange Distanz auch so magere Hungerhaken wie Sie ins Schwitzen bringen?«

Unwillkürlich mußte Mader grinsen. »Sie wetten schon wieder. Ich bin nicht so blöd wie Mallony – ich nehme die Wette an! Um dreihundert Gramm Shillog, sagten Sie?«

Acker kam schon ohne die Steigung ins Schwitzen bei der Vorstellung, daß der Archäologe sich über die sündhaft teure Leckerei hermachen würde, ohne sie wirklich würdigen zu können. »Nichts da, mein Bester!«

Mader grummelte etwas Unverständliches vor sich hin.

»Da endet der Gang«, unterbrach Art Hooker. »Sehen Sie die Wand? Was jetzt?«

»Versuchen wir, sie ebenfalls mit unseren Gedanken zu öffnen«, schlug Acker vor, der sofort wieder bei der Sache war. »Was einmal funktioniert hat, funktioniert auch beim zweiten Mal.«

In der Tat öffnete sich die Metallplatte vor ihnen. Hooker unte richtete Mallony über sein Armband-Vipho von der neuen Sachlage. »Wir dringen jetzt ein«, teilte er mit.

»Seid vorsichtig«, warnte Mallony. »Ich traue der Sache nicht!«

»Haben Sie mich jemals leichtsinnig erlebt?«

Mallony hüstelte.

Hooker unterbrach die Verbindung. Die vier Menschen durchschritten das Tor, das sich vor ihnen geöffnet hatte.

Das *graue* Licht, das sie bis hierher begleitet hatte, blieb zurück. Sie tauchten in tiefe Finsternis, die von den vier Lichtkegeln ihrer Handscheinwerfer durchschnitten wurde.

Ihre Füße wirbelten Staub auf.

»Den hat's eben auf der Rampe noch nicht gegeben«, stellte Acker fest. »Sieht so aus, als kämen wir der Sache näher, wie?«

»Hm«, brummte Art Hooker. »Staubbedeckte Flächen, andere, die staubfrei sind... Das erinnert mich doch wieder an die Mysterious. Wartet mal.« Er bückte sich, wischte mit den Fingern durch die mmerhin halbzentimeterdicke Staubschicht. Dann stand er wieder uf.

»Das ist zumindest nicht der gleiche Staub, den Ren Dhark und eine Leute in der Alten Stadt auf Deluge gefunden haben, und uch nicht vergleichbar mit dem in der ersten Höhle, in der dank Roccos wahnwitziger Kampfaktionen Maschinen zerfallen sind nd unersetzliche Werte einfach zerstört wurden.«

»Ich sag's doch ständig – das hier hat nichts mit den Mysterious u tun«, kommentierte Tim Acker.

Schritt für Schritt, langsam und vorsichtig, bewegten sie sich etzt weiter. Zwischendurch gab Hooker über Vipho einen Kurzbeicht an Mallony weiter.

Dann – wieder eine Türöffnung.

Diesmal bedurfte es keines Gedankenbefehls, um sie zu öffnen. Es gab in Schulterhöhe einen Schalter. Hooker berührte ihn, und ie Tür öffnete sich.

Sie besaß eine quadratische Rahmung, die aber täuschte. Was ich öffnete, war kreisförmig. Der Rahmen diente nur der Verzieung.

»Noch ein finsteres Loch«, murmelte Mader. »Was wollen wir hier eigentlich?«

»Wir suchen das Restaurant am Ende des Universums«, erwiderte Acker. »Oder woran dachten Sie?«

Er trat durch die kreisförmige Tür in die Dunkelheit.

Aber da gab es keine Dunkelheit mehr. Da sprang Licht aus dem Nichts!

Schattenloses Licht, das wieder aus freischwebenden Photonen bestand! Diesmal war es allerdings nicht *grau*, sondern gelblich-weiß wie das Licht der beiden Col-Sonnen.

Und vier Menschen starrten fassungslos auf das, was sich ihren Blicken darbot...!

20.

»Um Himmels Willen, was ist das?« stieß der Archäologe hervor. »Ein Raumschiff?«

»Wie kommen Sie denn *darauf*?« fragte Hooker trocken. »Nicht jeder ist ein Ren Dhark, der eine Höhle betritt und darin ein Raumschiff findet! Das hier...«

Er überlegte.

»Es hat immerhin Ähnlichkeit mit dem Leitstand eines Raumschiffes«, gestand er zu. »Doch ich glaube nicht, daß wir in einen Raumer eingedrungen sind, als wir das Oval durchschritten und die Rampe hinuntergingen. Das hier muß etwas anderes sein.«

Acker walzte seinen voluminösen Korpus vorwärts, auf die Konsolen zu. Fünf Stück gab es.

»Fünf, nicht sieben«, murmelte er.

Wieder ein Hinweis darauf, daß es sich hier *nicht* um eine Hinterlassenschaft der Mysterious handelte. Die hatten der Zahl Sieben den Vorzug gegeben. Nur ihre Supermathematik, die kaum ein Mensch verstand, beruhte nicht auf dem Siebenersystem. Statt dessen gab es zwei weitere *Null-Werte*.

Die antike Mathematik der Römer hatte den Wert Null nicht gekannt, sondern von der Eins beginnend aufwärts gezählt bis zu unvorstellbaren Werten.

Die Null war von den Arabern erkannt und eingeführt worden und hatte dem Rechnen eine neue Dimension gegeben, die auch negative Zahlen einschloß.

Die Mysterious besaßen aber zwei *weitere* »Nullen«, die ihre Mathematik auf ähnliche Weise revolutionierten, wie die arabische Null die römische Zahlenwelt durcheinandergewirbelt hatte.

Daß die Ästhetik der Mysterious auf den Wert Sieben hinauslief, mußte andere Gründe haben. Vielleicht religiöse?

Es war müßig, jetzt darüber zu philosophieren. Diese Stadt basierte nicht auf dem Siebeneck, sondern auf dem Oval, wie auch der Eingang in die Tiefe. Und hier fand sich das Oval mehrfach wieder.

Die fünf Konsolen waren im Kreis angeordnet – kein Widerspruch, da der Kreis nur eine einmalige Sonderform des Ovals ist.

Aber alle Schalteinheiten an den Konsolen korrelierten mit de Fünf, und auch die Abmessungen von Schaltpulten und Sitzer wiesen in ihren Proportionen immer wieder auf das Verhältnis 5:x hin.

Tim Acker trat an eine der Konsolen. Seine Hand strich über da Polster des dazugehörigen Sitzes. In seiner Form schien er fü Menschen geeignet zu sein, besaß aber in der Lehne eine Aussparung. Künstlerisches Stilmittel, oder Platz, einen Schweif hindurchzuführen?

Seltsam die Ausformung und Anordnung der Sensortasten au der Konsole. Bildschirme gab es auch keine.

Als Acker probeweise auf einem der Sitze Platz nahm, schoß ei eigenartiges Gebilde aus der Konsole hervor, streckte metallisch Fühler aus und schien darauf zu warten, daß er es berührte.

Art Hooker hielt den Amphiblaster in der Faust, bereit, auf da Ding zu schießen, das sich Tim Acker aber von der abwartend freundlichen Seite zeigte.

Nichts deutete darauf hin, daß der beleibte Professor gefährde war.

»Das ist ja verrückt«, stieß er hervor. »Schauen Sie sich das ar Lady und Gentlemen!«

»Was sind das für Endungen?« wunderte sich Jane Hooker, di die ›Fühler‹ in Augenschein nahm. »Sieht aus, als wollten sie sic mit Ihnen verbinden, nicht wahr?«

Acker nickte. »Wie Anschlußkabel. Ob die mich mit Strom versorgen wollen? Glaub' ich nicht... bin ja kein Robot! Robs brauchen auch keine gepolsterten Sitze mit 'ner Durchsteckmöglichke für Rattenschwänze... Diese Dinger könnten auch Übertragungsleitungen für Informationen sein. Nur habe ich keine Steckdose an mir, um mich mit diesen Kabeln zu verbinden. Hm...«

Er dachte laut. Das tat er immer, weil er der gesunden Ansicht war, daß seine Gedanken dann besser fließen konnten. Während er noch nachdachte, beugte er sich leicht vor und berührte spielerisch eine der Sensorflächen auf der Konsole mit seinen Fingern.

Im gleichen Moment zuckten die ›Fühler‹ weiter vor und berührten seinen Körper.

Und Tim Acker *sah...*

...nicht genug. Denn etwas riß ihn aus dem Erleben wieder heraus, das soeben begonnen hatte. Verwirrt starrte er Jane Hooker an. »Was soll das?« fauchte er. »Haben Sie den Verstand verloren?«

»*Vielen Dank, daß Sie mich vor dem Einfluß dieser seltsamen Fühler gerettet haben, Misses Hooker*«, sagte Jane sarkastisch. »Oh, bitte, gern geschehen, Professor, nicht der Rede wert!«

»Sie *haben* den Verstand verloren«, sagte Acker grob. Er sammelte akademische Titel, legte jedoch nicht den geringsten Wert darauf, mit diesen Titeln angesprochen zu werden. Wenn ihn jemand mit »Professor« anredete, konnte er fuchsteufelswild werden und bestätigte das Vorurteil, daß Rothaarige ein überschäumendes Temperament besitzen sollten.

»Was war das eben?« mischte sich jetzt Art Hooker ein. »Diese metallischen Tentakel berührten Sie, und Sie waren geistig weggetreten. Glasige Augen, als hätte jemand Ihnen eins über den Schädel gezogen... und als Jane diese Schaltfläche berührte... hoppla, wo ist die denn geblieben?«

»Bitte?« fragte Acker mißtrauisch nach. »Wovon faseln Sie?«

»Hier war eine große Schaltfläche«, sagte Jane energisch. »Sie leuchtete grün. Jetzt sind da nur noch kleine Flächen, die nicht leuchten. Ich hab' draufgedrückt, als Sie geistig abtraten, *Professor*, und danach waren Sie wieder hier.«

Diesmal wurde Acker nicht grantig. »Hm«, brummte er. »Geistig weggetreten war ich? Könnte sein. Ich war tatsächlich an einem ganz anderen Ort. Oder...«

»Oder was?« wollte Jane wissen.

»Oder – in einer anderen Zeit«, murmelte der Professor.

»Was soll das heißen?« fragte Jane. Auch ihr Mann und der Archäologe sahen ihn in gespannter Verblüffung an.

Tim Acker sah sich um. »Dieser Raum ist tot, nicht wahr? Oben, die Stadt über uns, sie ist tot, nicht wahr? Vor langer Zeit untergegangen, von allem intelligenten Leben entvölkert...«

Die anderen nickten.

»Aber eben hier, da *war* Leben!« behauptete Acker. »Da waren *sie!*«

Die Sache mit dem Steinwurf ließ Ben Mallony keine Ruhe. E nahm wieder einen Stein zur Hand und näherte sich der ovale Öffnung, in der es jetzt nur noch Dunkelheit gab, wo das Tages licht nicht mehr weiter vordringen konnte. Er betrat die Rampe wesentlich bedächtiger und vorsichtiger, als die anderen es geta hatten. Vor allem ging er nicht so ungestüm vor wie dieser dick Professor.

Er beobachtete nicht nur die Rampe, sondern auch sich selbst.

Er hoffte, irgend etwas an sich spüren zu können, während er da Oval durchschritt. Vielleicht ein leichtes Vibrieren, ein kaur merkliches Unwohlsein – was auch immer es sein mochte. Irgen etwas. Schließlich mußte es doch einen Grund haben, daß Mer schen diese Rampe beschreiten konnten und Steine abprallten.

Er spürte keinerlei Veränderung. Ein wenig kam er sich vor, a tauche er in ein Gewässer ein, und als er die Metallfläche auf gle cher Höhe mit seinem Kopf sah, fühlte er sich, als stände ihm da Wasser bis zum Hals. Doch das war natürlich alles nur ein Hirr gespinst.

Vorhin, während des Funkkontaktes mit den anderen, hatte von seinem geplanten Versuch nichts erzählt. Jetzt aber wunder er sich, weshalb er den Stein immer noch in der Hand halten kon te, den er werfend nicht in die Tiefe zu befördern vermocht hatte!

In seiner Hand machte der Stein die ›Reise‹ mit!

Also lag es nicht an seiner anorganischen Konsistenz. Es mußte einen anderen Grund haben. Anorganische Materie ließ sich nach unten tragen, wenn sie von organischer Substanz transportiert wurde?

Mallony seufzte. Er machte die Gegenprobe. Er versuchte jetzt, den Stein von der Rampe aus wieder nach oben zu werfen.

Es funktionierte!

Auch beim zweiten Versuch, als er ein Stück weit die Rampe hinabging, längst im Stollen untertauchte und dabei weit ausholen und mehr Kraft in den Wurf legen mußte als vorhin! Nur von oben nach unten ließ der Stein sich immer noch nicht werfen.

»Ich muß doch verrückt sein, daß ich mir über so etwas den Kopf zerbreche«, brummte Mallony. Den nächsten Versuch, nach unten zu gehen, unternahm er ohne den Stein. Er versuchte erneut, an sich etwas festzustellen, das auf den seltsamen Durchgang reagierte. Aber sein Körper gab ebensowenig Alarm wie sein hellwacher Geist.

Daß *etwas anderes* Alarm gab, bekam er während seiner Experimente nicht mit...

Die Sternschnuppe VESTA, ein Kugelraumer von 50 Metern Durchmesser, startete nicht von Hope, um außerhalb des Col-Systems Messungen vorzunehmen. Stadtpräsident Tanakagara persönlich untersagte den Start.

»Was habe ich gesagt? Der Herr Stadtpräsident erweist sich als Bremser in der Tradition seines Vorgängers! Als ob die Veränderungen des galaktischen Magnetfeldes dadurch ungefährlicher würden, daß wir sie ignorieren!« stellte Wren Craig fest.

»Dann können wir ja bald hier einpacken und zur Erde zurückfliegen«, meinte Bentheim. »Wenn das so weitergeht, haben wir hier nicht mehr viel zu tun. Für ein planetares Frühwarnsystem fühle ich mich zu schade!«

Weder Craig noch Ossorn antworteten.

Eine Stunde, nachdem Tanakagara den Start der VESTA verboten hatte, tauchte Chris Shanton bei den drei Astrophysikern auf.

Nach seinem Aufbau-Einsatz auf der Erde war der Zweizentnermann wieder nach Hope zurückgekehrt, wo er zuvor Chef der Cattaner Kraftwerke gewesen war. Diese Funktion hatte er auch jetzt wieder inne.

Obgleich seine Arbeit auf der Erde ziemlich nervenaufreibend gewesen war und er durch die Intrigen Norman Dewitts fast umgekommen wäre, sah man ihm die Strapazen nicht an, die hinter ihm lagen. Shanton hatte sein »Kampfgewicht« von über zwei Zentnern ebensowenig verloren wie seinen bisweilen recht abgründigen Humor.

In der Stadt gab es manche, die munkelten, der oft recht forsch und provozierend auftretende Chris Shanton sei bei Ren Dhark in Ungnade gefallen und habe deshalb nach Hope zurückkehren müssen. Es handele sich um nichts anderes als eine »Strafversetzung«. Die Wirklichkeit sah entschieden anders aus. Shanton hatte dem Streß auf Terra für eine Weile entfliehen wollen. Auf Hope fand er es immer noch gemütlicher als sonstwo. Aber er hütete sich, das jemandem auf die Nase zu binden. Statt dessen genoß er die Gerüchte, die von Neunmalklugen ausgestreut wurden, die Shanton schon früher nicht hatten ausstehen können.

Er konnte sehr gut damit leben. Der Diplom-Ingenieur hatte sich schon früher ausgezeichnet mit den drei Astrophysikern verstanden. Das hinderte Craig nicht daran, ihn zu fragen: »Schickt Tanakagara Sie, um feststellen zu lassen, ob wir nicht heimlich mit einem Mikro-Raumschiff im Hosenknopf-Format ‘rausfliegen und unsere Messungen im interstellaren Raum durchführen?«

»Sie wollen wieder mal mit dem Kopf durch die Wand, Craig, wie? Tanakagara ist nicht Ihr Feind. Aber er ist auch kein Fachidiot, wie Sie es sind.«

»Fachidiot?« fuhr Craig auf. Er war gerade in der richtigen Stimmung, sich mit jedem anzulegen. Da seine beiden Kollegen ihm wohlweislich kein Feindbild boten, griff er sich ausgerechnet

Shanton heraus. Prompt begann Jimmy, Shantons Robothund, zu knurren. Das in permanenter Arbeit immer wieder verbesserte Produkt der *Freizeitbeschäftigungen* des Diplom-Ingenieurs, ursprünglich nur eine technische Spielerei, längst aber mehr als ein unschätzbares Werkzeug, machte den Eindruck eines echten Scotchterriers, der seinen Herrn vor bösen Menschen verteidigen will.

»Fachidiot, Craig«, wiederholte Shanton gelassen. »Zu der Gattung hab' ich auch mal in grauer Vorzeit gehört. Tanakagara blickt aber ein Stück über den Tellerrand hinweg. Er braucht die Sternschnuppe hier auf Hope, hier vor der Stadt auf dem Landefeld.«

Spöttisch bemerkte Craig: *»Die psychologische Wirkung der Präsenz des Raumschiffes auf die Bürger unserer Stadt...«*

Shanton verstand nicht, warum Ossorn und Bentheim lachten. Er war nur verblüfft, wie perfekt Craig die Stimme des Stadtpräsidenten imitierte. »Craig, es geht nicht um psychologische Wirkung! Es geht darum, daß die VESTA im Falle eines Strahlen-Alarms jede Menge Menschen aufnehmen kann, um sie zu evakuieren. Sie wissen doch genausogut wie ich, daß der Schutzschirm über der Stadt die Strahlung nur bis zu einem bestimmten Wert zurückhält! Aber die Strahlungswerte steigen mit der Zeit immer weiter. Schon jetzt sind Schädigungen im menschlichen Erbmaterial nicht mehr auszuschließen. Tanakagara will die Stadtbewohner im Notfall schnellstens evakuieren können. Die Energieschirme der Kugelraumer halten erheblich mehr aus als unsere auf Amphi-Technik basierende Konstruktion.«

»Cattan hat immer noch rund vierzigtausend Einwohner, Shanton«, erinnerte Bentheim. »In die Sternschnuppe passen die nie!«

»Aber ein großer Teil«, versicherte Shanton. »Außerdem kreist noch ein 400-Meter-Kreuzer der Planeten-Klasse im Orbit und kann innerhalb einer halben Stunde vor Cattan landen. Tanakagara hat zusätzlich zwei weitere Schiffe beantragt. Vorsichtshalber hat er dabei die Sicherheit von Deluge in den Vordergrund gestellt. Aber ich glaube nicht, daß man uns mit gleich zwei zusätzlichen Raumern beglücken wird. Wie auch immer, mit der VESTA könnte auf die Schnelle immerhin schon mal ein Teil der Siedler in Sicherheit gebracht werden. Deswegen, Gentlemen, gibt es keine Startfreigabe zu Forschungszwecken.«

Craig rang die Hände. »Aber auch ein Mann wie Tanakagara muß doch einsehen, daß es wichtig ist, herauszufinden, welche Ursachen diese ständigen Strahlenstürme haben! Man kann doch nicht einfach den Kopf in den Sand stecken und hoffen, daß sich all die Dinge, die man auf die lange Bank schiebt, von allein dadurch erledigen, daß sie auf der anderen Seite 'runterfallen...«

»Außerdem«, gab Ossorn ihm Schützenhilfe, »dürfte es bis zum nächsten Ausbruch eines Strahlensturms noch ein wenig dauern. Die Abstände zwischen den einzelnen Magnetstürmen sind...«

Ping. Ping. Ping.

Sie zuckten zusammen.

Ping. Ping. Ping. Ping.

Craig und Bentheim wirbelten zu ihren Instrumenten herum. Monitore schalteten sich automatisch ein und zeigten Farbfelder, Skalen und Daten an.

»Die Abstände zwischen den einzelnen Magnetstürmen sind wohl entschieden kürzer geworden«, sagte Shanton sarkastisch.

Tim Ackers Worte klangen in den drei anderen Menschen nach. Sie sahen den Professor konsterniert an.

»Sie? Was meinen Sie mit ›sie‹?«

»Die Erbauer dieser Stadt – glaube ich«, murmelte Acker.

»Erzählen Sie!« verlangte Mader aufgeregt. »Schnell, was haben Sie erlebt?«

Tim Acker lehnte sich in ›seinem‹ Sessel zurück. »Ja, was habe ich erlebt«, murmelte er versonnen. »Das ist eine nette, treffende Formulierung. Nein, Mader. Ich habe nichts erlebt – noch nicht. Aber es sieht so aus, als wäre das möglich.«

»Wie?« fragte Jane Hooker.

»Ich bin mir nicht sicher«, sagte Acker. »Vielleicht ist es so eine Art Aufzeichnung, die sich an dieser Konsole abrufen läßt. Für ei paar Sekunden hatte ich den Eindruck, mitten ins pulsierende Leben dieser Stadt geraten zu sein. Direkt mir gegenüber war die Fassade eines Restaurants...«

»Ach, nein?« lästerte Mader und verdrehte die Augen. »Da marschiert dieser Typ schnurstracks in den Cyberspace, und was passiert? Vor ihm entsteht ein Freßtempel...«

»Was ich gesehen habe«, versuchte Acker danach auf das eigentliche Thema zurückzukommen, »ist möglicherweise so etwas wie ein Film. Ziemlich lebensecht. Ihre Bemerkung bezüglich Cyberspace, Mader, kommt der Sache wohl recht nahe.«

»Woher wollen Sie das wissen?«

»Weil ich an dieser Konsole sitze und kurz Kontakt mit dem Dingsbums hatte, das hier die Fäden zieht.«

»Und was ist das für ein... ähem... *Dingsbums*?«

»Ich glaube, das kann ich Ihnen nicht erklären. Das werden Sie schon selbst herausfinden müssen«, schlug Acker vor. »Es sind ja noch ein paar Plätze frei, nicht? Nehmen Sie doch einfach auch Kontakt auf. Ich werde es jedenfalls wieder tun. Ich will mehr über diese Technologie wissen, und auch über die Zivilisation, welche diese Technik hervorgebracht hat.«

Er beugte sich wieder vor, betrachtete die Konsole. Beinahe ärgerte er sich darüber, daß Jane Hooker vorhin den Kontakt unterbrochen hatte, der zwischen ihm und – ? – entstanden war. Natürlich hatte sie es gut gemeint, und es war auch richtig gewesen. Schließlich hätte es gefährlich sein können.

Aber Tim Acker glaubte nicht mehr an eine Gefahr. Er sah eine große Chance vor sich. Die Chance, mit Hilfe dieser Technik, die nach wenigstens 20 000 Jahren noch einwandfrei funktionierte, einen Einblick in das Leben jener Wesen zu bekommen, die damals hier gelebt hatten. Die ihr Leben aufgezeichnet hatten, damit andere es nachvollziehen konnten. Ob sie geahnt hatten, daß ihre Zivilisation auf Hope vom Untergang bedroht war? Er wollte es herausfinden. Deshalb mußte er den Kontakt erneuern.

Er erklärte es den anderen.

»Sie sind ja verrückt!« entfuhr es Mader. »Dieses Risiko einzugehen... wer weiß denn, was die Maschine mit Ihrem Gehirn anstellt? Denken Sie an die Giants, die Terra versklavt haben und Menschen zu willenlosen Idioten machten – oder sie in ihren Tiefkühlraumern nach Robon verschleppten.«

»Einer dieser willenlosen Idioten war ich«, erinnerte Tim Acker freundlich. »Das hier ist aber keine Giant-Technik, nicht wahr? Ich kann mir auch nicht vorstellen, daß jemand sich die Mühe macht, eine solche Konsole zu erschaffen, in der man Bilder aus einer anderen Zeit abrufen kann – vielleicht historische Bilder –, um ihn damit umzubringen. Das hier ist Information, nicht Waffe.«

»Ich an Ihrer Stelle wäre nicht so leichtgläubig«, unkte Mader.

»Also gut«, grinste Tim Acker. »Ich koppele mich wieder an. Ich will wissen, was diese Bilder mir zeigen können. Anschließend, lieber Freund, erzähle ich Ihnen dann, was ich herausgefunden habe, damit Sie es mit Ihren Ausgrabungsfunden vergleichen können. Na, bin ich nicht nett zu Ihnen?«

»Sie werden Ihr Fett schon noch abkriegen«, murrte Mader verdrießlich. »Machen Sie doch, was Sie wollen!«

Acker grinste von einem Ohr zum anderen; angesichts seiner Hängebacken eine beachtliche mimische Leistung. »Vielen Dank für Ihre gütige Erlaubnis, Sir.« Und dann klinkte er sich wieder in die Bilder aus der Vergangenheit ein.

Bilder?

Waren es tatsächlich *nur* Bilder...?

Wren Craig seufzte. »Es wäre ja auch zu schön gewesen, um wahr zu sein«, murmelte er. »Gerade mal ein paar Tage Sommerwetter, und wir haben das zweifelhafte Vergnügen, uns schon wieder unter dem Schutzschirm einigeln zu dürfen! Mehr und mehr hasse ich es.« Der Astrophysiker wandte sich seinen Instrumenten zu.

»Noch ist es harmlos«, überlegte Bentheim. »Und bleibt es vielleicht auch. Wir haben ja schon erhöhte Strahlungswerte gehabt, ohne daß etwas passiert ist. Nach ein paar Minuten klangen sie wieder ab.«

»Dafür dauerten die Folgestürme entsprechend länger und waren wesentlich stärker«, bemerkte Ossorn. »Der letzte hat mir eigentlich schon gereicht. Die Statistik sagt, daß es daher diesmal nicht ganz so schlimm wird.«

Shanton wölbte die Augenbrauen. »Der Teufel soll Ihre Statistik holen, Ossorn. Es fängt zwar gerade erst an, aber wir sollten schon mal Alarm geben. Vorhin, als ich herkam, sah ich jede Menge Menschen unten am Blue River! Die Sonnenanbeter brauchen ihre Zeit, um sich in Sicherheit bringen zu können.«

»Sie werden verdammt sauer sein«, unkte Ossorn. »Und das nicht zu unrecht. Solange die Strahlungsintensität einen bestimmten Wert nicht überschreitet, sollten wir...«

»Besser, die Menschen werden jetzt sauer, als daß sie später in eine Panik geraten«, brummte Chris Shanton. »Geben Sie Strahlenalarm.«

»Es wird schwächer«, sagte Bentheim.

In der Tat sanken die Werte der Anzeigen wieder stetig ab. »Das war dann wohl wirklich nur ein kurzes Stürmchen«, sagte Bentheim. »Wohl nur ein Ausläufer, der sich in den Randzonen verloren hat.«

»Gibt's so was?« staunte Shanton. »Ausläufer, die in den Randzonen schwächer sind? Ich dachte bisher immer, ein Magnetfeld sei homogen und an allen Stellen gleich stark.«

»Wenn man an verschiedenen Positionen mißt, die sich alle im gleichen Abstand zum Zentrum des Magnetfeldes befinden, ja – aber je näher Sie diesem Zentrum kommen, desto stärker wird das Feld. Mich würde wahnsinnig interessieren, was diese Magnetfeldveränderungen auslöst. Was irgendwo da draußen«, er deutete mit ausgestrecktem Daumen zur Decke des Labors, »pulsiert. Schon allein deshalb müssen wir näher heran. Warum lachen Sie, Shanton?«

»Habe ich gelacht, ja?« Der Cheftechniker und Diplom-Ingenieur kratzte sich mit dem Daumen nachdenklich durch sein dichtes Bartgestrüpp. »Nun, mir fiel gerade ein, was wir für erstklassige gut geschützte Raumschiffe besitzen, mit denen wir die Quelle der

Veränderungen anfliegen können. Da sind noch ein paar übrig-gebliebene Raumer aus der Zeit vor der Invasion, mit dem ›Time‹-Effekt ausgerüstet, dessen phänomenale Zuverlässigkeit uns ja seinerzeit nach Hope verschlagen hat, statt uns ins Deneb-System zu bringen. Da haben wir die Beute-Raumer, die die Giants zu-rückgelassen haben, nachdem sie sich im wahrsten Sinne des Wor-tes über*flüssig* gemacht haben. Tja, und dann haben wir noch die POINT OF. Was, schätzen Sie, werden wir für einen Raumer neh-men, um die Strahlungsquelle anfliegen zu können?«

»Was wollen Sie damit sagen?« fragte Bentheim ernüchtert.

»Die ganz alten Raumer taugen für solche Forschungsflüge nicht. Das sind Seelenverkäufer, die nicht mal über einen Energieschirm verfügen wie wir hier in Cattan! Dabei ist auch die Amphi-Technik auf diesem Gebiet nicht die Allerbeste. Beim Jungfernflug der POINT OF durfte ich Raumschiffe erleben, die über wesentlich bessere Schirmfelder verfügten als die Amphis. Auch die Schirme *unserer lieben All-Hüter* sind besser als dieser amphische Schrott. Aber selbst die Giants mit ihrer entschieden besseren Schutz-schirmtechnik sind vor den magnetischen Stürmen geflüchtet. Raten Sie mal, warum! Weil auch ihre Schirme das nicht aushal-ten! – Und«, fügte er hinzu, »glauben Sie im Ernst, daß wir die noch bessere POINT OF bekämen? Abgesehen davon, daß weder Tongollon noch Doorn oder gar ich einen blassen Schimmer davon haben, ob die Intervallfelder des Ringraumers einen dauerhaften Schutz darstellen. Laut Definition von Vandekamp handelt es sich bei einem Intervallfeld um ein künstlich erzeugtes Mini-Univer-sum. Nicht mehr, aber auch nicht weniger. Wir wissen kaum etwas darüber! Also, ich möchte nicht mit der POINT OF dorthin fliegen, wo die Strahlenstürme ihren Ausgangspunkt haben! Ich ziehe lieber die andere Richtung vor...«

»Die *Fluchtroute*«, murmelte Wren Craig.

So hatte man eine imaginäre Linie genannt, der in den beiden letzten Jahren zahlreiche große Raumflotten gefolgt waren. Sie waren aus Richtung des galaktischen Zentrums gekommen, und die *Fluchtroute* führte aus der Galaxis hinaus ins endlose Nichts zwischen den Milchstraßen. Weg in unerreichbare Weltraumtiefen. Unerreichbar sicher auch für die Antriebe jener Raumschiffe, die immerhin denen der Terraner noch haushoch überlegen waren.

Trotzdem strebten sie alle ausnahmslos dem Halo der Galaxis entgegen. Und die *Fluchtroute* führte die Teilnehmer dieser galaktischen Völkerwanderung durchs Col-System. Was bedeutete daß selbst die Fremden diesen Bereich des galaktischen Spiralarms II/a noch nicht für sicher genug hielten, sich hier auf Dauer niederzulassen.

Selbst die Amphis, die vor den Terranern im Col-System gesie delt hatten, hatten den neunten Planeten nur als eine Art Sprung brett genutzt. Sicher waren sie nicht nur vor dem Widerstand de terranischen Kolonisten geflohen, die die Amphis schließlich mi der Kampfkraft der Flash das Fürchten gelehrt hatten – bestimm hätte es noch eine Möglichkeit zur Koexistenz gegeben. Aber stat in den sauren Apfel zu beißen und mit den verhaßten Siedlern diesen Eindringlingen in das von den Amphis okkupierte Syste, z verhandeln, hatten sie ihren Planeten aufgegeben und waren mi Mann und Fisch verschwunden – ebenfalls in der Fortsetzung de *Fluchtroute*.

In welcher Strahlenhölle mochte sich ihr Heimatplanet befinder auf dem der erste Amphi vor Jahrmillionen aus dem Ei gekroche war? Niemand wußte, woher diese Wesen mit ihrer völlig fremde Mentalität gekommen waren, wohin sie nun weiterflogen. Ob si auf ihrer Odyssee, in der der neunte Planet des Col-Systems nu eine Etappe von vielen gewesen sein mochte, inzwischen ein neue, sicherere Heimat gefunden hatten?

Und wer würde sie dort stören? Andere Wanderer zwischen de Sternen, die ebenfalls nach einer sicheren Zuflucht suchten?

Chris Shanton war nicht als einziger mittlerweile davon übe zeugt, daß die Amphis die gestrandeten Terraner nur als Vorh einer ganzen Sternenflotte angesehen hatten, die ihnen den Pla im Col-System streitig machen wollten. Deshalb hatten sie a gegriffen, um ihre älteren Rechte zu sichern und den Brückenko der neuen Völkerwanderer zu zerstören, ihnen nachhaltig klar z nachen, daß sie weiterfliegen sollten. Möglicherweise hatten die Amphis mit anderen Völkern in punkto Zusammenleben böse Erfahrungen gemacht.

Ihrerseits hatten sie allerdings die Ureinwohner des neunten Planeten unterjocht, jene wieselähnlichen Kreaturen mit ihrem rstaunlichen Einfühlungsvermögen in Fremdtechniken. »Plagiato-en« hatten die Terraner sie deshalb genannt. Die *Wiesel*, die sich ntereinander nicht akustisch, sondern über Farbwechselfolgen auf ler Oberfläche ihrer Körper verständigten, hatten den Invasoren lie Technologie gestohlen und sie mit ihren eigenen Waffen be-ämpft. Einen Großteil der Kenntnisse über die Amphi-Technolo-ie verdankten die Terraner den Wieseln.

Aber die gab es nicht mehr. Einer der letzten Strahlenstürme atte alles Leben auf dem neunten Planeten vernichtet. Nachdem ie endlich von den Invasoren, den Amphis, befreit worden waren, atte die Natur den »Plagiatoren« keine Chance gelassen...

Sie hatten ihren Planeten eben nicht rechtzeitig verlassen können, m sich den anderen Völkern auf der *Fluchtroute* anzuschließen...

Denn sie hatten keine Raumschiffe besessen. Und die Terraner atten ihnen nicht helfen können.

»Wann werden auch wir die *Fluchtroute* benutzen?«

»Bitte?« stieß Craig hervor. Erst in diesem Moment erkannte hanton, daß er laut gedacht hatte.

Er winkte ab. »Schon gut. Geben Sie endlich Alarm und holen ie die Siedler in die Stadt zurück.«

»Ich mache mich doch nicht noch unbeliebter, als ich schon bin«, rummte Craig und sah zur Uhr. Im gleichen Moment begriff hanton, daß auch Craig noch ein paar Stunden in der Sonne und n Fluß zubringen wollte! Er mußte bald Feierabend haben und atte sich wohl schon darauf gefreut, auch das Prachtwetter im reien genießen zu können.

Deshalb wollte er keinen Alarm geben!

Denn dann war es für heute mit allem vorbei, und für die kom-enden Tage hatte der Wetterdienst schon wieder ein Tiefdruck-ebiet angesagt, das von Deluge nach Main Island herüberkam.

Shanton konnte den Astrophysiker sehr gut verstehen. Aber ein innere Stimme warnte ihn. Er ging zum Vipho hinüber.

»Shanton«, warnte Craig beschwörend. »Sie wollen doch nich etwa...?«

Shanton wollte nicht nur. Er setzte sein Wollen auch in die Ta um.

Er tastete den Rufcode des Stadtpräsidenten ein.

Auch Ossorn und Bentheim schüttelten die Köpfe. »Shanton wollen Sie nicht noch ein paar Minuten abwarten? Sie sehen doch daß die Strahlungsintensität immer schwächer wird.«

Es war der Moment, an dem sie wieder anstieg...

21.

Vor Tim Acker tat sich eine völlig andere Welt auf.

Natürlich war da keine Restaurantfassade, wie er vorhin erzählt hatte. Acker, Gourmet und Gourmand zugleich, kokettierte gern mit seiner sprichwörtlichen Freßsucht und hatte es wieder einmal geschafft, jemanden aufs Glatteis zu führen.

Aber der Raum mit den fünf Konsolen sah anders aus. Es gab Mader und die Hookers nicht mehr, und es gab weniger Staub. Das Licht war anders. *Heller. Lebendiger.*

Und es gab die drei Fremden wieder, die Acker schon beim ersten Mal gesehen hatte.

Nach wie vor berührten die ›Fühler‹ seinen Körper. Vor ihm leuchtete wieder die Schaltfläche auf der Konsole. Aber diese Technik interessierte Tim Acker in diesem Moment nicht so sehr. Ihn faszinierten die Fremden.

Nichthumanoide!

Zwar besaßen sie zwei Beine, zwei Arme und einen Kopf, damit hörte die Menschenähnlichkeit aber auch schon auf. Aus dem Rücken entsprangen je zwei verkümmerte Flügelpaare, die ihnen das Aussehen aufrecht gehender Fluginsekten verliehen. Diese rudimentären Flügelpaare waren jedoch nicht groß genug, die Körper der Geschöpfe zu tragen. Vielleicht konnten sie kurze Luftsprünge unterstützen, aber ansonsten waren sie vermutlich nur Überbleibsel einer früheren Phase der Evolution, so wie der Mensch Steißbein und Blinddarm beibehalten hatte, obgleich er beides längst nicht mehr benötigte.

Die Wesen trugen keinerlei Kleidung, aber um ihre Arme wanden sich unterschiedlich geformte Schmuckreifen aus Metall.

Rangabzeichen?

Oder nur Dekoration?

Die Haut der Fremden war grau und ledrig. Bis auf den Bereich, in dem sich bei Menschen die Genitalien befanden, war sie glatt, dort aber faltig und in mehreren Lagen übereinander geordnet. Die schmalen Köpfe wiesen ebenso schmale Öffnungen für Mund, Nase und Ohren auf.

Außerdem gab es je einen schwach glänzenden Fleck von vielleicht vier oder fünf Quadratzentimetern Fläche, der sich aber bei jedem der Wesen an einer anderen Stelle des Körpers befand. Einer hatte ihn am Kopf, ein anderer an der linken Schultern, der dritte direkt auf dem Bauch.

Nur Augen suchte Tim Acker bei ihnen vergebens.

Dennoch schienen alle drei sehr gut sehen zu können.

Vielleicht ist die Videoprojektion nicht so ganz in Ordnung überlegte Acker. Gelassen beobachtete er die drei Fremden und bedauerte, daß die Hookers sich nicht in seiner Nähe befanden. Mit ihnen hätte er sich gern unterhalten.

Ob sie ihn trotzdem hören konnten?

Er machte den Versuch und rief nach dem Prospektoren-Ehepaar, bekam aber keine Antwort von ihnen. Dafür sprach ihn einer der drei Fremden an.

Die du rufst, können dich nicht hören. Denn du bist nicht hier und sie sind nicht dort.

Acker schluckte.

Hatte der Fremde ihn in seiner eigenen Sprache angeredet?

Nein! Die Laute klangen anders. Aber Acker hatte sie verstanden.

»Kannst du das bitte noch einmal wiederholen?« fragte er leise.

Warum sollte ich das tun? Es ändert nichts an den Fakten. Du scheinst dich nicht auszukennen. Dürfen wir dir helfen zu verstehen?

»Natürlich«, stieß er hervor.

Dann löse dich von dem, was dich festhält, und komme zu uns. Nur dann wirst du wirklich begreifen.

»Und wie soll das gehen?« fragte er unwillkürlich. »Wer seid ihr überhaupt?«

Wir sind, die wir sind. Betätige jene Schaltung. Eine ausgestreckte Hand wies auf die grünlich schimmernde Schaltfläche vor Tim Acker.

»Was passiert, wenn ich sie betätige?« fragte er.

Dann kommst du zu uns.

»Oh, ja«, murmelte er. »Und gleichzeitig schneide ich mich von meinem Rückweg ab, nicht wahr? Überhaupt, was ich hier sehe, ist doch nur eine Projektion, die von einer Video-Disc abgespult wird. Nein, Freunde, ihr müßt mir schon mit anderem Kaliber kommen.« Mit einer Hand griff er nach den metallischen ›Fühlern‹ und bog sie von seinem Körper zurück.

»Man schafft es also auch allein, sich dem fremden Einfluß zu entziehen«, sagte Art Hooker trocken.

Tim Acker schluckte. Dann nickte er. Er sah die drei Fremden nicht mehr, dafür aber Art und Jane Hooker und den Archäologen. Drei Menschen hier, drei Fremde dort...

»Ja«, sagte er. »Sieht so aus, als könne man es schaffen. Sie haben auch diesmal nichts gesehen?«

»Zumindest kein Restaurant«, brummte Mader.

»Vergessen Sie das Restaurant«, knurrte Acker ihn an. »Es geht um die Fremden, mit denen ich gesprochen habe.« Er schilderte sie und auch die seltsame Art der gegenseitigen Verständigung.

»Scheint so etwas wie Telepathie zu sein«, vermutete Art Hooker. »Sie senden mentale Impulse in Form von Bildern aus. Eine ziemlich eindeutige Art der Verständigung, fast als würde man eine Comic-Animation sehen. Aber diese drei Fremden können selbst nur eine Animation sein, Acker. Eine Projektion, die nur Sie sehen können.«

»Ich glaube nicht, daß es eine Projektion ist«, erwiderte Acker. »Es war sehr realistisch. Die Projektion müßte schon unwahrscheinlich gut sein. Sie müßten es sich selbst ansehen.«

»Werde ich auch tun«, sagte Art Hooker. »Ich nehme die Konsole neben Ihnen.«

»Und ich die hier«, stellte Jane klar und schwang sich in einen weiteren Sessel.

Mader blieb skeptisch. Er traute der Sache nicht. »Vielleicht ist es gefährlich«, gab er zu bedenken. »Diese Projektion könnte wie eine Droge sein, die süchtig macht. Schließlich kommt man nicht mehr davon los.«

»Das ist wie das Leben«, sagte Acker. »Das ist auch wie eine Droge – wenn man erst mal angefangen hat, will man immer mehr und fürchtet den Entzug.«

Mader hob fragend die Brauen.

»Lebensentzug. Tod«, erklärte Acker. »Kommen Sie, schalten Sie sich mit ein. Dann brauchen wir anderen Ihnen hinterher nicht jedes Detail zu erzählen.«

»Sie gehen davon aus, daß wir alle vier dasselbe sehen«, sagte Hooker. »Könnte es nicht sein, daß jeder von uns etwas anderes zu sehen bekommt?«

Acker zuckte mit den Schultern. »Ich glaube das nicht,« erwiderte Acker. »Dafür müßte das dafür verantwortliche Programm doch wesentlich komplexer sein, als ich es ihm zutraue.«

»Wie löst man sich wieder aus... aus dieser... äh... *Sache*?« fragte Mader vorsichtig.

Acker zeigte es ihm. Dennoch war der Archäologe noch nicht sehr überzeugt und beschloß, erst einmal abzuwarten.

Die anderen gingen die seltsame Verbindung mit den Konsolen ein.

Übergangslos sahen sie sich den augenlosen Fremden gegenüber...

Du hast also die anderen mitgebracht, vernahm Acker die »Stimme« des Wortführers der drei Fremden. Er sah die Hookers an den beiden Konsolen nebenan. Die drei Glatthäutigen standen jetzt direkt neben ihnen.

Wir sind daran interessiert zu erfahren, woher ihr kommt, fuhr der Sprecher fort. *Wesen wie euch haben wir noch nicht kenneng lernt. Wie seid ihr auf uns gestoßen? Wer hat euch gelehrt, VirTec zu benutzen?*

»Ich weiß nicht, was du damit meinst?« erwiderte Acker. »Was ist VirTec? Wir fanden eine zerstörte Stadt, und in dieser Stadt unter einer Stahlplatte diesen Raum.«

Verfärbten sich die drei Gestalten nicht etwas weiter ins Dunkle?

Eine zerstörte Stadt? Welche, und auf welchem Planeten? Dreimondenschein im Zweisonnengelb-System?

»Schon möglich«, erwiderte Acker. »Der Planet besitzt drei Monde, und zwei gelbe Sonnen leuchten am Himmel.«

Also wirklich dieser Planet, kam es zurück. *Aber wieso ist die Stadt zerstört? Das kann nicht sein.*

Wer weiß? klang die mentale Stimme eines der beiden anderen auf. *Denkt an den Streit der Technos. Vielleicht gehen sie wirklich so weit, die Prophezeiung zu erfüllen.*

Sie glauben doch nicht an die Prophezeiung.

Der Prophezeiung ist es egal, ob an sie geglaubt wird oder nicht. Sie findet statt, weil sie prophezeit wurde. Also wird auch die Stadt zerstört. Das bedeutet aber...

Sekundenlang trat mentale Stille ein. Dann fuhr der ursprüngliche Sprecher fort: *Das bedeutet aber, daß diese drei Fremden, VirTec benutzt haben, um zu uns zu kommen, nicht aus unserer Zeit stammen. Sie sind Besucher aus der Zukunft.*

Tim Acker sah die Hookers an. »Jetzt müßte Mader doch hier sein«, murmelte er. »Besucher aus der Zukunft – ziemlich gut erkannt.«

»Das ist doch keine Projektion mehr«, behauptete Jane Hooker. »Ein solches Programm könnte niemals eine derartige Erkenntnis...«

»Vielleicht doch«, erwiderte Art. »Wenn es unmittelbar vor der Zerstörung der Stadt installiert wurde? Wenn man davon ausging, daß diese Konsolen die Zerstörung überstehen würden? Irgendwann würde jemand sie finden, und da die Zeit generell vorwärts marschiert, würde das in der Zukunft der Programmierer geschehen. Wenn sie das bedacht haben...«

»Vielleicht haben wir eine Zeitreise in die Vergangenheit gemacht«, überlegte Jane.

»Zeitreisen sind unmöglich«, widersprach Art. »Die gibt's nur in Romanen und Filmen.«

»Den Spruch habe ich in Romanen und Filmen schon so oft gelesen und gehört«, winkte Jane ab. »Das ist doch einer der ältesten Tricks der Welt, daß die Autoren das eigene Genre in Frage stellen. Reine Rhetorik. Wenn wir die Sache aber von der wissenschaftlichen Seite betrachten, bleiben immer Fragen offen. Wissenschaft, die ernsthaft betrieben wird und nicht nur aus dem fachtechnischen Brett vor dem Kopf des jeweiligen ›Experten‹ besteht muß...«

»Ich halte Zeitreisen unter bestimmten Grundvoraussetzungen nicht für ganz unmöglich«, unterbrach Tim Acker sie. »Das heißt zwar nicht, daß ich davon ausgehe, *wir* hätten hier und jetzt eine Zeitreise in die Vergangenheit vorgenommen. Aber es gibt subatomare Teilchen, die entweder in einem Kosmos mit maximal lichtschnellen Konstanten Überlichtgeschwindigkeit erreichen und sich damit selbst ad absurdum führen, oder die sich im Zeitstrom rückwärts bewegen.«

»Definitionen dieser Art schränken das Denken zu sehr ein« behauptete Jane. »Es kann gedacht werden, also kann es auch gemacht werden. Wir erleben soeben eine Zeitreise in eine zwanzigtausendjährige Vergangenheit!«

Das ist unlogisch, meldete sich der Wortführer der Fremden wieder. *Vielleicht gibt es irgendwo im Multiversum eine Zivilisation, die die aktive, körperliche Zeitreise beherrscht. Aber VirTec läßt dies nicht zu. VirTec arbeitet anders.*

»Und wie, bitte, arbeitet VirTec?« fragte Acker.

Die Antwort erschlug ihn fast.

Eine Flut von Gedankenbildern strömte auf ihn ein, überlagerte sein gesamtes Denken. Es waren Bilder von Formeln und ihrer praktischen Anwendung, von abstrakten Denkprozessen und bizar ren technischen Konstruktionen. Was blieb, als die Flut abebbte, war ein heilloses, unverständliches Durcheinander.

Ich erbitte deine Verzeihung, Terraner, klang es stumm in Acker auf. *Deine Spezies denkt anders als wir. Eine Übereinstimmung der Begriffe ist daher kaum möglich. Das einzige, was möglich wird, ist, daß wir eure Sprache erlernen und euch die unsere schenken.«*

Der augenlose Fremde berührte wieder etwas an der Konsole.

Noch schneller als er waren Art Hooker und seine Frau. Beide entfernten die ›Fühler‹ von ihren Körpern – und im gleichen Moment hörten sie für Tim Acker auf zu existieren. Sie waren einfach fort. Nur noch er allein befand sich hier in Gesellschaft der drei Augenlosen.

Etwas Eigenartiges durchdrang ihn. Es war anders als die Flut unverständlicher Begriffe, die ihn vorhin durchströmt hatte. Und es war nicht gefährlich. Es setzte sich nur unauslöschlich in ihm fest. Und als er jetzt sprach, tat er es unwillkürlich in der Lautbildung der Augenlosen.

»Sha na karoo gha fhatay simman ‘la ya go.«

Ich muß meine Freunde beruhigen, daß keine Gefahr besteht.

»Gha fhatay narrada?«

»Narrada, go ya ya.« *Ich hole sie wieder hierher zurück, ja, sicher.*

Und er löste die Kontakte – und war im nächsten Moment wieder in Gesellschaft der Hookers und des Archäologen. Von den drei Fremden war nichts zu sehen.

»Narrada, gha fhatay«, grinste Tim Acker. »Kommt wieder zurück, meine Freunde. Man wollte uns nur die Sprache dieser Fremden lehren. Bei mir hat es funktioniert! Es besteht keine Gefahr. Sie sind friedliche Wesen.«

Jane schloß die Augen.

»Seltsam«, sagte sie.

»Was ist seltsam?« wollte Acker wissen.

»Diese drei Wörter, die Sie eben sagten – ich glaubte, sie verstanden zu haben, auch wenn ich sie nicht hundertprozentig übersetzen konnte. Ich glaube, ich hätte sie auch begriffen, wenn Sie nicht gleich darauf in Angloter gesprochen hätten.«

»Den Eindruck hatte ich auch«, stimmte Art zu. »Könnte es sein, daß wir etwas von diesem... nennen wir es mal ›Sprachlernpaket‹ – mitbekommen haben? Daß wir quasi *gestreift* worden sind, noch während wir uns ausklinkten?«

»Das wäre eine Erklärung«, sagte Jane. »Vielleicht sollten wir tatsächlich auf die Vorschläge eingehen. Nur so können wir etwas über die Fremden lernen.«

»Zumindest, wie ihre Technologie funktioniert«, schmunzelte Art. »VirTec... Virtuelle Technik?«

»Was meinst du damit?«

»Unsere Wühlmaus Mader«, er warf dem Archäologen einen überaus freundlichen Blick zu, »sagte vorhin etwas von Cyberspace. Vielleicht erleben wir das, was sich in der Vergangenheit abgespielt hat, als eine Art *virtual reality*. Wenn wir uns an die Konsolen setzen und die Verbindung herstellen, erleben wir zwar keine echte Zeitreise, aber wir geraten in eine Projektion, in der wir uns interaktiv bewegen können. Kurz vor der Jahrtausendwende hat's so was angeblich auch mal auf Terra gegeben. Es soll Menschen gegeben haben, die regelrecht süchtig wurden und sich geradezu in der *virtual reality* verloren. Für diese Leute war es eine Art Ersatzdroge. Aber irgendwann ebbte es wieder ab. Scheinbar merkte man, daß computergenerierte Illusionen einfach unecht blieben. Du kannst eine virtuelle Katze wohl streicheln, kannst ihr virtuelles Futter hinstellen, aber du weißt trotzdem, daß sie in Wirklichkeit keine Katze ist, sondern nur ein Haufen von geordneten Elektronen, die über einen Bildschirm für dich sichtbar gemacht werden und dir zugleich die Illusion einimpfen, du würdest mit dem *Datenhandschuh* etwas Echtes berühren. Irgendwann sind die Menschen zu den echten Drogen zurückgekehrt.«

Acker nickte. »Das muß in der Steinzeit der Computertechnologie gewesen sein«, sagte er.

Drei augenlose, nackte Wesen hießen ihre Gäste willkommen. In welcher Sprache sie sich mit den Terranern unterhielten, war nicht mehr festzustellen. War es Angloter oder die Sprache jener, die diesen Cyberspace entwickelt hatten?

»Wir wollen eure Neugierde stillen«, versprach Roon. Mit diesem Namen hatte der Sprecher der Fremden sich vorgestellt. Die beiden anderen nannten sich Muud und Gaap. »Wenn ihr mit uns kommt«, fuhr Roon fort, »zeigen wir euch die Stadt und berichten euch von unserem Leben. Vielleicht werdet ihr es interessant finden.«

»Ich begreife nicht, wie sie uns ihre Sprache beigebracht haben«, raunte Jane den beiden Männern zu. »Das ist ja wie in einem Traum! Hoffentlich wird's kein Alptraum...«

»Nur keine Angst, Menschenwesen«, versuchte Roon sie zu beruhigen. »Solange ihr bei uns seid, werdet ihr keinen Schaden erleiden.«

Art Hooker dachte etwas praktischer. »Wie sollen wir euch begleiten? Wenn wir diese Konsolen verlassen, wird der Kontakt zu euch abbrechen.«

»Das stimmt nicht«, sagte Roon. »Probiere es aus, Art.«

Schulterzuckend wollte Hooker die metallischen ›Fühler‹ beiseite schieben, wie er es bei seinem und Janes Fluchtversuch getan hatte. Aber Muud hielt seine Hände mit sanftem Druck fest.

»Nicht so«, bat er. »Stehe einfach auf.«

»Die ›Fühler‹ sind im Wege«, sagte Hooker.

»Du irrst dich.«

Der Prospektor verzog das Gesicht.

Da erhob sich Tim Acker. Verblüfft stellte er fest, daß die ›Fühler‹ nicht zu existieren schienen. Er konnte sie einfach durchdringen – oder durchdrangen sie ihn? Als er neben der Konsole stand, berührte er sie mit den Fingern und fand sie stabil.

»Wie funktioniert das?« fragte er.

Er erhielt keine Antwort. Es war, als hätten Roon, Muud und Gaap das Phänomen überhaupt nicht wahrgenommen, und als hätten sie im gleichen Zusammenhang auch Ackers Frage nicht gehört.

Jetzt erhoben sich auch die beiden Hookers. Sie erlebten das gleiche Phänomen. Die Kontaktstäbe, diese seltsamen, biegsamen ›Fühler‹, setzten ihnen keinen Widerstand entgegen, waren allerdings Augenblicke später wieder materiell stabil!

»Verrückte Technik«, murmelte Acker.

»VirTec erscheint nur dem verrückt, der sie nicht zu akzeptieren bereit ist«, tadelte Roon.

»Was heißt VirTec überhaupt? Hat es etwas mit *virtual reality* zu tun?«

»Diese Frage verstehen wir nicht«, erwiderte Roon. »Aber jetz kommt. Viel Wissen wartet auf euch.«

Er schritt kräftig aus und wedelte dabei mit seinen rudimentären Flügelpaaren.

Jetzt, da die Menschen die Fremden in relativ schneller Bewegung sahen, wurde ihnen noch etwas klar.

Diese augenlosen Fremden bewegten sich *wie Reptilien...*

Ralf Mader war unruhig.

Er stand neben den Konsolen. Mißtrauisch verfolgte er das *geistige* Wegtreten der drei anderen Menschen. Mit jedem Mal wurd es ihm unheimlicher, aber andererseits stieg auch seine Neugierde Sollte er nicht vielleicht doch ebenfalls das Risiko eingehen, sic mit dieser Maschine zu verbinden und ebenfalls zu sehen, was di anderen sahen?

Er würde es aus erster Hand erleben und es sich hinterher nic extra erzählen lassen müssen.

Aber er traute dieser scheinbaren virtuellen Realität nicht, diesem Bildprogramm aus fernster Vergangenheit, das unwahrscheinlich realistisch erscheinen mußte.

Plötzlich glaubte er eine Veränderung an den drei Gefährten z registrieren, doch er konnte nicht erkennen, worin diese Veränderung bestand.

War es nicht, als hätten sie sich ein weiteres mal aus der Wirklichkeit entfernt?

Als säßen an den Konsolen nicht nur Menschen, die in Trance versunken waren – sondern nur noch leere, entseelte Körper?

Mader schluckte.

Vielleicht sollte er versuchen, sie *zurückzuholen*? Die Verbindungen zu unterbrechen?

Aber vielleicht war das falsch. Vielleicht holte er sie dabei aus einer für sie wichtigen Situation heraus. Vielleicht befanden sie sich ja gar nicht in Gefahr. Vielleicht hatte er sich ja auch nur geirrt.

Beunruhigt wartete der Archäologe weiter ab.

22.

In Cattan konnte der Vibrationsalarm selbst Tote aus dem Schlaf reißen. Alarmresonatoren sorgten dafür, daß auch die Freizeitler am Blue River aufgeschreckt wurden und zu ihren Armbandviphos griffen, soweit sie sie mit sich führten – was eigentlich Vorschrift war, wenn jemand sich weiter als normal von der Stadt entfernte. Und unter »normal« verstand man in Cattan eine Distanz von kaum mehr als wenigen Schritten.

Seit es immer wieder erforderlich wurde, sich schnellstens unter den Schutzschirm zurückzuziehen.

Wenn der sich erst einmal aufbaute, gab es keine Chance mehr hindurchzukommen. Wer sich dann noch außerhalb der Prallfeldglocke befand, war praktisch verloren. Strukturlücken zu schalten war ein unglaublich komplizierter Vorgang, der seine Zeit brauchte – und auch erst gar nicht eingeleitet wurde, wenn das Risiko bestand, daß durch diese Strukturlücke auch Strahlung eindrang.

Nicht jeder besaß ein Armbandvipho. Keine Frage des Geldes sondern nur eine der Verfügbarkeit. Hope war nicht die Erde, w man an jeder Straßenecke ein Geschäft fand und fehlendes technisches Gerät einkaufen konnte. Zudem war gerade zu Roccos Zeiten ein schier unverantwortlicher Raubbau mit technischem Gerät betrieben worden. Das machte sich heute bemerkbar.

Doch niemand dachte auch nur im Traum daran, Container volle Geräte von der Erde kommen zu lassen. Wozu noch? Wie lang würde Cattan noch bestehen? Wann war es soweit, daß auch de letzte Siedler die Stadt aufgeben mußte, weil der Schutzschirm di kosmische Hyperstrahlung nicht mehr zurückhalten konnte? Dan würde es nur noch auf und in Deluge Menschen geben.

Warum also erst noch Material einfliegen lassen, das hinterher ohnehin als teures Gepäck wieder zu einer anderen Welt mitgenommen werden mußte?

Immerhin – einige der Freizeitler am Fluß führten Viphos mit. Sie gaben die Meldung zähneknirschend weiter, daß die Werte der kosmischen Magnetfeldstrahlung wieder drastisch anstiegen und daß jeder aufgefordert wurde, sich unverzüglich unter den Schutz des Energieschirms zu begeben.

Einige machten ihrem Ärger lautstark Luft.

»Der Stadtpräsident kann doch auch nichts an den Strahlenstürmen ändern«, versuchte jemand die anderen zu besänftigen. »Das ist ein kosmisches Phänomen, auf das keiner von uns Einfluß hat und mit dem wir leben müssen!«

»Trotzdem hab' ich's satt, sogar aus diesen paar Minuten Sonnenschein wieder 'rausgerissen zu werden... verdammt noch mal, können diese Strahlenstürme nicht dann auftreten, wenn's hier Katzen und Hunde regnet? Unter der verdammten Kuppel ist doch selbst bei prachtvollstem Sonnenschein der Himmel dunkelgrau! Mit dem nächsten Raumer fliege ich nach Terra zurück!«

»Flieg lieber gleich nach Andromeda«, spottete ein anderer. »Über kurz oder lang wird auch Terra in die gefährdete Zone geraten! Oder glaubst du, die Fremdrassen fliehen nur deshalb erst jetzt am Col-System vorbei, weil ihnen die Magnetstürme früher nicht aufgefallen sind? Die werden immer stärker und dehnen sich immer weiter aus! *Noch* ist die Erde nicht betroffen, aber wie lange noch?«

Plötzlich verkündete jemand die durchgesickerte Wahrheit, der Schutzschirm halte längst nicht alle Strahlung ab, wenn die Magnetstürme etwas stärker ausfielen.

»Was hilft es uns dann noch, uns unter der Glocke zu verkriechen, wenn wir ja doch geröstet werden? Dann können wir auch gleich hier draußen unter freiem Himmel bleiben! Dann haben wir's schneller hinter uns...«

»Willst du tatsächlich Selbstmord begehen?«

»Selbstmord? Wir gehen doch so oder so alle drauf, weil diese

Schreibtischhelden in World City... nein, jetzt ist die Verwaltung ja in Alamo Gordo... aber für uns interessieren diese Bürokraten sich doch ohnehin nicht! Wir können doch draufgehen! Wichtig ist für die doch nur, daß die Erde wieder zu einem Juwel gemacht wird, koste es, was es wolle! Für uns bleibt nichts...«

»Für uns bleibt noch eine verdammte Menge«, sagte ein Mann leise, aber eindringlich. Er deutete auf die VESTA.

»Siehst du das Raumschiff dort? Das kann uns nach Terra bringen!«

»Und es hat einen besseren Schutzschirm als Cattan...!«

Die Saat war gelegt.

Würde sie aufgehen?

Immer noch arbeitete der Vibrationsalarm, der jetzt nur noch Aggressionen schürte!

Roon, Muud und Gaap führten Tim Acker und die Hookers aus dem großen Raum hinaus. Immer mehr verdichtete sich in Art Hooker der Verdacht, daß diese glatthäutigen Geschöpfe trotz ihrer dünnen Flügelpaare von Reptilien abstammten. Das typische Drehen der Wirbelsäule bei jedem Schritt deutete unbedingt darauf hin. Außerdem schienen sie zwei Kniegelenke pro Bein zu besitzen, was sich allerdings erst beim Gehen zeigte – sie schaukelten. Durch die Kombination beider Bewegungen geriet der Oberkörper in ein bedrohliches Pendeln.

»Kann mir mal einer verraten, wie die ohne Augen sehen können?« murmelte Tim Acker. »Gerade bei dieser Schaukelei müßten sie doch eigentlich überall gegenknallen, weil sie oben einen weit größeren Bewegungsradius haben als unten...«

Jane Hooker lächelte katzenhaft. »Vielleicht haben sie deshalb keine Augen, weil ihnen sonst bei dem Geschaukel schwindelig würde. Könnte mir vorstellen, daß ein ständiges Hochkommen des Mittagessens der Fortbewegung nicht gerade dienlich ist.«

»A propos Mittagessen«, bemerkte Tim Acker trocken. »Ob die hier was haben, das für uns Menschen genießbar ist? Vielleicht hätten wir uns Proviant mitnehmen sollen. Wer weiß, wie lange wir uns in dieser seltsamen Umgebung aufhalten werden.«

Ruckartig blieb Jane stehen. »Sie meinen doch nicht etwa, daß das *echt* ist, was wir hier erleben?«

»Wofür halten Sie es denn?«

»Nach wie vor für so etwas wie eine *virtual reality*, in die wir uns interaktiv eingeklinkt haben. Unsere Umgebung reagiert auf unser eigenes Verhalten. Wären wir an den Konsolen sitzengeblieben, hätte das Programm eine andere Möglichkeit gefunden, uns zu präsentieren, was wir gern sehen wollen. In Wirklichkeit marschieren wir doch gar nicht hinter unseren drei Freunden her, sondern sitzen immer noch an den Konsolen.«

Unwillkürlich kehrte Acker um bis zum Ende des Korridors und warf einen Blick zurück in den großen Raum. Kopfschüttelnd schloß er dann wieder zu den anderen auf.

»Die Konsolen sind leer«, sagte er.

»Natürlich können wir uns dort selbst nicht sitzen sehen. Das würde der *virtual reality* widersprechen.«

»Aber nicht einer Zeitreise in die Vergangenheit«, murmelte Acker.

»Das halten Sie ernsthaft für möglich? Darf ich Sie daran erinnern, daß Roon vorhin behauptete, VirTec arbeite anders und lasse eine körperliche Zeitreise nicht zu? Außerdem haben Sie eben noch selbst dagegen argumentiert.«

»Da war ich auch noch nicht ganz so hungrig«, konterte Acker launig. »Es ist das von meinen lieben Kollegen aller Fakultäten leider viel zu selten genutzte Privileg des Wissenschaftlers, Meinungen auch mal revidieren zu können, wenn neue Fakten fossile Theorien ins Wanken bringen. Aber die meisten Kollegen rütteln dann lieber an den Fakten als an ihren Theorien. Deshalb haben andere Völker auch den Sprung aus der Vorsteinzeit zur überlichtschnellen Raumfahrt wesentlich schneller geschafft als wir unflexiblen Terraner.«

»Ihr Hunger hat also neue Fakten geschaffen? Oder wie darf ich das verstehen?« hakte Jane schmunzelnd nach.

»Mein Hunger ist recht unflexibel«, grummelte Acker. »Er könnte einiges mehr ins Wanken bringen als nur Theorien. Doch wir sollten beim Thema bleiben. Ist Ihnen nach unserem Sprach-Crashkurs eigentlich aufgefallen, daß diese Geschöpfe keine spezifische Artbezeichnung für sich selbst haben?«

»Wie meinen Sie das?«

»Nun, sie bezeichnen uns durchaus korrekt als ›Menschenwesen‹ oder ›Terraner‹. Diese Unterschiede kennen sie also zumindest aus dem, was sie möglicherweise von uns übernommen haben. Aber für sich selbst... wenn ich richtig darüber nachdenke, fällt mir ein, daß sie für sich keine solchen Unterscheidungen treffen. Mein ›Sprachpaket‹ sagt darüber jedenfalls nichts aus.«

»Stimmt nicht ganz«, widersprach Art Hooker. »Roon erwähnte die *Technos*.«

Weiter vorn, am anderen Ende des Ganges, waren die drei Fremden stehengeblieben. An ihren Hinterköpfen fand eine Veränderung statt. Die Haut verfärbte sich und begann auf einer Fläche von jeweils drei oder vier Quadratzentimetern zu glänzen.

So wie die Flecken, die sich an den Vorderseiten ihrer Körper befanden...

»Warum folgt ihr uns nicht, Tim, Jane und Art?« fragte Muud ohne sich zu ihnen umzuwenden.

»Weil wir noch ein paar Fragen haben«, sagte Art Hooker. Er schloß jetzt zu den Fremden auf. »Wie nennt sich eure Spezies? Daß wir uns Terraner nennen, habt ihr ja schon mitbekommen. Wie nennt ihr euch?«

Jetzt drehte sich Muud halb um.

Der glänzende Fleck auf seiner Haut wanderte dabei und blieb nach wie vor auf die Menschen gerichtet. »Diese Frage verstehen wir nicht.«

»Zwei«, sagte Acker trocken.

»Bitte?«

»Schon die zweite Frage, auf die diese ungemein informative Antwort kommt.«

»Scheint so, als würde das Programm, das um uns herum abläuft estimmte Dinge ausschließen. Wenn Antworten nicht existieren, önnen die dazugehörigen Fragen nicht erkannt werden. Es kommt ur *Error*-Meldung«, sann Art Hooker.

Er wandte sich an Muud. »Wer oder was sind die *Technos*?«

»Es handelt sich um eine radikal-fanatische Gruppierung unseres olkes, die für den konsequenten Einsatz höchstmöglicher Technologie um jeden Preis eintritt.«

»Radikal-fanatisch«, brummte Acker. »Ich *liebe* radikale Fanatier. Wie schön, daß es so was nicht nur bei uns Menschen gibt. ielleicht sollten wir lieber umkehren. Wer weiß, vielleicht setzten ie höchstmögliche Technologie ein, um mehr über uns Besucher us der Zukunft herauszufinden. Zur Not schneiden sie uns ein ißchen auf und schauen nach, wie wir von innen aussehen und ie unser Metabolismus funktioniert.«

»Es wird nicht schmerzhaft sein«, beruhigte Gaap. »Man wird den etreffenden Probanden zuvor abtöten.«

Unwillkürlich zog Art Hooker den Paraschocker und entsicherte n. Jane tat es ihm nach. Sie traten ein paar Schritte von den Geügelten zurück. Hooker zog Acker mit sich.

»Was tut ihr da?« wollte Roon wissen. »Was sind das für Geräte?«

»Das sind Waffen, mein Freund«, erklärte der Prospektor. »Mit enen werden wir verhindern, daß uns jemand abtötet und seziert. ir haben etwas gegen diese Art von Grundlagenforschung.«

»Ihr braucht die Waffen nicht auf uns zu richten«, sagte Roon. Vir pflegen unsere Neugierde auf zivilisierte Weise zu stillen.«

»Und wie sieht diese *zivilisiertere Weise* aus?« wollte Hooker issen.

»Wir haben unsere Neugierde bereits gestillt. Was wir über euch esucher aus der Zukunft wissen müssen, haben wir bereits erfahn. Den Technos stehen unsere Möglichkeiten jedoch nicht zur erfügung. Sie brauchen allerdings auch nichts von eurer Anwenheit zu erfahren.«

Tim Acker hob die Brauen.

»Wissen Sie, Art und Jane – wenn wir uns doch nur in einer *rtual reality* bewegen, können wir doch jederzeit wieder aussteigen. Uns kann überhaupt nichts passieren. Eine Vivisektion würde gar nicht stattfinden können. Oder glauben Sie jetzt doch daran, daß wir eine körperliche Zeitreise in die Vergangenheit gemacht haben?«

Roon hob beide Hände. »Ihr scheint nicht begreifen zu wollen, wie VirTec funktioniert«, sagte er. »Ihr seid wirklich hier bei uns.«

»Und wie funk...« Hooker unterbrach sich, da er die Antwort vorausahnte.

»Diese Frage verstehen wir nicht.«

»Klar. Wir verstehen die Funktionsweise von VirTec nicht, und ihr versteht unsere Frage dazu nicht. Ein perfektes System, sich abzusichern«, erkannte Hooker. »Wir suchen aber nach Erklärungen. Wir müssen wissen, ob wir wirklich hier sind oder ob ihr und die gesamte Umgebung sich uns nur in Form eines Computerprogramms zeigen. Wenn wir wirklich hier sind, müssen wir wissen, auf welche Weise wir hergekommen sind. Das ist für uns ein Sicherheitsproblem.«

»Ihr seid bei uns sicher«, behauptete Gaap. »Ihr braucht eure Waffen nicht. Ihr könnt sie uns aushändigen. Waffen sind gefährlich. Man kann mit ihnen versehentlich großen Schaden anrichten. Deshalb verzichten wir auf Waffen.«

»Ach, ja?« murmelte Acker. »Dann wäre das das erste Mal in der Geschichte des Universums, daß eine Spezies auf dem Weg vom Einzeller über die fortgeschrittene Verblödung bis zur interstellaren Raumfahrt und anschließenden Intelligentwerdung auf Waffen verzichtet. – Sagt mal, ihr drei, wenn ihr keine Waffen besitzt, wieso kennt ihr sie dann?«

»Oder das Programm, das euch generiert?« fügte Hooker hinzu.

»Wir werden nicht von einem Programm generiert«, warf Muu ein. »Ebensowenig wie ihr. Ihr versteht VirTec wirklich nicht.«

»Die Technos verfügen über Waffen«, erklärte Gaap. »Aber bei uns braucht ihr sie nicht.«

»Sagte die Spinne zur Fliege«, kommentierte Jane. Allerdings schob sie ihren Schocker ins Futteral zurück – langsam.

Ihr Mann hielt die Strahlwaffe immer noch in der Faust. Gaap

Hand mit erstaunlich feingliedrigen Fingern näherte sich ihr. An einer Fingerkuppe, der, welche dem Schocker am nächsten war, bildete sich einer jener glänzenden Flecke. Zugleich verschwand der andere am Kopf...

»Eine interessante Konstruktion«, bemerkte Gaap. »Verschießt die Waffe Lähmstrahlen?«

»Diese Frage verstehen wir nicht«, erwiderte Hooker trocken.

Gaap wirkte keinen Sekundenbruchteil lang irritiert.

Acker trat ein paar Schritte vor. »Ich habe Hunger«, erklärte er. »Vielleicht sollten wir im Programm fortfahren, damit's zügig weitergeht. Wenn wir weiter in diesem Korridor bleiben und über unwichtige Dinge diskutieren oder unbeantwortbare Fragen stellen, wird nie etwas daraus.«

»Folgt uns jetzt bitte«, sagte Gaap prompt. »Wir wollen euren Wissensdurst stillen.«

Roon machte eine Handbewegung.

Vor ihnen öffnete sich ein Durchgang. Direkt ins Freie.

Draußen war es strahlend hell. Vorsichtig folgte Art Hooker den drei Fremden und sah sich um. Den Paraschocker hielt er immer noch in der Hand, allerdings gesenkt.

»So also hat die Stadt vor zwanzig Jahrtausenden ausgesehen«, murmelte er.

Jane und der Professor folgten ihm nach draußen. Hinter ihnen schloß sich die Türöffnung zu der unterirdischen Anlage.

Unterirdisch?

Der Ausgang befand sich zu ebener Erde, auf Straßen-Niveau!

»Ein Fuchsbau«, murmelte Jane. »Die Anlage muß mehrere Zugänge haben. Wir sind nicht da wieder herausgekommen, wo wir sie betreten haben. Denn der Gang, den wir benutzten, führte nicht wieder aufwärts.«

»Und die Tür hinter uns«, bemerkte Acker, der sich kurz umgesehen hatte, »besteht auch nicht aus der vermutlichen Tofiritlegierung. Das ist Holz, Leute. Echtes Holz! Die Bewohner dieser Stadt müssen verdammt reich sein, daß sie sich Echtholz leisten können. Selbst mein nicht gerade niedriges Professorengehalt langt nur für eine Apartmentwohnung mit Plastiktür. Auf Echtholzausstattung müßte ich verdammt viele Jahre sparen.«

Um die Tür herum erhob sich ein ausgedehnter Gebäudetrakt mit weiteren Türen und Fenstern. Dieser Trakt existierte in der Gegenwart nicht mehr – nur noch ein paar Mauerfragmente standen, und einen großen Teil davon hatte inzwischen der Flugdozer weggeräumt, um die riesige Metallplatte freizulegen.

Vor ihnen erstreckte sich eine breite Straße, dahinter weitere fünfeckige Gebäude. Kein einziges Fahrzeug war auf dieser Straße zu sehen, auch in der Luft bewegte sich nichts. Dafür wimmelte es von diesen stummelflügeligen Wesen, die auf Kleidung verzichten konnten und nur durch die Form, Farbe und Größe ihres Armschmucks voneinander zu unterscheiden waren.

Einige sahen erstaunt zu den drei Menschen herüber, was Tim Ackers Verdacht festigte, daß sie tatsächlich real hier waren, und nicht nur in einer komplizierten Cyberspace-Animation.

So aufwendig konnte kaum ein Programm arbeiten, um auch Nebensächlichkeiten aufzunehmen und anzuwenden.

Selbst wenn man voraussetzen durfte, daß die Computertechnologie dieser Geschöpfe vielleicht weiterentwickelt war als die der Menschen, und auch wenn man von der Technik der Mysterious schon wahre Wunder gewohnt war – wie zum Beispiel den Checkmaster der POINT OF oder die Gedankensteuerung des Ringraumers und seiner Flash oder diverse Einrichtungen im Industriedom von Deluge wie das *Archiv* mit seinen wissensspendenden Mentcaps, die *Kantine*, die auf Wunsch jede Mahlzeit erzeugen konnte, oder der *Pullman*, dieses fantastische Transportmittel innerhalb des Industriedoms.

Einige der Stummelflügler kamen jetzt auf die kleine Gruppe zu.

»Wir müssen fort, schnell«, sagte Roon plötzlich.

»Und warum, bitte?«

Roons Antwort blieb unvollständig.

»Die Technos...«

Mader drehte Däumchen. Mehr und mehr langweilte sich der Archäologe. Die Minuten schienen nicht vergehen zu wollen. Immer wieder sah Mader die drei Personen an, die mit entrücktem Gesichtsausdruck vor ihren Konsolen saßen.

Er fragte sich erneut, ob es nicht ein Fehler gewesen war, zurückzubleiben.

Die anderen holten sich jetzt einen enormen Wissensvorsprung. Maders Neugierde wurde immer größer.

Er wollte wissen, wodurch diese Stadt wirklich zerstört worden war, wie sie ausgesehen hatte, wie die Bewohner gelebt hatten! Das würde ihm und seinem Team bei der späteren archäologischen Arbeit sicher helfen.

Schließlich gab er sich einen Ruck. Er nahm an der vierten Konsole Platz und ließ sich von den metallischen ›Fühlern‹ berühren.

Übergangslos veränderte sich seine Umgebung. Er sah, was auch Acker und die Hookers gesehen hatten.

Aber er sah diese drei nicht mehr.

Sie waren verschwunden!

Erschrocken löste Mader die Verbindung – und kehrte in die Realität der Gegenwart zurück...

Die *Technos* waren relativ einfach von den anderen Stummelflüglern zu unterscheiden – sie trugen Kleidung und waren bewaffnet. Und diese Bewaffnung setzten sie radikal ein.

Sie stürmten von zwei Seiten heran. Aufschreiende Stummelflügler flüchteten. Seltsam zwitschernde Geräusche entstanden. Strahlbahnen waren nicht zu sehen, aber als Gaap wie vom Blitz gefällt zusammenbrach und Muud aufkreischend herumgewirbelt wurde, wußten die drei Terraner, daß die Technos Fernwaffen einsetzten.

Auf Muuds nackter Haut waren große Brandflecken entstanden!

Art Hooker hielt seinen Paraschocker noch in der Hand. Er brauchte bloß den Arm hochzureißen und abzudrücken. Die flirrende Energie fächerte drei, vier der Technos ab.

Mitten im Lauf stürzten sie zu Boden, als habe ihnen jemand die Beine unter den Körpern weggezogen.

Tim Acker reagierte etwas langsamer, dafür mit extremer Gründlichkeit. Er nahm den Amphiblaster mit beiden Händen und gab Dauerfeuer.

Ein greller Energiestrahl flammte aus der Mündung und zog eine Feuerspur über die Straße. Schmelzender Bodenbelag stoppte den rasenden Vorwärtslauf der Technos, die von der anderen Seite her angriffen.

Dämpfe stiegen auf, vor denen die Technos zurückwichen. Einige wanden sich in Krämpfen, weil sie den Qualm eingeatmet hatten, der durch den Schmelzbrand entstanden war. Und dann hatte Tim Acker Pech, als er die Schußbahn korrigieren wollte, gerade als einer der Technos todesmutig zum Sprung über die glutende hitzeflirrende Fläche ansetzte und dabei seine Hand mit der Waffe vorgestreckt hatte.

Ackers Blasterstrahl erwischte unbeabsichtigt diese Waffe!

Die verwandelte sich im Bruchteil einer Sekunde in eine Mini-Sonne, die ihre gesamte Energie in einem einzigen Aufblitzen verstrahlte!

Im fauchenden Feuerball verschwand der Techno!

Flammenbahnen und verdampfende Schmelzbrocken der auseinanderfliegenden Waffe jagten nach allen Seiten davon. Im gleichen Augenblick wurde der Blaster in Ackers Hand glühendheiß. Die Energieüberladung der Fremdwaffe führte zu einer lichtschnellen thermischen Rückkopplung!

Acker schleuderte den Blaster von sich.

Die Explosion erfolgte noch in der Luft!

Schreie überall! Gleißende Helligkeit und das Aufbrüllen der Entladung, von der auch Tim Acker mit erwischt wurde. Eine Hitzewand raste über ihn hinweg. Das eigenartige Zwitschern hörte er kaum noch. Um ihn herum wurde es schwarz. Er glaubte noch um sein Gleichgewicht zu kämpfen und eine Hauswand unter seinen Handflächen zu spüren, aber die Eindrücke verwischten bereits.

Art und Jane Hooker feuerten immer noch aus ihren Schockern. Innerhalb weniger Augenblicke hatte sich der Straßenbereich vor dem großen Gebäudekomplex in eine kleine Hölle verwandelt, eine Hölle aus Schreien, brennendem Fleisch und fauchenden Strahlschüssen.

Dann war es vorbei. Stille trat ein.

– – – Totenstille – – –

23.

Mader schreckte zusammen, als er angesprochen wurde. Pfeifend stieß er die Luft aus. »Sie, Mallony?«

»Warum so schreckhaft, Mann?« fragte der andere. »Stimmt hier etwas nicht?«

»Doch, schon«, beeilte sich der Archäologe zu sagen. »Ich – ich hatte nur nicht mit Ihnen gerechnet. Wollten Sie nicht oben bleiben?«

»Ich geh' ja gleich wieder«, schmunzelte Mallony. »Ich wollte Sie nicht in Ihrer Andacht stören. Was spielt sich hier überhaupt ab? Warum sind die drei so geistesabwesend und Sie nicht?«

Mader zwang sich zu einer Portion Selbstironie. »Ich seh' imme so aus...« Dann erzählte er Mallony von seinem Versuch, sich ebenfalls in diesen mutmaßlichen Cyberspace zu begeben.

»Die drei sind verschwunden«, schloß er. »Ich verstehe das nicht Ich müßte sie doch eigentlich sehen können.«

»Vielleicht ist es so, daß man sich, wenn man sich eingeklink hat, gegenseitig nicht mehr sehen kann. Vielleicht erlebt an diese Konsolen jeder seine eigene Geschichte. Jedenfalls ist es tatsäch lich besser, wenn jemand als Kontrollperson hier ist«, sagte Mallc ny. »Ich verstehe Art und Jane nicht so ganz. Die sind doch sons nicht ganz so leichtsinnig.«

»Vielleicht halten sie selbst das für Wagemut«, sagte Mader.

»Wichtig ist jedenfalls, daß jemand sie zurückholen kann. Fi den Fall, daß etwas passiert, das sie in ihrem Zustand gar nicl mitbekommen. Oder daß ihnen etwas passiert, vor dem sie sic selbst nicht schützen können. Wie war das noch? Man zieht dies seltsamen ›Fühler‹ zurück?«

Mader nickte.

Plötzlich stutzte er.

»Was ist denn das?« stieß er hervor und deutete auf Tim Acker.

Der Professor – *blutete*...

Jeff Mescalero war in die Stadt hinübergeschlendert.

Vorbei an den Archäologen, die mit ihrer Arbeit beschäftigt waren und dem Mann aus Ben Mallonys Crew nur einen kurzen Blick zuwarfen. Nach einer Weile erreichte er den Flugdozer vor der freigeräumten, rötlichen Metallplatte.

Von Mallony und den Hookers war nichts zu sehen. Auch nicht von Professor Acker. Nur ein ovales Loch schimmerte im Metall. Sollten sie dort verschwunden sein?

Mescalero vernahm ein rhythmisches Summen aus dem Inneren des Dozers. Er kletterte in die große Maschine und schaltete das Bordvipho ein. Der Bildschirm zeigte Mike Bows Konterfei. Der Sicherheitsbeauftragte war ungehalten. »Wie schön, daß sich bei euch endlich mal einer meldet! Verdammt, wir haben Strahlenalarm!«

»Seit wann?« fragte Mescalero knapp.

»Seit einer halben Stunde! Seither versuche ich euch Narren zu erreichen. Aber keiner denkt daran, mal sein Vipho einzuschalten! Mensch, Jeff, trommeln Sie die Leute zusammen und kommen Sie nach Cattan! Schnellstens!«

»Leichter gesagt als getan, Mike! Ich muß erst mal 'rausfinden, wo sie stecken! Zwei von den Maulwürfen habe ich eben gesehen, aber der Obermaulwurf hat sich die Tarnkappe ebenso aufgesetzt wie Ben und die anderen. Ich schau mal nach.«

»Soll ich ein Scoutboot schicken?«

»Schätze, das ist nicht unbedingt nötig«, meinte Mescalero. »Wir werden es auch mit dem Dozer schaffen. Den müssen wir ja ohnehin nach Cattan bringen. Ich glaube nicht, daß die Hookers erfreut darüber wären, die Maschine hier draußen der Raumstrahlung auszusetzen. Wer weiß, was da hängenbleibt und die empfindliche

Elektronik durcheinanderbringt.«

»Auf Kontinent 4 hat der Dozer doch auch schon bei Strahlen-alarm draußen gestanden«, wunderte sich Mike Bow.

»Eben! Und deshalb hat Hooker vor kurzem auch erst eine ganz Menge erneuern müssen. Ende, Mike. Ich suche jetzt nach unsere Helden. Laßt das Prallfeld noch ein paar Minuten offen, bis wi kommen.«

»Ihr habt«, Bow sah auf sein Armband-Chrono, »noch maxima vierundvierzig Minuten! Soviel Zeit haben uns die Astrophysike zugestanden. Danach muß das Prallfeld über Cattan zu hunder Prozent stehen, oder für die Gesundheit der Bevölkerung kan nicht mehr garantiert werden. Das gilt auch für euch, Jeff. Ih schafft das doch nicht! Ich schicke euch Yamatako mit dem Scout boot.«

»Unsinn«, knurrte Mescalero. »Ich trommele die Leute jetzt zu sammen, und dann kommen wir im Eiltempo angebrettert! So long Mike!«

Er schaltete ab. Als er den Dozer wieder verließ, standen di beiden Archäologen aus Maders Team vor ihm.

»Nanu?« staunte Mescalero. »Haben Sie zufällig doch mit gehört?«

Sie hatten.

»Vierzig Minuten sind nicht viel Zeit«, stellte Mario diPauli fes zu dessen Vorfahren ein Weinbaron aus dem sonnigen Südtir gehört haben sollte. »Wir steigen am besten schon mal ein. Hole Sie die anderen zusammen?«

»Aber nichts anfassen in der Maschine«, warnte Mescalero, de sich gar nicht wohl fühlte bei dem Gedanken, die beiden Wissen schaftler allein im Flugdozer zu lassen. »Kompliziertes Gerät!«

»Keine Sorge, wir wollen diesen Superapparat ja nicht für unser Ausgrabungen benutzen! Aber beeilen Sie sich, Mister Mescaler Wir haben wirklich nicht mehr viel Zeit, wenn wir rechtzeitig i Cattan sein wollen!«

»Wenn Sie wüßten, wie unwahrscheinlich schnell der Dozer sei kann«, brummte Mescalero beruhigend und eilte zu dem ovale

Loch in der Metallplatte hinüber. Dort rief er nach Mallony und den Hookers.

Aber er erhielt keine Antwort.

Art Hooker öffnete die Augen. Er spürte Schmerzen in Schulter und Hüfte, beides links. Wenn das hier tatsächlich *virtual reality* war, dann war dieser Cyberspace verdammt realistisch!

»Jane?« murmelte er.

Er erhielt keine Antwort.

Was, zum Teufel, hatten diese Technos mit Jane angestellt? Und wo steckte der Professor?

Hooker schaffte es, sich aufzurichten und umzusehen. Das Kunstlicht war beinahe so grau und *tot* wie in dem Konsolenraum unter der Ruinenstadt. *In einer anderen Zeit, in der Zukunft...?* Woher das schattenlose graue Licht kam, war nicht festzustellen. Wieder freischwebende Photonen? Türen oder Fenster suchte er vergebens.

Im nächsten Moment fluchte Art Hooker wie ein Asteroidentramp. Jemand hatte ihn bis auf die Haut ausgezogen und auf eine Pritsche gelegt! Nur festgeschnallt hatten sie ihn nicht. Er konnte also die Beine herumschwenken, die Füße auf den festen, kalten Boden setzen und sich erheben.

Seine Pritsche war eine von fünfen, die hintereinander an einer grauen Kunststoffwand aufgereiht waren. Auf zwei dieser Pritschen lagen Jane und der Professor. Die beiden hatte man auch ihrer Kleidung beraubt. Ein Teil von Ackers massigem Körper war von einer gelblichen Masse bedeckt.

Hooker sah an sich herunter und stellte fest, daß auch seine Schulter und Hüfte, beides links, von dieser gelben Masse bedeckt war. Wenn er sich bewegte, machte die elastische Masse die Bewegungen mit. Gleichzeitig verstärkte sich aber auch der Schmerz.

Kam er von diesem gelben Zeug? Daran wollte Hooker plötzlich nicht mehr glauben. Er erinnerte sich, von etwas getroffen worden zu sein, das glühendheiß brannte.

Hatte man ihn verarztet? War diese gelbe Masse so etwas wie Verbandsmaterial? Und hatte man sie deshalb ausgezogen, um besser an die Verletzungen herankommen zu können? Und da gleichzeitig mit einer Komplettuntersuchung verbunden?

Zumindest Jane trug nämlich keinen »Verband«. Also hätte normalerweise kein Anlaß bestanden, sie zu entkleiden. Es mußte sich um eine Untersuchung handeln.

Was Acker vorhin gesagt? *»Zur Not schneiden sie uns ein bißchen auf und schauen nach, wie wir von innen aussehen und wie unser Metabolismus funktioniert.«* – *»Es wird nicht schmerzhaf sein. Man wird den betreffenden Probanden zuvor abtöten.«* wa Gaaps nicht sonderlich beruhigender Kommentar gewesen.

Nun, vivisezierte hatte man sie wenigstens noch nicht. Statt dessen schienen sie verarztet worden zu sein.

Was war überhaupt passiert?

Jemand hatte »Technos« geschrien, und dann war bereits de Überfall gekommen mitsamt der Schießerei. Etwas war explodiert An viel mehr konnte Hooker sich nicht erinnern. Nur noch, daß e und Jane mit ihren Paraschockern auf die heranstürmenden Technos geschossen hatten.

Dann hatte es ihn erwischt. Und hier war er wieder aufgewacht in diesem Raum, auf einer von insgesamt fünf Pritschen. Auch hie zeigte sich wieder die Zahl 5 als Basis der fremden Kultur; auc der Raum an sich war fünfeckig geformt.

Und in einer dieser Ecken entdeckte Hooker ihre Kleidung.

Und ihre Waffen!

Hastig zog er sich an, schnallte sich den Kombigurt um un prüfte, ob Schocker und Blaster noch einsatzbereit waren. Di Energiemarken zeigten eine brauchbare Ladekapazität an. Es reicht te allemal, mit dem Blaster ein genügend großes Loch in die Wan zu brennen, um den Raum notfalls auf einem unkonventionelle Weg zu verlassen.

Als nächstes weckte Hooker seine Frau auf und kümmerte sic dann um den Professor, während sie sich ebenfalls ankleidet Dabei erzählte er ihr seine Überlegungen.

»Demzufolge scheinen diese Technos doch nicht so bösartig zu sein, wie unser Empfangskommittee sie schilderte«, meinte Jane. »Allerdings verstehe ich nicht, warum sie uns auf offener Straße überfallen haben.«

»Wir sollten sie fragen«, schlug Art vor. »Hoffentlich kommt dann nicht wieder diese *Error*-Meldung.«

»Cyberspace ist das hier nicht mehr«, sagte Jane. »Ich bin inzwischen sicher, daß wir leibhaftig hier sind. Ich begreife zwar nicht, wie eine solche Zeitreise möglich ist, aber ich sehe keine andere Möglichkeit mehr. Art, bevor uns noch mehr zustößt, sollen wir zusehen, daß wir in den Raum mit den Konsolen zurückkehren und wieder in unsere Zeit verschwinden. Mader war schlauer als wir. Er hat sich erst gar nicht in Gefahr gebracht. Ich glaube nicht, daß das Wissen um diese Stadt und ihre Bewohner das Risiko wert ist, umgebracht zu werden. Wenn nicht in einem Forschungslabor, dann bei Kampfhandlungen auf offener Straße! Schau dir Ackers Verletzungen an! Der Mann könnte tot sein.«

Die Verletzungen selbst waren zwar nicht zu sehen, aber die Ausdehnung der elastischen gelben Masse sprach Bände.

»Wenn er nicht atmete, würde ich's auch annehmen«, brummte Art. »Ich kriege ihn einfach nicht wach!«

»Versuchen wir eben so, ihn anzuziehen! Hilfst du mir, ihn hochzuwuchten? Mir ist diese fleischgewordene *Ansammlung kritischer Massen* doch ein bißchen zu *gewichtig*!«

Es dauerte ein paar Minuten, bis sie Acker wieder halbwegs landfein gemacht hatten. Kaum waren sie fertig, als sich eine Türöffnung in der bis dahin fugenlos geschlossenen Wand öffnete. Auch diese Tür war fünfeckig geformt. Sie ließ zwei Technos eintreten.

Unwillkürlich schraubte sich Hookers rechte Hand um den Griff des Paraschockers. Er musterte die Technos.

Was er draußen auf der Straße für Kleidung gehalten hatte, war keine. Es handelte sich eher um *Ver*kleidung in Form von allerlei technischem Gerät. Was sich damit anstellen ließ, konnte er nicht einmal ahnen.

Sollte es sich bei diesen Wesen um so etwas Ähnliches wie Cyborgs handeln?

Schon in den 60er Jahren des vergangenen Jahrhunderts hatten sich Wissenschaftler auf der Erde mit dem Phänomen des *cybernetic organism* befaßt, und in zahllosen Romanen und Filmen spielten solche Mischwesen aus Mensch und Maschine eine mehr oder weniger große Rolle. Gerüchten zufolge sollte Manu Tschobe die Cyborg-Forschung nach der Giant-Invasion wiederbelebt haben. Ob daraus jemals etwas wurde, stand in den Sternen und interessierte Art Hooker auch nicht sonderlich. Er hatte sich um andere Probleme zu kümmern.

»Es freut uns, daß es euch schon wieder gut geht«, sagte einer der beiden Technos. »Wir hatten schon befürchtet, euch nicht helfen zu können. Euer Metabolismus ist zu fremdartig und zu verschieden von unserem. Was ist mit dem Bio-Status der dicken Person? Ihre Verletzungen sind stärker als deine, dünne Person.«

»Diese Personen haben Namen«, sagte Hooker etwas verdrießlich. »Jane, Tim, Art. Habt ihr Technos auch Namen? Oder sprecht ihr euch mit Zahlen oder mathematischen Formeln an?«

»Das ist Unsinn. Ich bin Yok, und das ist Kan. Ich sehe, die Spirituellen haben euch eine Menge Unsinn über uns vorgelogen«, sagte der Techno. »Vermutlich habt ihr deshalb wohl auch gleich auf uns geschossen, als wir euch aus ihrer Gewalt befreiten. Sie sind radikale Fanatiker, die vor nichts zurückschrecken...«

Art und Jane Hooker sahen sich an. »Kann es sein, daß wir diese Formulierung heute schon mal gehört haben?« murmelte der Prospektor spöttisch.

»Bitte?« fragte Yok.

»Muud nannte euch Technos *eine radikal-fanatische Gruppierung, die für den konsequenten Einsatz höchstmöglicher Technologie um jeden Preis eintritt.*«

»Diese Narren!« stieß Yok hervor. Alles an ihm zeigte Erregung, und die Stummelflügelpaare, die aus seinem Rücken hervorragten, wedelten heftig hin und her. Nur seine Stimme, sein Tonfall, blieb unbewegt. Gerade so, als spräche ein Roboter. »Die Spirituellen sind Verrückte. Statt sich das Leben durch den gezielten Einsatz technischer Hilfsmittel zu erleichtern, verbringen sie neun Zehntel ihres Lebens damit, zu meditieren, psychische Kräfte zu entfesseln und uns zu bekämpfen. Daß sie dabei viel früher an geistiger Erschöpfung sterben als wir, die sie verächtlich als Technos beschimpfen, merken sie überhaupt nicht. Denn diese psychischen Energien freizusetzen und dabei gezielt zu steuern, kostet so viel Kraft, daß sie über kurz oder lang daran zugrundegehen. Uns aber geben sie die Schuld daran. In Wirklichkeit neiden sie uns nur unser leichteres und längeres Leben.«

Art Hooker hob abwehrend die Hände.

»Damit wir uns nicht mißverstehen, Yok«, sagte er. »Wir haben nicht die Absicht, Partei zu ergreifen und uns in eure Auseinandersetzungen einzumischen. Uns ist es völlig egal, ob ihr euch gegenseitig beschimpft und befehdet. Wir gehören nicht hierher. Wir kommen aus...«

»Aus der Zukunft«, sagte Kan. »Ich errechne soeben einen Faktor von einseinsnulldreinull Jahren.«

Hooker stutzte. 11 030 Jahre? Hatte Maders C_{14}-Analyse nicht ergeben, daß diese Stadt vor rund 20 000 Jahren in einem Atomorkan untergegangen war? Im nächsten Moment wurde ihm klar, daß er trotz der langen Zeit auf Hope immer noch in terranischen Maßstäben dachte. Ein Hope-Jahr dauerte ganze 707 Tage irdischer Rechnung! Damit entsprachen diese rund elftausend Hopejahre einer Erdzeit von über 21 000 Jahren.

Verblüffend war daran Kans Berechnung. »Wie haben Sie das festgestellt?« wollte Hooker wissen.

»Diese Frage verstehen wir nicht.«

»Das mußte ja kommen«, seufzte Jane. »Kan, darf ich Ihre Bemerkung dahingehend deuten, daß wir tatsächlich eine körperliche Zeitreise gemacht haben und VirTec nicht nur so etwas wie eine perfekte *virtual reality* ist?«

»Diese Frage verstehen wir nicht«, wiederholte Kan.

»Ja, ja... und bevor ihr deshalb Gehirnkrämpfe erleidet, möchten wir lieber wieder in unsere Zeit zurückkehren. Ihr habt uns aus der

Gewalt der Spirituellen befreit?« erinnerte Jane an Yoks Worte von vorhin. »Dann könnt ihr uns sicher dorthin zurückbringen, von wo die Spirituellen uns abgeholt haben, damit wir...«

»Ja«, sagte Yok.

Jane hielt überascht den Atem an. Es war eine Provokation gewesen. Sie hatte nicht wirklich damit gerechnet, daß der Techno zustimmte.

»Dann laßt uns aufbrechen«, verlangte sie.

»Es gibt noch etwas zu tun«, erwiderte Yok. Er ging zu Tim Ackers Pritsche hinüber. »Ich muß seinen Bio-Zustand prüfen.«

Vor der Pritsche blieb er stehen. Er streckte eine Hand aus und hielt sie über Ackers Kopf. Mit der anderen Hand strich er über das Gesicht des Professors und schob dann mit zwei Fingern die Augenlider des Besinnungslosen hoch. Die andere Hand senkte sich etwas.

Art fiel auf, daß der glänzende Fleck, den er vorhin während der Unterhaltung zwischen Mund- und Nasenöffnung des Technos gesehen hatte, verschwunden war. Statt dessen schimmerte er an den Fingern der über Ackers Gesicht schwebenden Hand. Hooker sah es, als Yok die Hand einmal kurz drehte.

»Was ist das?« fragte er.

»Was meinst du damit, Art?« fragte Yok zurück.

»Dieser glänzende Fleck, der in deiner Handfläche schimmert. Ist das so etwas wie ein Auge?«

»Diese Frage verstehen wir nicht.«

»Verdammt noch mal, du wirst sie verstehen!« drängte Hooker. Er deutete auf seine Augen. »Hiermit sehen wir Menschen. Wir nehmen optische Eindrücke wahr. Verstehst du das?«

»Optische Eindrücke. Orientierung. Ja«, sagte Yok. Er wandte sein Gesicht dem Terraner zu. Diesmal erschien der Fleck über der Nasenöffnung. Hookers Kontrollblick verriet ihm, daß die Handfläche des Technos wieder normal aussah – ohne schimmernden Fleck.

»Jetzt verstehen wir diese Frage«, sagte Yok. »Deine Vermutung stimmt. Es ist *so etwas wie* ein Auge. Ihr Terraner seid, was Wahrnehmung angeht, sehr beschränkt. Ihr besitzt zwei starr fixierte Augen. Bei uns ist es anders. Wenn wir etwas sehen wollen, sehen wir es dort, wo es am sinnvollsten ist. In diesem Fall, wenn ich Tims Bio-Status kontrolliere, durch meine Hand.«

»Das heißt«, überlegte Hooker, »daß du praktisch überall an deinem Körper ein Auge entstehen lassen kannst?«

»Natürlich. Wir wußten bisher nicht, daß es Geschöpfe gibt, die das nicht können. Wie könnt ihr euch so nur in eurer Umgebung orientieren?«

»Oh, wir können das eigentlich ganz gut«, brummte Hooker. Was passiert eigentlich, wenn du ein Auge auf deiner Fingerkuppe entstehen läßt, um etwas Kleines genauer zu betrachten, und dann zugreifen willst? Packst du dann mit deinem Auge zu?«

»Das geschieht nicht«, erwiderte Yok. »Optische und haptische Wahrnehmung korrelieren nicht. Wenn ich mit den Fingern etwas berühren will, wird es an der Berührfläche kein Sehfeld geben.«

»Ziemlich praktisch«, warf Jane ein.

Unterdessen beugte sich Yok wieder über Tim Acker und betrachtete ihn via Sehfeld in der Hand aus allernächster Nähe. Wenn man so ein Auge am Hinterkopf entstehen lassen kann, braucht man sich nicht erst umzudrehen, wenn man sehen will, was hinter einem vorgeht.«

Yok richtete sich wieder auf. Er hielt den beiden Menschen jetzt beide Hände entgegen. In *beiden* Handflächen zeigten sich nun Sehfelder.

»Auch können wir ein Objekt, das klein genug ist, von mehreren Seiten zugleich betrachten«, sagte er. »Ich bedaure euch Terraner ob eures Unvermögens. Wir werden herausfinden, warum ihr euch so sehr von uns unterscheidet.«

Art schüttelte den Kopf.

»Wir wollen jetzt zurück«, sagte er.

»Tims Bio-Status läßt das nicht zu«, widersprach Yok.

»Wir werden ihn tragen«, beschloß Art.

»Nein. Das kann ich nicht zulassen«, verweigerte Yok.

»Dann wollt also ihr ihn tragen?« Hooker grinste. »Viel Vergnügen dabei. Der Junge hat ein ziemliches Gewicht.«

»Sein Bio-Zustand wird sich bald normalisieren. Dann kann e gehen«, sagte Yok.

»Lieber Himmel, wir gehen gleich, wir tragen ihn einfach« drängte Jane.

»Nein. Das kann ich nicht zulassen«, wiederholte Yok.

»Und wieso nicht?« fuhr Jane Hooker auf.

»Ich kann nicht zulassen, daß ihr geht. Du und Art. Wir benöti gen euch.«

»Wofür?« fragte der Prospektor mißtrauisch.

»Ihr seid zwei unterschiedliche Versionen eurer Spezies. Ic vermute, daß der Unterschied geschlechtsbedingt ist. Wir müsse euch untersuchen, um mehr über euch herauszufinden. Mich vo allem interessiert die primitive Bio-Konstruktion eures Sehens.«

»Ihr habt uns schon untersucht«, sagte Art unbehaglich. »Ode etwa nicht? Schließlich habt ihr doch unsere Verletzungen ver sorgt.«

»Das war keine richtige Untersuchung«, sagte Yok. »Um alle über euren differierenden Metabolismus zu erfahren, werden wi eure Körper öffnen müssen. Aber seid unbesorgt. Wir werde verhindern, daß ihr Schmerzen erleidet. Im Gegensatz zu den Spiri tuellen sind wir schließlich keine Barbaren. Wir werden euc vorher abtöten.«

»Der blutet«, stieß Mader überrascht hervor. »Wie ist das möglich?

»Art hat es auch erwischt«, erkannte Mallony. »Verdammt, wi holen sie da 'raus. Sofort. Machen Sie schon!«

Der Archäologe war wie gelähmt. Fassungslos starrte er di Verletzungen der beiden Männer an. Eben noch waren sie ihr nicht aufgefallen. Er begann zu frösteln. Das Blut wich aus seine Gesicht und hinterließ einen Eindruck von Todeskälte.

Mallony beugte sich an ihm vorbei zu Art Hooker. Er griff nac den ›Fühlern‹ und bog sie vom Körper des Prospektors zurüc Dann wiederholte er diese Bewegung bei Tim Acker und schlie lich auch bei Jane Hooker.

Aber nichts geschah.

Die drei Menschen erwachten nicht aus ihrem Trance-Zustand...

24.

Astrophysiker Craig betrachtete mißtrauisch die Anzeigen seiner Instrumente. Die Strahlungswerte des galaktischen Magnetfeldes stiegen wesentlich schneller an als bei früheren Messungen.

»Vielleicht sind die Sensoren in der Meßstation defekt«, gab Claus Bentheim zu bedenken.

»Dann würden sie überhaupt nichts anzeigen«, erwiderte Craig. »Nein, diesmal bricht die Hölle mit neuer Qualität aus.«

»Rufen Sie Tanakagara an und vor allem auch Bow«, empfahl Chris Shanton, der sich bei den drei Astrophysikern wohl zu fühlen schien, weil er nicht daran dachte, auch nur einen Fuß nach draußen zu setzen und sich in Richtung seines eigenen Arbeitsplatzes zu bewegen. »Sie sollen den braven Bürgern Cattans Dampf unter den Allerwertesten machen. Wir müssen den Schutzschirm früher hochfahren, um die Strahlungswerte abfangen zu können.«

»Ich glaube nicht, daß das nötig ist«, wehrte Craig ab.

»Bitte?« Shanton legte eine Hand hinters Ohr. »Höre ich recht? Sie halten das für nicht nötig?«

Bentheims Kopf flog herum. »Wollen Sie eine Panik auslösen, Shanton, dadurch, daß Sie die Vorwarnzeit verkürzen lassen? Die ist großzügig genug ausgelegt! Selbst wenn der Anstieg der Werte sich noch einmal beschleunigt, reicht die Zeit aus. Die Menschen in Cattan haben sich an eine bestimmte Vorwarnzeit gewöhnt. Wenn wir die plötzlich verkürzen, tobt in einer Stunde der entfesselte Mob in den Straßen! Die Menschen werden glauben, sie seien in wirklicher Todesgefahr!«

Chris Shanton erhob sich. Er sah kopfschüttelnd von einem zum anderen.

»Das ist doch wohl nicht Ihr Ernst, Gentlemen. Halten Sie die Kolonisten für kleine Kinder, die sich vorm Schwarzen Mann fürchten?«

Bentheim lachte auf. »Menschen sind und bleiben nun mal Menschen, ob erdverwurzelte terranische Hinterwäldler oder Hope-Kolonisten! Sie orientieren sich an dem, was sie glauben *wollen*. Nicht an den Fakten, die sie ohnehin nicht verstehen.«

»Weil ihr Eierköpfe es immer wieder fertigbringt, euch so auszudrücken, daß einfache Gemüter euch einfach nicht verstehen können«, orgelte Shanton in tiefstem Baß. »In eurem akademischen Elfenbeinturm pflegt ihr eine Sprache, die zwar wissenschaftliche Fakten exakt definiert, aber nur von euresgleichen begriffen werden kann! Wie wär's, wenn ihr und alle anderen mal lernt, euer Fachchinesisch in eine Form zu übersetzen, die auch Menschen verstehen, die keine -zig Semester lang universitätlich waren? Aber das ist wohl zuviel verlangt...«

Damit hatte er es wieder einmal geschafft, die Wissenschaftler gegen sich aufzubringen. Alle drei schrien sie durcheinander und komplimentierten ihn fachchinesisch verblümt aus dem Astro-Lab hinaus. Das heißt, sie wollten es, nur hatte Chris Shanton seine Gehörgänge auf Durchzug gestellt. Er ging nicht zur Tür, sondern zum Vipho.

Craig wollte ihn festhalten. Shanton schüttelte ihn mit einer leichten Armbewegung einfach ab.

»Shanton, Sie werden Cattans Bevölkerung nicht in Panik versetzen!« warnte Craig. »Eher lasse ich Sie festnehmen und in Stahlketten hier 'rausbringen, wenn Sie nicht von selbst gehen!«

Shanton nahm die Warnung ernst, ignorierte sie aber zunächst. »Ich rufe doch nur Maatenbrink an... der soll übers TV den Menschen in allgemeinverständlichen Worten klarmachen, daß...«

Craig unterbrach die Vipho-Verbindung wieder, kaum daß sie sich aufgebaut hatte. »Raus hier, Shanton. Sie mögen ein erstklassiger Bastler sein, und Sie haben auch rhetorisch mehr drauf, als man Ihnen zutraut. Aber hier machen Sie uns nicht die Pferde scheu! Wenn ich sage, daß trotz des beschleunigten Anstiegs immer noch

Zeit ist, gibt es auch für Sie keinen Grund, Menschen aus ihren vertrauten Gewohnheiten zu reißen! Chris, wenn Sie nicht gleich hier verschwunden sind, bereuen Sie es. Und Ihr Brikett auf Beinen wird...«

Shanton unterbrach ihn mit einem knappen Nicken.

»Okay, Craig. Für heute haben wir genug gestritten. Komm, Jimmy, wir gehen. Diese Gentlemen mögen uns nicht und werden gleich auch keine Gentlemen mehr sein.« Er pfiff seinem Robothund. Das *Brikett auf Beinen*, wie der künstliche Scotchterrier von fast jedem salopp genannt wurde, kam bei Fuß und verließ gemeinsam mit seinem Konstrukteur das Astro-Lab.

»Puh«, machte Bentheim, als die Tür sich hinter Shanton geschlossen hatte. »Ich dachte schon, der will uns überhaupt nicht mehr verlassen! Normalerweise ist er ja ein verträglicher Mann, aber in solchen Extremfällen...«

Ossorn, der die ganze Zeit über geschwiegen hatte, meldete sich zu Wort. »Die Strahlungswerte steigen jetzt schon in dreifachem Tempo! Shanton hat recht. Wir müssen den Schutzschirm schneller aufbauen lassen. Ich rufe den Stadtpräsidenten an...«

Wren Craig preßte die Lippen zusammen.

»Kollege Ossorn«, begann Bentheim, verstummte aber. Dafür bekam Craig die Zähne wieder auseinander.

»Ossorn, den Anruf hat Shanton Ihnen garantiert schon von draußen abgenommen. Aber wenn die Strahlungswerte weiter in diesem Tempo steigen, hilft auch ein früheres Hochfahren des Schutzschirms nicht mehr, weil seine Kapazität höchstens für eine Stunde ausreicht. Danach kommen die Strahlungswerte sauber durch, und welches Maximum sie diesmal erreichen, können wir uns jetzt schon ausrechnen! Vergleichen Sie mal, wie die Kurven aussehen. Unser heutiger Strahlensturm wird letale Werte erreichen.«

»Er wird vorher abbrechen«, hoffte Ossorn matt. »Diese Werte sind völlig anormal. Die erreichen wir vielleicht in 1000 oder 2000 Jahren! Was wir hier erleben, ist ein einmaliger Ausreißer, oder oder die Meßsensoren sind doch defekt und liefern uns falsche Zahlen!«

»Ihr Wort in Gottes Ohr«, seufzte Craig, »nur kann ich nicht dran glauben. Ich mache jetzt Feierabend! Ich geh' jetzt heim. Da steht, unakademisch und volkstümlich ausgedrückt, noch 'ne schöne Pulle Whiskey, die ich streicheln werde. Und wenn ich morgen noch lebe und mir nicht Haare, Zähne und Fingernägel ausfallen, hatten Sie recht, Yve, und der Strahlensturm ist tatsächlich rechtzeitig wieder abgeflaut. Aber bei diesem rasenden Anstieg?«

Die Tür schloß sich hinter ihm.

Verblüfft sahen Ossorn und Bentheim sich an.

»Der ist ja ein noch größerer Schwarzseher als der Dicke mit seinem Brikett auf Beinen!« entfuhr es Bentheim.

Aber Wren Craig war nur Realist.

Und seinen Whiskey, den von Terra nach Hope zu bringen ihn eine Menge Geld gekostet hatte, wollte er genießen, solange die Raumstrahlung seine Geschmacksnerven und den Rest seines Körpers noch nicht zerstört hatten.

Daß es für Cattan eine Chance gab, glaubte der Astrophysiker nicht mehr.

Chris Shanton rief nicht Klaas Maatenbrink an, aber über sein Armbandvipho erreichte er den Sicherheitsbeauftragten. »Bow, machen Sie bloß nicht die Leute verrückt, aber wenn Sie herausfinden können, ob die Menschen diesmal allesamt ein bißchen früher in Deckung gehen, könnten wir den Schutzschirm schneller auf Vollast bringen. Der Anstieg der Raumstrahlung ist diesmal sagenhaft.«

»Schneller auf Vollast?« fragte Mike Bow irritiert zurück. »Wie stellen Sie sich das vor?«

»Ich hab' mir was überlegt. Aber dazu muß ich wissen, ob nicht noch irgendein Sonnenanbeter draußen am Fluß herumhängt.«

Ein paar Schweber jagten im Tiefflug über Shanton hinweg, der unwillkürlich den Kopf einzog.

Die Handvoll Maschinen raste dem Stadtrand entgegen, in Richtung Fluß.

»Oh«, machte Shanton. »Ihre Evakuierungsflotte haben Sie abe schnell losgejagt...«

»Die Schweber?« Mike Bow lachte bitter auf. »Shanton, zwische dem Blue River und der VESTA wird's gleich gewaltig scheppern.. Ihre Sonnenanbeter, um die Sie sich sorgen, versuchen nämlic gerade, gewaltsam Einlaß in die Sternschnuppe zu bekommen.«

»Und Sie schicken die Schweber, um die Leute zu stoppen? Shanton hob die Brauen.

Mike Bow schüttelte den Kopf.

»Im Gegenteil, Chris«, seufzte er. »Meine Leute sollen die Wa cheinheiten der VESTA daran hindern, die Siedler einfach nieder zuschießen... wir leben in großartigen Zeiten, finden Sie nich auch?«

Shanton verzichtete darauf, seine Meinung dazu in Worte z kleiden.

Er schaltete sein Armbandvipho ab und nickte seinem Robothun zu.

»Komm, Jimmy. Wird wohl nichts aus dem früheren Hochfahre des Schutzschirms. Aber dafür, daß es anschließend schneller geh können wir ja schon mal sorgen.«

Mike Bow rief anschließend wieder zur Ruinenstadt durch. Mar diPauli meldete sich aus dem Flugdozer.

»Wie lange brauchen Sie noch, um zu starten?« wollte er beunr higt wissen.

»Gibt es Ärger?« fragte diPauli.

»Versuchen Sie schneller wegzukommen. Es wird ein wen brenzlig. Cattan kann keine Zehntelsekunde auf Ihre Ankunft wa ten.«

»Wir starten gleich«, versprach diPauli.

»Machen Sie aus dem *gleich* ein *sogleich*, wenn's geht«, empfa Bow und schaltete wieder ab.

DiPauli ließ sich hinter der Steuerkonsole des Flugdozers niede

»Hör mal«, versuchte seine Kollegin ihn zu bremsen. »Mescale hat gesagt, daß wir die Finger davon lassen sollen...«

»Und wo ist Mescalero? Wo sind die anderen, verdammt noch mal? Glaubst du, ich hätte Lust, mich von der Strahlung killen zu lassen? Uns bleibt nicht mehr viel Zeit. Von den vierundvierzig Minuten sind schon fast zehn vorbei. Wenn wir nicht gleich starten, schaffen wir es nicht mehr. Und du hast Bow doch gehört, oder?«

Ara Winter schluckte. »Bisher sind die Warnungen immer so frühzeitig gekommen, daß massenhaft Zeit blieb. Da ist immer noch eine Viertelstunde Luft drin, Mario. Und wir können doch Ralf und die anderen nicht einfach hier lassen.«

DiPauli hatte sich orientiert. Die Steuerung des Flugdozers war logisch aufgebaut; einfach zu begreifen. Narrensicher.

Der Archäologe betätigte einen Sensorschalter.

Kontrollampen flammten auf. Motoren sprangen an. Der große Hauptrotor, der den Flugdozer wie einen antiken Hubschrauber fliegen lassen konnte, begann sich bedächtig, dann immer schneller werdend, zu drehen. Das Singen der Turbinen wurde lauter.

Die Instrumente signalisierten Startbereitschaft.

Mario diPauli starrte die Uhr an.

Wie lange konnte er es noch riskieren, zu warten?

Nicht mehr sehr lange!

Sein eigenes Leben, seine eigene Unversehrtheit, war ihm wichtiger als die der anderen.

Art und Jane Hooker sahen sich an. Beide zogen gleichzeitig ihre Strahlwaffen. Diesmal waren es die Amphiblaster.

»Ich muß eine Änderung eurer Pläne ankündigen«, sagte Art. »Unsere Untersuchung fällt aus. Wir gehen sofort, gemeinsam mit Tim. Und ihr zwei werdet uns helfen, ihn zu tragen.«

Kan wandte sich Yok zu. »Diese Aggressivität ist erstaunlich. Das Potential gleicht dem der Spirituellen. Wir müssen das wirklich untersuchen.«

»Tim hat bei seiner Befreiung aus den Händen der Spirituellen einen von uns getötet«, sagte Kan. »Du hast recht. Diese Aggressivität ist tatsächlich erstaunlich. Mehr noch, sie ist ein Phänomen. Wir müssen davon lernen. Vielleicht hilft es, die Spirituellen unschädlich zu machen, wenn wir herausfinden, was diese Aggressivität erzeugt.«

»Ich habe Verstärkung angefordert«, sagte Yok.

Die Hookers glaubten es aufs Wort. Mit den technischen Mitteln, die an den Körpern der Stummelflügler hafteten, war es vermutlich kein Problem, andere Technos anzufunken und herzuzitieren.

»Bevor eure Verstärkung auftaucht, zerstrahlen wir euch«, drohte Hooker. »Tür auf, und dann verschwinden wir!«

Die beiden Technos rührten sich nicht.

Jane schoß auf die Stelle, an der sich vorhin für die beiden Technos eine fünfeckige Tür geöffnet und hinter ihnen wieder geschlossen hatte.

Der Blasterstrahl flammte blitzschnell durch dünnes Material verschmorte und verdampfte es. Jane schnitt das Fünfeck regelrecht aus.

»Wirklich, eine mehr als nur aggressive Rasse. Diese Aggressivität ist schon selbstzerstörerisch«, stellte Kan gelassen fest.

»Los jetzt«, verlangte Jane.

Die Technos rührten sich nicht.

Sie *versteinerten...*

»Na, großartig«, seufzte Mallony. »Es funktioniert nicht. Warum Was haben Sie falsch gemacht, Mader?«

Empört starrte ihn der Archäologe an. »Ich habe nichts falsch gemacht! Die drei müßten aus ihrem Zustand erwachen! Die Verbindung zum Cyberspace wurde durch das Entfernen der ›Fühler unterbrochen!«

»Offenbar hat sich das noch nicht bis in den Cyberspace herumgesprochen«, sagte Mallony. »Warten Sie mal... ob es damit zusammenhängt, daß Sie die drei vorhin nicht gesehen haben, als Sie sich selbst einklinkten?«

Mader zuckte mit den Schultern. »Ich habe mit diesen Dingen keine Erfahrung.«

»Wer hat die schon?« winkte Mallony ab. »Vor fünfzig Jahren haben sich die Jugendlichen auf so was gestürzt. Die Computerbesessenen. Meine Großeltern fürchteten schon, es würde sich eine ganz neue Rasse entwickeln. Aber nach gerade mal einem Dutzend Jahren war der Spuk vorbei. Werde mal sehen, wie es in diesem Cyberspace aussieht. Wie war das noch? Hinsetzen, die ›Fühler‹ berühren und schon ist man weg?«

Mader nickte. »Sie wollen doch nicht im Ernst...?«

»Wollen lieber Sie?« grinste Mallony.

»Aber nein!« entsetzte der Archäologe sich. Mallony ließ sich vor der letzten freien Konsole nieder und nahm Kontakt auf.

Von einem Moment zum anderen verschwand Mader vor seinen Augen.

Aber auch die Hookers und Acker wurden unsichtbar.

Mallony stand nicht auf. Er griff in die Tasche. Da hatte er immer noch einen Stein. Den, mit dem er seine Wurf-Experimente angestellt hatte. Jetzt stellte er einen neuen Versuch an.

Er warf den Stein locker dorthin, wo Maders Schilderung zufolge eigentlich Art Hooker sitzen mußte.

Der Stein prallte gegen die Lehne, fiel auf die Sitzfläche und blieb dort liegen.

Definitiver Beweis dafür, daß der Sitz leer war. Hooker befand sich nicht in ihm. Damit waren auch die beiden anderen nicht unsichtbar geworden, sondern einfach nicht vorhanden.

»Oh, Shit«, murmelte Ben Mallony. »Wo zum Teufel stecken sie?«

Und wie sollte man ihnen helfen? Denn daß sie Hilfe dringend benötigten, bewiesen die Verletzungen.

Kopfschüttelnd löste Mallony die ›Fühler‹-Verbindung und kehrte in die Realität zurück.

In die *Gegenwart.*

Jane Hooker ließ ihren Blaster sinken. »Was ist das?« flüsterte sie entsetzt. »Was geht hier vor?«

Die beiden Technos waren zu grauen Steinfiguren geworden!

Ihre Haut war steingrau, und auch die Farbe der Schmuckringe um ihre Arme und der Rest ihrer technischen Verkleidung!

Art trat vor sie.

Mit der Waffenmündung klopfte er gegen die Steine.

»Massiv«, sagte er. »Und diese Verwandlung haben sie ganz bestimmt nicht freiwillig vorgenommen!«

»Aber wie kann dann so etwas geschehen?«

Jane fuhr herum, als sich hinter der Türöffnung ein Schatten zeigte.

Aus dem Schatten wurde einer der Stummelflügler. Zur Abwechslung wieder einmal ein Spiritueller.

»Roon?« glaubte Jane Hooker ihn wiederzuerkennen.

»Ich bin Roon«, bestätigte er. »Kommt jetzt. Ich bringe euch zurück. Ihr seid auf diesem Planeten... nein«, verbesserte er sich sofort, »in dieser *Zeit* nicht mehr sicher. Ihr müßt zurückkehren.«

»Das ist uns auch schon klar geworden«, erwiderte Art trocken.

Roon sah sich nach den beiden versteinerten Technos um. »Du meinst, deretwegen?« fragte er. »Oh nein. So, wie wir sie daran gehindert haben, euch wie Versuchstiere abzuschlachten, können wir jeden anderen von ihnen unschädlich machen.«

»Ihr wart das also. Ihr Spirituelle«, sagte Jane. »Ihr habt sie eiskalt ermordet.«

»Das stimmt nicht«, widersprach Roon. »Sie leben noch. Das heißt, sie existieren derzeit im Status *suspendierter Animation*. Eines Tages, wenn das Ende der Welt naht, werden sie wieder erwachen und ihr unwürdiges, von Technologie versklavtes Leben zu Ende führen. Allerdings kann das schon viel eher geschehen, als wir alle ahnen. Gefahr droht. Einige Technos haben ein Ultimatum gestellt. Sie haben die Kontrolle über die Kraftstationen an sich gebracht. Sie drohen, sie zu sprengen, wenn wir Spirituellen nicht aufgeben.«

»Und warum tut ihr es nicht?« fragte Jane.

Roon zuckte förmlich zurück. »Aufgeben? Unsere Existenz aufgeben? Das kann niemand von uns verlangen!«

»Das heißt, die Technos verlangen von euch Spirituellen, daß ihr Selbstmord begeht?«

»So ist eure Formulierung«, bestätigte Roon. »Ihr werdet einsehen, daß das nicht akzeptabel ist. Also werden die Technos die Kraftstationen sprengen. Unser Lebensraum wird dadurch vernichtet werden.«

Er neigte den Kopf. »Nun aber wollen wir keine Zeit verlieren. Es gilt, wenigstens eure Existenz zu bewahren.«

»Warte«, verlangte Art. »Wir müssen Tim mitnehmen.«

»Natürlich. Er wird uns folgen.«

Irritiert fuhr Art Hooker herum. Er sah, wie Tim Acker sich aufrichtete. Der beleibte Wissenschaftler rieb sich mit der linken Hand die Augen.

»Alles in Ordnung?« fragte Hooker.

»Sieht so aus. Wir sollten gehen, solange wir es noch können, nicht wahr?« Sein Blick streifte die beiden Steinsäulen. »Ehe man auch unsere Animation suspendiert.«

»Was meinen Sie damit? Haben Sie etwa...?«

»Alles mitbekommen, ja«, gestand Acker. »Ich war zwar handlungsunfähig, aber nicht völlig betäubt. Lassen Sie uns verschwinden. Die Kraftstationen, von denen Roon so lässig plaudert, sind Atomkraftwerke. Und die gehen in nächster Zeit hoch. Ich denke, das sollten wir uns ersparen.«

»Atomkraftwerke? Aber wir können das noch verhindern...«

»Die Prophezeiung«, unterbrach Acker den Prospektor. »Die Prophezeiung dieser Leute spricht dagegen. Und es spricht auch noch ein bißchen mehr dagegen. Reden wir später darüber, ja? Ich lege nicht viel Wert auf eine *strahlende* Vergangenheit.«

»Können Sie sich bewegen? Müssen wir Sie tragen?«

Acker deutete auf Roon. »Er trägt mich bereits.«

Art hob die Brauen. »Bereits?«

»Mit seiner mentalen Kraft. Ich glaube, ohne seine Unterstützung könnte ich noch längst nicht auf eigenen Beinen stehen. Es scheint mich ziemlich böse erwischt zu haben. Aber das ist nichts, was ich nicht wieder auskurieren könnte. Ich habe ein ziemlich gutes Heil-fleisch – sofern ich nicht gerade hungern muß. Und das ist hier und heute der Fall. Also, *gehen wir.*«

Er ging als erster durch die zerschossene fünfeckige Tür.

Die anderen folgten ihm mit merklichem Zögern. Bis Roon sie voran drängte.

»Euch bleibt nicht mehr viel Zeit, wenn ihr leben wollt!«

»Wieviel Zeit? Und warum können wir euch nicht helfen, die Katastrophe zu verhindern?« fragte Jane.

Zunächst herrschte Schweigen.

Dann erfuhr sie: »Diese Frage verstehen wir nicht...«

Mescalero tauchte im gleichen Moment auf, in dem Mallony au dem Cyberspace in die Wirklichkeit zurückkehrte.

»Was zum Teufel machst du hier?« fragte Ben Mallony. »Finde sich jetzt plötzlich alle hier unten ein?«

»Umgekehrt wär's besser, Ben«, sagte Mescalero. »Cattan ha Strahlenalarm gegeben. Das galaktische Magnetfeld spielt wiede einmal verrückt. Wir haben offiziell vielleicht noch dreißig Minu ten.«

»Reicht«, sagte Mallony. »Ich kenne die Fluggeschwindigkeit de Dozers.« Er warf Mader einen kurzen, nachdenklichen Blick zu Dann zuckte er mit den Schultern und fuhr fort: »Wenn Bow davo ausgeht, daß wir zwanzig Minuten brauchen, um Cattan zu e reichen, kann Art die Maschine in zehn Minuten hinbringen. Es is eine verdammt dünne Luft über den Viertausendern, aber wenn di Verdichtung der Turbinen umgeschaltet wird, geht's fixer...«

Er sah sich nach den Konsolen um.

»Was vermutlich *nicht* reicht, ist *das* hier«, fuhr er fort. »W bekommen unsere Freunde nicht wach.«

Mescalero hob die Brauen.

Er war ahnungslos; woher sollte er wissen, was sich in diese unterirdischen Kaverne abspielte?

»Nehmen wir sie doch einfach so mit«, schlug er vor.
Und begann, Art Hooker aus der Konsole zu hebeln...

ie rannten!
Tim Acker war nicht anzusehen, daß er schwer verletzt worden var. Mit seiner mentalen Kraft stützte Roon ihn, blieb dabei im aufschritt ständig neben Acker, um ihn im Notfall auch mit seiner örperkraft aufrechthalten zu können. Die Hookers, ihre Blaster chußbereit, folgten und sicherten nach allen Seiten. Aber niemand riff sie an. Die Stummelflügeligen beider Fraktionen schienen im Ioment andere Sorgen zu haben, als sich um ein paar Einzelgäner zu kümmern.
Wenig später erreichten sie den Gebäudekomplex, in dem sich ie Konsolen befanden.
»Warum hilfst du uns überhaupt?« fragte Art Hooker den Spiritullen. »Es müßte dir doch ebenso wie uns daran gelegen sein, mehr ber den jeweils anderen zu erfahren!«
»Ich brauche nichts mehr zu erfahren«, erwiderte Roon gelassen. ch habe erkannt, daß die Prophezeiung jetzt eintritt. Meine Exienz endet bald, und auch die der anderen. Deshalb müßt ihr jetzt ehen, damit ihr nicht ebenfalls beendet werdet.«
»Es ist also tatsächlich Wirklichkeit und keine *virtual reality*?« agte der Prospektor.
»Diese Frage...«
Hooker winkte ab. »Geschenkt... aber ein paar Fragen haben wir ohl doch noch.«
»Stellt sie rasch«, bat Roon, während er die Terraner zu den Konolen führte. »Die Prophezeiung ist früher eingetreten als propheeit. Es bleibt uns nicht mehr viel Zeit.«
»Ziemlich oft die Silbe *Zeit* in einem Satz hintereinander«, beerkte Tim Acker. »Das klingt ziemlich übel in jeder Beziehung.« Er hustete trocken und krümmte sich vor Schmerzen zusammen.
»Wir haben diesen Planeten Hope genannt«, sagte Hooker. »Als ir ihn betraten, gab es von euch nicht einmal mehr den Schatten

einer Erinnerung, Roon. Nur diese Ruinenstadt. Woher seid ih
gekommen?«

»Mehr als diese Stadt gab es von uns hier nie«, erwiderte de
Stummelflügelige.

»Aber woher kommt ihr?«

»Von anderen Welten. VirTec brachte uns hierher. Wir erfuhren daß die Technos hierher gekommen waren, und verfolgten sie, un sie an der Ausbreitung ihrer Technologie zu hindern. Technik stör die Harmonie des Universums.«

»Aber VirTec ist doch auch Technik«, widersprach Hooker.

»VirTec ist etwas ganz anderes. Ihr könnt es nicht begreifen, wei euer Denken anders abläuft als das unsere. VirTec ist ein Teil de Harmonie. Mit VirTec kamen wir her und siedelten uns an. Es is uns leider nicht gelungen, die Technos zu bezwingen. Vielleich gelingt es anderen auf anderen Welten.«

Hooker schluckte.

Besiedelung eines Planeten mit so etwas wie *virtual reality*, von Cyberspace aus?

Immerhin waren die Trümmer der Stadt in der Gegenwart seh real, und auch der Atomorkan, der sie vernichtet hatte.

Es gab keine logische Erklärung – zumindest nicht nach *mensch-licher* Logik.

»Als ihr hierher kamt«, sagte Acker. »Habt ihr da eine ander intelligente Rasse bemerkt? Auf einem benachbarten Inselkonti-nent fanden wir Hinterlassenschaften einer überlegenen Zivilisa-tion. Hochentwickelte Technologie in einem riesigen Höhlensy-stem.«

»Davon wissen wir nichts«, sagte Roon. »Nun solltet ihr gehe Es ist an der Zeit. Geht ihr nicht, werdet ihr hier sterben, wie di Stadt stirbt. Wir können die Forderung der Technos nicht anneh-men, und wir können sie nicht mehr daran hindern, die Kraftstatio-nen zu zerstören.«

»Schon gut«, sagte Acker. »Wir gehen jetzt. Danke für dein Hilfe, Roon.«

»Danke? Dieses Wort verstehe ich nicht.«

Die drei Terraner nahmen wieder in den Sitzen vor den Konsolen Platz.

Roon war es, der nacheinander die ›Fühler‹ zurückbog und einen der Menschen nach dem anderen in die Zukunft zurückschickte.

In den letzten Sekundenbruchteilen glaubte Tim Acker in dem augenlosen Gesicht so etwas wie Trauer zu sehen.

Aber vielleicht war das nur ein Spiegel seiner eigenen Gefühle.

Sie erwachten gerade noch rechtzeitig. Doch ohne die Unterstützung Roons sank Tim Acker zusammen. Mallony und Mescalero schleppten ihn die Rampe hinauf nach oben. Später behauptete der Professor, daß es nur sein Hunger gewesen sei, der ihn so schwächte, daß er auf fremde Hilfe angewiesen war.

Irgendwo in der Vergangenheit tobte ein atomarer Orkan über Main Island hinweg. Ein Orkan, ausgelöst durch die Sprengung von Kraftwerken. »Unvorstellbar«, überlegte Art Hooker, »daß eine vernunftbegabte Zivilisation dieser Art sich bei der Energieerzeugung noch auf etwas so Gefährliches wie Kernenergie einläßt.«

»Vielleicht kannten sie eine Möglichkeit, diese Kernenergie narrensicher zu machen.«

»Nicht sicher genug, als daß Narren sich daran vergreifen und sie zu Vernichtungswaffen machen konnten. Die Auswirkungen sehen wir hier«, sagte Mallony. »Nach zwanzigtausend Jahren ist die Strahlung den Meßinstrumenten nach zwar für uns unschädlich, aber immer noch vorhanden.«

»Daß sie uns nicht mehr schaden kann, ist schon erstaunlich. Theoretisch müßte die Dosierung wesentlich höher sein als das, was wir hier anmessen«, sagte Mader.

»Dafür«, warf Mescalero trocken ein, »wird uns die kosmische Strahlung hier rösten. Schaut mal.«

Er deutete dahin, wo vor kurzem noch der Flugdozer gestanden hatte. Die große Maschine war fort. Nur noch ein dunkler Fleck hing über den Bergen, die die Ruinenstadt von Cattan trennten.

Mario diPauli hatte nicht länger warten wollen. Er war mit dem

Flugdozer gestartet, um sich in Sicherheit zu bringen – ohne Rücksicht auf die anderen.

Art Hooker schaltete sein Armbandvipho ein.

Er rief Cattan.

Er rief Mike Bow.

»Natürlich werden wir diPauli und seine Begleiterin unverzüglich verhaften«, versprach Bow.

»Und was ist mit uns?« fragte Hooker. »Kannst du uns ein Scoutboot schicken? Vielleicht reicht die Zeit noch.«

Bow grinste den Prospektor an. »Aber sicher schicke ich Ihnen ein Scoutboot, Captain Hooker«, versprach er. »Aber nicht mehr heute!«

»He!« brüllte Tim Acker los. »Bow, ich plündere Ihren Kühlschrank, wenn Sie nicht unverzüglich...«

Diese grausige Drohung konnte Mike Bow nicht schrecken. »Sie sind Acker, der zweibeinige Magen, wie ich hörte? Warum machen Sie nicht noch ein paar Tage Urlaub in der Ruinenstadt? Und du, Art – wolltest du nicht mit Mallony zusammen nach dem Tofirit-Lager suchen? Klotzt mal endlich 'ran...«

»Mike«, sagte Hooker düster. »Das ist jetzt nicht die Zeit für dumme Witzchen. Der Magnetsturm...«

»Ist vorbei«, sagte Bow trocken. »Aus, Ende. Entwarnung, Freunde. Es besteht keine Gefahr mehr. Seit elf Minuten...«

Seit elf Minuten gab es für Hope keinen Strahlenalarm mehr! In jenem Augenblick war das Strahlungsmaximum des gestörten Magnetfeldes schlagartig zusammengebrochen!

Die Werte lagen sogar unter dem Normalbereich! So, als wäre nach einem Wellenberg jetzt ein Wellental über diesen Teil der Galaxis hereingebrochen!

Ein Rätsel mehr. Ossorn und Bentheim verzweifelten an den Meßergebnissen. Gleich dreimal checkten sie die Instrumente durch, konnten aber keinen Fehler entdecken. Beide wünschten Craig zum Teufel, der Feierabend gemacht hatte, um jetzt seine

Flasche Whiskey zu genießen – seine vermeintliche ›Henkersmahlzeit‹.

Der Strahlenalarm konnte abgeblasen werden. Der Schutzschirm über Cattan wurde nicht aufgebaut. Er war momentan nicht mehr erforderlich.

Ossorn und Bentheim mahnten weiterhin zur Vorsicht. Und Stadtpräsident Tanakagara überlegte, wie er den Menschen die veränderte Situation nahebringen konnte, ohne daß er und seine Experten des »falschen Alarms« wegen verhöhnt und angegriffen wurden.

Auch um den Liegeplatz der VESTA wurde es ruhig. Bows Leute hatten es geschafft, für Ruhe zu sorgen, ehe die Crew der Sternschnuppe rabiat werden mußte. Doch Bow spürte, daß die heutige Aktion nur die Spitze des Eisbergs war. Er fröstelte, wenn er daran dachte, was vielleicht künftig noch alles auf sie zukam.

Die Ruhe, die jetzt eintrat, konnte nur die Ruhe vor dem Sturm sein...

Zwischenspiel

Der Schläfer träumte.

Es war der immer gleiche Traum, in dem er wieder und wieder durchlebte, wie er auf diesen Planeten verschlagen worden war. Zu seinen Feinden.

Jeder, der nicht wie er war, war sein Feind.

In der Umgebung summte und klickte es, wog ein Programms ab, ob es den Schlaf des Träumers unterbrechen sollte oder nicht.

Die Impulse, die jetzt vermehrt eintrafen, bejahten diesen Schritt, und so leitete der Schrein den behutsamen Erweckungsprozeß ein.

Währenddessen träumte das Wesen aus dem *Zentrum* weiter.

Der Traum, diese Schleife voller Erinnerungen, würde erst enden, wenn es die Kontrolle über seinen Körper vollständig zurückerlangt hatte.

Solange sah es sich weiter zu, wie es die beiden *Menschen* draußen ind er Einsamkeit des Alls tötete. So als geschähe es gerade jetzt, in diesem Moment, sog es den vitalisierenden Strom ihrer Emotionen in sich auf. Seine Opfer verendeten qualvoll. Der Destruktur zerriß ihre Zellstrukturen wie in Zeitlupe.

Wie schwach sie waren!

Zumindest ihre Körper.

Ihr Geist hingegen...

Selbst im Schwebezustand seiner Stasis schwang tiefe Befriedigung durch das Wesen, wenn es an die *Gefühle* der Sterbenden dachte. Die beiden *Menschen* in dem primitiven Raumboot hatten ihm auf zweierlei Weise geholfen.

Zum einen hatten sie es gestärkt aus der Begegnung hervorgehen lassen.

Und zum anderen hatte es ihr Fahrzeug dazu benutzen können, das eigene, manövrierunfähige Schiff und den Gürtel kosmischer Trümmergürtel zu verlassen.

An einem Rendezvouspunkt, den es den Gedankeninhalten seiner Opfer entnommen hatte, war es von einem Frachter der *Menschen* aufgenommen und zu ihrem Heimatplaneten gebracht worden.

Nach *Terra*.

Als der Frachter auf dem Raumhafen einer riesigen Stadt gelandet war, hatte der Passagier auch die letzten Besatzungsmitglieder mit dem Destruktor getötet und ihre freiwerdenden Emotionen assimiliert.

Im Schutz seiner Tarnkappe hatte er das Raumschiff verlassen und sich in der Stadt umgesehen. Hatte begonnen, die *Menschen* zu studieren – und nach Wegen zu suchen, *seinem* Volk eine Nachricht zukommen zu lassen. Doch der technische Entwicklungsstand der Menschen war – wie es sich schon während des Angriffs auf ihre Stadt bestätigt hatte – enttäuschend niedrig.

In seiner Frustration hatte der Gestrandete tagelang blindwütig unter den Schwächlingen geaast. Hatte sie getötet, wo auch immer sie seinen Weg kreuzten.

Doch dann waren die Produkte einer höherentwickelten Technik am Himmel über der Stadt aufgetaucht – und hatten warnungslos ein Zerstörungswerk begonnen, das an die Taten *seines* Volkes erinnert hatte. Binnen weniger Stunden hatten die Kugelschiffe die Stadt in Schutt und Asche gelegt und waren auf der Piste des nahen Hafens gelandet.

Der Gestrandete war ihnen unverzüglich entgegengeeilt. Und Zeuge seltsamer Aktivitäten geworden.

Neben den Kugelschiffen waren kubusförmige Raumer gelandet, und in diese waren *Menschen* in großer Zahl verschleppt worden.

Als der Gestrandete im Schutz seines Tarnfelds in eines dieser Kubusschiffe gefolgt war, hatte er herausgefunden, was mit den Bewohnern dieses Planeten geschah:

Sie wurden von vierarmigen Gestalten, die ihnen an Kraft und Intellekt offenbar weit überlegen waren, einer Tiefkühlprozedur unterzogen und in Vorrichtungen eingelagert, die einen weiten Bereich dieses Schiffes einnahmen.

Alles deutete darauf hin, daß sie fortgebracht werden sollten.

Der Gestrandete wollte die Chance nutzen, eines der Schiffe der Eroberer unter seine Kontrolle zu bringen, um damit in Regionen zu fliegen, wo der Kontakt zu seinem Volk möglich war.

Oder wo er wenigstens einen der *Sammler* kontakten konnte.

Doch dann hatten sich der Ereignisse überschlagen.

Die Fremden waren auf ihn aufmerksam geworden! Plötzlich war er trotz seines Tarnschirms von ihnen umringt gewesen und mit schweren Waffen beschossen worden!

Der Körperschild hatte den Beanspruchungen standgehalten. Der Gestrandete hatte das Feuer erwidert...

... und feststellen müssen, daß er mit den vom Destruktor freigesetzten Emotionen nichts anzufangen vermochte.

Sie waren wertlos.

Ohne jeglichen Gehalt...

Als die Gegenwehr immer heftiger geworden war, hatte er den Rückzug angetreten. In der Stadt hatte er sich weitere *Menschen*opfer gesucht, an ihnen gestärkt und beschlossen, am nächsten Tag einen neuerlichen Versuch zu starten, eines der Schiffe in seine Gewalt zu bekommen.

Doch dann hatten die Fremden begonnen, die Bevölkerung der Stadt mit einer unbekannten Strahlung zu bestreichen.

Augenblicklich waren die Betroffenen in vollkommene Lethargie verfallen. Der Körperschirm bewahrte den Gestrandeten davor, selbst in Mitleidenschaft gezogen zu werden. Aber von dieser Stunde an war er dem Hungertod preisgegeben.

Die *Menschen* ernährten ihn nicht mehr.

Sie waren plötzlich genauso taub und inhaltsleer geworden wie diejenigen, von denen sie unterworfen worden waren!

Die Jagdzüge mit dem Destruktor verliefen erfolglos.

Stumpfsinnig umherirrende *Menschen* starben so qualvoll wie gewohnt. Aber ihre Qualen erreichten den Gestrandeten plötzlich nicht mehr.

Schneller als beabsichtigt trieb es ihn wieder zum Raumhafen. Aber er kam den Kugelraumern nicht einmal nahe, als Bordgeschütze schon das Feuer auf ihn eröffneten.

Ein räuberischer Strahl versuchte, ihm die Energie seines Tarnfelds zu entziehen. Ganz nah bei ihm zerstoben Barackenteile und die Betonpiste im Takt einer unbekannten Waffe, die ihm gefährlich geworden wäre, hätte er sich nicht rechtzeitig tief ins Innere der Stadt flüchten können.

Dort im Verborgenen hatte er sich seinen Überlebensschrein gebaut.

Mit dem, was er in den Trümmern fand, und den Mitteln, die er an seinem Körper trug.

Sechs Planetentage brauchte er, um sein Werk zu vollenden und eine einheimische Lebensform zu finden, die seinen Wünschen am nächsten kam.

Die Geschöpfe, die er mit den künstlichen Viren impfte, hatten sechs Beine und waren winzig.

Klein genug, um überall hin zu finden.

Er steckte sie in einen Brutbehälter, in dem sie sich vermehren konnten, und programmierte die Zeittakte, in denen sie ausschwärmen sollten, um ihm Kunde von der Situation draußen zu bringen.

Kunde von den *Menschen*, die er zum Überleben brauchte...

... sobald er die Stasis abstreifte...

25.

Terra, Sol-System

Es waren die deprimierendsten Weihnachten, die Benjamin Darga je bei vollem Bewußtsein erlebt hatte.

Ganz oben auf seinem Wunschzettel stand: *Ich will sterben.* Und in der nächsten Zeile die Einschränkung: *Aber erst, wenn ich all die zur Hölle geschickt habe, die mich um den Sinn meines Lebens gebracht haben!*

Gestern war Kira gestorben.

Zwei Tage nach Rumer.

Er hatte sie gepflegt, bis sie die Augen geschlossen hatte und unter furchtbaren Schmerzen gestorben war. Woran, wußte nicht einmal Schweitzer, dem es selbst von Tag zu Tag dreckiger ging. Er war schon nicht mehr fähig, kleinere Operationen durchzuführen.

In der U-Bahn-Station war Panik ausgebrochen, nachdem sich herumgesprochen hatte, daß die Käfer eine unbekannte, tödliche Krankheit übertrugen – und nachdem immer mehr dieser Krabbeltiere aufgetaucht waren.

Die Zahl der Erkrankungen hatte längst den Charakter einer Epidemie angenommen.

Doc Schweitzer hatte einen Hilferuf nach Alamo Gordo geschickt, aber bislang war von dort noch keine Reaktion erfolgt. Entweder nahm man die Vorfälle nicht ernst genug, oder es gab andere Brennpunkte, die dringender Hilfe benötigten.

Darga hegte manchmal sogar den aberwitzigen Verdacht, daß die Krankheit, von der niemand je zuvor gehört hatte, *von* der Regierung in Umlauf gebracht worden sein könnte.

Um die Bevölkerung weiter zu dezimieren – und das Problem der Versorgung auf diese Weise vielleicht eher in den Griff zu bekommen.

So unsinnig sich dies auch anhörte, Darga entdeckte in seinem seelischen Tief eine verquere Logik darin.

Doch daran dachte er nicht, während er im Licht eines Handstrahlers dorthin zurückkehrte, wo alles Unheil seinen Lauf genommen hatte.

Keine Menschenseele war ihm beim Abstieg in die U-Bahn-Station begegnet. Der Ort wurde inzwischen gemieden wie die Pest. Lieber nahm man Erfrierungen in Kauf, als sich einen Tag länger der Gefahr auszusetzen, von einem der Killerkäfer gebissen zu werden. Kein Antibiotikum oder Breitbandserum hatte bislang gegen das tödlich endende Fieber geholfen.

Darga zermahlte leise fluchend einen Käfer unter dem Stiefelabsatz. Er war am Ziel. Vorläufig.

Die Tür des Raumes, in dem Rumer und Kira von Schweitzer gefunden worden waren, stand offen. Ein steter Strom von Käfern bewegte sich aus dieser Kammer entlang der Gleise dorthin, woher Darga gekommen war.

Die Tierchen wirkten so harmlos, und keines hatte auch nur den Versuch unternommen, Darga anzugreifen. Trotzdem waren es Killer, die ausgemerzt werden mußten.

An ihrer Wurzel. Dort, wo sie in immer neuen Scharen entschlüpften...

Darga trat in die Kammer. Er hatte mehrere Thermogranaten organisiert, kaum daß er sich wieder auf den Beinen hatte halten können. Damit wollte er der Brut den Garaus machen.

Das Risiko, sich bei seiner Jagd auf die Biester selbst etwas einzuhandeln, schreckte ihn nicht.

Nachdem er die Kammer betreten hatte, benötigte er nur Sekunden, um herauszufinden, woher die Käfer kamen – und wie er *zu ihnen* gelangen konnte...

Zur gleichen Zeit, am Rande des Sonnensystems

»Ich habe etwas auf dem Schirm«, meldete Rul Warren über Funk an die Besatzungen der anderen Flash. »Eine ungewöhnliche Signatur.«

Auch die zwischen Mars und Jupiter operierende POINT OF empfing seine Nachricht. Die letzten Tage hatten zuviele Enttäuschungen gebracht. Kaum jemand mochte noch daran glauben, daß die von Ren Dhark initiierte Suche fruchten könnte.

Die Suche nach Resten jener kämpfenden Verbände, die ihren Zwist auf dem Parkett des Sonnensystems ausgetragen hatten. Es war achtzehn Monate her, daß Spindel- und Zylinderraumschiffe unbekannter Herkunft hier aneinandergeraten waren – kurz nachdem die Spindeln Olan in der Sahara in einen hitzeglühenden Friedhof verwandelt hatten!

Anderthalb Jahre waren eine lange Zeit, zumal niemand sicher sagen konnte, ob eine der Fremdparteien *überhaupt* Spuren hinterlassen hatte. Spuren, von denen sich Ren Dhark Rückschlüsse auf die Herkunft, Beschaffenheit und *Motive* der Spindelbesatzungen erhoffte.

Zylinder und Spindeln waren später nie wieder gesichtet worden. Doch auch das hieß – darauf beharrte Dhark – wenig. Im Jahr der Giants hatte es keinen Menschen gegeben, der Ausschau nach den Aggressoren von damals gehalten hätte.

Wesen, von denen sich niemand ein Bild machen konnte – und die mit beispielloser Brutalität gegen die Zivilbevölkerung der Erde vorgegangen waren...

...um den Menschen später, auf Robon, das Geheimnis des Commutator-Enzephalos zu schenken?

Aus Gründen der ›Wiedergutmachung‹?

Daran wagte Ren Dhark nicht zu glauben. Im Gegenteil: Seit Anja Field das Phantom von Robon als Spindelraumer entlarvt hatte, schwante ihm Schlimmes.

Zehntausende Menschen trieben auf den Tod zu, seit sie dem C-E ausgesetzt worden waren – *Menschen!* Ganz gleich, ob sie eine Zeitlang auf Robon gelebt hatten oder nicht, es blieben Menschen

War dies ein neuer teuflischer Schachzug der Unbekannten? Hatten sie Hilfe vorgetäuscht, um die Menschheit auf heimtückische Weise auszurotten? Waren die Robonen nur die *ersten*, die auf ihre Manipulationen angesprochen hatten?

Würde der Rest der Menschheit, leicht verspätet, nachfolgen...?

Niemand wagte diese Möglichkeit offen auszusprechen.

Auch Ren Dhark nicht.

Aber es war denkbar.

Alles war denkbar...

Ihm graute, wenn er sich an die Fremden unter dem Raumhafen von Stardust erinnerte.

Wesen, die einem anderen Zeitfluß anzugehören schienen.

Wesen, die sich schier unüberwindlich präsentiert und den CAL mit spielerischer Leichtigkeit entführt hatten – als gäbe es dessen Parakräfte überhaupt nicht.

Wer waren sie?

Woher kamen sie?

Und warum mordeten sie ohne jeden Hauch von Skrupel?

»Rul?« wandte sich Dhark an den Piloten, der zusammen mit sechsundzwanzig anderen im Einsatz war. Ein jeder solo. Nur ein einziger Blitz stand noch im Depot des Ringraumers.

Dharks 001.

»Rul«, sagte der Mann mit den weißblonden Haaren noch einmal und blickte dabei in den leeren Sitz neben sich.

Auch Dan Riker beteiligte sich an der Suche nach der berühmten Stecknadel im Heuhaufen.

»Ja, Commander. Ich sehe es jetzt. Ich bin ihm schon ganz nah. Es ist... Gütiger Himmel, es ist wirklich...«

In diesem Moment brach der Kontakt zu Warren ab.

Sämtliche Versuche, ihn neu aufzubauen, scheiterten.

»Verdammt!« fluchte Dhark. Dann wandte er sich an die Piloten der anderen Flash: »Standortbestimmung! Wer hielt sich zum Zeitpunkt des Abbruchs in Ruls Nähe auf?«

»Ich!« klang Amye Shivas Stimme aus dem Funk. Sie identifizierte sich mit Namen und ID-Nummer ihres Flash.

»Haben Sie Sichtkontakt?«

»Nein«, bedauerte die Marsgeborene. »Rul und ich durchforschen den Kuiper-Gürtel. Die Sichtverhältnisse sind schlecht. Die Gedankensteuerung sondiert die Umgebung. Die Brocken, die hier treiben, sind riesig. Aber ich messe die Signatur, von der Rul gesprochen hat. Ihr Ursprung liegt ganz in der Nähe. Wenn meine Instrumente nicht täuschen, keine zwei Kilometer von mir entfernt...«

»Verstanden, Amye«, gab Dhark an sie durch. »Bleiben Sie, wo Sie sind, riskieren Sie nichts. Warten Sie auf das Eintreffen der anderen Flash. Ich setze mich in die 001 und schließe mich Ihnen unverzüglich an!«

Mit diesen Worten stürmte er aus der Zentrale, Richtung Depot. Niemand machte auch nur den Versuch, ihn aufhalten zu wollen.

World City

»Gleich werdet ihr geröstet«, preßte Benjamin Darga hervor und dachte an die Thermogranaten an seinem Gürtel.

Vor ein paar Minuten, als er in den Lüftungsschacht geklettert war, hatte ihn eines dieser heimtückischen Biester erwischt. Ein einziger unachtsamer Moment, und es hatte sich in seinem Haar verheddert. Bei dem Versuch, den Käfer herauszuklauben, hatte das kleine Ungeheuer zugebissen.

Darga wußte, was ihm blühte.

Dasselbe wie Rumer, Kira, Schweitzer und den vielen Namenlosen.

Als er innehielt, meinte er fast zu spüren, wie sich *das Fremde* in wahnsinnigem Tempo in ihm vermehrte.

Die Vorstellung, daß auch Rumer es gefühlt hatte, riß ihn aus seiner vorübergehenden Starre.

Er kroch weiter.

Der eigene Tod jagte ihm keine Angst mehr ein. Er wollte nur noch genügend Zeit haben, um es den Käfern heimzuzahlen.

Je länger er überlegte, desto mehr gelangte er zu der Überzeugung, daß die Giants an allem schuld waren.

Ihre verderbenbringenden Strahlen hatten offenbar nicht nur die Menschen in Apathie gestürzt und zu willenlosen Werkzeugen geformt, sondern auch bei anderen Lebewesen auf dem Planeten Schäden angerichtet.

Die Käfer waren mutiert – eine andere Erklärung gab es für Darga nicht.

Irgendetwas ging von ihnen wie bei einem Zeckenbiß auf den Menschen über.

Und tötete qualvoll.

»Nicht mehr lange...«

Darga robbte durch die Röhre. Für jeden Käfer, den er unter seinem Körper zerquetschte, rückten zwei neue nach.

Darga hegte keinen Zweifel, daß sie auf dem Weg zu den Menschen waren.

Um weiter Terror zu verbreiten.

Darga stutzte.

Er hörte ein fernes Geräusch.

Es klang wie das Wimmern eines Kindes.

(Rumer...)

Darga kratzte sich am Kopf. Die Stelle, wo der Käfer ihn angefallen hatte, juckte. Erstaunlicherweise war es seither zu keiner erneuten Attacke gekommen. So, als *spürten* die anderen, daß Darga bereits ein Verlorener war...

Wahnsinn.

Darga schob sich weiter durch die Enge.

Plötzlich schien der nach vorn gerichtete Lampenstrahl von etwas geschluckt zu werden.

Ein paar Meter von Darga entfernt hörte das Licht einfach auf, das Innere der Röhre aus der Schwärze zu entreißen.

Darga fröstelte.

Schlagartig überkam ihn eine überwunden geglaubte Angst.

Was ist das? dachte er. *Wo sind die Larven dieser Brut? Wo ist ihr Versteck, in dem sie verpuppt auf mich warten? Damit ich ihnen austreiben kann, über nichtsahnende Menschen herzufallen.*

Darga hatte sich weiter vorwärts geschoben.

Auf das Dunkel zu, das wie schwarzer Nebel in der Röhre wogte.

Was war das?

Ein Gas?

Konnte es ihm gefährlich werden?

Er streckte die Hand danach aus.

Berührte die Finsternis.

Sie fühlte sich wunderbar an, *greifbar*. So zart, daß Darga nicht anders konnte, als auch noch den anderen Arm hineinzustrecken.

Mit der Faust, die die Lampe hielt.

Es wurde pechschwarz um Darga herum.

Er seufzte.

Seine freie Hände stieß gegen etwas Hartes.

Und dann zögerte Darga nicht länger, sondern kroch zur Gänze in das lockende Dunkel.

Es war, als durchstieße er eine Membran.

Hinter der ›Haut‹ war es wohlig warm.

Und hell.

Die Lüftungsröhre mündete hier in einen geräumigen Schacht.

Und dieser Schacht beherbergte etwas, was nicht von dieser Welt sein konnte.

Darga kroch darauf zu.

Er zitterte vor Erregung.

Die Käfer, die aus der Maschine vor ihm krochen, interessierten ihn nicht länger.

Der menschengroße *Kokon* interessierte ihn.

Und was *darin* steckte...

Zwischenspiel

ES träumte.

Von den Gesängen des ZENTRUMS.

Von schwarzen Sonnen und Ewiger Jagd.

Unstillbaren Begierden.

ES war unersättlich – wie alle seiner Art.

Aber noch schlief ES, gefangen in seinem Traum, der unermüdlich daran erinnerte, wie ES auf diese Welt gelangt war.

Aus einem sterbenden Schiff, einige Zeit nachdem die *Abtrünnigen* das Abernten der Menschenstädte vereitelt hatten...

Der Traum geriet ins Stocken, denn der schützende Hort, in dem ES so lange darauf wartete, geweckt zu werden, hatte begonnen, sich...

zu...

verändern...

26.

Die Spindel trieb zwischen Plutinos und Zentauren. Sie sah alt aus wie das Universum. Als hätte sie den Urknall erlebt und leidlich überstanden.

Ren Dhark flog vorsichtig näher.

Er war nicht allein.

Die anderen Flash folgten.

Im Intervallschutz war es einfach, den Kräften des Mahlstroms zu trotzen. Die urtümliche Materie war von den Geburtswehen des Sonnensystems übrig geblieben.

»Da! Da ist Ruls Flash!« rief jemand.

Es stimmte. Warrens ›Blitz‹ schwebte unmittelbar neben der beschädigten Spindelkonstruktion, aber alle Versuche, mit Warren selbst in Kontakt zu treten, scheiterten.

Wenig später deutete sich ein Grund an, warum dem so war: Der Flash war verlassen, und seine Luke stand weit offen!

»Er muß ausgestiegen sein – aber warum? Und warum reagiert er nicht auf unsere Rufe?« spekulierte Dan Riker.

»Erhöhte Vorsicht!« warnte Dhark. »Wir können nicht ausschließen, daß es Überlebende gibt!«

»Und wie ich *hoffe*, daß es die gibt«, knirschte Pjetr Wonzeff mit den Zähnen. »Dann müssen sie uns einiges erklären. Einiges...!«

»Haltet weiter Ausschau nach Rul! Ich fliege jetzt *in* das Schiff«, entschied Dhark. »Sobald ich Entwarnung gebe, folgen die Flash mit Arc Doorn, Pal Hertog und Ian Kaplan! Vielleicht können wir uns die Datenbank des Schiffes erschließen. Wenn wir in Erfahrung bringen, *woher* die Spindelschiffe kamen, ehe sie Olan zerstörten, wäre schon viel gewonnen.«

»Ach ja?« meldete sich Dan Riker zu Wort. »Willst du etwa mit der Terra-Flotte im Schlepp aufbrechen und einen Präventivschlag gegen die Täter von damals führen?«

»Wir werden sehen«, erwiderte Dhark ruhig. »Erst müssen wir etwas finden, was Rückschlüsse auf sie zuläßt. – Ich steuere jetzt *in* den Boliden...«

›Bolide‹ war gar keine abwegige Bezeichnung für das fremdartige Raumschiff, dessen Spindelform gedrungen und keineswegs schlank war.

Es verkörpert Gewalt, dachte Dhark. *Es symbolisiert das, was seine Besatzung von ihm erwartet – oder erwartet hat: Es tötet! Dafür wurde es gebaut!*

Die Nüchternheit, mit der er seine Schlüsse zog, erschreckte ihn.

Langsam steuerte er die 001 auf die Spindel zu. In der Nähe eines torgroßen Lecks wollte er die Hülle durchdringen.

Der Vorgang, im Intervallschutz in einen festen Körper einzudringen, war beinahe Routine geworden.

Doch diesmal war alles anders.

Zunächst brach der Funkkontakt zu den anderen Flash ab – und dann wurde die 001 im selben Moment, als ihr Intervallum die Haut des fremden Schiffs berührte, mit aller Vehemenz abgestoßen!

Es gab kein Durchkommen!

Das Wrack widersetzte sich dem technischen Einfallsreichtum der Mysterious...

Ren Dhark war mehr verblüfft als erschrocken. Aber sofort grellte eine Erinnerung durch sein Bewußtsein. Die Erinnerung an die Gruft der Nogk auf Methan.

Dort, auf dem achten Planeten des Col-Systems, hatten die Nogk eine Gruft für einen ihrer verstorbenen Krieger errichtet. Dharks Flash war zufällig damit kollidiert – und in vergleichbarer Weise zurückgeschleudert worden, wie gerade eben!

Damals wie heute hatten sie vor einem Rätsel gestanden.

Gab es Übereinstimmungen zwischen Spindelbesatzungen und Nogk? Kannten sie einander am Ende gar?

Immerhin verstanden es auch die Nogk meisterhaft, ihre Schiffe der Wahrnehmung anderer raumfahrender Völker zu entziehen...

»Was war denn das für ein Kunststückchen?« klang Dan Rikers Frage aus dem plötzlich wieder funktionierenden Bordfunk.

»Das Intervallum und das Metall der Spindel mögen sich nicht«, erwiderte Dhark trocken.

»Und was bedeutet das?«

»Es bedeutet, daß ich es Rul nachmachen werde: Ich gehe ›zu Fuß‹...«

»Dann komme ich mit«, erwiderte sein Freund.

Dhark hatte nichts dagegen.

Bald darauf schwebte er in Dan Rikers Begleitung auf das Leck im Spindelschiff zu.

Kurz vor Erreichen fiel der Helmfunk aus.

Aber kaum daß sie das Loch im Rumpf passiert hatten, funktionierte er wieder reibungslos.

Und sofort empfingen sie Rul Warrens Ruf: »Hört mich jemand? Ich habe hier zwei mumifizierte Leichen entdeckt! Zwei Menschen...«

Minuten später sahen sie, wovon Warren gesprochen hatte. Es stellte sich heraus, daß er beschlossen hatte, das Wrack auf eigene Faust zu inspizieren, nachdem überraschend der Funkkontakt abgebrochen war. Der Effekt, den später auch Ren Dhark beobachtet hatte, hatte seine Neugier nur noch mehr angestachelt.

An Bord herrschte eine Schwere von 1,06 Gravos.

»Sie hätten sich in Teufels Küche bringen können«, hielt ihm Dhark vor.

Rul Warren grinste reumütig.

Automatische Schotte hatten sich vor ihnen geöffnet und hinter ihnen wieder geschlossen. Der Bereich, in dem sie jetzt standen, war mit einem Luftgemisch gefüllt. Die Zusammensetzung ähnelt der Atmosphäre auf der Erde. Es gab nur geringfügige Schwankungen im Verhältnis der Edelgase.

Doch diese Tatsache fand kaum Beachtung.

Alle drei starrten nur auf die Toten.

»Menschen«, unterstrich Dan Riker das, was Rul Warren bereits festgestellt hatte. »Kein Zweifel. Aber wie kommen sie hierher? Und was ist ihnen *zugestoßen?«*

»Sie sehen aus, als wären sie dehydriert worden. Alle Körperflüssigkeit muß ihnen abrupt entzogen worden sein«, sagte Dhark. »Sonst hätten sie in einen normalen Verwesungsprozeß übergehen müssen. Wenn sie tatsächlich schon solange hier sind, wie das Wrack im Kuiper-Gürtel treibt.«

»Sie können auch später hierher gelangt sein«, warf Rul Warren ein. »Sehen Sie nur diese Verletzungen: Als hätte der ganze Körper überall winzige Haarrisse bekommen. Als bestünde er aus *Glas* und wäre aus großer Höhe herabgestürzt...«

»Darum kümmern wir uns später«, entschied Dhark. »Jetzt sollten wir uns erst einmal versichern, daß das, was die beiden hier umgebracht hat, *uns* nicht gefährlich werden kann. Suchen wir die Zentrale dieses Schiffes! Aber keine Alleingänge mehr! Wir bleiben zusammen!«

Der Kokon war transparent. Und das Wesen darin raubte Benjamin Darga schier den Atem.

Brachte ihn durch seine Anmut um den Verstand!

Eine Gottesanbeterin, dachte er. *Nein, es sieht aus wie ein wunderbarer Zwitter aus Pflanze und graziösem Insekt...*

Er hielt in seinen Überlegungen inne, weil die Maschine, die am Kopfende des Kokons stand, und aus der die Käfer schlüpften, unvermittelt ihre Tonlage änderte.

Der Boden unter Darga bebte kurz.

Dann trat Stille ein.

Und der Kokon, der um das zerbrechlich wirkende Geschöpf gesponnen war, veränderte seine... Dichte.

Im Grunde gab es *zwei* Kokons: Den, der das Wesen umgab, und die seltsam greifbare Dunkelheit, durch die Darga wie durch eine Membran geschlüpft war, um überhaupt in die Lage versetzt zu werden, dieses Wunder betrachten zu können.

Er war fassungslos.

Sein Herz hämmerte wild, und die kaum verheilte Stichwunde meldete sich schmerzhaft.

Doch das alles beunruhigte ihn nicht.

Nichts beunruhigte ihn.

Und als er zufällig die Thermogranate an seinem Gürtel streifte, rief ihm dies zwar in Erinnerung, warum er den beschwerlichen Weg durch den Lüftungsschacht auf sich genommen hatte – aber er sah keine Veranlassung, sein Vorhaben *gleich* in die Tat umzusetzen.

Obwohl er den Ursprung der Käferscharen gefunden hatte.

Hier!

Sie entschlüpften *hier!*

Aus einer Maschine, die keinem anderen Zweck zu dienen schien, als immer neue Tierchen aus einer kleinen Öffnung zu gebären.

Käfer, die sich augenblicklich in den Strom derer einreihten, die es zu den Menschen drängte.

Um sie...

Darga erzitterte. Das Bild Rumers schob sich kurz in sein Bewußtsein.

Plötzlich wurde ihm bewußt, daß etwas nicht stimmte.

Mit ihm.

Mit seiner Gelassenheit.

Dieser Ort... Wie konnte er so seelenruhig an einem solchen Ort verharren?

Mit diesem Monstrum...

Er stöhnte auf.

Ein paar Sekunden hatte er nicht auf den Kokon geachtet.

Und nun gab es ihn nicht mehr.

Nackt – zumindest konnte Darga auf den ersten Blick nicht

erkennen, was an Kleidung erinnert hätte – lag das Geschöpf da.

Im nächsten Moment hörte der Nachschub an Käfern auf.

Ich habe es gestört, dachte Darga.

Seine Hand tastete zum Gürtel, wo das Fegefeuer, mit dem er die Biester hatte ausrotten wollen, in faustgroßen Behältern schlummerte.

Darauf wartete, entfesselt zu werden.

Darga bekam eine Gänsehaut.

In diesem Augenblick begriff er, daß er in der Klemme steckte.

Seine Kopfhaut begann höllisch zu jucken. Und überall in seinem Körper schien das aufzublühen, was der verdammte Käfer auf ihn übertragen hatte.

Tödliche Sporen trieben durch sein Blut und verseuchten es...

Ich muß etwas tun, dachte Darga. *Jetzt, sofort!*

Im dämmerte, daß nicht die Käfer, sondern dieses... Wesen schuld an Rumers Tod war. Und am Tod vieler anderer, die elend an den Folgen der Käferattacken krepierten.

Ich muß etwas tun, dachte er wieder.

Dann pflückte er eine der Thermogranaten vom Gürtel und nahm sie in die Faust.

Der eiförmige Sprengsatz war gemustert wie ein Fliegenpilz.

Dargas Finger berührten den Sicherungsbügel. Wenn er ihn zog und bis zehn zählte...

Ein Laut ließ ihn herumfahren.

Das Wesen hatte ihn verursacht.

Das Wesen, das ihn anstarrte (wie lange schon?) und urplötzlich zum Leben erwachte.

Darga registrierte nur eine schattenhafte Bewegung...

... und schon stand es vor ihm, entriß ihm die Bombe und durchbohrte Dargas Brust mit einer messerscharfen Chitinklaue.

Genau dort, wo die Wunde gerade am Verheilen gewesen war.

Dargas Schreie wurden vom Polster der Dunkelheit zurückgeworfen.

All seine Verzweiflung blieb in diesem unwirklichen Raum.

Nichts davon war vergeudet oder ging verloren.

Alles fand seinen Weg...
... zu IHM...

Der Gang, durch den sie sich bewegten, erinnerte Ren Dhark mehr und mehr an den Spiralverlauf einer Meeresmuschel. Als gäbe es nur diesen einen Weg, und als führte er zwangsläufig ins Herz, in die Zentrale dieses Schiffes.

»Ich habe kein gutes Gefühl«, sagte Dan Riker.

»Ich auch nicht«, gestand Dhark ein.

»Man könnte meinen, man wäre verschüttet. Unter Tonnen von Gestein«, stimmte Warren in denselben Tenor ein. »Diese Wände... sie scheinen von allen Seiten auf einen zuzukommen. Alles hier ist schief... Zumindest kommt es einem so vor!«

Dhark erinnerte sich an seine Wahrnehmungen unter Tage beim CAL. Als die Fremden in ihren Schilden die Raumzeit verbogen und nach Belieben manipuliert hatten.

Woher kamen sie und ihre Schiffe, die solche Düsternis ausstrahlten?

Warum hatten sie die Erde überfallen?

Und was hatte sie daran gehindert, nach jenen Maitagen des Jahres 2051 noch einmal zurückzukehren?

Die Anwesenheit der Giants?

Hatten sie die Menschen nur gegen die Invasoren unterstützt, weil die Giants und ihr CAL auch ihnen gefährlich werden konnten?

Dhark schüttelte den Kopf. Seine Überlegungen drehten sich im Kreis.

So kam er nicht weiter.

Vor ihnen endete der Gang.

»Wir sind da«, sagte Rul Warren.

Wo? lag es Dhark auf der Zunge zu fragen.

Denn der Raum, der sich vor ihnen öffnete, war *leer*. Wie schon auf dem ganzen Weg, gab es auch hier nicht die geringsten offensichtlichen Anzeichen einer *Technik*, die dieses Schiff mit Leben erfüllt und angetrieben hatte.

Es gab keine Monitore, keine als solche erkennbaren Instrumente, keine Sitze... einfach gar nichts!

»Unmöglich«, sprach Dan Riker aus, was alle dachten. »Wir sind falsch. Das kann nicht die Zentrale sein. Wie sollte...?«

Er verstummte.

Weil der gewundene Gang hierher und an keinen anderen Ort geführt hatte.

Dieser Raum mußte von Bedeutung sein.

Matt schimmerten die Wände.

Fugenlos wie Unitall.

Gleichzeitig aber überkam die Menschen, die ihn betreten hatten, das gespenstische Gefühl, *beobachtet* zu werden.

Aus diesen Wänden heraus.

Plötzlich hörten sie die Stimme von Amye Shivaa: »Commander? Wo sind Sie? Antworten Sie, schnell! Wo immer Sie stecken, kommen Sie heraus – verlassen sie dieses... Ding! Etwas geschieht. Von draußen sind dramatische Veränderungen im Energiehaushalt zu bemerken! Ich stehe in dem leckgeschlagenen Bereich vor zwei Mumien... Wo sind Sie? Antworten Sie, bitte!«

Dhark wollte antworten.

Doch in diesem Augenblick fiel sein Blick auf etwas, was ihm die Kehle zuschnürte.

Wände, Boden und Decke begannen sich zu verändern.

Aufzulösen.

Vor, neben und hinter ihnen!

Überall!

Das Schiff hatte ihre Anwesenheit bemerkt. Und entzog sich ihnen, indem es sich vernichtete...!

27.

Tyler lehnte gegen die Wand seiner Kabine und stieß seinen Kopf gegen das Unitall.

Rhythmisch.

Immer wieder.

Der Schmerz lenkte ihn ab.

Von den Ängsten, die aus dem Irgendwo zu ihm gelangten und sich in die sensibilisierten Regionen sein Gehirns bohrten.

Er konnte sich nicht dagegen wehren.

Er hatte es schon häufig versucht, den gestaltlosen Stimmen zu entrinnen.

Stimmen, deren Namen er fürchtete.

Und herbeisehnte.

Pia?

Edgar?

Sie antworteten nicht.

Nie.

Was war geschehen? Was hatte sie auseinandergerissen? Waren wirklich sie es, die ihn in seinen Schlaf hineinverfolgten? Riefen sie um Hilfe – oder bildete er sich alles nur ein?

Erst als er aus einer klaffenden Stirnwunde blutete, hörte er auf, sich selbst Schmerz zuzufügen.

Betroffen wischte er sich über die Verletzung.

Daß sein Blut rot war, beruhigte ihn etwas – ohne daß er hätte sagen können, welche Farbe er sonst erwartet hatte.

Mit gesenktem Haupt wechselte er in die kleine Hygienezelle die zu seiner Kabine gehörte. Er zog sich aus und stellte sich nackt in den warmen Duschstrahl.

Das Wasser tat gut.
Langsam ging es ihm wieder besser.
Die Stimmen und Bilder in seinem Kopf ließen sich einlullen, betrügen.
Tyler schloß die Augen und genoß die Ruhe.
Am liebsten wäre er in der Dusche geblieben.
Ewig.
Als er doch wieder hinaustrat und sich im Warmluftgebläse trocknete, spürte er einen Hunger, der sich verändert hatte wie sein ganzes Leben. Er war nicht mehr so unbändig und ungestüm wie auf Robon, als er für jeden Krümel hatte dankbar sein müssen.
Nein, hier auf dem Schiff, unter diesen Menschen, ging es ihm gut.
Und er verstand nicht, warum er sich nicht wirklich wohl fühlte.
Warum die Angst überwog.
Die Angst, daß das Schreckliche, dem er vor Monaten entkommen war, ihn nicht vergessen hatte, sondern nach ihm suchte und ihn aufspüren konnte.
Überall.
Und jederzeit.
So zum Beispiel auch... *jetzt.*
In diesem Moment, da er sich gerade wieder ein klein wenig sicherer wähnte...

Darga brannte!
Die Hölle war nicht nur um ihn herum, sondern *in* ihm!
Die Bestie von den Sternen kannte kein Erbarmen. Sie hielt ihn aufgespießt auf den Dornen ihrer Klauen. Sie schien genau zu wissen, was sie tun durfte, um sein Leben nicht vorschnell zu beenden – sein Leid nicht zu verlängern.
Darga gurgelte Flüche in das steinerne Gesicht des Aliens.
Woher kam er? Warum – und *wann* – hatte er sich in den Katakomben der U-Bahn eingenistet?
Er war kein Giant – selbst die Giants waren nicht von dieser *Lust*

am Töten getrieben worden. Sie hatten kühl das getan, was der CAL ihnen diktierte.

So sagte man.

Darga wußte nicht viel darüber, und es hätte ihn vermutlich nie interessiert, wenn er nicht *so* hätte leiden müssen.

Verzweifelt versuchte er, an die Thermogranate zu kommen, die noch an seinem Gürtel baumelte.

Als es mißlang, drohte und flehte er, während sein Blut aus dem Mund quoll und seinen Atem gurgelnd erstickte.

Nichts konnte den Fremden erweichen.

Was für eine sadistische Rasse, dachte Darga noch.

Dann schwanden ihm endlich die Sinne.

Amye Shivaa schien auf sie gewartet zu haben, obwohl Dhark ihr strikten Befehl erteilt hatte, sich unverzüglich aus der Gefahrenzone zu begeben.

»Endlich!« keuchte sie, als Dhark, Warren und Riker den spiralförmig gewundenen, von oben nach unten leicht abschüssig verlaufenden Gang heruntergehetzt kamen.

Die künstliche Schwerkraft des Schiffes, die fast ihren gewohnten Werten entsprach, erleichterte ihnen das Rennen und die Flucht vor dem gespenstischen Zersetzungsprozeß, der das Wrack erfaßt hatte.

»Machen Sie, daß Sie hier rauskommen! Sofort!« gellte Dharks Ruf über Funk.

Amye Shivaa wartete unbeirrt, bis das Trio sie erreicht hatte. Erst dann ließ sie sich mit den Männern durch das Leck in der Schiffszelle hinaus ins Vakuum des Alls fallen.

Noch während sie in ihren Mysterious-Anzügen auf die Flash zutrieben, die dem antriebslosen Fall des Alienschiffs angeglichen worden waren, begann die Spindel auseinanderzubrechen.

Und dann holte sie das Grauen doch noch ein.

Die Gespenster der Menschen, die vor anderthalb Jahren gestorben waren – und deren Angst und Verzweiflung seit damals in der

Spindel überdauert hatte.

Die Furcht Zehntausender Menschen schlug den Besatzungen der Flash entgegen, und in ihren Hirnen formten sich die Bilder von Männer, Frauen und Kindern, die ihre Blicke zum Himmel erhoben hatten, wo etwas auf sie herabstürzte, was sie in den qualvollen Tod riß.

Eine Vernichtungsfront, die eine ganze Stadt einäscherte...

»Olan«, stöhnte Dhark, während er haltlos durch den Weltraum wirbelte.

Wie welke Blätter im Wind teilten Shivaa, Riker und Warren sein Schicksal.

Auch lange nachdem die Seelen der toten ihre Ruhe gefunden hatten, hatten alle, die von der Wucht der Welle getroffen worden waren, Mühe, in die Wirklichkeit zurückzufinden.

Als sich Dhark schließlich in die Obhut seines Flash flüchtete, erreichte ihn Ralf Larsens angespannte Stimme.

Von dem, was im Kuiper-Gürtel geschehen war, schien er nichts mitbekommen zu haben. Seine Nachricht lautete: »Tyler. Der Junge hat in den letzten Minuten eine ganze Serie von Anfällen durchlitten, und niemand, auch Anonga nicht, weiß dafür eine Erklärung. Wenn Sie irgendwie abkömmlich sind, kommen Sie so schnell wie möglich zurück. Wir anderen kommen nicht an ihn heran...«

Tylers Gesicht glänzte blut- und schweißüberströmt. Neben Platzwunden schien er sich mit den Fingernägeln Striemen durch das Gesicht gezogen zu haben. Im ersten Moment sah es aus, als bemerke er gar nicht, daß jemand zu ihm in die Kabine gekommen war.

Doch dann sah er Ren Dhark mit flackerndem Blick entgegen.

»Es ist... passiert«, hauchte er.

»Passiert?« fragte Dhark. Vor der Tür hatte er mit Anonga gesprochen. Aber der Arzt hatte ihm auch nicht verbindlich sagen können, ob Tylers alarmierender Zustand möglicherweise mit den Geschehnissen im Kuiper-Gürtel in Zusammenhang zu bringen war.

»Ich kann es spüren«, stöhnte Tyler und richtete ihm die flehend die Hände entgegen. »Es... ist da...!«

»Wovon redest du?«

»Von *ihm*! Es – hat mich gefunden? Es ist da – irgendwo in der Nähe, vielleicht war es schon die ganze Zeit da, aber jetzt ist es... *erwacht!«*

Dhark beugte sich vor und nahm Tyler in die Arme.

Er wußte nicht, ob der Junge nur halluzinierte, oder ob er tatsächlich etwas empfangen hatte, was normale Menschen nicht wahrzunehmen imstande waren.

In diesem Moment dachte er an die beiden Toten, die Rul Warren in dem Alienschiff entdeckt hatte.

Menschen.

Menschen, die irgendwie *in* das Wrack gelangt sein mußten.

Aber trotz intensiver Suche hatten die Flash kein weiteres Fahrzeug in der Nähe der Spindel finden können.

Wenn die beiden Mumifizierten das Wrack auch nur zufällig irgendwann nach der Schlacht zwischen Spindeln und Zylindern entdeckt hatten, war es dann nicht vorstellbar, daß es noch Leben an Bord gegeben hatte – wer sonst hätte die Männer töten sollen?

Hatte dieses fremdartige Leben die Chance genutzt, sich in den Besitz eines, wenn auch nicht fernflug-, so doch raumtüchtigen Vehikels zu bringen?

Wohin hätte sich ein solches Wesen gewandt?

Zum Pluto?

Zum Mars?

Nein, dachte Dhark. *Es hätte sich zur Erde gewandt.*

Als er das nächste Mal in Tylers Augen blickte, schauderte ihn.

Was, wenn der Junge recht hatte.

Was, wenn es wirklich *da* war... irgendwo auf Terra... das Fremde?

Epilog

Mike Bow schlenderte die Sam Dhark Street hinunter, die den Namen jenes Mannes trug, der noch vor der Landung auf Hope verstorben war.

Es war eine laue Nacht, in der seit langem wieder einmal Bob Slaloms Trompetensolo vom Hügel über der Stadt erklungen war.

Vor einem Café saßen noch ein paar Leute und unterhielten sich.

Nichts und niemand schien in dieser Nacht Böses im Schilde zu führen.

Und doch würde, noch bevor der Morgen graute, eine Sirene über die Dächer heulen, und würde die große Hyperfunkstation ein Objekt orten, das sich mit einer Serie dicht aufeinanderfolgender Kurztransititionen durch das Col-System auf Hope zubewegen und über Cattan verharren würde.

Über denen, die schliefen, und denen, die bereits wieder aufgestanden waren.

Zum letzten mal in ihrem Leben.

REN DHARK Band 7

Im Zentrum der Galaxis

erscheint im Sommer 1997

Amphis –
Amphibische Aggressoren, die sich auf dem 9. Planeten des → *Col-Systems* niederlassen, eine überdachte Stadt mit idealen Lebensbedingungen errichten und die eigentlichen Ureinwohner unterdrücken und zu einem Leben im Untergrund zwingen. Die auf → *Hope* gestrandeten Menschen helfen den Partisanen in ihrem Überlebenskampf, lenken dadurch aber auch die Aufmerksamkeit der Amphis auf sich. Es kommt zur Entscheidungsschlacht, in deren Verlauf die Amphi-Stadt zerstört wird. Die Unterdrücker fliehen mit ihrer versprengten Flotte in die Tiefen des Alls.

Cattan –
die von den terranischen Siedlern auf → *Hope*, dem 5. Planeten des → *Col-Systems*, gegründete Stadt am Ufer des Blue River auf dem Inselkontinent Main Island. Anfänglich leben hier rund 50 000 Siedler sowie 800 Besatzungsmitglieder des Kolonistenraumers → *GALAXIS*. Im Zuge der amphischen Angriffe wird die Bevölkerung jedoch merklich dezimiert.

Checkmaster –
Zentralrechner der →*POINT OF* mit unbekannter Kapazität. Es existieren Vermutungen, wonach er auch Sitz der geheimnisumwitterten → *Gedankensteuerung* sein könnte.

Col-System –
ein Doppelsonnen-System, das von 18 Planeten umlaufen wird. Seine galaktische Position ist zunächst ebenso unklar wie die des im Sternendschungel verlorengegangenen Sol-Systems.

Deluge –
Inselkontinent auf → *Hope*, 700 Kilometer von Main Island entfernt. Erhält seinen Namen der häufigen Wolkenbrüche wegen. Bis

auf ein 4000 Meter hohes Gebirge ist Deluge vollständig von Dschungel überzogen. Der Inselkontinent erhält aus zwei Gründen besondere Bedeutung: Zum einen werden Ren Dhark und seine loyalen Mitstreiter zunächst dorthin deportiert. Zum anderen beherbergt das Gebirge ein Höhlenlabyrinth mit dem High-Tech-Vermächtnis der → *Mysterious*. In einer dieser Höhlen wird ein unvollendetes Raumschiff entdeckt und von den Menschen fertiggestellt, die →*POINT OF*.

Duststrahl –
maximal lichtschneller Energiestrahl von olivgrüner Farbe; verwandelt sämtliche bekannte, anorganische Materie in Staub.

Esmaladan –
Ursprungsplanet ominöser Pyramidenraumer, 3427 Lichtjahre von Sol entfernt.

Flash –
zylinderförmige, zweisitzige Beiboote der →*POINT OF*, 3 m lang, 1,20 m Durchmesser, Unitall-Hülle. Bei Landungen im Flashdepot des Mutterschiffs oder auf Planetenoberflächen werden sechs spinnenbeinartige Stützen ausgefahren. Die Insassen sitzen Rücken an Rücken. Um in die holographische Projektion blicken zu können, die die visuelle Verbindung zur Außenwelt darstellt, muß ein Mensch den Kopf unbequem weit in den Nacken legen. Alle Flash sind mit Sle- und Sternensog-Antrieb, aber nur einfachem → *Intervallfeld* ausgerüstet. Die Bewaffnung besteht, wie beim Mutterschiff, aus den Komponenten → *Dust-*, *Strichpunkt-* und *Nadelstrahl*.

Gedankensteuerung –
eine Automatik, sowohl in der →*POINT OF* als auch in den → *Flash*. Sie ist zu Eigeninitiative fähig, ihre genaue Programmierung unbekannt. Die Verständigung erfolgt telepathisch.

Giants –
durchschnittlich 2,50 m große Eroberer der Erde. Ihre Haut ist im Normalzustand wespengelb. Die Giants verfügen über sechs Extremitäten, zwei Armpaare – davon eines verkrüppelt – und ein Beinpaar. Ihre Physiognomie wird von einem stark ausgeprägten Gebiß dominiert. Die hörbaren Lautäußerungen klingen wie aggressives Schlangenzischen. Untereinander verständigen sich die Giants wahrscheinlich jedoch telepathisch, wobei über Details dieser Kommunikation, etwa die Reichweite, noch so gut wie keine Erkenntnisse gewonnen werden konnten.

Hope –
5. Planet des → *Col-Systems*, Sauerstoffwelt, neue Heimat de Siedler von Terra. Artenarme Flora und Fauna. Drei Monde Alph Bet und Gam. Keine zusammenhängenden Landmassen, dafür 31 sogenannte Inselkontinente und eine hohe Zahl kleinerer Inseln auf denen immer wieder Überbleibsel jener Hochkultur entdeck werden, die auch die → *POINT OF* erbaute und als Vermächtni hinterließ. Auf Main Island, dem Hauptkontinent, gibt es auc Ruinen einer nicht mit den → *Mysterious* identischen Kultur, di sich offenbar selbst auslöschte.

Intervallfeld –
künstliches Zwischenkontinuum um →*POINT OF* und → *Flash* Feste Materie wird von in Intervallfelder gebetteten Körper durchdrungen, als wäre sie nicht existent. Ein sogenannter Reizstrahl stellt die optische Verbindung nach »draußen« her.

Mentcaps –
von »mentale capsule« abgeleiteter Begriff für kleine, weiße Pillen die nach oraler Einnahme das darin gespeicherte Wissen der → *Mysterious* vermitteln. Dieses Wissen muß durch Selbststudien aufgefrischt werden, sonst geht es nach kurzer Zeit wieder verloren.

Mounts –
7. Planet des Giant-Systems, 6340 km Ø, Rotationszeit 21,05 Std., Schwerkraft 0,8 g, Temperaturmittel 16° Celsius. Globaler Himalaya-Charakter, reißende Gebirgsflüsse, tiefe Täler und Schluchten.

Mysterious –
die geheimnisvollen Erbauer des Ringraumers →*POINT OF*, über die viel gemutmaßt wird, aber wenig Beweiskräftiges bekannt ist. Offenbar haben sie → *Hope* vor rund 1000 Jahren fluchtartig verlassen.

Nadelstrahl –
rosafarbener, überlichtschneller Energiestrahl, der bei Dauerpunktbeschuß die meisten bekannten Feldschutzschirme zum Zusammenbruch bringt und verheerende Zerstörungen anrichtet.

Nogk –
der Nogk, die Nogk, des Nogk – von einer Extrem-Trockenwelt namens Charr stammendes Kriegervolk, dessen herausragendstes Merkmal der libellenähnliche Schädel mit einem Paar Facettenaugen und vier langen Fühlern ist. Die erste Begegnung zwischen Mensch und Nogk findet auf dem 8. Planeten des → *Col-Systems*, → *Methan*, statt; bald darauf auch auf → *Hope*. Nach der, vermutlich durch die → *Synties* unabsichtlich herbeigeführten Vernichtung eines Nogk-Mutterschiffs zieht sich der überlebende Kommandant Charaua mit anderen Überlebenden in eine auf Methan entdeckte Pyramide unbekannter Herkunft zurück. Nachdem sie Richtung Heimat einen Hyperfunk-Notruf, der alle noch verbliebenen Energiereserven aufbraucht, abgestrahlt haben, verfallen die Havarierten in den tiefschlafähnlichen Zustand der Pseudoverpuppung, aus dem sie von einem Rettungskommando wieder erweckt werden.

POINT OF –
Ringraumer, 180 Meter Durchmesser mit 35 Meter starker Ringzelle, komplett aus Unitall gefertigt. Menschen vollenden das unfertige Raumschiff, das längst nicht alle Geheimnisse preisgegeben hat. Im Gegensatz zu seinen → *Flash* genannten 28 Beibooten besitzt es kein einfaches, sondern ein doppeltes → *Intervallfeld.* Antriebsmäßig kann zwischen unterlichtschnellem Sle und x-fach überlichtschnellem Sternensog gewählt werden. Mindestbesatzung sind 50 Personen. Die Bewaffnung besteht aus → *Dust-, Strichpunkt-* und *Nadelstrahl.*

Pressorstrahl –
Waffe, die selbst auf höherdimensionale, künstliche Kontinuen wie die → *Intervallfelder* verheerend wirkt. Ungeschützte Objekte werden unter den enormem Drücken sogar regelrecht zermalmt.

Robon –
6. Planet des Giant-Systems, 16 400 km Ø, Rotationszeit 22,45 Stunden, Schwerkraft 1,24 g, Temperaturmittel 18,6° Celsius. Keine Meere, nur Flüsse und Binnengewässer. Keine Polkappenvereisung. Drei große Städte mit Raumhäfen: Starlight, Starmoon und Stardust.

Strich-Punkt-Strahl –
blaßblaue, maximal lichtschnelle Strahlart, die auf die meisten Metabolismen lähmend wirkt. In seiner optischen Erscheinung erinnert dieser Kampfstrahl an rhythmisch unterbrochene Morsezeichen.

Synties –
tropfenförmige, halbstoffliche Energiewesen mit einem grünlich schimmernden Fleck an der vorderen oberen Rundung. Taucher fast zeitgleich mit den → *Nogk* im Doppelsonnensystem → *Col* auf und später auch im Sol-System. Ihre Rolle bleibt undurchsichtig.

Ren Dhark "Checkmaster"

Infos rund um Ren Dhark -

Artikel, Hintergrundinfos,
Rißzeichnungen, Autorenportraits,
Illustrationen, Vorschau auf
kommende Bände der Ren Dhark - Saga:

Dieser kostenlose Service wird vom
Hansjoachim Bernt Verlag den vielen
Ren Dhark - Fans angeboten, um
auf dem laufenden zu sein.

Denn in den Tiefen des Alls
ist noch immer das Geheimnis
der Mysterious zu lösen...

Bereits erschienen und abrufbar:
"Checkmaster" Info

Hansjoachim Bernt Verlag

RAUMSCHIFF PROMET

- Von Stern zu Stern -

Ein fremdes Raumschiff stürzt auf der Erde ab. Der einzige Überlebende ist Arn Borul, ein menschenähnlicher Humanoider aus der Rasse der Moraner. Er ist auf der Suche nach einer neuen Welt für sein Volk, denn sein Heimatplanet Moran wurde von geheimnisvollen schwarzen Raumern nahezu vollständig zerstört. Arn Borul wird von Peet Orell, dem Sohn des Industriemagnaten Harry T. Orell, aus dem brennenden Raumschiffswrack gerettet. Der Terraner und der Moraner werden schnell Freunde, und schon bald brechen sie zusammen mit einer Handvoll Gefährten mit dem **RAUMSCHIFF PROMET** auf, die Tiefen des Kosmos zu erforschen und Arn Boruls Heimatwelt zu suchen.

Kurt Brand, der Schöpfer der legendären **Ren-Dhark**-Serie, hat die Abenteuer des **RAUMSCHIFF PROMET** und seiner Crew zu Beginn der 70er Jahre mit einem kleinen Team von Co-Autoren gestaltet. Noch heute gilt diese Serie unter SF-Lesern wegen ihrer ungewöhnlichen Thematik und dem Verzicht auf Waffengeklirr und intergalaktische Kriege als richtungsweisend. In dieser Buchausgabe erscheint die Saga um das **RAUMSCHIFF PROMET** neubearbeitet.

Hardcover, 352 Seiten, drei Illustrationen

Bereits erschienen und lieferbar:
Band 1: Als der Fremde kam (ISBN 3-930515-71-7)
Weitere Bände in Vorbereitung

Vertrieb Hansjoachim Bernt Verlag